续巷说百物语

(日)京极夏彦 著

刘名扬 译

新经典文化股份有限公司
www.readinglife.com
出 品

目 录

野铁炮
1

狐者异
37

飞缘魔
101

船幽灵
175

死神
抑或七人御前
257

老人火
399

野铁炮

北国深山居奇兽

逢人口吐蝙蝠状异物

掩人口目使窒息

捕其尸而食之

一

时值八月中旬，而且是个即使动也不动，汗依然流个不停的酷热早上，山冈百介应邀前往武藏国多摩郡八王子千人町。

八王子距离江户约有八十里路。虽说近，但也并非能轻松走完，感觉上是段不远不近的路程。

百介是个以周游诸藩、搜集各地神怪故事为乐的怪人，因此对长途跋涉自然不陌生。但正由于习惯远行，路途不算远的八王子一带反而没来过。

只见此地气氛恬静，放眼望去净是田圃的畦道上，找不到任何供人暂避酷热艳阳的蔽荫之处。

在马背上摇摇晃晃的百介只得频频拭汗。碰上这种日子，半裸的马夫真让人格外羡慕。

走在前头的小厮似乎也感到酷暑难当。虽是小厮，但毕竟也是武家末裔出身，无法如马夫般不修边幅。

百介并非武士，通常无须如此矜持。每逢大热天，大可穿得一身清凉，要他腰上插两把刀更让他嫌麻烦。不过今日受人之邀，无法如此随性。

比起地上，马背上离天更近。因此，更是酷热难当。最糟的是，此时连阵风也没有。

对方要求他火速抵达。既然如此，理应策马狂奔才对。但百介深恐自己没有资格如此要求，因此只得强迫自己眺望远景，试图忘却酷暑的折磨。

八王子一带住着一个俗称八王子千人同心的乡士集团。据说这八王子千人同心是一个平素以务农为生的半农民半武士的团体，至今依然遵循传统，按时操兵演练。

因此百介在心中描绘出农民挥舞着锄头、成群武士在一旁练剑的奇妙光景。但看来这不过是个无稽的幻想。

放眼所及，净是一派田园风光。

不过此处虽属乡间，八王子千人同心这些乡下武士可轻忽不得。此乃幕府直属的组织，就百介所知，历史十分悠久。据说是在神君德川家康入主关东时，以代官头①大久保长安旗下的甲斐武田旧臣之小人头②为中心组织而成的。这个组织原本负责维持甲斐国境内的警备与治安，后来曾奉日光火之番的命令赴江户担任一段时日的消防工作。在设置虾夷③奉行所时，也曾奉派远赴虾夷之地，承担警备职责。虾夷之地，就连曾周游诸藩的百介都没去过。因此，他们可是如假包换的武士。

时下的武士多半是狐假虎威的纸老虎，相比之下，这种组织已是十分罕见，更难得的是，据说这八王子千人同心的组头中有不少是学有所成的博学家。值此武家士气低落的时代，文武双全者更是弥足珍贵。从其中甚至不乏曾编纂日光与八王子地志之士看来，传言绝非空穴来风。据说组头旗下的同心也不乏通晓兰学、医学、海防论者。

同心山冈军八郎亦不例外，通晓最新医学知识，就乡下同心而言，是个超乎常人预期的博学多闻之士。

百介此行，正是应这位军八郎之邀。

小厮带来的书状中写着：有急事相谈，恳请拨冗莅临。这可是百介这辈子首度应邀，连忙打理行头步出家门，又惊讶地发现对方连马匹都已备妥。看来事态绝不寻常。

百介心中不能平静。

山冈军八郎乃百介的亲哥哥。

---

①代官，江户时代负责税收与其他民事行政的地方官。代官头为代官之首。
②江户时代幕府、各藩中负责统率小卒的官职名。
③今北海道。

追本溯源，百介与军八郎均出生于某铁炮组御先手①同心家庭。只是百介在懂事前，便被送往某商家当养子，因此对持棒当差的生父毫无记忆。

由于从未被告知自己的出身，因此详情并不清楚，但百介被送去当养子，似乎是因为家境贫困之故。虽然如此，之后一家似乎仍无法摆脱困境，百介的生父只得抛开同心身份沦为浪人，在失意中去世。那段时期的经纬，直到兄弟重逢时，百介才从军八郎口中得知。到头来百介并没有继承养父的店家加以经营，而是过起悠闲的放浪生活；军八郎则是踏实地努力精进，后来买下身份成为八王子同心。

大哥还真是值得景仰呀！百介总是如此认为。换作自己，绝对没办法像大哥这般杰出。百介的笔名冠山冈为姓，无非是出于对大哥的这份仰慕之情。不难想象，允许百介冠山冈为姓的军八郎对他也抱有同样的情感。在军八郎看来，自己也活不出百介这种不受刻板条规限制的逍遥。

总之，兄弟俩对彼此都抱着难以言喻的崇敬。虽然成长环境迥异，但两人毕竟是继承了相同血脉的亲兄弟，在看似刚正不阿的军八郎心中，确确实实也有着一如百介那热爱奇闻异事的性格。或许军八郎对百介这种一听闻古怪传言便不分东西四处奔走的生活方式，同样是钦羡不已。不过——

在马背上眺望着乡间的恬静风光，百介心中其实是五味杂陈。

他在一栋看似阵屋②、铺着茅草屋顶的房屋前下了马。

没过多久，军八郎便两眼圆睁地走了出来。待认出百介后，军八郎才一脸安心地向他低头致意。

"请别如此多礼。请问……"由于自己一身装束让人难以联想是同心亲人，百介在他人面前不敢直呼他大哥，"请问是出了什么事？"

军八郎抬起头来，"嗯"地低吟了一声。"的确有要事相谈。是想请你勘验……一具尸体。"

"一具尸体？"

---

①铁炮组，使用火枪的士卒，铁炮即火枪；先手，先锋。
②下级大名在领地内的行馆，或代官等官员的办公处。

没错。简短地回答后，军八郎便领着百介进了屋。

土间中央铺有凉席，上头覆盖着一张草席，从其中露出的一双脚看来，的确是具尸体，没错。军八郎吩咐左右两旁的小厮让出一个位子，接着便把站在门外的百介叫了进来。

"抱歉难看了点，他的死相并不自然。"

听来像是死于他杀。

"在下再怎么绞尽脑汁，都无法判断这位同侪死因为何，也不知该如何结案。组内所有同心均为此深感困惑，完全判断不出他是死于他杀，抑或是意外。因此，才想到若是周游诸藩、搜集巷谈风说的你，或许见多识广，可以为在下指点迷津。"

"不过，大哥，就连精通医术的大哥也无法判断，小弟怎么可能看出什么端倪？"

这可不一定，军八郎说道。

对百介而言，这哪有什么不一定？大哥这种态度不过是对自己期望过高。原因是对和自己过着截然不同生活的弟弟多少抱有一点憧憬，才会如此抬举百介罢了。不过，百介觉得他这期望也并非完全不合理，便先询问尸体的死因究竟有何不自然之处。

"死因……其实一目了然。"

"那么，究竟是……"

"你就亲眼瞧瞧吧。"军八郎说完，便掀开了草席。

躺在草席下面的是一名正装的武士。尸体身上和服短外褂、裙裤、护腕、绑腿一应俱全，或许略有松脱，但衣着依旧算是整齐，甚至没有半点脏污。尸身上也不见半道刀伤血痕。

不过——

"这……怎么可能？"百介看得瞠目结舌。

只见那尸体嘴巴大张，两眼圆睁，表情一脸惊愕，或者该说是惊恐。更古怪的是他的额头。那额头上嵌着一块石子。那石子没有任何特殊之处，怎么看都不过是块随处可见的小石子。怪的是它竟然嵌在死者的额头上。

"此乃在下的同侪滨田毅十郎先生。尸体是在通往入山岭的小津川岸边发现的。尸体上面……"军八郎停顿了半晌，接着继续说，"没有其他外伤，因此应是这块小石子致死无误。不过，百介，这……到底是如何……嵌进去的？"

"不可能是……撞上的吧？"

这的确离奇。额头使劲撞上石子的确会受伤，倘若正好命中要害，的确也可能致命。但冲撞得再怎么厉害，也不可能让石子嵌进额头里吧。若是大石还能理解，但这却是块小石子，或许能伤人，但绝不可能嵌进额头里。若是豆腐或米糠就没话说，但朝如蒟蒻般富有弹性的人体扔上一颗圆石，要嵌进去岂不是难若登天？

"在下也曾想过凶手是否用了类似投石机的东西。不过即使用了那类凶器，应该也不会变成这副模样。"军八郎如此说道。

不愧是个对最新学问极有见地的博学之士，一切都讲究逻辑分析。投石机会将石弹朝上方射出，画出抛物线后飞往目标。虽然远比徒手投掷更具杀伤力，但要命中移动中的物体必定难上加难。即使碰巧命中，理应也不至于造成这种情况。倘若石子砸中脑袋，伤口理应在脑门上。这么看来，这名武士当时应该是配合飞石落下的角度抬头仰望，才让石子砸中额头。但通常若觉得情况不妙，理应会闪躲才是。即使没闪躲——

石子应该也不至于会嵌进去，百介说道。

不可能吧。这石子实在太小了，要以类似投石机的装置命中目标，照理弹丸需要相当的重量，而这块石子未免过于轻盈。

绝无可能，军八郎说道。

"那么，还能想到的可能……就是凶手曾使用火药。"

百介这么一说，军八郎也双手抱胸地回答："在下亦有同感。昔日曾看过火药炸石，亲眼目睹硬石应声猛烈四散。旁若有人，或许真会丧命于此。但在尸体附近并未发现任何使用过火药的痕迹，也不见四散的碎石。再者……"军八郎手指尸体的额头，"这并非一块碎石。瞧它形状浑圆，虽然似乎有少许灼烧的痕迹，但绝非炸裂大石产生的碎片。"

百介也认为这说法极有道理，尸体额头上的小石子的确颇为光滑。那么——

"撇开嵌在尸体额头上的是块石子不谈，这种死法最合理的解释或许是从近距离以飞箭狙击。"

"有理。嗯，这块石子若曾为箭镞，那么看来的确像是死于弓箭狙击。倘使当时突然有个持弓的盗贼从死者面前跃出，趁其措手不及，朝其眉间放箭……的确可能造成此种情况。"军八郎俯视着尸体说道。

如果嵌在这具嘴巴大张的尸体眉间的是一支箭镞，死相确实会——至少比现在——显得自然得多。不过，嵌在理应插箭镞之处的却是一块小圆石。

"是否可能——这石子就是个箭镞，只是后头的箭柄在命中后折断或脱落了？对了，现场是否有什么类似箭柄之物？"

"没有。再者，就形状上分析，要拿这块石子充当箭镞，未免也太不合理。它毫不锐利，虽然没拔出来，但光从露出的部分看来，也不见任何曾被缚在箭柄上的痕迹。"

"所言甚是。"

若要以它取人性命，还不如用支普通的箭。

"凭这块石子，再怎么射都不可能造成这种情况吧。"

"的确不可能。看来这绝非人为，或许是某种天然因素所致？"

"大哥的意思是……意外？"

"与其说是意外，或许更应该说是天灾吧。"军八郎说道，"从落雷等现象可知，自然可能给人带来各种超乎想象的怪异灾害。诸如石从天降、兽身碎裂等现象，也时有所闻……"

"大哥说的是棂鼠吧，果真不愧是博学多闻。此乃一种栖息于北国山中的野兽，一为人发现，便会自碎其躯。大家都相信这种碎裂会召来山神之怒，因此若遇此情况，该日便不宜继续狩猎。"

"看来山地果然多异象。那么……"

（原来如此。）

百介终于明白自己为什么被找来了。军八郎期待找个外人来证明这是个超越人智所能理解的异象，借此达成某种结论。

"正巧又碰上这种大热天。"军八郎蹙着眉头，将草席盖回到尸体上，"因此，非得在今日将遗体下葬不可。再加上还得给遗族一个交代，因此在下只得赶在日落前请你来验尸。也没问你是否方便，便要求你火速赶来，真是万分抱歉。"

军八郎再度低头致了歉，接着命小厮过来带路，将百介请进了客厅。百介诚惶诚恐地走了进去。

不料客厅竟然比土间还闷热。原来这栋屋子里最凉快的地方就是稍早身处的土间。因此，不宜遇热的尸体才会被停放在那里。

只听到屋外传来阵阵蝉鸣。军八郎缓缓问道："那么，你可有什么想法？"

"这……不知大哥可曾听说过'鼯鼠'？"

鼯鼠？军八郎高声惊呼，露出了一个怪异的表情。

"你指的可是那妇孺口耳相传的妖怪？"

"嗯，可以这么说。"百介开始翻阅挂在腰上的记事簿，里头详细记载了他从全国各地搜集而来的奇闻怪谈，"鼯鼠这东西，每个地方都有不同的称呼。江户则称之为飞鼠。"

"鼯鼠。"军八郎重复了一遍后问，"那不是兽肉贩子的俗称？"

"是的，这个词常用来称呼贩卖山猪或鹿肉的贩子，还有烹煮这类野味的店家，有时也用来骂人，比方说，那家伙是只鼯鼠之类的。"

"就是指古里古怪的人吧？"

"是的。有时也用来形容不该染指的女人。这种用法的语源想必也是出自这类野味料理，衍生自通常不该吃的肉或经过调理后让人无法辨明种类的肉。不过大哥，鼯鼠这种东西，其实是一种鼺鼠。"

"鼺鼠……可是那种貌似老鼠，在树与树之间滑翔跳跃的畜生？"

"是的。孩童们不是常把衣服袖子拉大，戏称自己是鼺鼠吗？他们模仿的就是这种畜生。"

"原来如此，模样的确有点像。你的意思是鼺鼠也会化为妖怪？"

是的，百介翻阅着记事簿说道："日久成精的鼺鼠，名曰野袄。"

"野袄?"

"是的,意乃荒野之袄①。"

"为何以荒野之袄形容?"

"噢,因为这种妖怪会在人行于荒野时,突然从眼前蹿出,挡住去路。在理应毫无遮蔽物的山野中,这种感觉活像被纸门挡住去路似的。这类怪事在土佐等地常有发生。筑前一带称此异象为涂壁,壹岐国则以涂坊称之。由'坊'一字可见,一般公认这种现象并非单纯的异象,而被认为是妖怪作祟。虽然称呼因地而异,指的其实都是同一种东西。"

"嗯……不难想见,若视线为体形硕大的鼯鼠所阻,感觉的确像被纸门挡住。不过那么小的畜生,真有可能长成这般庞然大物?"

"噢,其实并非如此。"百介强忍着笑意回答。想不到生性严肃的军八郎对这种无稽之谈竟然如此认真。"该怎么说呢。在这坂东一带,野袄被认为是一种类似包袱布般的东西,因此佐渡一带以衾②称之。其实,它体形并不庞大。"

"体形并不庞大,却被以袄形容?哎,果真奇怪。完全无法想象它是什么模样。"

"小弟认为,不如把它想象成寝具的衾。就挡人去路这点而论,的确是以袄形容更为贴切;但若联想到鼯鼠的形状,或许以被巾来形容更为妥当。也有人称之为晚鸟或木板方盘。这些称呼都源自对蝙蝠一类的联想。据传突然罩到人脸上的,就是这种东西。"

"噢,"军八郎高声说道,"有理。双眼被遮蔽,感觉的确如同被异物挡住去路。那么,衾这个称呼,也同样是个比喻吧?指的是视线突然为异物遮蔽,这既可以拉上纸门比拟之,亦可以罩上被巾形容之。嗯,或许这种事真有可能发生。"军八郎双手抱胸,接连点了好几次头后,才突然抬起头来问道:"这话题的确有趣,但和本案可有什么关联?"

"有的。这野袄会贴在人脸上吸取精血,但它其实是被一种名为貒的东

---
① 袄指日式纸门。
② 指被褥,日文中与"袄"发音相同。

西操控了。"

"貓？指的可是穴居的狸？那么会不会是狸、貉一类？"

详情小弟也不大清楚，但应该就是这类畜生，百介回答。

"不过，就大小、形状而论，狸与鼯鼠可是大不相同。鼯鼠与蝙蝠，不，应该说是与松鼠更为接近，与狸毫无类似之处。"

"的确是如此。虽然有人将其视为同类，但鼯鼠即使日久成精，理应也不会化为貓。依小弟推测，此巷说的原意应指野袄乃某种鼯鼠，由貓从旁操控。"

"操控？指这鼯鼠是被狸抛出去的？"

"与其说是抛出去的，或许不如说是吹出去的。"

噢，军八郎仰天说道："嗯……实在难以想象。你的意思是说，它是像放吹箭般被吹出去的？"

"小弟也未曾亲眼瞧见，不过是全凭想象的推测。"

"那么，飞起时速度理应极为威猛才是。"

"小弟也如此认为。从有人称之为野礟或野铁炮这点来看，应是极为威猛，没错。"

"野……铁炮？"

是的。百介点了点头，再度翻阅起他的记事簿。"全国各地均相传有投掷石砾的妖怪，诸如天狗砾、石打等。不过，被冠上'铁炮'二字的仅限此例。"百介说，"蝙蝠和鼯鼠之辈顶多只能滑翔，绝不可能迅如弹丸。而野铁炮的速度可就相当威猛了。"

"原来野铁炮如此厉害？"

"是的。小弟认为，野袄本身应为某种蓬蓬松松、会朝人脸上罩过去的东西。但野铁炮应该是吹射出去的，既然叫铁炮，想必速度非凡。总而言之，传言深山中的确住着这类妖怪。若真有这种能够发射鼯鼠的畜生，那么这块石子或许就是由这种东西击发的。"

原来如此，的确有理。军八郎恍然大悟，接着便低头沉思了起来。"若你所言属实，那么，滨田先生就是碰上了那种妖怪？"

"如此解释……能否给大家一个交代？"

"这可就……"军八郎再度陷入沉思。虽然说了这么多，百介也并不能确信事实就是如此。不过是在想到以铁炮击发石子可能造成这种情况后，想起了昔日曾听闻的野铁炮传说罢了。

"大哥。"

噢？军八郎抬起了头来。

"方才所言绝非个人杜撰，的的确确是小弟在北国听闻的传说。不过……"

"怎么了？"

"不过，也不能排除人为致死的可能。"

"人为致死？意思是背后有凶手？"

"是的。若是如此，大哥认为该出面缉凶吧？"

"当然，"军八郎回答，"其实，上司一再交代务必将此事查个水落石出。倘若他死于凶杀，这便是一件攸关八王子千人同心声誉的大事，若无法尽速缉凶到案，严加惩罚，对外有个合理交代，后果实不难想象。"

"情况并非如此单纯？"

"没错，"军八郎手按太阳穴说道，"若事情如此单纯，一切还好办。但在下的直属上司田上大人似乎无意探究真相，反而希望不要对外张扬。如此一来，在下与组内同侪根本无法商议案情，放手追查。"军八郎蹙眉望向百介，继续说道："其实，在下对维护武士的声誉并无兴趣。但若真有凶手，那就绝不能放任其逍遥法外。由于找不到适当对象咨询，才特地把你请来。"

果真是正义感十足的汉子。

"不过，听了你方才那番话，在下也开始有点相信了。若北国曾有先例，那么就以异象导致的奇祸来归结本案吧。看来把你请来果然正确，容在下诚挚地向你致谢。"

军八郎再度低头鞠躬，百介连忙劝他起身。

"大哥，可否让小弟进一步调查这件案子？嗯，遗体还是可以下葬，但由于仍有疑点尚待查清，不知可否暂缓半日……不，一日，好让小弟做一份调查记录？"

百介似乎发现了什么疑点。

"暂缓一日不成问题。"

"小弟将于明日再度来访。在此之前，请先别对外发表任何结论。"百介说完，鞠躬致了谢。

二

火速赶回江户后，百介没有返回位于京桥的家，而是径直赶往曲町，只为造访某位不久前在旅途中结识的人物。

此人名曰诈术师又市。诈术师并不是什么好词，意为以花言巧语诓骗他人的骗子。从这个别称不难看出，这个名叫又市的男人是个什么样的人物。从春季开始，百介耗费数月周游越后搜集怪谈，其间曾碰上某件事，因缘际会地结识了这个诈术师。也不知是怎的，百介和这个骗子竟然臭味相投，甚至还和他结伴返回江户。此人的确是个骗子，但同时却也是人中豪杰。虽然精通许多在人世表层见识不到的龌龊伎俩，但并不靠它们为非作歹、四处行恶。经过几番交谈，百介便深深为他的为人着迷。

小的平日在四谷门外的念佛长屋①栖身。道别时，又市曾告知百介他的居处。也曾说过：或许先生用不到小的，但若碰上什么需要调解的纠纷，欢迎先生随时来访。

这人应该帮得上忙。百介觉得他或许能找出答案。大哥军八郎生性过于严肃，是个只看得见人世表层的人。或许自己这个不肖的弟弟帮不上什么忙，但若要观察大哥看不到的地方——市井生活的另一面，百介或许还能派上一点用场。这种时候，又市这样的人可就大有帮助了。

臙红店、木制家具店、木屐店，他透过小店旁紧临露天空地的木门眺望。只看到好几栋模样相似的长屋，分不清哪一栋才是目的地。再加上天色徐徐

---

① 供人租住的大杂院。

变暗,薄暮让景色显得混沌纷乱,每栋长屋看起来更是大同小异。

尽管夏日白昼漫长,此刻也真的太晚了。太阳在他四处寻找的当头失去踪影,突然下起了雨。

他慌忙跑进了空地。这种长屋的屋顶没有排水管,雨水宛如瀑布般沿着木板屋顶朝空地中央倾泻而下,这下他浑身被淋得更湿了。虽然还是让他找到了地方避雨,但长屋原本就弥漫着浓浓的湿气,再加上地面排水功能不佳,只能眼看着整片空地逐渐化为水塘,为了不时将朝自己涌来的积水踢回去,两脚变得更湿了。

眼看雨一时半刻大概停不了,他只得硬着头皮跨出避雨处。这时背后的门突然开了。

"呀,是你?"

"噢,这不是谜题作家先生吗?"

原来开门者就是又市。他身穿白麻布衣,佩戴护腕绑腿,头缠白木棉的修行者头巾,胸前还挂着一只偈箱,一身打扮和百介在旅途中初次见到他时完全相同。又市平日四处行走挥洒箱中符咒,表面上是个驱魔祈福的御行。

"瞧先生浑身都湿透了,快进来吧。"又市说完便将百介拉进了屋内。

"这、这儿就是……你的……"

"不,这儿是我家。"客厅里还坐着一位个头矮小的老人。

"噢,你不就是备中屋,不,治平吗?"

治平是常与又市为伍的小混混,据说是易容高手。他现在的模样就和百介初次见到时截然不同。

"别来无恙?上回承蒙先生照顾了。不把身子擦干可是会着凉的,快拿条手巾擦擦吧。"治平以粗鲁的口吻说道。

"噢,我上这儿来……"

看他们俩凑在一块,铁定又在策划什么计谋了。

"并没有偷听两位在谈些什么的意思。"

"噢,这没什么好在意的。反正上次办那桩案子时,已经让作家先生知道了我的真正身份。现在我们俩正在商讨去甲府处理一桩案子的细节。倒是作家先生，可是来找这诈术师的？"

"是的，我有件事打算找又市研商。"

"研商？什么事这么严重？"又市笑着说道，"那么，就等我们甲府这桩案子结了，手头没事时再说吧。"

"这、这、这件事可等不得。今日就想稍稍借重你的智慧……"

"先生真是太抬举我们了，我们俩不过是出身卑微的小人物。尤其是这个老头，先生瞧他生的这副德行，活像个吃人妖怪。"

"少啰唆！"治平回嘴道。"总之，快把脚擦干进来吧。我们和作家先生也算有缘，有什么事就说来听听。喂，阿又，瞧你愣愣地挡在那儿，作家先生哪能上来？先生，请都请了，就快上来吧。"

虽然生得一脸凶相，但这个名叫治平的老人看来也不是什么坏人。不知是何故，百介对自己识人的能力倒是颇有自信。

屋内除了被褥，几乎可说是空无一物，让人看不出屋主平日靠什么样的活儿营生。

百介走进客厅，稍稍打了声招呼后，便单刀直入地说道："可有什么投掷小石子的方法，能让小石子以猛烈的速度嵌进人的身体？"

"什么？"治平听了纳闷不已，一张皱纹满布、方方正正的脸上挤出了更多的皱纹。又市则笑着回答："这哪有什么不可能的？老头，你说对吧？"

是呀，治平一脸阴沉地回答。

"这……如何能办到？"

"利用铁炮呀！"

"铁炮？"

铁炮可以击石？

"你的意思是，以石子取代弹丸击发？"

可以这么说，治平回答。

"也就是说，把石子塞进类似种子岛火绳枪或短筒火枪的东西里击发？这么做，铁炮岂不是会炸裂？"

"若是普通的铁炮，应该会炸裂，没错。"

"所以使用的不会是普通的铁炮？"

"虽不知道先生问这个做什么，但我就把自己知道的告诉先生吧。先生应该也知道铁炮是从外国传入的吧？"治平突然转换态度问道。

"噢，因此才被称为种子岛吧。据说是在天文十二年葡萄牙人漂流到了大隅的种子岛，所谓的火绳枪由此传入……"

"嗯，正是如此。时下国产的铁炮就是以当时的火绳枪为基础锻造的，形状至今仍没什么改变。不过呀，先生，铁炮传入国内的时间其实更早。"

"是吗？确曾听闻年代可以追溯到更早。否则直到有异国人漂流而至才知道有这种东西，未免也奇怪了点。有人说文龟二年曾由南蛮人引进，也有人说武田家曾于大永年间获赠，众说纷纭，莫衷一是。"

"比这些更早。"治平说道。

这可就没听说过了。

"铁炮并非只有南蛮人才有。可别忘了火药可是唐土的人发明的。"

"这……意思是……"

"只要有了火药，这种器械谁都做得出来。早在战国乱世之前，海盗就已频繁往返大陆。据说当时，他们就曾引进过类似铁炮的东西。当然，那种器械和种子岛不同，制工可能较为粗劣。"

"那种铁炮能击发石子？"

"那东西有人称之为石弓，有人称之为石枪，名称林林总总，但总而言之，就是铁炮。"

"这……没想到比德川之世还早的东西，竟然能残存至今。"

"我说先生呀，"治平向前探出矮小的身躯，"扫帚和木屐都是幕府时代前就有了，而且还演变得愈来愈好用，不是吗？"

"话虽如此，不过那些东西是生活当中常用的工具，不同于这种已经失传了的技术。"

只见治平的双颊松弛了下来。

"难道它……尚未失传？"

"别忘了，咱们江户的工匠可是有两下子的，万万不可小看吾国的技术。

这些人什么东西都做得出来，而且还会稍加改良，让东西用起来更顺手。不过，先生可知道为什么种子岛一直没做过改良？"

"这——"

这可想不出什么解释。

"就让我来告诉先生吧。那是因为种子岛原本的结构就很理想，只须依样复制就成了。要把这东西做好很简单，只需将其分解，复制出相同的零件，再进行组装即可。铁炮是打仗时用的，所以就和刀一样，数量不够多可派不上什么用场，因此力求构造简单、易于大量制造。时下也有无须使用火绳的铁炮，但极难瞄准，因此无法普及。不过，石枪打战争开始前就有了，而且多为盗贼所用，因此发展截然不同。"

"盗、盗贼……"

"嘿嘿嘿，"治平笑着说道，"虽说是盗贼，可不是一般的盗贼。这些家伙自古便和大陆进行交易，也就是海盗。有些甚至狂妄到以水师什么的自居呢。"治平眯起双眼凝视着百介，"若真有人代代保留了那些家伙使用的石枪技术，并屡经改良承袭至今，其实也不足为奇。"

"呵呵，"又市笑着问，"怎么啦？瞧作家先生一脸嗅到臭鼬放屁的神情。"

"噢，没、没什么。"

百介完全无法分辨这到底是事实，还是纯属无稽。乍听之下颇有道理，但仔细想想，依然感觉颇为荒诞。

"别看这个老头生得这副德行，昔日也曾干过盗贼呢。"

"噢？"

阿又，闭嘴。治平狠狠瞪了又市一眼。

"怕个什么劲儿？先生可是值得信赖的，即使亲人里有人当差，也不会把咱们卖了。"又市说道。百介只感到心脏猛跳个不停。"倒是你这神棍，明明十几年前就金盆洗手了，怎么还忘不了这种出卖、被出卖的土匪把戏。"

治平愤愤不平地哼了一声。

"作家先生，这个叫事触治平的家伙，出身鹿岛。'事触'这词原本的意思是四处传扬鹿岛神宫的神谕者。但这家伙也不知怎的……"

"阿又，闭嘴！"

"怕个什么劲儿嘛！总而言之，虽然这种勾当通常是女人干的，但这老头从前也颇擅长进店里拉拢人加入盗匪，曾是个享誉圈内的大骗子。论欺诈，这老头可是无人能敌。"

别再提什么当年勇啦，治平把脑袋别向一旁说道。

"喂，不把话说清楚，人家怎么可能明白。当年将这老头调教成天下第一大骗子的，是个海盗出身的土匪头子，名叫野铁炮岛藏。"

"野、野铁炮！"百介不禁失声大喊，觉得自己的心事仿佛早被他看穿了。

"那个野铁炮，指的就是这老头方才提到的击发石子的铁炮。据说岛藏这个人出身壹岐，年轻时在玄界滩曾是个名震一时的混混。也有传言称他曾在长崎学习兰学。后来他一路流浪，最后当上了濑户内海的海盗头子。就是在那个地方，他接触到了世代传承下来的石枪，并略加改良，使其更易于使用。因其为野外锻冶，故名野铁炮。当时各方曾视其为一大威胁。"

"一大威胁？"

没错，又市说道。

他说这番话到底是什么用意？着实让百介百思不得其解。

但又市继续说道："虽不知这石枪的构造如何，但打起来却比种子岛要精准。也不知是火药的配方有哪里特别，还是有什么特殊的装置，总之据说几乎是百发百中。击发的是普通的石子，而且还是自家土制，想做多少支就能做多少支。岛藏老大毕竟是个大人物，据说他从没用这石枪杀过人。不过他毕竟不是大名，没几个盗贼胆敢拥枪自重，因此广为外人畏惧。"

这也是理所当然嘛，手上有这种东西——

（有这种东西，谁不怕呢？）

"这、这种枪如今……"

"如今已不复存在。"治平斩钉截铁地回答道。

"不复存在？"

"野铁炮老大锻造的石枪已不复存在。不过一如我方才所言，也不能保证没有其他人仍在制造类似的东西。毕竟这种击发石子的铁炮自古便有，若有其他哪个人像老大一样将其略施改良，造出更易于使用的铁炮，其实也不足为奇。"

原来如此，这说法也不无道理。那名叫岛藏的盗贼制作的器械，原本也是根据传统的石铁炮略加改良而成的，因此假使其参考的原型仍在，姑且不论是否精准，要想击发石子也不无可能。

好了，又市说道。

"噢？"

"作家先生，这家伙已经一字不留地把该说的都说了，不知作家先生是否也能表明来意？"

"好吧。"百介也无法再隐瞒了，只得全盘道出。要想瞒过这神通广大的诈术师，凭百介的这一点道行大概还差了十年、二十年。不过，随着百介说明来意并细述整个事件经纬，两个混混的表情也变得愈来愈僵硬。尤其是事触治平的神色变化更是明显，到头来圆睁的双眼都布满血丝，双唇也失去了血色。待百介把话说完时，雨已经停了，屋内也变得一片漆黑。屋外传来阵阵蛙鸣。

"那个……"黑暗中，只听到治平问道，"那遇害的同心是否叫滨田毅十郎？"

是的，百介回答。

"那么，先生大哥的上司名为……"他在黑暗中再次问道。

记得大哥说，姓田上。百介这么一回答，黑暗中的治平便沉默了下来。百介还感觉到他正在悄悄打战。接着，似乎听到两个混混在黑暗中，而且是悄声地讨论些什么。百介完全听不出他俩的谈话。蛙鸣声中，依稀夹杂着自己血液的流动声。此时百介开始徐徐感觉到一种似乎踏上了不归路的恐惧。他深感自己生息的世界和两人的有着天差地别。

百介活得的确不似军八郎般拘谨，总是四处放浪、随波逐流地游戏人间，但和潜藏在眼前这片黑暗中的两人大不相同。他们的人生和军八郎正好相反，甚至可说是完全沉浸在黑暗当中，绝不是百介这种半吊子应该往来的对象。

百介深受又市吸引，和百介对军八郎的仰慕之情或许有几分相似。若将军八郎比拟为白昼，又市则就是黑夜。而两头都不是的百介，不仅对昼夜抱有同等的憧憬，其中或许还掺杂着几分忌妒。

百介咽下了一口唾液，他怀疑自己是否应将昼夜联系在一起，也纳闷这么做会不会犯什么禁忌。

此时，黑暗突然晃动了起来。只听到有人将门拉开，霎时——

突然有人点亮了一只灯笼，只见修行者头巾在朦胧中浮现，原来点灯的是又市。又市提着灯笼的影子顿时塞满了整个屋子。

"又、又市……"

影子顿时晃动了一下。屋内已经不见治平的身影。

"作家先生——"

"噢，什么事？"

"得感谢先生告知我们这个消息。看来，我们和作家先生果真是有缘哪。"

"是、是吗？"

（他这番话是什么意思？）

又市缓缓转过身来，影子也随之转了一圈。

"一如作家先生发现的，取了那同心性命的，应该就是野铁炮，没错。"又市说道。

究竟他指的是妖怪野铁炮，还是盗贼野铁炮，这点百介当然无法判断。不过还没来得及问，又市又继续说道："依小的看来，明儿就要展开一场搜捕野铁炮的行动了。"

"搜捕……"

（他怎么会知道？）

"那么，要搜捕的野铁炮是……"

"不过对方是个妖怪，靠这种半吊子的招式哪对付得了它。"

听来应该是妖怪野铁炮了。似乎猜到了百介会如此判断，又市继续说道："倒是有个方法可以预防野铁炮袭击。只要在怀中放一种名叫卷耳的草。如此一来，那只貓就无法吹出野袄了。倘若脸被野袄罩住了，靠刀刃是割不开的，但若以染有铁浆①的牙，便能轻而易举地将它咬破。不过，卷耳这种草不易取得，要武家人涂抹铁浆亦是强人所难。因此……"

又市从偈箱中取出一张符咒，递向百介说道："此乃能烧退妖魔的陀罗尼咒，请转交给作家先生的大哥。只要把这张符朝肩头上一贴，应该就能幸免于难。"

又市说完，便摇了一声铃。丁零——

三

翌朝，百介也没找到答案，便动身前往八王子。虽然仍得不出结论，但既然已经听了这么多，也不能坐视不管。再加上找不到推托不去的理由，因此只得二度造访军八郎，并将符咒交给他。

迎接百介时，军八郎一脸古怪的神色。令人惊讶的是，他们还真的展开了搜捕行动。

昨日百介离开后，军八郎随即前往上司田上兵部的宅邸，禀报了山怪野铁炮的传言，并表示："由于死因仍待详细调查，尚需一日准备调查记录……"

据说也不知何故，田上当时脸色铁青地说，若真有这种妖怪，可不能任其继续撒野。山中亦有民居，若任其危害百姓，势必损及八王子千人同心的声誉。应立刻准备进行搜捕，及早捕获消灭。

一如其名，千人同心乃以旗本身份的千人头②为首，旗下有组头十名，每组均有百名同心，合计千人的组织，由各组轮流执行不同的勤务。田上并非组头，仅官拜奉行所的头号同心，带领的是包含死去的滨田与军八郎等约十名下属，每位同心又各率一名小厮，因此共有约二十人参加本次搜捕行动。据军八郎所言，这次行动似乎未曾知会组头。

---

①又名御齿黑，江户时代已婚妇女有以此染黑牙齿的习俗。
②江户时代俸禄低于一万石的将军直属家臣，千人头意为千人之首。

"对付妖怪也不必急着邀功，但田上大人对这案子的态度实在奇怪。虽然亟欲为部下报仇雪恨的心情可以理解……"绑上了束衣袖的带子并撩起外襟往腰上掖的军八郎说道。

百介将昨晚又市所言陈述了一遍，并将符咒交给了他。军八郎面不改色地收下了符咒。

果真是个表里如一的人。看他这样，仿佛以为百介要求暂缓一天，全都是出于关心，只为替他求得这张符咒似的。百介看在眼里虽然有点庆幸，但多少也略感心虚。

军八郎绑上扎头巾，将符咒往胸襟前一插，便带着小厮前往山野。虽然百介的任务已经完成，但并不想这么早离开。只是实在不敢要求同行，便留在宿舍里。纵使坚持要去，同心能干的活儿，他也是一样都干不来。最后，百介只能独自留在屋内，为大哥看管官舍。

这官舍与其说是武士宅邸，其实更接近农家。虽然如此，比起左门殿町周边的御先手同心官舍，这儿可宽敞得多了。军八郎尚未成家，因此伙食悉数委托邻近农夫的妻女代为料理。此外，还有一名男仆负责料理伙食以外的身边杂务。这名男仆其实是个年事已高的老人，虽然耳朵似乎听不大清楚，办起事来可是十分机敏。据说年轻时还曾为捕快持过十手捕棍，看来这个名叫太助的男仆可能曾在官府内当过随从之类。

和这个前随从老人聊了一段不投缘的话后，百介又吃了点腌萝卜，时间不知不觉就过了正午。

今天不似昨日炎热，大概是有风的缘故吧。

百介从檐廊走进庭园，使劲伸了个懒腰。辽阔的景色给人一种开放感。

整个江户都是平的，低矮的建筑物杂乱地群聚在一块过于平坦的土地上，景色当然不会太好看，再加上大江户圈以内的排水效果实在太差。有了周游诸藩的经验，他才领悟到江户原本是个不适合居住的地方。大家不过是强忍着一切恶劣条件，将其整理成一个能住人的地方罢了。而且还强忍着一切不便，让这块地方挤满这么多居民，造成了更多不良的影响。但大家还是学会视而不见、刻苦忍耐，或一笑置之地继续把日子过下去。这就是江户。

相比之下，八王子一带有着成群山峦，还有田圃、屋舍及河川点缀其间。适度的抑扬顿挫让人看了心旷神怡。在山中久了，或许真会忘了品味山中生活的乐趣。原因是一旦习惯了山中生活，对山岳本身的美将会视若无睹。住在海边也是同样道理。而在江户，唯一能看到的山只有一座富士山，河川则多为水道沟渠，生活在一片平坦中让大家错过了诸多美景。

不分昼夜，都是同样无趣。百介感叹道。眺望着远方山峦，暂时忘却心中烦恼。

就在此时，远方传来了怪异的声响，也见山鸟伴随着声响成群飞起。

"这是怎么回事？"太助似乎也发现情况有异。年迈的他步履蹒跚地走进庭园，以手遮阳朝远方眺望。"哎呀，看来事态不妙。可否请先生在此留守片刻？不知主人会不会出什么事，我得过去瞧瞧。"

也不知道老人这么说可有什么根据。只见他撩起衣摆，踉踉跄跄地跑了出去。即使真有什么事，看他这副德行应该也帮不了什么忙，只会碍事而已。

不过，情况看来的确不妙。而且，还真被那老人说中了。

不出半个时辰，便听到一阵嘈杂声从屋外传来。没想到，出门入山进行搜捕的所有成员悉数遭到妖怪袭击。只见参加搜捕行动的一行人，个个踏着比方才的老人还踉跄的步伐，从山的那头回来了。不只是同心，就连小厮都像是喝醉了似的，个个东倒西歪、跌跌撞撞地走回来。

其中唯有两人例外。一个是军八郎。另一个则是这次搜捕行动的总指挥，田上兵部。

只见军八郎不同于其他同侪，依然步伐稳健，肩头还扛着一个看似大型野兽死尸的东西。至于田上兵部，则是被四名小厮抬回来的。一眼就能看出他并非神志不清，也不是双腿发软。只见田上兵部两肩和双腿都让人抬着，打大老远就看得出他已经死了。而且他的额头上还嵌着一块石子。

小厮们踉踉跄跄地把田上抬回来，谨慎地将遗骸放到了事先铺好的凉席上。军八郎朝着遗骸默祷了半响，接着便将扛在肩上的兽尸摆到了田上身旁。百介发现这是一只体形庞大的狸，脖子上插着一把匕首。原来，这就是野铁炮。

百介不由得跑了过去，仔细地观察起这妖怪的模样。看起来的确像只日久成精的狸，也就是所谓的貓。

"大哥……"百介抬起头来，只见军八郎深深吐了一口气说："百介，多亏有你相助，在下才能幸免于难。"说完又以两手拍了拍百介的肩膀。

"这、这么说来，大哥一行真的碰上了……"

"没错，在下一行人果真碰上了野铁炮。你方才也瞧见了，大伙儿都被罩住了脸、吸取了精气。倘若没有它，在下想必也无可幸免。"军八郎指着那张陀罗尼符咒说道。

"被、被罩住了脸？大家真的都被野袄罩住了脸？"

"没错，在下也被罩住了。"

"真、真的吗？"说老实话，百介还是不大相信。"那东西果真是鼯鼠？"

"感觉似乎是一种柔软的毛皮，就这么突然从背后朝咱们头上罩来。不过，也不知是怎么，噢，或许是这张符咒果真灵验，罩住在下脸上的野袄没多久就脱落了。如果再久一点，或许在下早就窒息了。当时在下的小厮已经失去神志，倒在身旁了。赶紧将他弄醒后，在下连忙四处巡视，但为时已晚，其他同侪均已遇袭。最遗憾的是……"军八郎转头望向田上的遗体。"想必田上大人曾与此山怪对峙，一番英勇的缠斗后与其同归于尽。早知如此，真该把这张符咒交给田上大人才是。"

"不过，大哥……"

"不，田上大人想必是避开了飞来的野袄，然后与这野铁炮对决的吧。"军八郎低头俯视起狸尸。"这妖怪的尸体是在距离田上兵部遗体近四米处找到的。"军八郎弯下腰，指着这只狸的颈子说道，"此匕首乃田上兵部所有。瞧它身上不见其他外伤，看来一定是死于田上大人之手。依在下所见，这野铁炮应是在发现自己吹出去的野袄没有命中，准备击发一颗石子的一刹那，被田上大人以匕首刺中要害，一命呜呼。"

不管怎么看，这都不过是一只狸。虽然就体形大小而言，这只狸的确不寻常，但在百介看来，这应该不会是只能击发石子、吹出野袄的妖怪。畜生终究是畜生，不管活多久、长多大，在百介看来，这完全不像只身怀妖力的怪物。在四处云游期间听到愈多这种故事，愈是让百介体会到，若真有超越人智所能理解的妖怪，也不该是这种具有实体的东西。

从曾幻化为人的狸身上剥下的皮、从曾吃过十个人的大鼬身上剥下的皮，这类东西百介已经见识过好几次，但在他的眼里，这一切都不足采信，怎么看都像是假造的。毕竟兽皮不过是兽皮，尸骸不过是尸骸，死了哪还能证明它曾有什么妖力？眼前这只狸的尸骸也是如此。虽然是只令人诧异的庞然大物，但从它身上就是感觉不到任何神秘的法力。难道这真的就是那妖怪？

不过，军八郎可是深信不疑。"想必滨田先生遇害时也是这情况。虽然他精通武艺，但碰上的毕竟是只妖怪，在毫无防备的情况下遭到突袭，当然没有任何胜算。不过畜生毕竟是畜生，碰上勤修武艺不辍的田上大人的反击，最后还是赔上了性命，只可惜田上大人也与它同归于尽了。毕竟那是法力强大、千年成精的妖魔，对其底细缺乏了解，终究无法全身而退。若是听了百介友人的报告，想必大人理应也能躲过这个劫数才是。在下能平安归来，也真该好好感谢那位友人相助。"说完，军八郎再度心怀感激地摸了摸又市赠与的符咒。

那诈术师的符咒果真灵验？即使事实证明似乎真是如此，百介还是颇为存疑。

不过，若只是军八郎一人遭袭，事情还不难解释，但九名精壮的同心和十名小厮都经历了这件怪事，看来他们碰上的还真是名叫野袄的妖怪。而军八郎因携带符咒得以幸免也是事实。这下不信也不成了。

就在此时，组头佐野有斋手持大刀赶到现场。

亲眼目睹现场的奇态，这统率千人同心中的百人、官拜三十俵一人扶持[①]的组头一时也惊讶得说不出话来。但在听了军八郎等九名同心、十名小厮及百介的证言后，原本毫不信邪的组头也不得不相信这妖兽果真存在。

[①] 俵为武士当作薪水领取的糙米的单位，1俵为千斗米重量，约60公斤。扶持则为武士扶养家属或家臣所发放的津贴。一人扶持指家中另有一人，每月可领取3合至5合米（日本1合约180毫升）。

这场野铁炮事件就此落幕。

四

当晚，百介应军八郎之请，在此暂住一宿。

理由是需要借助百介的知识制作调查记录。由于其他同心皆因头痛或晕眩无法值勤，组头只得命令毫发无伤的军八郎尽速提交详细的调查记录。

即使碰上的是妖兽，但任凭一匹畜生愚弄，毕竟有损武家颜面。因此，除军八郎以外的同心们均须等候上级发落。

唯有军八郎无须接受任何惩处。但他对这处分似乎甚感不服。毕竟他也和大家一同遭到妖怪袭击，也认为出击前请托神佛，对武士而言乃卑怯之举。再加上取了妖怪性命的是田上，军八郎认为自己充其量不过是安然归返，并没有立下任何汗马功劳，因此不断重申自己理应接受和大家相同的惩处。但上级并没有采纳他的异议。

组头的判断似乎是，田上能击毙野铁炮，是由于军八郎事前曾报告有关野铁炮的传言。因此军八郎也并非全无功劳。而且组头还认为在与狸妖对峙之前请求神佛加护，并非卑怯之举，而是武家应修的有备无患之德。至于其他同心必须接受惩处，是因为即使无神符灵咒可依赖，平日若精于修炼，武艺理应也等同于神威佛功。此次无法竟功，是因锻炼不精之故。

而殉职的田上兵部未经许可擅自入山搜捕，不出数合便为妖兽所杀，虽死但也应追究责任。只是此事乃因为手下同心报仇而起，虽与对手同归于尽，但毕竟还是解决了妖物。最后判定不问其罪，家属也无须接受任何惩罚。

结果，军八郎因这起事件获得表扬。不消说，百介自然成了他的恩人。

当晚，近邻农民、同心同侪与地方乡士纷纷前来祝贺，听完一行人击毙妖怪的始末，才心满意足地离去。军八郎也将百介这位亲弟弟正式介绍给大家，让他有幸吃遍大餐、饮遍美酒。来访的同心们笑着搔弄这个古怪弟弟的脑袋，农民们也纷纷尊称他为先生，让他听得颇难为情。大伙儿闹到了午夜过后始离去，军八郎这才找到时间撰写调查记录。

抱歉，给你添麻烦了。军八郎向弟弟道歉了好几回。百介的心境则是五味杂陈。养母早逝，养父的生意有掌柜管理，在喜好风流韵事的历代祖宗留下的古今文书中长大的百介，完全缺乏与血亲相处的经验。因此，百介此刻心中感觉尴尬与亲切杂陈，实难以笔墨形容。

夜色愈来愈深，不知是蟾蜍还是青蛙鸣叫得益发嘈杂。不同于江户蛙鸣的含蓄，这里的蛙类叫起来毫不留情。时值盛夏，屋内门户悉数大开，唯一的遮蔽物大概仅剩这顶罩着两人的蚊帐，完全无法阻隔屋外传来的嘈杂。

军八郎将调查记录大致准备妥当，已是子时过后。

就在此时，蛙鸣戛然而止。周遭陷入一片沉寂。黑暗中倏地冒出一盏灯笼火光。

丁零。

同时传来一声铃响。

"有东西来了？"

丁零。

突然，庭园里浮现一团白影。"御行奉为——"

这嗓音是……百介定睛朝白影凝视。

"大胆妖孽！是来报今日之仇的吗？！"

"只是有事须与您相谈。"

"什么？来者是何许人？明知此处为八王子同心山冈军八郎的官舍，还胆敢登门造次！"军八郎说着，一把握起了壁龛上的大刀。

百介终于弄清楚是怎么回事了。来者乃又市。

"噢，大哥，且别冲动。这位就是……"百介死命拉着军八郎的衣袖制止道，"这位就是亲手绘制小弟今早交给大哥的陀罗尼护符、法力高强的御行先生！"

"此、此话当真？"

那张陀罗尼符咒仍在壁龛中，被供奉在大刀后方的三方[①]上头。

[①]供奉神佛或为贵族献食时使用的木制方盘，下方垫高的底座于前、左、右三面有孔，又名三宝。

丁零。

军八郎连忙放下大刀，面向庭园说道："请问，方才舍弟所言是否属实？若果真如此，先生可就是在下的恩人了。恳请宽恕在下的无礼。"军八郎毕恭毕敬地行了个礼。

隔着蚊帐，一身白装束的又市看起来一片朦胧，仿佛眼前的人影不过是跑马灯，而非真正的人。

跑马灯般的又市回道："该致歉的应该是小的。此时此刻在此处现身，遭人错认为妖魔之辈亦是无可奈何，理应是在下向大爷磕头请罪才是。但一如大爷所见，小的不过是一介以乞讨为生的御行，如此身份、如此装扮，实不敢在光天化日之下造访武家宅邸，更遑论自正门而入。因此，还请大爷饶恕小的这般无礼之举。"

军八郎抬起头来望向百介。也不知何故，百介点了点头。

"不过，御行先生，无论您装扮是否体面，托御行先生赐予在下的护身符之福，在下方得以自妖怪魔掌中全身而退。因此，为酬谢此救命之恩，还请进来接受在下款待。"

"请大爷不必客气，"又市说道，"先前百介先生所言，其实半分为虚，半分为实。"

"您这话……是什么意思？"

"那张陀罗尼符咒确为小的所绘。但充其量不过是碎纸一张，毫无法力可言。"

"但、但是……"军八郎慌忙望向百介。只见同样一头雾水的百介也哑口无言。

"请问，您的意思是……"

"小的此行，正是为了说明此事而来。"

"说明……"

"是的。"又市彬彬有礼地回答。"若依往常惯例，这出戏理应就此落幕。然而，本案事关百介先生的亲兄弟，而且，若百介先生未曾通报小的，此事本将不会发生。再者……"又市低头行礼说道，"曾闻同心山冈军八郎为人刚正不阿、嫉恶如仇，如此豪杰，时下已是弥足珍贵。因此，小的认为本案万万不可含糊带过，甘冒遭大爷手刃之险，前来交代清楚。"

"甘冒遭手刃之险……如此严重，可不能置若罔闻。"

"那么，就请大爷听小的交代清楚。"

"当然，在下愿洗耳恭听。"军八郎说完便坐正了身子。

此时，随着一阵沙沙声响，两个人影出现在又市身旁。其中一个是事触治平，另一个则是比治平个头更小的老人。

"小的名叫治平。旁边这位老者名叫岛藏，又名野铁炮。"

（原来他就是野铁炮岛藏。）

老人挤出一脸皱纹，慢吞吞地介绍道："如大爷所见，虽然如今是年过八十的耄龄，但这位就是直到十二年前为止，在坂东一带肆虐的盗贼，曾为蝙蝠组的头领。"

"什么！"军八郎的双颊痉挛了起来。百介也看得出他十分紧张。治平伸手制止道："小的知道这其中有些误会，请大爷保持镇静。小的昔日也曾为蝙蝠组的一员，听命于岛藏头领。虽早已金盆洗手，但毕竟曾为盗人，如今胆敢在当差者面前表明身份，乃做过相当觉悟，保证绝不脱逃。因此，恳请大爷息怒，静静听小的把话说完。"

"好吧。"军八郎咽下怒气说道。

"蝙蝠组原为在濑户内海一带活动的海盗，平时沿海岸北上，登陆后在内陆建立据点，干了一阵子入夜后的盗匪勾当，再回到船上继续航行，前往下一个港口，就这么一路到了常陆，最后进入坂东落地生根。由于有时在海上，有时在山中，属性难分，故以蝙蝠为名。"

属性难分。这岂不是和我一样？百介自忖道。

"虽说盗匪之徒悉数游走法外，即使讲求盗亦有道，也绝非善类。但就此点而言，岛藏头领的仁德可就值得钦佩了。不仅绝不伤人，绝不砸店，钱也不会悉数抢走。见百两抢五十两，见千两抢五百两，总之只抢一半。若遇对方呼救，也只会迅速退避。虽说贼就是贼，"治平继续说道，"但也因此从未遭逮伏法。只是头领此种做法在同行之间颇受质疑。"

"同行……指的可是其他盗匪？"

"您说得没错，"治平继续说下去，"盗匪其实也是形形色色。譬如五年前曾肆虐江户的荼枳尼组，就专门干强奸妇女、斩杀孩童、烧毁店铺等勾当。"

"官府正在缉捕这群恶徒。"

"似乎正是如此。总之，这群恶棍丝毫不知仁义为何物，要想使唤他们，唯有以金钱引诱。但这位岛藏老大，就连此等恶徒也对其敬佩有加，甘愿听候差遣。只是，仍有些许败类胆敢贸然挑衅。不过，老大拥有一种对付这种人的法宝。"

（就是那石枪？）

百介想起昨夜又市曾说过它是一大威胁。有这种东西，的确算是个威胁。不过——

治平从怀里取出了一个古怪的东西。那东西形状像短筒火枪，却又有些不大一样，后头还有个状似木槌的握柄。

"这就是岛藏老大将海盗们自古传承下来的石弓略做改良，可击发石弹的铁炮。"

"可击发石弹？"军八郎看得瞠目咋舌，霎时一脸惨白地瞄了百介一眼。从他这表情，百介判断他心里想的是，这下可铸成一个无法挽回的大错了。"这代表……"

（这东西果然存在。）

田上和滨田的死因，果然是人为的。那么，下毒手的凶手是——

"该不会……就是三位吧？"

"请继续听下去，"又市说道，"由于下手不必偷偷摸摸，因此这种石枪极适合用来干海盗这种粗暴的勾当。但就连蝙蝠组内也没几个人亲眼见过。可见它在盗匪同行之间几乎已成为一种传说中的神器。"

"原来如此，这武器并非用来犯案，而是用来吓阻？"军八郎说道。

是的，治平随之回答。"即使没拿来取人性命，也发挥了不小的威吓效果。不过，这种石枪不仅精准度优于种子岛，射击距离也较长；而且以石子充当弹丸，也具有足够的杀伤力。再加上是野外锻冶打造，若有需要随时可展开量产,这就是其被视为威胁的重要原因。不过,世上不乏无恶不作之徒,有些家伙就开始打起了这东西的主意。"

"是想偷取其制作技术吗?"军八郎一脸不悦地问道。

"是的,那些家伙似乎打算将这东西售予西国的大名。"

"原来如此,果真像是恶棍会打的主意。"也不知是否有了什么结论,军八郎终于恢复了镇静。不仅如此,由于是恶徒之间的纷争,他下起评语来也是一副不屑的口吻。

"当时,也就是正好十二年前,岛藏老大解散了组织,打算过隐居生活。做这个决定的理由有二,一是……"治平定睛看着身旁的老人说,"他自认年事已高。当时岛藏老大已经年逾七十,已不再有力气干这行的勾当。二是……"

治平突然停顿了半晌,接着才继续说道:"为了外孙女,老大有个外孙女出生了。"

噢,军八郎低声喊道。

"盗匪之流竟然也会成家,这听起来或许有点古怪,不过岛藏老大偏偏有个女儿……"说到这儿,治平低下了头。

这下轮到又市接话:"接下来的……他们俩或许很难说出口,就由小的代他们解释吧。不过相信后来的事大爷应该也听过。野铁炮解散了蝙蝠组这件事,很快就在同行间传了开来。这下大伙儿可就再也按捺不住经年沉积的遗恨。原本个个一副有仁有义的模样,看到岛藏老大金盆洗手,就认为也无须再和老大讲什么江湖道义了。"

"江湖道义……因此,就强迫岛藏交出那铁炮?"

"一点儿也没错。那些家伙要求找个人继承那石枪的制造法。老大当然是断然拒绝了,毕竟老大根本没任何义务这么做。既然都抽身了,若仍在世上留下祸根,岂不是有辱自己的侠盗之名?于是,那些家伙就抓了人质以为要挟。"

"该不会就是岛藏的女儿与外孙女?"

"正是如此。"

"此等狂徒果真卑鄙！虽为盗贼，也不可如此泯灭天良！"军八郎语气激动地说道。

"大爷所言甚是，"又市回答，"那些家伙拐走了岛藏老大的女儿与外孙女，逼他若要人活命，就将石枪的制造法交出来。这群恶党背后似乎有治平刚才提及的大名撑腰。这下情况可严重了，老大的决定足以影响社稷将为承平还是乱世。不过，老大最后的选择乃是贯彻一己之信念。"

"贯彻信念指的是……"

"坚持盗亦有道，拒绝对百姓造成任何困扰。因此，岛藏老大焚毁了石枪的蓝图与模具，将一切技术悉数湮灭，仅留下这硕果仅存的一支。到头来，岛藏老大为了坚持自己的原则，女儿和外孙女都让人……"

"都让人杀了？"军八郎惊讶地捂住了嘴。

"正是如此。老大宁可毁弃传家宝刀，也不愿见其流落他人之手，并下令手下放下屠刀，蝙蝠组就此宣告解散。由此可见，岛藏老大赔上了女儿与外孙女，可谓以骨肉性命换来金盆洗手。大爷可说此乃因果报应，亦可称为恶之代价。只不过，这代价似乎过于昂贵了些。"

军八郎抿紧双唇，陷入一阵沉思。百介认为此时的军八郎大概已经忘却自己的立场，从心底对岛藏的境遇感到无比的同情与愤怒。

"不过……"又市说道。

"怎么了？"

"有件事倒是十分启人疑窦。其实，石枪的传言、解散一事都还好说，但知道岛藏老大有女儿与外孙女的，即便在组内，理应也没有几个人。"

"也就是说其中必有通敌的内奸？"

"是的，当时曾有两名武士出身者寄身蝙蝠组内。日后发现，这两人就是与其他组织互通声息的内奸。岛藏老大的女儿和外孙女即为此二人所拐。"

"可知此二人后来的行踪？"

"解散时，此二人佯装和气地收下岛藏老大的酬谢金后，从此行踪不明，整整十年完全不见踪影。"

"唉，实在是太没天良。"

是的，又市低声回道。

"掳走岛藏老大女儿外孙女的，其中一人名叫滨田毅十郎，另一人则为田上兵部。"又市继续说道。

那遇害的同心，名字是否叫滨田毅十郎？先生大哥的上司名为……

原来是这么一回事。百介拭去一身冷汗。

军八郎的视线不安地游移了好一会儿。就连百介都感到如此困惑，想必他一定更为混乱。最后，这个严肃不苟的同心不再隐瞒心中的动摇，开口问道："田、田上大人与滨田先生……原本曾为盗贼？"

"没错。"

"而且还是出卖同伙、残杀无辜妇孺的内奸？"

"一点儿也没错。"

噢，军八郎低下了头，这下他似乎想通了。只见他紧握起放在膝上的双拳，不住地颤抖着。

"或许，这两个武士出身的浪人，他们的同心身份就是用支领到的酬谢金买来的吧。而且还聪明地挑上了八王子这地方。距离太近，反而不大容易被发现，这点实属遗憾。当初百介先生告知尸体的状况时，治平马上就怀疑会不会是岛藏老大所为。听到遇害武士的名字后，答案也就更为明确了。不过，岛藏老大年事已高，传闻早已不良于行。因此，小的等只得演这场戏。"

什么样的戏？军八郎咬牙切齿地问道。

"其实，之所以将那张符咒交给军八郎大爷，乃是为了做个标记，避免误伤大爷。看到滨田为石枪所杀，田上心中铁定是不安稳。既然可以肯定凶手应为岛藏老大无误，理应尽早将其缉捕到案；但若这件事被公之于世，自己曾为盗贼的过去也可能因此曝光，恐将殃及自身安危。因此，他原本打算利用自己有权自由使唤的下属进行搜捕，一逮到岛藏老大便就地灭口。同时也认为只要身边有大批同心簇拥，绝不殃及无辜的岛藏老大或许就下不了手。万一真的遇袭，身边的下属也能保护自己的安危。倒是……"说到这里，又市从偈箱中取出一块看似包袱布的东西。

"这、这是……"

"这就是野袄的真面目。"

"但、但是……"

"这不过是张熟牛皮。罩上军八郎大爷的是一块普通的皮包袱布,但其他人罩到的包袱布上则染了麻药,而且还挨了几拳。"

"什、什么?"

"因为我们不得不孤立田上。岛藏老大他已是时日无多。如大爷所见,老大已是走路都走不直,说起话来也口齿不清,取滨田性命时几乎是爬着的。因此小的无论如何都得助老大一偿夙愿。为此,小的才设了这个局,帮助岛藏老大与治平报此不共戴天之仇。"

"治平和他们俩也有仇?"百介问道。这是怎么一回事?难道治平视恩人的仇如已仇?

又市转头望向治平回答:"噢,别看治平看似年迈,其实岁数还不到六十。十二年前年约四十六,也就是……"

"噢?也就是说岛藏的女儿是治平先生的……"

"是的。老大之女实为小的之妻,而老大的外孙女即为小的之女。"治平悄声说道,"只是,虽是仇人,如今田上兵部已是出色的同心,若为无宿人①所杀,恐将引起轩然大波,同时也不敢冒犯高官之威信,才被迫出此下策。再加上两人如今均已成家,也不想殃及无辜家属,因此才……"

"设局布置成妖怪所为?"百介不禁感到由衷佩服。若没他们几个揭穿这戏法的底,就连最接近问题核心的百介都无法判明真相。原来那只大狸死尸也不过是为此特别准备的道具罢了。只是,不知大哥对此有何看法。

军八郎只是默默不语。

或许本案的真相让他觉得自己上了当,但百介认为大哥这下毋宁是为了自己曾为田上这种上司效忠而感到悔恨。虽说事前毫不知情,上司竟然是个泯灭人性的大恶棍,还是给了他相当大的打击。

(不过,不知大哥会做什么打算?)

---

①江户时代被户籍除名的中下层百姓。

百介想到了大哥的个性，军八郎只要一知晓犯罪经纬，便绝不可能视而不见。只是若将真相公布，不仅眼前这几个小恶徒将难逃被斩首的厄运，田上与滨田过去的所作所为也将同时被公之于世。同侪的同心们将遭严厉惩处，田上与滨田的家属也将连坐受罚，就连当年任用这两名恶徒的组头与千人头都将难辞其咎。

（难道大哥为了坚守正义，将无视这一切后果？）

"大爷的愤怒，小的当然理解。"治平说道，"毕竟小的一伙不仅利用了山冈大爷，还加害了大爷同侪，甚至取了大爷上司的性命，罪证确凿，理应以重罪惩处。虽然小的不认为将之公之于世为上策，但对于其他后果亦早有觉悟。"

军八郎依旧静默不语。

"只是，小的依旧认为隐瞒真相方为上策。若将一切公开，大爷上司昔日所作所为便将无所遁形，势将引起轩然大波。但小的一伙亦为一再利用大爷倍感心虚，虽然表面上本案已结，亦无权阻止大爷继续追究。因此仍期望大爷能自行定夺。不论大爷决定将小的一伙就地斩杀，抑或押赴刑场斩首，一切将悉听尊便。"治平伸长脖子说道。

岛藏也浑身无力地低头跪倒在军八郎面前。又市静静伫立在两人身旁。百介则是紧张到连眼睛都忘了眨一下。

这时，军八郎迅速站起身来。只听到他开口说道："三位还要在外头待多久？"

百介纳闷自己是不是听错了。"大哥……"

"自己居高临下，任由年迈长者跪坐在庭园中，岂不有悖人伦？三位不仅是舍弟旧识，也是在下的贵客，还请尽速入内接受在下款待。"

"山冈大爷……"治平抬起了头来。

"想必治平先生是误会了。在下所属的八王子千人同心威名赫赫，个个是武艺高强的刚健武士。或许不敌超乎人智所能理解的妖魔鬼怪，但哪可能笨拙到任由老迈百姓罩上包袱布便会昏迷不醒？再者，在下可是带有驱魔符咒，妖魔鬼怪才拿在下没奈何。御行先生，您说是不是？"

"所言甚是,"又市笑着回答,"不过,符咒是否灵验,端看持有者之人德。"

"有理有理,"军八郎终于开怀地露出了笑容,"想必妖怪也清楚这道理,因此没下错手、杀错人。倘若在下真死于妖怪之手,也必有罪当一死的理由。不过,或许那只狸死得冤枉,但调查记录既已备妥,欲修改也是无从。总之,降魔除妖本非同心该干的差事。百介。"军八郎向百介吩咐道,"快叫太助起身,速备酒。昼夜本不分家,今夜我们就畅饮到天明吧。来,还请各位贵客入座。"

好的,百介答道,并朝蚊帐外瞄了一眼。不过,他无法看清又市脸上是什么样的表情。

狐者异

狐者异乃一不知好歹之奸险无赖

生时藐视法纪

极尽目中无人之能事

以榨取他人图利一己

死后因执念尚存

屡以妖魔之形现身扰乱佛法世法

一

　　时值十一月中旬某日，山冈百介在阵阵吹得人后颈受冻的强劲寒风中，走在通往小冢原的田间小路上。
　　虽然并非多冷，但风还是吹得令人打心底发凉。百介竖起了外衣的衣襟。心情倍感沉重。虽是主动前来的，但这段路走得并不愉快。百介试着四处移动视线，欲借伴装来游山玩水以提振兴致，但再怎么努力都是枉然。他就是骗不了自己，只觉得心情依旧沉重。
　　穿过材木町，走到浅草寺前的广小路。茫然眺望穿过雷门的仲见世商店街，百介不由得踌躇起来。
　　走吧。百介朝左手边迈出步伐。他就是打不起精神直接前往。朝这个方向走，在到达目的地之前得绕整座浅草寺一圈。根本是在绕远路。但他依然脑袋一片空白地走着。
　　日轮寺、天岳院、东光院，周遭寺庙林立。这一带除了田圃，唯一看得到的就是寺庙。
　　他走进了又一条岔路。在复杂的小路上漫无目的地走着，最后抵达一座杨柳环绕的堂宇旁。
　　这儿以前来过，他心想。接着便穿过空地走向前门，在鸟居①下确认了此处是供奉小野篁的小野照崎明神。小野篁是古代一知名参议，据传每晚都会

---

①立于日本神社门口的牌坊。

下冥府帮助阎魔王办公。百介暂时停下脚步,欣赏起社内的鸟居与石狮子。

(往返于阴阳两界之间。)

百介皱了皱眉头,转身走回原路。穿过坂本、金杉,沿着下谷的大街朝北走。

到头来,百介花了大半天四处游荡。原本还刻意提早出门,想赶在正午过后回到家,但此时早就过了正午。饥肠辘辘的百介横渡了山谷堀,来到了下谷通新町一带。

这儿从右边走,便是近路。任谁都会这么想。百介望着右手边绵延的田圃,思索了半响。最后还是决定不转这个弯。他毫无兴致走这些畦道。

这一带原本湿气就重,此时大概是风经过河面吹来,空气给人的感觉更是分外潮湿。干脆一路走到隅田川,再从千住大桥过河算了。百介心想。

这时,他来到了飞鸟明神。此处就是小冢原的产土神①。

(进去瞧瞧吧。)

有了这个念头,他再也按捺不住满心兴奋。

不知何故,百介只要一走进神社佛寺,就满心雀跃不已。通常踏入这种清静的场所理应感觉内心平静,但百介可完全不是这么回事。

这种地方总是让他兴奋莫名。线香的香味、护摩的烟霞、墓碑上的青苔味、击掌合十时的声响、钟声与铃声、祝词、诵经、注连绳②上的驱邪幡、莲花座上的精细金工、朱红的鸟居、漆黑的佛像,这一切都能触动百介的心弦。

接连从几家寺庙神社经过,却过其门而不入,这下百介终于忍不住了。他穿过一家供奉弁财天的小寺庙,在洗手亭洗了洗手、漱了漱口,接着便从鸟居下钻过,用眼角瞄了茶铺几眼。

一路走到拜殿后,他随俗地虔诚参拜了一番,接着便在庭内转了个圈,来到左侧一座围着木栅的坟冢。只见宛如小山般隆起的土堆上矗立着一块石头,石头左右长着几株茂盛的树,还有注连绳串联其间。这块石头名叫瑞光石。

---

①土地的守护神。
②神社中用来划定神圣场所的麻绳,绳上每隔三、五、七捻缀以方形纸张,故又名七五三绳或标绳。

据坊间传说，这块石头是延历年间（782~806）比叡山一位名叫黑珍的僧人前来东国教化济度，来到此处时发现的。据说当时这座坟冢每晚都会发出瑞光，某一天夜里，甚至有两位神明化为老翁降临在这块瑞光石上面。这两位神明就是这座神社供奉的大己贵命与事代主命。大己贵命为素盏鸣命之子，同时也被视作和魂①，因此这座神社又名牛头天王社②，或简称箕轮天王。据说这座小坟冢就是小冢原这个地名的由来。

（原来是座坟墓。）

应该是座坟墓，百介如此确信。这一带还真像是笼罩在一股浓浓的死亡阴影下。这阴影总让人感觉挥之不去，仿佛即使加以掩盖，还是会从缝隙中渗出来。

坟冢、寺院、杂耍屋、戏馆、妓院。个个都是现世与异界的连接点，果然适合摆在人间与冥界的分界线上。

而且，这儿还有座法场。顾名思义，法场乃进行惩罚，也就是公开执行死刑的场所，换句话说就是刑场。通常，死囚、替死鬼的斩首之刑多半在牢内的刑场就地解决，但需要斩首示众，亦即所谓的公开死刑时，则在此处进行。另外，斩首后需要执行枭首之刑时，也会将牢内砍下来的首级拿到这儿曝晒三天两夜。

还真是残酷至极。在善男信女求神拜佛的神圣场所后面，紧临成群嫖客寻欢的花街柳巷，竟然就有这样公然将人斩杀，并任其曝尸荒野的地方。

百介在鸟居正下方驻足，远眺法场所在的浅草山谷町方向。

江户的法场有两座，一是小冢原这儿，另一处则位于品川宿的铃森。据传城里的法场原本设在日本桥本町，但在神君德川家康入府之际，便已被迁至鸟越神社傍与材木町两处。但后来材木町的被迁往铃森，鸟越的则被移往圣天町，而后又从圣天町迁至小冢原这边。也不知是否为某种外力吸引，两处均不断朝城市边缘迁移。最后还真被挪到了如假包换的边陲之地。只要过

---

① 带来和平、宁静之神。
② 牛头天王原为印度祇园精舍之守护神，东传日本后与当地原始信仰的素盏鸣尊融合，成为除疫降福之神。

了这座桥，另一头就是大江户圈外的千住。这里正是江户的尽头，即所谓的边界。仿佛一路为边界的阴影、边界的气味吸引着，这块秽地就这样被迁到了这道如假包换的分界线上。

百介的心情再度沉了下来。今天的目的地，正是这座法场。并非受任何人强迫，而是百介自愿前来的。即使不来，也没人会责备他。但是——

百介下定决心，从鸟居下穿过，脚步异常缓慢。到头来，百介还是躲进了对面的茶铺内。在毡子上坐定后，他转头向一旁望去。一片缤纷的色彩霎时映入了他的眼帘。

鲜艳的江户紫和服、草绿色的轻羽棉外衣。黄色的发带、形状如鹤的发饰。绘有福神的藤箱。细长的凤眼、雪白的肌肤。鲜红的樱桃小嘴。

"这、这不是阿银吗？"

原来是和他有过数面之缘的巡回山猫阿银。巡回山猫指的是一边颂唱义太夫节，一边以只手操纵人偶演出的女傀儡师。放在她身旁的藤箱里头，装的就是唐子人形[①]与净琉璃人形[②]。今春，百介在越后的旅途中认识了这位长相标致的傀儡师，不久前还在甲府和她照过面。

当然，他们会碰面并非偶然。阿银并不是普通的傀儡师，而是借各种奇谋妙计，完成一些靠正当手段无法解决的任务，这就是这位怪异女子赖以谋生的手段。

和阿银这群小混混的偶然相识，让百介深受他们的个性吸引。或许世间并不会称许这些作为，但他们干的也并非什么坏勾当。厌恶以义贼自居的他们若是听到这个说法或许会不高兴，不过百介认为毋宁说他们是在热心助人。不久前甚至长途跋涉到甲府，完成一桩不可思议的任务。

阿银先是沉默了半晌，接着才转头望向百介。"哎呀，这不是专写谜题的作家先生嘛。"

谜题，类似孩童玩的谜语，目前百介就靠写这类东西混饭吃。虽然平日吹嘘自己要当个剧作家，现实中其实是靠写写这种东西糊口，因此阿银如此

[①] 发型、服装均为中国样式的傀儡（人偶）。
[②] 以三味线伴奏，吟唱义太夫节等净琉璃曲目的傀儡戏表演用的傀儡。

称呼，听在百介耳里还真有点刺耳。

不过，虽然没从背后刻意吓唬她，但不论是从语调还是神情，阿银看来都是万分惊讶。原本以为阿银是个凡事都处变不惊的女人，这下看到她这副模样，百介比她更惊讶。

"果真是阿、阿银小姐……"

"先生结巴个什么呀，是什么风把先生吹到这儿来了？"她以极其悦耳的嗓音问道。

"噢，只是来办点琐事。"百介胡乱搪塞道，接着又问，"倒是阿银小姐，到这儿来做什么？"

"还不就是……"阿银探出又细又白的脖子，朝刑场的方向比了比，"来看看热闹。"

"噢，原来目的相同。"

原来两人的目的地是一样的。

听到百介如此回答，阿银眯起了眼睛。她眼角色泽颇为艳红，不过并不是因为化了妆，而是她皮肤白皙使然。

"目的相同，先生也是来看那首级的吗？"

"是的，正是如此。"

虽然说的是实话，但话从嘴里吐出来，感觉还真是血腥。

"示众只到今日为止，不快去看可就看不到了。虽然说起来还真有点恶心，不过，这大概就是作家的天性吧。"

百介点了一碗甜姜汤。阿银无聊地抬起了脚，接着又望向百介问道："等会儿就要去吗？"

"是呀，等会儿就去。"

"不过，先生不是住京桥吗？若是走近路，应该是沿河边下天狗坂，过了泪桥再穿过新町，理应不会经过箕轮天王这边才对吧？"

"噢，话是没错，只是绕了点远路。"

真正要看时反而提不起劲儿，这种话实在说不出口。

那还不只是一点儿远呢，阿银说着，笑容在她脸上缓缓浮现。

"先生是不敢看吗？"

"也可以这么说。这类残酷的东西，我实在是不大敢看。"

这下可把真话说出来了。阿银又笑着说道："不敢看？亏先生还是个为了搜集怪异故事云游四方的作家呢！先生不是还曾说过，要出版一本百物语吗？"

"噢，我热爱的是幽灵妖怪，但要看到血可就没辙了。即使是剃胡须时稍稍划破了脸，渗出来的一丁点血也会让我毛骨悚然。只要一见红，眼前就一片发白。"

"哎呀，瞧你说的。"阿银这下笑得更开心了，"如此胆小，还要来看枭首示众？真不知先生是怎么想的，绕了这么大一圈，又走得慢吞吞的，到头来还是想看。难不成这首级装饰得特别漂亮？"

"因为这不是普通的首级呀。不管怎么说，这可是轰动世间的大恶人，稻荷坂祇右卫门的首级。"

此刻——

祇右卫门的首级应该就被曝晒在小冢原法场那三尺高的枭首台上。这个百年难得一见的大恶棍在十天前伏法，经过一场严厉的审问后被判枭首之刑。

据传稻荷坂祇右卫门表面上是香具师[①]的总管，但他并不是拥有自己地盘的香具师。祇右卫门旗下的人手，似乎都是各地漫游修行的宗教信徒、巡回艺人、无宿人或野非人，悉数是不属于江户四区非人头管辖下的非人。[②]每逢町奉行所或弹左卫门临时要取缔无宿野非人时，总能在事前得到风声的祇右卫门便会通知他们，或者为他们斡旋居住或差事等，略施小惠绑住这些人，并以种种手段从他们身上榨取利益。

由于他深谙各种回避官府取缔的手段，因此实际情况总是让人无法掌握。干的已净是非法勾当，但祇右卫门最残酷的地方，其实是不把手下的人当人

[①] 制造或贩卖焚香用具者。
[②] 非人，江户时代幕藩体制下所界定的阶级之一，为最下层之贱民，依法不得从事生产性的工作，通常从事监狱、刑场杂务或低等民俗技艺等。非人头、长吏、弹左卫门均为非人管辖者。野非人为非人管理机构都无法管的四处流浪、居无定所的非人。

看。他总是戴着保护弱者的假面具吸引最低阶层的百姓,再利用他们的弱点要挟,使其沦为自己作恶的工具。指使扒手偷窃就不用说了,掳人勒赎、走私、抢劫、仙人跳、开设私娼寮和非法赌场,乃至杀人放火,只要是想得出来的坏勾当,祇右卫门均有染指。

虽然如此,祇右卫门还是没被逮着过。南北奉行所原本为搜捕纵火贼就已经够头疼了,根本无暇他顾。再加上没有人知道他的藏身处,以及他一切都假他人之手的手法实在巧妙。每当有恶事被揭发,下手的几乎都是无宿者,还未查到祇右卫门,线索就已断得一干二净。代祇右卫门被送上刑场的无宿者,据说已是多不胜数。果真是万恶不赦。

被他利用的替死鬼,或许并不认为祇右卫门对自己有恩,也没什么义务为他出生入死。百介认为这些最低阶层的百姓不得不依赖祇右卫门这种恶棍,不过是为了讨口饭吃而逼不得已。祇右卫门这种乘人之危的作为简直比暴力的威吓诈取还要残酷。传说中,祇右卫门就是这么个狠角色。

不过,这个恶棍终究得付出代价。也不知他巧妙的花招哪里出了纰漏,传言他遭到逮捕,是因为关八州长吏之首的弹左卫门实在看不下去了。也不知是怎么办到的,总之没经过什么大力搜捕,祇右卫门便乖乖落网了。而且还在两日前被拖到市内游街,最后遭斩首。

"说得是——"阿银心不在焉地回答,接着又懒洋洋地问道,"所以,先生到这儿来,就只是为了瞧瞧这大恶棍长的是什么模样?即使绕了这么大一圈远路?"

"噢,我倒是不关心他是否真是个恶棍。"

"不关心吗?"

"是呀。我关心的是,另一则传言。"

"什么样的传言?"

"相信阿银小姐也听说过吧。祇右卫门这家伙,该怎么说呢,据传是个不死之身。有人说他怎么杀也杀不死。不,该说是不论死几次都能复生。虽然不知是虚是实,但曾听说他已经死过两次,却两度威胁阎魔王让他回来。"

坊间的确有这样的传言。传说稻荷坂祇右卫门是绝对不会死的。

"这种鬼话,先生也相信?"

阿银这么一问,百介完全不知该如何回答。

"噢,我是不大相信,不过毕竟真有这么个传言。阿银小姐,我呢并不只是搜集古老传说。而且只要过个一段时日,这则传言自然也会变成古老传说。传言的真相原本就难以还原,经过的时日愈久,细节也就愈难判明,而且还会不断被人添油加醋。每桩事件还是在变成传言前就开始搜集真相,方为上策。"

"这也是作家的天性吗?"

"与其说是天性,不如说是宿命。"

其实这并不是所有作家都有的毛病,不过是百介个人的宿命罢了。

"时下,坊间流传着许多传言,甚至有人说到了枭首示众的第三日,祇右卫门的首级就会睁开眼睛,接着便会口吐火焰飞往他方。"

这么一来岂不是成了妖怪?阿银一脸发愣地问道。

没错,的确是成了妖怪。百介回答。

"祇右卫门毕生打破了世间一切定则,既不拜神佛,也不遵法纪,净走邪门歪道,藐视一切法理,是个对法规、人伦与先人教诲均不屑一顾的无赖。这种人即使死了,对世间的怨念依然不灭,因此会化为无量之形,继续扰乱天规佛法。"

"听来仿佛佛祖还该怕他似的。未免也太没用了吧。"阿银说道,"如此说来,佛祖未免也太窝囊了。即使无法惩罚他,至少也该感化他。若是救不了现世活人也就算了,这下人都死了,怎么还拿他没奈何?某位有名的高僧不是说过:善人尚且往生,何况恶人乎?"

"哎,话是这么说,没错。佛教的教义原本就是尊崇佛法、勤修正道者便能得救,但祇右卫门这种毫无慈悲、毫不悟道的家伙可就另当别论了。欲拯救也无从,欲教化也无从,根本就是个妖怪。"

"不过,这种罪大恶极的家伙,死了不是该下地狱的吗?哪来得及复生呀!理应是人还没死,地狱火车就先来把他带走才是。哪有道理乖乖等在后头,待他把饭吃完再带他上路?"她语带揶揄地说道。

"症结就在这里。"百介说道,"有人认为祇右卫门生前藐视一切纲纪,总是为所欲为,胆敢打破一切规矩,挑衅所有王法,因此就连天理也拿他无可奈何。"

噢……阿银歪着脖子纳闷起来。"所以,他才会复生?真是没天良呀,该让这种人多死几次才是吧。"

"这就是另一个症结了。噢,虽然还没来得及确认虚实,但似乎有记录证明祇右卫门过去曾复生过两次。不过,我觉得这说法难以置信。总之,若他只是个普通的恶棍,管他是被处枭首还是磔刑,我根本不会感兴趣。但倘若他真如传言般厉害,这可就是个怪谈的好题材了。"百介说道。他喝下一大口生姜味浓郁的甜汤,叹了一口气,热腾腾的。

"而且这么多流言蜚语传来传去,都已经引起一阵轩然大波了。身为怪谈的爱好者,我哪可能不把这件事查证清楚?要是传言成真,果真出了什么怪事,好歹也得把经纬写下来。倘若真的要写,当然需要眼见为凭。这就是我的目的。"

"这就是作家的宿命吗?"

"没错,是宿命。"

"那,要去看了吗?"

"这——"

还是不敢看吧?阿银窥伺着百介的脸庞问道,这下又被她看穿了。百介也望向阿银,近看还真让他吓了一大跳。从某些角度来看,阿银像个清纯的姑娘,但若换个方位来瞧,又像风韵犹存的半老徐娘。果真是个不可思议的女人。

"哎,当然不敢呀。把死尸曝晒街头这种事,我原本就无法接受。官府让咱们这些百姓看这个,还不是为了杀鸡儆猴,好为他们确立屹立不摇的威信。所以得让咱们知道这样的下场有多吓人,亲身体验恶事万万不可为。"

"反正只有爱看热闹的会去看。"这个巡回山猫不耐烦地扔下这句话,接着突然离开百介身边,背起了藤箱,"我要去瞧瞧啦,先生也来吗?"

"当、当然去呀。不是说过要去看了吗?"百介慌忙站了起来。要是独自被留在这里,百介八成,噢不,九成九就看不成祇右卫门的首级了。

"等等呀——"百介快步朝阿银追了上去,阿银走起路来健步如飞,百介还没来得及付完账,她就已经走得很远了,不论再怎么呼喊,她也没停下脚步,即便追上了,她也不朝身旁看一眼。她这模样的确有点奇怪。

"阿银小姐是怎么啦?我倒还想问阿银小姐为什么这么想看那首级呢?"

"就是来看看热闹呀。"

"真的吗?"

怎么看都不像只是来看热闹的。虽然和她没什么交情,但百介还算颇会看人。他知道阿银并不是个爱看示众首级的女人。当他再问一次时,这个巡回山猫霎时停下了脚步。

"怎、怎么了?"

百介慌忙窥伺起阿银的神色,只见她两眼直视前方,低声说道:"我和他有旧仇。"

"旧、旧仇?是指和稻荷坂祇右卫门吗?"

"没错。"她语气冷淡地回答。

此时,法场已映入了他们俩的眼帘。不过是一块平淡无奇的空地。空地一角以几支竹栏围起。一旁有座以木桩搭建,仅在里头铺有草席的简陋小屋。弹左卫门的下属就在里面昼夜交替地轮番看守。

前方右侧立着一块告示牌。在这块钉在木桩上的告示牌上面,记载着犯人的姓名、出生地、年龄、罪状与所受的刑罚。

告示牌后方立着两支涂有红色横纹的饰枪,以及突棒、刺股两支长柄缉捕道具。[①] 传闻这两支饰枪俗称福岛阙所枪,乃由来已久的不祥之枪。

左侧立着一面长条旗。这面以坚固和纸贴成的巨大长条旗,高度八尺有余。虽然从远处难以辨读,上头密密麻麻的黑字应该也是犯人出生地与年龄等记载。游街示众时,这面旗就被举在队伍的最前头。

然后,同样是平淡无奇的,宛如现场的树木、稻穗、屋宇、石头与芒草,

[①] 突棒,前端为铁制,呈T字形,上有成排铁钉,前端下头为一至三米的木柄;刺股,前端铁制,呈U字形,下有二至三米长柄,用来将对方咽喉、胳臂等强行固定在墙面或地面。

那东西就静静地伫立在它理应存在的位置，让人感觉它和周遭景物一样自然。

那首级——

就静置在一座高约三尺的简陋木台上。看来是那么稀松平常。

原本以为现场气氛会是一片阴惨，事实却不然。虽然略有倾斜，但是耀眼的艳阳就高高照在这颗首级上。面色有点发黑——这是百介唯一的感想，其他毫无任何感慨——心中完全感觉不到一丝恐怖、恶心或伤悲。为了防止首级倾倒而在周围围上的土堆，看起来也仅让人觉得粗糙、滑稽。

"还要……再来一次吗？"阿银说道。

还要再活过来一次吗？只听到她如此呢喃。

二

不过，巡回山猫不祥的预言似乎并没有成真。

依惯例在法场曝晒三天两夜后，稻荷坂祇右卫门的首级没有发生任何神怪之事就被移除了。首级没有睁开眼睛，也没有吐火翱翔。之后过了一个月左右，坊间关于祇右卫门的神怪传说戛然而止。虽然早就料到会是这种结果，但百介依旧感觉到一股期待落空的失落。

虽然这并非原因，百介开始调查起祇右卫生门的过去。说得明确点，是过去的两次复生。因为实在无法抑制心中的好奇。他果真曾留下这种记录？倘若真是如此，虽然人死复生这种事未免太不合理，为何第三次就没活过来呢？难道是因为脑袋被砍掉的缘故？

不过，阿银那句话也在百介脑海里挥之不去。虽然没说详细，但听得出阿银似乎知道些什么。

还要再活过来一次吗？

阿银那鲜红的双唇的确这么吐露过，怎么听都不像是看到首级随口说说。再者，更难以理解的，是阿银离开刑场时那令人疑惑的态度。

不对劲，其中必定有鬼。

既然打定了主意就绝不反悔。百介就是这么个个性。并不是因为他天性固执，不过是深怕拖拖拉拉到头来只会让自己放弃。虽说是绝不回头，但现在该从哪儿开始着手，他可是一点主意也没有。因此，这几天百介都只能窝在自己房里，满怀苦闷地思索着点子。

　京桥。蜡烛批发商生驹屋的一间小屋。这就是百介的住处。这十叠大的房间堆满了大量书卷。除了外出巡游搜集怪谈奇闻，百介几乎都窝在这弥漫着一股霉味的房里，不是写写东西，就是查查资料，要不就是沉迷于阅读各类文献中。

　他所做的并不是什么大不了的研究。不过是为了撰写一本怪谈。以百物语的体裁，将辛辛苦苦自各地搜集而来的怪谈奇闻编纂成一本书付梓出版。这就是百介目前的目标。不过，遗憾的是百介既非流行的剧作家，亦非知名学者，因此总是无法实现这个古怪的野心。目前百介仍不过是个受出版方委托，撰写孩童谜语等的谜题作家，几乎没赚到任何实际收入。

　不过，他倒是无须为吃穿发愁。因为——

　百介抬起了头来。主屋那头可是热闹得很。时值阴历十二月，自己的店家好歹也在做生意，哪有道理不热闹？而且生驹屋在江户即使不是第一，至少也是屈指可数的大店家之一，做起生意来想不忙都难。不不，百介心想，即使不是商家，值此岁暮之际还能无所事事地胡思乱想的，大概只有自己一个吧。

　透过拉门狭窄的细缝，百介看到了伙计们正忙碌地来来去去。这光景让百介感到惭愧不已。眼看他们个个忙成这样，自己却还在这儿游手好闲，这着实让他倍感心虚。这要比当个寄宿的食客还要难捱。

　事实上，生驹屋是百介继承的家业，意即他就是这个商家的大老板。可是，别说在店里照顾生意，百介就连一点忙也没帮过。

　上一代老板一过世，百介便迫不及待地将商家交由掌柜经营，自己开始过起隐居，而且还是如假包换的隐居生活。这虽让大伙儿惊讶不已，倒也没任何人反对。噢，或许该说是没任何人有资格反对。百介是前任大老板的养子，而这位大老板没半个有权继承家业或提出任何异议的亲人。百介原是一位御先手铁炮组的穷同心的次子,由于家境清寒,甫一出世便被送到了生驹屋当养子。

不过,百介不愿工作,并非出于武家之后不宜从商的矜持。他反倒认为武士是比商人更不适合自己的职业。百介直到长大成人后,才发现自己的实际身世。在那之前,百介都是以一个商人儿子的身份接受为日后经商做准备的教育。若说后天的教育要比先天的出身重要,那么百介理应成为一个卓越的商人才是。

结果却是如今这副德行。他自己也为此深感困扰。但是自己并不适合经商这个事实,他比谁都清楚。反正做什么生意都注定失败,他实在不忍心看到代代先祖传承下来的生驹屋,就这么败在自己这个养子手上。这不仅会让他深感愧对养父的哺育之恩,也将使他无颜面对店内的伙计们。因此,他只能决定放手。

这是个聪明的决定。但他同时也认为没经过一番努力就抽身,也未免过于卑怯。只是自己若真不是块干生意的料,说什么也没辙。这道理正如人再怎么努力,终究是无法飞天。既然放手了,百介也打不起劲照顾店里的生意。不过店里伙计至今仍以小老板称呼他,不仅依然把百介当主人看待,对他的照顾也是无微不至。虽然无功不应受禄,但若没这种接济,他倒还真活不下去,只能选择从家里搬到这栋小屋独居。

到头来,百介成了个名副其实的饭桶。这身份当然让他感到比当寄宿食客还要无地自容。大家对他的热忱招待更是让他倍感心虚。若大家明显将他当个吃软饭的看待,或许还比较容易对付,但伙计个个对他却是如此亲切,虽然或许是看在他多少还算个主人的情面上。

百介轻轻拉上了朝向主屋的拉门。精神就是无法集中。百介再次步向书桌。

这时,丁零——传来一声铃声。

百介纳闷,都这个时节了,怎么还有人挂风铃。

(不对。)

铃声是从小屋后方传来的。即使在夏天,也不可能有人在那儿挂风铃。

百介还来不及坐定就起身拉开了面向后方的拉门。映入他眼帘的是个一袭白衣的男子。头上缠着一条修行者的白头巾，手上握着铃。

"又、又市……"

来者原来是御行又市。又市是个云游四方、靠出售驱魔符咒为生的古怪人物，同时也是和阿银同伙的小混混之一。

不过，他究竟是从哪儿进来的？后门明明关着，闲杂人等也不可能从前门经过店铺入内，难不成是翻墙进来的？

又市彬彬有礼地朝他鞠了个躬。"请恕小的无礼。小的这身装扮实不宜光明正大地登堂入室，只得从这种地方入内叨扰。上回承蒙先生慷慨相助，由于事后须为若干后续处理滞留该处，至今方得以回到江户。虽已延宕多时，还请容小的在此聊表迟来的谢意。"

"请、请别多礼。当时我对一切浑然不知，不过是盲目奔走一番罢了。"

百介慌忙回礼道，不过他说的倒是事实。

"不过，又市你怎么会知道我的住处？记得我仅说过自己住在京桥，其他的一切只字未提。"

小的突然造访，是否叨扰到先生了？又市一脸故弄玄虚的表情问道。

"噢，这怎能说是叨扰？不过……我虽以作家自居，至今仍是默默无闻，因此居处应无人知晓。"

看到百介如此夸张地否定，又市笑着说道："哎呀，虽然问人作家山冈先生居住何处，的确是无人知晓。但若问到哪家蜡烛批发商住着一位年轻隐士，在这京桥一带可就无人不知了。"

"所言甚是。"百介笑着回答，邀又市入内。

但又市坚持自己身份贫贱不宜入内，婉拒了他的邀请。

"不过，天气严寒，站在这儿和你对话，我自己也怕冷。说实话，真的很高兴看到你前来造访，既然来了，至少进来喝杯茶吧。"

又市低下身子回答："并不是小的不领先生这份情。这小屋毕竟与主屋相连，要进去还得经过主屋。只怕小的这身打扮，若冒昧从如此的大店家正门入内，恐有损及贵店商誉之虞。"

这倒是实话。总不能请他从窗口爬进来。百介只得继续隔着窗口和他对话。

"哎，住在这种小屋里果然不便。一如你所言，我进出都得经过主屋，由于为自己的身份感到心虚，每次从店面经过时总是低头掩面、偷偷摸摸。"

"不过此店家毕竟是先生的财产，岂须如此顾虑？"

"店家是我的财产……绝无此事。家父还在世之时，店内生意便已由现在的掌柜执掌了。养母过世后，店家生意与卧病在床的养父便悉数由掌柜与伙计照料。我不过是个吃软饭的败家子罢了。"百介说道，"已逝的家父对毫无血缘关系的我照顾有加，到头来我却如此不成材。生父当初苦心将我送做养子，倘若看到现况，想必也将大失所望吧。我虽选择放弃继承店家，也无颜归返武家，即使回去了，必也无力重整家门。不论对养父还是生父，我都是个不肖子呀！"

"原来如此，"又市低声说道，"看来先生居住在这栋小屋中，目的绝非舍不得商家生意。"

"当然。"

这种想法他从来没有过。

"我唯一舍不得的就是这栋小屋，不，该说是喜好搜集奇闻异事的先祖遗留下来的庞大书卷。我就是在这满布尘埃的书堆中长大的，若要离开它们，必将让我感到痛苦难耐。"

看来的确是如此。又市朝屋内探了一眼，一脸惊讶地说道。"只是，先生，"又市手倚着窗框问道，"小的不在江户这段期间，可曾发生过什么怪事？"

"怪事……"听到又市这么问，百介一时间完全无法理解他指的怪事是什么。又市在他哑口无言时继续问道："对了，据说前些日子，祇右卫门被枭首示众？"

"是的，请问这件事怎么了？"

又市来造访前，百介不断思索的正是这件事。只是，枭首示众似乎并未发生任何古怪的事。值此只要偷个五两就得人头落地的时代，虽说不是每天都有，但首级示众已是十分频繁。尤其对又市这种涉足黑暗世界的人来说，这种事理应是稀松平常才对。

接着又市又说："据说……"至此，他沉默了下来。

"噢，你想说的可是他那不死之身的传言？"

百介终于发现他想问的是什么了。屡次死而复生的传言，的确算是件怪事。当然，这也得以它真的发生过为前提。

又市并未马上回话，仅抬起双眼看向百介。看到百介歪着脑袋的模样，又市才问道，看来果真有这种传言？

"又市，你也听说过吗？没错，的确有许多关于他的神怪传说，但最后却什么事都没发生。那些传言终究不过是胡说八道罢了。毕竟祇右卫门生前是个万恶不赦的大恶棍，生平作为一切不详，有这类传说附会也是在所难免。"

至少就百介调查所得的结果来看，祇右卫门的生平几乎是个谜。虽听闻他伏法后曾接受严厉审讯，但出生地、家世乃至年龄都没能弄清楚就被判了刑。告示牌和长条旗上除了罪状与所处刑罚之外，其他一概没有提及。

"或许由于他生前如此神秘，才会传出这类风声。才过了一个月，今后发展尚属不明，但看来是不至于发生什么变化吧。"

噢，又市瞠目说道："不至于发生什么变化……"

"理应不至于发生什么变化。"百介斩钉截铁地断言道。不过，这句话仿佛是说给自己听的。并没有任何证据供他如此断定。

"请问先生如此判断是否有什么根据？"

果然，又市再度抬起双眼问道。这家伙还真能巧妙地猜透人心。

"是没有根据……不过死而复生这种事，通常理应不会发生才是吧。"百介回答，"总之我是不相信的，这种古怪的事怎可能发生？"

"想不到深谙古今东西各种怪谈的先生也没听说过这种事。"

"过了奈何桥却仍能折返，从所谓假死状态复生的故事是时有所闻。不过，这和祇右卫门的传言不尽相同吧？"

"的确不尽相同。"

"街坊流传的奇闻中的复生者，多为旁人认为已经过世者。不论是死后三日活着回到家的老翁，还是推开土冢从墓里爬出来的老妪，据我的判断，皆为大夫误判往生，家属过早埋葬所致。若已完全断气，也就是真的死了，还能回来的可就是幽灵亡魂了。现在谈的不是亡魂,而是复生。即使是还魂之术,召回来的也是亡魂吧,绝不可能带着肉身一起重返人世。"

"原来就连先生也没听说过?"

"唐土一带似乎有过这种案例,不过尸体即使复生亦绝非生者,而是妖怪吧。"

"妖怪啊——"又市再度欲言又止地说了一句。

"是呀,若能如此,应该就成了妖怪了吧。"

"有理,听来的确像妖怪。"

"我是如此认为,没错,"百介回答,"不过,一个人无论变成什么样的妖怪,若已是身首异处还要复生,那就和要让天地倒转一样不可能。即使堪称枭首之刑始祖的天下大逆贼平将门的首级,虽说历经三月不腐后睁开双眼,大喊若躯体仍在,愿再决一死战,但他终究没活过来。而唐土的伍子胥,被斩首后顶多也只能大笑。《新御伽婢子》中也曾记载有名女子仅剩首级却仍活着,可见此等事或许真曾发生,但即便复生亦无法恢复原形。因此,首级落地后还能接上身躯复生,理应是不可能。"

"不可能吗?"

"不可能。正是因此,官府才会在斩首后示众。吾国自古施行斩首之刑,目的就是为了防止受刑者复生。"

"原来如此——"又市态度暧昧地回了一声,也听不出他究竟是信还是不信。

"这是怎么回事?"

总觉得他的态度和阿银一模一样。

"一下是阿银小姐,一下是又市,怎么一谈起祇右卫门,大家的态度就变了样?"

"阿银——"又市罕见地有了反应,"阿银她怎么了?"

"噢,阿银小姐曾说,自己和祇右卫门有旧仇。"

"旧仇……先生是在哪儿遇上她的?"

百介便把一个月前参观枭首示众时的事告诉了他。未料又市愈听神情就愈严肃。虽然猜不透这其中的原因，但百介终究还是全盘托出了整件事的经纬。

"阿银她……也看过了祇右卫门的首级？"又市语调毫无抑扬顿挫地问道。

"是的。因此才提起旧仇这件事，不过详情我并没有过问。"

"那么，她还说了什么？"

"噢。还要再活过来一次吗——就说了这么一句。"

还要再活过来一次吗，又市把这句话重复了一遍。

"那句话的意思我是听不大懂，只怀疑还要再活过来，或许是质疑他是否还要再复生。若真是如此，听来还真不像是阿银小姐会说的话。"

"噢。"又市若有所思地应了一声，接着又问道，"那么，她后来又怎么了？"

"嗯……"

当时阿银看首级看得入神，百介问什么问题都没回答。后来——

"对了，后来来了个捕快，大概是来巡视还是什么的吧。阿银小姐一看到那个捕快……"

脸色就变了——

看来似乎是如此。不，说得准确点，应该是看到那个捕快的脸才对。百介清楚记得，阿银原本就白皙的脸色，在刹那间变得更为惨白。

"捕快？"

"是的，八成就是将祇右卫门逮捕归案的与力吧，记得就是那个姓笹森的北町与力。一瞧见那张脸，阿银小姐就脸色苍白地躲了起来。噢，或许阿银小姐她，有什么难以启齿的缘由吧，因此我也没追上去。"

姓笹森，这御行托着下巴思索起来。

"先生怎会知道？"

"知道什么？"

"那个前来巡视的捕快的姓氏。"

"噢，说老实话，我对此事颇感兴趣，因此曾就祇右卫门做过些许调查。"

"调查？"

"虽说是调查，但也仅找到一些不足采信的传言。逮捕他归案的是北町奉行所的与力，名叫笹森欣藏。据说当时祇右卫门藏匿于两国一家小餐厅的密室中，连同正在与他密会的盗贼当场被一网打尽。其他的就不清楚了。如同我方才所言，各处的告示牌上也除了一连串罪状之外，最重要的东西一切都没提及。噢，后来唯一知道的，只有这个姓笹森的捕快额头上有颗很大的痣。当时前来巡视的捕快脸上的确有颗痣，因此想必就是他吧。我知道的就只有这么多了。"

"痣？"

"记得这种痣叫作福德痣还是什么的吧，一大颗长在额头上。应该错不了。"

又市陷入了漫长的沉默。百介则开始起了戒心。这个御行果然不得不提防。他太懂得如何以花言巧语潜入人心，当发现自己中了他的招时，已落得只能任其摆布。当然，由于他的真意与性情都是如此难以捉摸，因此就更得小心。

又市这个人，人称诈术师。这个词的意思说不上多好，指的是见缝就钻，靠耍些小花招或舌灿莲花算计他人者。可见诈术师又市这张嘴有多厉害。而又市闭上这张厉害的嘴时，可就更需要保持戒心了。

只见又市低头沉思了半晌，待抬起头来时，脸上已经恢复了惯有的神情。

"先生。"

"怎、怎么了？"

"仅穿单薄的白麻布衣，又剃个光头，小的这身装扮怎么看都只适合炎炎夏日。尽管身为一介乞食御行，终究还是难敌岁末寒风。因此，可否请先生让小的入内片刻？"

这句话可把百介问呆了。还没来得及回话，又市便已低下身子，从他的眼前消失了。没过多久，又市就拉开拉门走了进来。只见他手中提着鞋子，大概是从廊下钻进来的吧。

"可否容小的叨扰片刻？"

"当然。抱、抱歉，里头挤了点。"

百介慌忙挪开堆积如山的纸张书卷，为又市腾出了点位子。由于百介嫌占地方而将坐垫悉数搬到主屋，小屋内没有任何坐垫。

又市一坐定，百介便起身准备请人送茶来。但这个御行以极小的动作制止了百介。

"请先生别费神了。"

"可是——"

"外头的人看到小的这个没从前门进来的访客,岂不惊讶?"

有道理。

"事实上,先生。"又市压低嗓门说道,"阿银是个江湖艺人,小的则是个乞食御行,虽有出生地却无亲族家人,是所谓的无宿人。"

"这点我并不在乎。"

"小的要说的并非这个,"又市继续说道,"而是关于祇右卫门的事。"

"噢?"

祇右卫门是个拿无宿非人当棋子干坏事的角色。

这个御行望向方才自己还站在外面的窗口说道:"有明必有暗,有昼必有夜。从明处或许看不出稻荷坂祇右卫门是个什么样的人物,但从暗处看可是极为清楚。祇右卫门对小的这种小混混而言,是个无人不知、无人不晓的狠角色。"

"噢。这么听来,又市你也和他照过面?"

呵,又市笑着说道:"因此,只要和他稍有牵连,必会结仇。阿银在这行的日子也不短。"

似乎真是如此。阿银虽然从外貌完全看不出实际岁数,但从身手来看绝非新手。

"而且,"又市将脸凑近百介说道,"祇右卫门他……"

"祇右卫门怎么了?"

"过去真的曾死过两次。"

"噢?"百介不禁惊呼一声。思索了半晌,百介这才参透又市这句话的真意,接着便一脸严肃地转头望向他。虽然仅借察言观色要想看透这神通广大的诈术师心里打的是什么主意,根本就是不可能。

"噢,难道传言果真属实?"

又市点了个头。"而且,两次皆是……"

"两次皆是?"

"皆是死得身首异处。"

"这……不可能吧?"百介惊讶得哑然失声,"这实在令人难以相信。而且死得身首异处,意思可是死于斩首之刑?"

又市点了点头。"没错,而且首级皆曾示众。第一次是……十五年前。十年前又发生了第二次。"

"这、这怎么可能?官府怎么可能将同一人处刑好几回?总没道理大费周章地搜捕一个死人吧?即使逮到了,怎么有办法对已死之人判罪,而且还数度斩首?"

"不过,这绝对是真的。"

"可有任何证据?"

"证据小的都看到了。"又市回道,"总之,相信与否但看先生自己的决定,不过先生若是不信,小的也完全能理解。然而,只要稍加调查,先生便会发现此事绝对属实。"

"调查?你的意思是官府曾留下什么正式记载?"

"应该有的。至少奉行所会保留调查记录,这类文件可是不会丢的。十五年前那次的在北町,十年前那次的则在南町。"

"若、若是真的,理应不会丢了才是。不过,留下的会是什么样的调查记录呢?这种事,官府也会不知该从何写起吧?两度将同一罪人判处极刑,于法实在是太不合理。已经判处了一次刑,罪人却活了过来,还得再杀他一次,要官府如此写未免也太……"

"并非如此。"又市以手势否定道,"想必记录上应是以同名同姓者处理。反正稻荷坂祇右卫门年龄、出生地均为不详。"

"原来如此。"

意思就是即使判处了两次刑,也没有任何要素能确定遭处刑的就是同一人。若以两个同名同姓者处理,于法倒是有可能。

"不过——"百介仍然无法相信。如此一来,不就代表遭到处刑的是其他人也无妨?"若是如此,这些会不会只是替死鬼?他不过是找几个替身让官府逮捕罢了。"

"并非如此。"

"若不是,可有任何其他解释?"

"很遗憾,遭处刑的祇右卫门的确是稻荷坂祇右卫门,没错。不论是十五年前还是十年前,在法场示众的均为稻荷坂祇右卫门的首级。"

"哪、哪可能……哪可能有这种事?"百介说道。

又市正眼紧盯着百介说道:"但这种事真的发生了。"

"不过,若真的有这么回事,被处刑的稻荷坂可就不是人了。遭斩首还能复生,这分明是妖怪。"

"没错,"又市依旧目不转睛地凝视着百介,"这祇右卫门并不是人哪!"

这下百介听得哑口无言。"又市,你所言是认真的吗?"

"是的。小的虽然是个诈术师,凭这三寸不烂之舌混饭吃,但胆敢保证绝不轻易撒谎。祇右卫门这家伙被斩首也死不了,要杀也不能。因此,这家伙方能长年在不法之徒的世界中保有如此权势。"

"不过——"

"再者,祇右卫门对弱者而言,是个可怕的狠角色。"

"可怕的狠角色?"

"就某种意义而言,身为不死之身这种事,由于无论干了什么样的勾当都无从惩罚,因此要比什么都可怕。"

这当然有道理。

"宛如欲望与执着的无间地狱,不断死而复生是件可怕的事。若由此角度来看,最让人感到可怕的,可能就是不死之身的祇右卫门本人了吧。"又市说道。

这番话也颇有道理。

"可、可有什么法子结束这无限的循环?这听来实在是太……"

法子是有,只是办不到。这御行如此回答。

"办不到?"

"办不到。据说吃过祇右卫门亏的人超过五万,不过这些悲惨的受害者

59

并不只有普通百姓。被他当棋子使唤的无宿人们,几乎是为了被他握在手上的把柄而被迫卖命。因此,试图抹杀祇右卫门者其实为数甚众。不过,没有一个成功。"

"有这么困难?"

"并非困难,而是根本不可能。"又市从摆在大腿上的偈箱中取出一张符咒。"首先,必须将这张具有焚毁一切妖魔之法力的陀罗尼符咒,朝祇右卫门的额头上贴。"又市亮出了面积不小的符咒继续说道,"待贴满三日三夜,再斩其首级。至此绝不可取下符咒,须将首级连同符咒一并斩下,并尽速将其焚毁。"

"焚毁?"

"必须烧成灰烬,"又市回答,"这听来简单,实则无法办到。小的手中虽有这张符,但既无法贴上祇右卫门的额头,也无法在贴上后连续三昼夜控制那家伙的行动。再者,能斩下他的首级的,唯有官府刽子手一致推崇的凶贼刽子手又重郎。"

"噢——"

"再者,官府内的大爷也不可能相信世上有这种砍了头也死不了的恶棍,更别提有什么捕快愿意听小的这种下贱人等的忠告。因此到头来即使逮到了人,顶多也只能把砍下的首级拿去示众。因此……"

他才会不断复生。这么说来——

"这、这么说来,这次他不就又……"

"是的。或许大家认为这回他是不会再活过来了。但据先生方才所言,似乎还得让稻荷坂祇右卫门再复生一次才行哪。"又市如此作结。

三

没过多久,邪恶的传闻果然出现了——祇右卫门又复生了。

有人说被砍下来的首级经过一个月开始闪光,朝丑寅的方角飞去,有人则说首级在某处的稻荷堂和身躯接上了,总之一切传闻都离不开怪谈的范畴。还有人宣称看到一个长相与衹右卫门神似者在吉原游廓^①二楼朝下眺望,也有人表示在上野广小路和一个酷似衹右卫门的人擦身而过。这类传闻亦不在少数。

每一则传言中的人物应该都是衹右卫门,没错,只是有人说他的头发悉数变白,有人说他双眼变红,也有人说他面色如土,所有传言悉数经过一番添油加醋的润饰。虽然说法五花八门,但共通的是每一则都提到复生后的衹右卫门脖子上缠着一条围巾。意即,原本分了家的身与首,试图遮盖接合处的伤痕。看来他果真成了妖怪。

虽然这类奇闻怪谈悉数不足采信,但与此同时,诸多恶事正在私底下横行的传言也不时传进百介耳中。胁迫、骗取、欺诈,各种仅在私底下进行的恶劣恐吓之类由于犯罪难以浮上台面,因此并没有引起任何轩然大波,然而这一切事件的手法与昔日稻荷坂一伙人的实在太相似,因此许多人认为应是由衹右卫门主导。

不过,由于欠缺证据,看来一切纯属谣传,可能仅是一度冷却的传言再次死灰复燃罢了。百介无法悉数相信这些传言,几经调查也依然毫无头绪,因此心中仅留下几分真相未明的恐怖。

人死复生。遭斩首者,身首再度结合而复生。这种事真会发生?虽然百介相信世上确有神怪,对这传闻却仍难以置信。毕竟即使是狐狸精,只要被砍了头也就一命呜呼了不是?难道此人对世上最可怕的邪恶的执着,竟能让他颠覆自然天理?一如上古传说中的玉藻前——白面金毛九尾狐,死后化为散放瘴气的杀生石,难道如此恶人的邪恶心肠也能化为肉身?

百介认为这实在难以置信。不过,他也记得又市曾说过的话。与百介不同,又市认为世上绝无奇事。虽然一身僧侣打扮,但这个诈术师骨子里其实毫无信仰。事实上,数度与又市共事后,就连百介也开始感染上了他这股气息。但原本不信鬼神的又市此次竟然坚称这传言属实。

---

① 江户时代合法妓院聚集地。

想到这里，百介不禁感到毛骨悚然。每当听到任何恶事的传言，百介都会不由得幻想祇右卫门脖子上带着一轮伤的模样。理所当然，这妖怪脖子以上的，就是示众台上那颗面色发黑的首级。这让他感觉到一股无可言喻的恐怖。自然而然地，老是窝在小屋里的百介，这下更是足不出户。

几经调查，唐土那些死后仍能四处活动的尸妖名叫僵尸，字意为死后的尸体，代表这是死人而非幽灵。据传这类妖怪力大如熊，虽仍保有人形，但性质上已非活人，屡以怪力袭人食之。除了将其焚毁之外，几乎无法可挡，仅有道家绘制的符咒有办法封其妖力。据传将符咒往其额头上贴，僵尸便会静止不动。看来又市的说法或许有些道理，百介心想。

北町奉行所定町回①同心田所真兵卫，就在此时——冬季中旬，前来生驹屋造访。

八丁堀的捕快突如其来的造访将百介吓得脸色铁青。而且他求见的并非掌柜，而是百介本人。这让百介纳闷得数度向前来通报者询问，对方是不是将自己误认为店里的主事者。他不记得自己曾做过什么违法的事情，不过和一些偷鸡摸狗的小混混有往来倒是罪证确凿。毕竟百介原本就对自己这吃软饭的身份感到心虚。

百介实在不知该如何同这些当差的打交道。听到外头不断喊着少爷、少爷，他只得心不甘情不愿地出来会客。

只见喜三郎，也就是大掌柜与妻子阿泷已在客厅中坐定，还有一名长相颇为怪异的武士背对着壁龛坐在房内。一看到百介战战兢兢地拉开纸门，喜三郎马上毕恭毕敬地说："这位就是已故大老板之子，百介先生。"接着又介绍道："这位是八丁堀的田所大爷。大爷表示有要事与少爷相谈。"

"要事？"

"掌柜大爷，接下来的对话乃至高机密，因此，能否请大爷稍事回避？"田所语气严峻地说道。

掌柜夫妇离开后，房内的气氛就更令人难熬了。百介交互望着榻榻米上

---

①江户时代同心职种之一，职责为巡逻市内、取缔不法之事。

的纹路与田所的脸庞。

这位同心的长相的确怪异。他的脸孔和下颚长得异常。一对眼睛倒是生得雪亮，上面的八字眉也弯得奇形怪状，让人看一眼就印象深刻。不过，身形却毫不出色。一身羽织皱纹满布，穿得十分邋遢。胡子也剃得不是很干净，鬓角和发髻都杂乱如丛生杂草。从外表看来，他似乎毫不在意自己的打扮。总之，看起来实在是寒酸至极。

和地方武士不同，町内同心大多收入丰厚，坐享名望，因此月代①大都剃到鬓角，发髻也都结成银杏状，身穿黑纹羽织，袖袋则将水平插在腰际的佩刀的刀柄盖上一寸，从头到脚一身潇洒，出巡时的和服便装之俊俏也是饱受推崇。不过这理应无比潇洒的装束却被穿成这副德行，让他看来活像个忘了穿裙裤的懒骨头，完全不像样子。

"请问……"

"其实……"

两人竟然抢在同一时间开口。

百介词穷地低下头，田所那张闭不拢的嘴则一开一合。

"噢，这……该说些什么呢。哎，咱们就放轻松些吧。要装得一副严肃兮兮的，在下并不在行。"语毕，这位同心便抬起双腿盘坐了起来，"在下就单刀直入地说了。其实，在下和令兄山冈军八郎乃同门出身。"

百介的亲生大哥是八王子千人同心中的一员。和百介截然不同，这个大哥不仅生性严肃认真，操起刀来据说也是武艺高强。田所口中的同门，指的应该是两人曾在同一个道场习武罢了。田所表示两人同为熊泽道场出身。

"虽然已经是很久以前的事了，不过现在和令兄依然很亲近，每月必有一次往来造访。或许是令兄和在下同样是不懂情理的木头人吧，和在下可说是臭味相投。总之，令兄曾向在下提及先生的事。"

"噢。"

正如田所所言，军八郎是个性情耿直的人。不过，他到底告诉了田所什么？

---

①江户时代男子将前额至头顶的毛发剃成半月形的发型。

"令兄表示,先生精通和书汉籍,通晓各种民俗迷信、宗教礼仪,对古今东西奇闻异事颇有独到见解。"田所说道,"而且,据说先生还经常云游各藩搜集巷说奇谈。请问这可属实?"

是可以这么说,百介回答。虽然的确是这么一回事,不过被过度评价其实也挺困扰的。

"舍弟学识渊博,如此博学之士埋没乡野实属可惜,军八郎对在下是这么说的。"

"小弟懂的不过是些没用的杂学罢了。"

"先生太客气了。先生在搜捕八王子的野铁炮时曾立下大功,调查记录在下也已经查阅过了。"田所歪嘴笑着说道。

"那么,请问……"

"喂,请先生就别再紧张了。在下在北町的定町回中不过是个小角色,就请先生尽管放轻松吧。"

虽然对方这么说,百介依然不敢放肆。

"反正在下也不喜欢装严肃。事实上,百介,这件事在下已考虑良久。"

是什么事让他考虑良久?田所皱起原本就歪扭的眉毛说:"百介,可以如此称呼先生吗?"

他是指直接喊自己的名字吗?请、请便,百介诚惶诚恐地回答。

"那就别再战战兢兢的了。那么,百介,其实,是有要事相谈。"田所压低嗓门说道。

"有要事相谈?"

"虽说是相谈,其实不过是想借用百介的知识。议题无他,就是关于这阵子造成世间骚动的稻荷坂祇右卫门的事。"

"关于祇右卫门的事?"

想必百介应该也听说过吧?这同心吸了吸鼻涕说道,坐姿变得更吊儿郎当了。

"那些关于他身首结合,又活了过来的传言。虽不知有几分是真的,"此时,田所的神情突然紧张了起来,"请问,这可是真的?"

百介露出苦笑。原来他找上门来是为了这件事。"大爷就别再捉弄人了。难道大爷这趟来就是为了试探小弟？"

"试探？"

"是呀。大爷身为奉行所的捕快，理应认为此类流言蜚语不足采信。站在官府衙门的立场，不是该对此类迷惑人心、扰乱社稷的俗恶言说加以取缔才是？为何还……"百介窥伺起田所的神色。

田所一脸怅然若失地回答："不不，这两者可不能相提并论。若只是单纯的搜捕取缔，今天就无须前来请益了。那么，百介可有什么看法？世上是否真可能有这种身首结合后复生的妖怪？"

"不可能。"百介再次断言道，"或许是小弟才疏学浅，不过小弟四处查阅，均未见到类似的记录。"

是吗。这下田所的眉毛歪向了另一头。

"大爷可有任何质疑？"

"嗯——"这长相怪异的同心先是双手抱胸，最后抱着脑袋说，"其实，祗右卫门似乎还活着。"

"什、什么？"

百介不由得惊呼一声。但田所依然是一脸认真。

"可、可是——"

"而且，百介，那家伙过去的确曾遭斩首示众，曝晒过三回，至今却仍活着。"

"噢——"

田所纳闷地皱起了脸。这下轮到百介发问了。

"这小弟是不相信……"

"奉行所内也无人相信。不，毋宁说，大家对此都刻意佯装视而不见。因此，在下才想来询问是否有这类怪奇万千的前例，一解心中疑虑。"

"原来如此，不过……"

"第一次是在十五年前，接下来则是……"

"十年前？"

"没错，先生可真清楚。最后一次就是上个月。当然，向来标榜公正不阿的奉行所不可能相信这种荒诞的说法，因此在记录上以不同之人视之。不过，别说是姓名，每一次就连犯罪手法和罪状都完全相同，这可是事实。"

"不过，大爷。"

称呼在下田所便可，这同心说道。

"那么，田所大爷，如此看来，岂不是仅能以不同之人视之？"

虽然又市坚称是同一人。

"在下也曾如此认为。譬如道上人物屡有以第二代、第三代的名义承袭同名之例，因此，原本也曾认为祇右卫门或许也是个代代相袭的名字。不过……"

"不过，仍有其他疑点？"

"祇右卫门从未拥有任何正式组织，这正是这家伙的聪明之处。虽然得以随心所欲操控大批无宿人，有时也能干些大规模的不法勾当，但稻荷坂祇右卫门平时总是独自行动。因此极难逮捕。胆敢与南北两奉行所、火盗改①，甚至弹左卫门为敌，却依然能优哉游哉四处为恶。不过，这表示祇右卫门其实已后继无人。即使有，也不过是冒用其名义之骗徒。只是……"

"只是什么？"

"将其逮捕到案后，官府找来证人求证，个个都坚称那是祇右卫门无误。不，不仅如此，还都画了押。上一回也是如此，个个都坚称吃了这家伙这么久的亏，当然认得出那绝对就是他本人。这究竟是怎么一回事？"

难道真的是他本人？

"不仅如此，事实上，祇右卫门在接受审问时，也都曾陈述过自己的出生地和出身。"

"真的吗？但告示牌上为何没有任何记载？"

因为不能写，田所回答。

"请问为何不写？"

"并不是不写，而是不能写。为何不能写？理由十分简单，就是那家伙

---

① "火付盗贼改方"之简称，江户时代专事取缔纵火与抢劫等重罪的官职。

自称的人，早在十五年前就已经死了。"

"噢？如此说来，上个月枭首示众的祇右卫门，和第一次的祇右卫门是同一人？"

"一点也没错。那家伙陈述的经历，和十五年前死于枭首之刑的祇右卫门的调查记录内容完全相同。"田所闷闷不乐地说完后，紧紧抿起嘴角。

"且、且慢，田所大爷。请问第一次伏法的祇右卫门的身份是……"

"记载内容为：稻荷坂祇右卫门，隶属弹左卫门旗下，乃浅草新町公事宿之干事。"

"公事宿？"

"没错。此实情虽无法公开，但在十五年前的调查记录中仍有清楚的记载。十五年前在下尚是个实习同心，不过此事倒是记得十分清楚。公事宿原为提供入城乡民寄宿之处，但也为须前往弹左卫门役所或奉行所进行诉讼或接受审讯者提供各种协助，寄宿者中不乏无宿人或河原者①。祇右卫门巧妙地乘职务之便，掌握这等人的弱点后占其便宜，胁迫其为自己干些坏勾当。将弱者逼上绝路，利用其为所欲为，哼，简直是个万恶不赦的混账！"田所愤慨得讲起话来口沫横飞，"在、在下生平最痛恨的，就是这种玩弄弱者于股掌之间的大恶棍。"

"这心情小弟十分了解。不过……"

"噢，抱歉岔题了，"田所拉正衣襟继续说道，"十五年前的调查记录上说的大致就是这么回事。或许是这家伙滥用职权干坏勾当，不小心出了什么破绽。当时的弹左卫门得知祇右卫门的部分作为，勃然大怒，马上下令将他捉拿归案。由于事前得到风声，祇右卫门旋即窜逃，最后为了躲避为数甚众的捕快搜捕，逃进了柳桥一家小餐厅，而且……"

"而且怎么了？"

"想必是狗急跳墙了吧，祇右卫门竟然残酷地杀害了餐厅老板的千金。这下被官府逮住了，瞧这家伙，简直是坏到了骨子里。但这案子若照规矩办，

---

① 从事牲畜屠宰、皮革加工、掘井、歌舞伎、搬运、行商、造园等职业者，在日本近世被划为下等贱民。

弹左卫门的面子可挂不住，奉行所想必也将遭受各方指责。因此，才决定将祇右卫门的身份按住不表。祇右卫门就这样在一切不详的情况下人头落地。但即使如此……"

"五年后，也就是十年前，他又死了一次？"

"没错。"田所一口气喝光了送上来的茶，"在下感觉情况有异，因此曾上南町查阅十年前的调查记录。结果……"

"发现上头记载的经历完全相同？"

"一点也没错。想必当时官府也是饱经挣扎。调查记录上记载：此人自称弹左卫门旗下之稻荷坂祇右卫门，多次为恶，罪证确凿。经确认，此人五年前亦曾遭北町判罪，然理应非同一人。"

"并非同一人？"

"并非同一人。不过，这回枭首示众的祇右卫门，不仅供述内容依然大同小异，年龄也十分符合。十五年前年约四十，十年前年约四十五，而这次首级于法场示众的祇右卫门则年约五十五。而更奇怪的是，三者身上都有着相同的特征，而且是个无可磨灭的特征。这难道是偶然？"

（祇右卫门并不是人。这家伙被斩首也死不了。这绝对是真的。）

"这……难道是真的？"

"先生也如此认为？"

"不，只不过……"

"若这件事是真的……若这件事是真的，可有什么解决之道？这就是在下想知道的。"田所说道。

"解决之道？"

"没错。若此事果真属实，这等妖怪绝不是奉行所的人能够应付的。不过，目前已是刻不容缓。其实……"田所往前探出了身，面带两眼圆睁的古怪表情，"接下来要说的，还请先生务必保密。昨日傍晚，吟味方①头号与力笹森欣藏先生遭人掳走了。"

---

①奉行所内负责审讯的机构。

"什、什么！"百介惊讶地起了身。

"下手者便是祇右卫门。不，准确说来，是某个以祇右卫门自称之辈。"

"笹森大人，不就是那位甫将祇右卫门逮捕到案的与力？记得曾听闻其剑术高超。"

"没错。论武艺，笹森先生居吟味方与力之冠，在全北町内亦首屈一指。不过这次却在年轻的小厮与仆从的伴随下，于返家途中遇袭。接获通报时，没有人相信这种事竟然会发生。"

百介听了也不知该如何回答是好。遇袭的并非孩童或姑娘，武艺如此高强的武士怎可能被人掳走？

"据年轻仆人所述，当时突然有一大群身形龌龊之辈。噢，恕在下不善言辞，仅能形容得如此粗俗，也就是几十名未梳发髻、衣衫褴褛的不法之徒，不约而同地朝他们一拥而上。当时的情况似乎是如此。这群人在刹那间遮蔽了一行人的视线，没多久大家就发现与力先生失踪了。"

"这——"

"嗯……自岁暮以来，便曾听闻笹森先生屡遭一江湖女艺人，或一装扮古怪的乞食僧人跟踪。在下原本以为这些不过是附会祇右卫门传闻的无稽流言。"

"人真的被掳走了？"

"今日已收到了通牒信。"

"送件者真是祇、祇右卫门？"

"真是祇右卫门。信里面写着，斩了老子三次首，这下终于轮到我报复了。笹森已经被老子杀了，但也无须费力调查搜捕，反正枭首、磔刑都无法伤我祇右卫门分毫。简、简直是毫无天良！"田所再度情绪激昂了起来。

这下百介了解了。田所这个捕快果真是罕见的好汉，同时却也是个极没用的正义之士。在定町回中不过是个小角色，看来他所言果然不假。

果不其然，田所开始抱怨起奉行所的同侪们："这些糊涂虫完全不了解事态是如何严重，也不仔细想想，现在被掳走的可是吟味方头号与力呀，理应是惊天动地的大事，岂有继续放任此等恶人逍遥法外的道理？如此不仅将损及奉行所声誉，严重者甚至将影响官府威信，恐有导致政令难行之虞。"田所口沫横飞地说道，"不过……这些家伙就是不行。"说完，田所颓丧地垂下了脑袋。身为一个热血硬汉，却也因此饱受冷落。他这副德行，在奉行所内的确注定要遭人白眼。

智者忌卷入纠纷，贤者好稳当行事。在智者与贤者理应占大半的奉行所内，坚持据理力争或嫉恶如仇者，不论立场如何正当，注定要被按上愚蠢的烙印。

"没有人相信祇右卫门还活着。十五年前、十年前的也就算了，就连一个月前的判决都无人相信。难道真该就此打住？"同心凑近百介问道，"百介呀，不觉得祇右卫门若真是不死之身，再怎么将其缉捕到案也是无用？反正即使枭首、磔刑等极刑都无法置其于死地，即使判其锯刑①，也无多大意义。这下能考虑的法子仅剩流放荒岛，或判其终生监禁。不过，斩首仍不殒命者本已非人，将其投狱或许也无任何效果。再者，此人已是如此罪大恶极，若仅判轻刑，对外也难收杀鸡儆猴之效。到底、到底该如何处置？官府内的大爷们不可能相信世上有这种砍了头也死不了的恶棍，更别提有什么官员愿意听小的这种下贱人等的忠告——"

（法子并不是没有。）

"田所大爷，"百介抬头望向这长相怪异的同心说道，"祇右卫门虽为不死之身，但若欲诛之，法子不是没有。"

四

田所离去后，百介认为此事必须尽快找又市商量，便马上动身前往又市的居处。不过，这个四处漂泊的御行应该不会乖乖待在家中才是，再者，百

---

① 日本古代最重的极刑，多判于弑主、弑亲的罪犯。先将受刑者绑住，再用刀浅划脖颈处，旁边放一锯示众两日。原本由每位参观者用锯子划其脖颈一两下，至江户时代改为示众两日，后以磔刑处死。

介也不知道又市的准确居处。总之,百介先赶到了曲町。

又市曾表示自己住在曲町一个名叫念佛长屋的破烂长屋里。但到底哪一栋才是这个诈术师的窝,百介心里可是完全没底。不过,又市倒是有个同伙也住在这处长屋里。想和又市取得联络,只好先找到这个人了。

这个人名叫事触治平。是个曾干过盗贼的凶狠老翁,同时也是乔装高手。

百介踩着水沟盖穿过小巷,来到了治平居处门口,旋即敲了敲门。

谁?屋内有人语气冷淡地问道。

拉开合不大拢的门,百介看到一个个头矮小的老翁正在收拾东西。上回看到他时是一身农夫打扮,这回看来则像个匠人师傅。

喂,老人朝百介瞄了一眼,接着便粗鲁地打了声招呼。只见他手上握着一支看似针的东西,似乎是刺青用的工具。之所以看来像个匠人师傅,就是这工具使然。

"上回多谢先生帮忙。"治平说道,"我料到先生也差不多该来了。"

"是吗?"百介没进门便如此问道。

他凭什么料到百介要来?被这么一说,百介只觉得这下更不好意思进门了。

治平匆匆忙忙地收拾工具。百介一时不知该如何开口。

"治平也替人刺青?"

到头来只问了这么个无聊的问题。

"我什么活儿都干。"

只换来这么个依旧粗鲁的回答。

先生就快进来吧,老翁转过身来说道。

虽然他看起来一脸不悦,但百介知道他通常就是这副神情。这下只能默默走进屋内。

"请问,又市人在……"

"阿又和阿银一起出去了。那姑娘若出了什么差错,我们可都要遭殃了。"

"这回又要设什么局?"

"唉,都快过年了还得蹚这种浑水。不过,哎,这件事也是非办不可。

打铁得趁热,再拖下去只怕夜长梦多。"治平咕哝着百介听不懂的牢骚,并递给他一块破破烂烂的坐垫。

"怎么了?瞧先生一脸阴沉的。既然是只悠游天际的蜻蜓,就该有副蜻蜓的悠哉模样才是呀。先生哪像我们这些穷人,根本无须为混口饭操心不是?"治平说这些话时也总是一脸认真,让人猜不透他心里到底在打什么主意。

"遗憾的是,目前并不是秋天,蜻蜓碰上冬天可就难熬了。"

百介淡淡地回了一句。

是呀,老翁回以一声宛如呻吟的感叹,开始搓揉起身子。

"对了,阿又托我转交这个,说是先生要的。"只见他以粗糙的指头朝矮饭桌上一指。

朝着手指头的方向望去,百介看到镇尺下压着一张自己也曾见过的陀罗尼符咒。

"他说先生一定会上门讨这个,届时就交给先生。"

"噢。"

还真是准备周到。看来这诈术师早料到会发生什么事。百介探出身挪开镇尺,拿起符咒端详了起来。符咒写在一张牢固的和纸上,上面写着墨迹鲜明但难以阅读的文字,也就是咒语,还盖了大大小小的红印。拿到手上,才发现这张符比想象的还大。

"虽然不是很清楚,但用法似乎很简单。只要在符咒背面上层胶,再将它朝对方这儿,"治平指着自己的双眉之间说道,"朝这儿一贴便成。"

"得贴在额头上?"

和对付唐土那妖怪的法子一样。

"对呀,"治平回答,"据说只要这么一贴,对方就动弹不得了。噢,不过阿又说过,这符得对方真是狐者异才有效。"

"狐者异?"

"对呀,他是这么称呼那妖怪的。这种名字的妖怪我可是听都没听过。阿又说,极度留恋人世的死者就是这么称呼的。反正,大概又是个又市最擅长的怪力乱神吧。"

"怪力乱神？"

"是怪力乱神呀！管他是御行还是人形，只要打扮得一副装神弄鬼的，就连嘴里讲的话都会变成怪力乱神。亏那家伙对什么亡魂呀、妖怪呀，根本是信也不信。还曾熔了佛像拿去倒卖呢。直到前一阵子，还成天拿符咒来揩屁股、擤鼻涕的。这家伙厉害的，还不就那张嘴。"治平嘀嘀咕咕地站起身，从火上拿起铁壶朝小茶壶里添热水。

的确，不论是又市还是治平，对这种传闻的态度都甚为冷淡。虽然这些家伙干的净是破天荒的勾当，却不相信任何不合理的传言。只是百介无法看得像他们这么开。毕竟愈是相信人间一切须合乎情理，愈会感到世间充满不可思议。

治平将看不出是热水还是茶的液体倒进缺了口的茶碗里，递给百介。

"正好忙完一桩案子，就去喘口气了。从屋缝里渗进来的寒风还真是刺骨哪。"

百介皮笑肉不笑地接下了茶碗。"对了，治平可曾见过时下广为街坊议论的稻荷坂祇右卫门？"

除了这个，也没其他话题可聊了。

"我可没见过。"治平回答，"碰上这家伙可要惹得一身腥，所以我们一伙从不和他打交道。先生打听他做什么？"

"噢，不过又市和阿银小姐似乎都认识他，所以才想问问治平是否也认识。阿银小姐甚至还表示和他有旧仇。"

"有旧仇呀。"

他这反应和又市的一模一样，不过接下来的话可就不同了。

"说得也是。阿又那家伙也就算了，但对阿银来说，那的确算是旧仇吧。"治平一脸不悦地说道。

可否请问这是怎么一回事？百介问道。这下可就更让人好奇了。难道阿银这女人也有爱恨情仇？想必也是有的吧。

治平再度哼了一声，接着说道："别看阿银生得那副德行，从前可也吃了不少苦头。她原本可是个和这种风餐露宿的日子完全无缘的女人哪。"

"噢？"

她从前可是个一流餐厅的千金呢，治平说道。

"餐厅……千金？"

"是呀，她儿时可是个娇生惯养的千金大小姐呢。据说茶道、花道、琴棋书画样样精通，同时还能歌善舞，一个大小姐该学的她可是全都学过了。"

"噢？"

百介颇感惊讶。这些小混混有个共通的特性，那就是没一个喜欢提自己的过去。而且若对他们的出身感到好奇，问题通常也问不出口。和又市这群人往来，百介最得小心的，就是哪些问题不该问，问话的时候也常为该问到什么程度踌躇不已。这下却……听到治平如此干脆地把人家的身世全抖了出来，的确让人大为惊讶。

"嗯，不过这也不代表她的环境有多好。"说到这里，治平拿起缺了口的茶碗喝点东西润润喉咙，"阿银她连个爹都没有。"

"是父亲早逝吗？"

"不，她原本就没有爹。理由是，阿银她娘是那家餐厅的独生女，后来喜欢上了一个男人，怀了身孕。可是那男人，唉。"

"不是个老实人？"

"不，据说两人都是真心的。不过先生呀，世上有许多鸿沟是无从跨越。"

"无从跨越的鸿沟？"

"是呀。比方说，先生和我们这伙人不就完全不同？原本是武家出身，如今还是个大商家的隐居少爷，大哥又是位同心大爷。"

"噢，不过——"

"而我，不过是个罪人、无宿人。既没户籍，又无亲无故的。咱们即使再怎么亲近，彼此之间不也有道无法跨越的鸿沟？嗯。"治平完全没让百介把话说下去，"即使再怎么抱怨，这毕竟是世间的规矩，再嘀咕也没什么用。总之阿银的爹娘就为了这理由无缘白头终老。"

意思是，两人身份有别？她爹大概是个身份尊贵的武士，例如旗本子嗣之流吧，百介心想。

"不过呀，"治平以灰暗的语气说道，"哎，虽然没有爹，阿银毕竟是个大店家的娇贵千金，身边总是不乏爷爷、奶奶、妈妈，还有仆从随侍在侧，日子想必过得很幸福。不过先生应该也知道吧，幸福这种东西，可是随时都可能溜走的。"

"溜走？"

这种事可不想听。百介刹那间如此想道。这种事听了也没用。听了只会让人难过、惆怅罢了。

治平以一对目色浑浊的小眼睛凝视着百介问道："要听吗？"

"噢，这……要听。"百介回答。

"在阿银十岁还是十二岁那年，阿银眼睁睁地看着自己的娘在眼前遭人杀害。"

"此、此事当真？"

难道就是那件事？

"请问凶手可就是祇右卫门？难不成阿银家就是那柳桥的……"

"对，一点也没错，先生不愧是博学多闻。那件事发生在十五年前。阿银她娘被祇右卫门，或者是一个以祇右卫门当幌子的计谋杀了。"

那颗示众的发黑的首级就是她娘的仇人？原来如此，这么说来……不过，若是如此，还要再活过来一次吗？那句话又是什么意思？还要再活过来一次吗，这句话是说给那颗首级听的吗？

"那么，阿银小姐她……"

阿银她究竟是带着什么样的心情端详那颗首级的？百介当然无法理解，也无从想象亲眼目睹自己的娘亲惨遭杀害会是什么样的心情，更别提看到那颗凶手的首级，而且还是曝晒示众的首级时的心境了。而且，这个仇人还是个……

"祇、祇右卫门他……"

还要再活过来一次吗？

"祇右卫门还会再、再活过来？"

哼，治平不屑地说道："我哪知道他会不会再活过来？这与我完全无关。"

"但若是如此,阿银她不就……"

"她呀,可不是个好欺负的女人。先生就别为她操这个心了。"

"话是如此,不过——"

"等一等。"治平缓缓起身,从厨房取来一瓶看似浊酒的东西,碗也没洗就倒了喝下去。"阿银可不是个好惹的女人哦。就凭先生这点看人的本事,看她可是看不透的。"

"是吗。噢,这我当然很清楚。不过对阿银小姐来说,祇右卫门是杀亲仇人,这点可错不了吧?"

"是仇人呀。"

"那么——"

"不过,阿银她曾报过一次仇。"

"噢?"

"我说她曾报过仇,"治平看似一脸愤怒地说道,"不过,只报过那么一次。照理说,这下恩怨就该结了。"

"请、请问是什么意思?"

"先生想听吗?瞧先生一脸好奇。不过,像先生这种正派人士,没喝几杯恐怕听不下去。"治平说完,向百介递出了浊酒。

百介诚惶诚恐地递上了茶碗。

"自从卷入祇右卫门那件事后,阿银家的餐厅就支离破碎了。没过多久大掌柜死了,女掌柜也从此卧病在床,不出多久就过世了,餐厅只好拱手让人。不知不觉间,阿银就成了孤女。"

"噢,原来是这么回事。"

"没错。不过先生,一个乳臭未干、没见过什么世面的小姑娘,就这么突然变得无依无靠,被迫要孤苦伶仃地活下去,想想这有多辛苦吧。"

不难想见,百介心想。既胆怯又懒惰的他完全无法想象原本是如此境遇,却遭逢这等横祸,有多少人能继续怀抱希望把日子过下去?

"但阿银还是毫不悲观,勇敢地活了下来。还真是个坚强的女人哪。"治平说道。

不过即使表面上再怎么坚强，身后背负的是多少阴霾、多少悲伤、多少忍耐，绝对是旁人难以理解的。阿银的脸庞在百介脑海中浮现，一想到她，百介不禁感到悲从中来。

"不过先生哪，俗话说天无绝人之路，倒是有个男人收留了阿银。"

"收留了她？"

"并不是将她金屋藏娇什么的，"治平说道，"当时她还是个小姑娘，总不可能让人金屋藏娇。想必那人也没打过这种主意。虽然不知道是出于什么目的，总之那家伙收留了流落街头的阿银，让她继续过着原本那种千金小姐的日子。"

"这果真奇怪。"

"是呀。不过先生，这世上终究还是没这么好的事。"

"没这么好的事？请问是什么意思？"

"我的意思是，收留了阿银的，可是个让这一带的地痞流氓闻风丧胆的黑暗世界的大恶棍、大魔头。有些事可都是命中注定的，先生。"

治平低声说完，又向前递出了浊酒。

我不用了，百介伸手婉拒道。

"如此恶棍为何要收留年幼孤女？"

"这我也不知道。或许是一时出于同情，还是想抵消些罪孽，总之，也不知道他打的是什么主意。不过，这个恶棍并不打算让阿银也走上这条路，而是准备将她好好养大嫁人。不过，周遭的环境可是会造成耳濡目染的影响的。"

"难道阿银小姐她也……"

"所以我说是命中注定的呀！"治平将酒一饮而尽后继续说道，"看来还真让人不得不相信，这女人生来就注定要如此命苦。想到这儿连我都开始不忍了。没有人是自甘堕落的，每个人都期望能好好过日子。但要是被噩运缠上了，可是怎么甩都甩不开呀。"治平的眼神开始黯淡下来。"到头来，阿银终究还是沦落到我们这世界来了。"

百介只能不寒而栗地将视线别开。

"她并非迷迷糊糊地走上这条路的。毕竟她不是这么傻的女人。阿银很可能是，一心想为她娘报仇吧。"治平说道。

"为了报仇？"

"这件事从没听她本人说过，因此实情并不清楚。不过，也不知是读出了她的心意，还是受其他人所托，收留阿银的男人——御灯小右卫门，过了一阵子就向祇右卫门出手了。"

"是吗？那么，十年前祇右卫门二度伏法，就是这个人，也就是阿银小姐的养父……"

"没错。"治平以嘶哑的嗓音低声说道，"当时，原本干盗贼的我正为金盆洗手藏匿了好一阵子，因此详情并不清楚。但稻荷坂祇右卫门这家伙，对不法之徒们来说的确是个眼中钉。"

"不法之徒们的眼中钉？不是奉行所的？"

是呀，治平回答。"对不法之徒们而言，他可是个碍事的家伙，让大家什么事都难办。这些不法之徒多半是为环境所迫的天涯沦落人，因此对祇右卫门这种危害自己弟兄的家伙自是深恶痛绝。"

意思是，他是个危害不法之徒的不法之徒？这么看来，祇右卫门可就是同时与黑白两道为敌了。

"不过，最受困扰的要属普通百姓，以及那些已是走投无路却又被祇右卫门捉住把柄的家伙。他和浅草的弹左卫门老大原本就不合，与非人头的车老大也起了争执。因此，正派百姓就别说了，就连香具师、地痞流氓、乞胸，或是座头，①对祇右卫门也都是敬而远之。想买凶干掉他的仇家不知凡几，只是一直找不到人愿意下手罢了。所以到头来，或许就轮到阿银的养父小右卫门接手。不过，据说当时助他一臂之力的，就是阿又这个诈术师。"

"又市？"

"毕竟那家伙是个伶牙俐齿的小混混嘛！当时还是个刚出道的新手，大概是想借此闯出名号吧，详情我并不清楚。毕竟那家伙极少提起自己的往事。"

---

①乞胸，在民家门前或寺内、广场等地借表演乞讨的杂耍艺人；座头，以说唱、按摩为业的盲人。

原来又市那么早就和祇右卫门交过手,难怪对他的底细如此清楚。不过,祇右卫门是否真的没死?不,死是死了,只是事后又活了过来。

"也不知道那诈术师设了什么样的局,小右卫门又采取了什么样的行动。总之,祇右卫门因此伏法遭刑,首级也被摆出示众,该报的仇算是报了。不过,阿又这家伙,当时和小右卫门做了个约定。"

"做了个约定?"

"没错。据说小右卫门当时曾拜托他,自己若是有个三长两短,阿银就拜托他了。"

"拜托他什么?让阿银过回正派的日子?"

"别傻了。先生以为一旦涉足这种圈子,会那么容易脱身吗?"

百介不禁吓了一跳。

"而且阿银在这种圈子里早已浸淫太久,哪可能过回正派的日子?只是俗话说盗亦有道,小右卫门不过是希望阿又能看好阿银,千万别让她走上不该走的旁门歪道,如此而已罢了。"

"可是指不要走上祇右卫门那种旁门歪道?"

"没错。真是无聊透顶。"治平说道,"先生说这无不无聊?恶棍就是恶棍,坏勾当哪可能有什么善恶之分?哪还需要讲什么道理?"

噢,百介漫不经心地回了一声。治平的恩人,同时也是曾为其岳父的老贼野铁炮岛藏,就是深信这无聊的道理,并坚持将之贯彻到底。盗亦有道,他为了坚守这个在世间根本行不通的信念,甚至让治平失去了妻女。因此,治平毒辣的语调中究竟隐藏着什么样的真意,百介多少猜得到。

"哎,算了。后来在七年前,小右卫门便从江户消失了。这下阿又这家伙不得不信守当年的承诺。还真是讲义气呀。"治平说道,接着再度往自己的茶碗里倒了点酒。"哎,还真是的。说起这些不堪回首的往事,就连我自己都感到不舒服。我看先生哪……"

就别再深究这件事了,治平以眼神如此示意道。

"如此说来,又市他……"

便前去劝说阿银了吧。而事隔十年,阿银看到了宿仇祇右卫门的示众首级,也确定了他的再次复生。还要再活过来一次吗,原来是这么一回事。

"阿银小姐她……"

决意再报这个仇——

此时传来咔的一声。

好大的老鼠呀,治平嘀咕道。接着又机敏地望向百介。

"我说先生呀,"治平低声说道,"祇右卫门这家伙,像先生这种正派人是看不见的。"

"看不见?"

从明处是看不出他是个什么样的人物,记得又市也曾这么说过。

"绝对看不见。正因为看不见,想必先生反而会更想追查。但这件事也是查不得的。总之,这件事万万碰不得。先生可知道,"治平语带威吓地说,"世上真有些事,是万万碰不得的。"

"万万碰不得……"

"对。不能看、不能听、不能查。先生,有些事只要一碰上,保证会惹祸上身。"治平转眼望向壁橱,继续说道,"所以,先生呀。"

"怎、怎么了?"

"总之,这件事就别再插手了,就连我们这种人都碰不得。不论有什么理由、有多少情仇,这种事就是千万不可贸然出手。我们可是一群无恶不作的混混,但这种霉头就是碰触不得。即使是阿银,这十年来,活得想必是倍受煎熬,如今又何须……"

治平定睛凝视着茶碗。

"如今,何须再执着于这段陈年积怨呀。"治平说道,"这道理阿银理应懂得。不过,有时候只怕有万一。"

想必是如此吧。阿银特地前去看了祇右卫门的首级,而且还清清楚楚地表示自己和他有旧仇。

不执着是不可能的吧,百介说道。

"的确是不可能呀,如此深仇大恨怎么可能忘得了?但又能拿他如何?"

"能拿他如何……但难道就该就此放下?"百介问道。

"是该放下呀，"治平回答，"先生可要弄清楚，咱们可不是什么义贼，也不是衙门捕快，不过是几个窝囊的无宿人，哪需要管他什么大义名分、国法王法的。毫无赚头的事万万不该碰，招惹上祇右卫门这种妖怪，到头来只会伤了自己。"

"不过，依你这么说，难道阿银的仇就不该报吗？"

若是如此，哪有天理？怎能服气？

"难道她就该继续忍气吞声下去？"

"除了忍气吞声，还能怎么办？"治平瞪着百介说道，"先生呀，我们这等人落魄至此，没一件值得骄傲的往事。不管是阿又那家伙还是我自己，个个的人生都是既龌龊又灰暗。过去的一切即使想忘记，也总是挥之不去。不过，阿银就不同了。"

"哪里不同？"

"阿银这姑娘，至少有那么一丁点儿正常的回忆。因此，对这种旧恨才会如此执着。"

"想必是如此，因此……"

"正是如此。"治平有气无力地回答，"先生，通常理应如此。人本应避免为这种无谓的执着苦恼，不论是怨恨还是悲伤，都是能忘掉最好。"

"这的确有道理。那么……"

"不过，我也认为这种执着尚存，代表一个人还有人性。"

"执着代表人性？"

"是呀，这股执着或许让阿银干起坏事时感到有点碍手碍脚。不过也正因为如此，要是连这点执着都没了，她那硕果仅存的人性可就被连根拔除了。"治平低下头继续说道，"这么一来，我看她这泼妇可就要落得和我们同样的境地了。"

治平如此作结。百介不禁开始犹豫起来。"不过，因此要她继续忍下去，这道理还是说不通吧。即使是无宿人还是什么的，这种有仇就该报的执着还是理所当然才是。"

"或许是如此。"

"那么——"

"不过，对方可是衹右卫门哪，这种仇想报也是无从。想想吧。先生不也说过，这家伙可是怎么杀都杀不死的？"

"这——"

杀也杀不死的执着，狐者异。因此又市才要——

百介看了看怀中的符咒。给自己的这张符。

五

北町同心的小角色田所真兵卫在造访百介后的第三日，将不死之身的妖怪稻荷坂衹右卫门第四度绳之以法。

这是一场迅速完成的搜捕行动。百介交给他的陀罗尼符咒可说是立了大功。

离开治平的长屋后，百介经过一番沉思，最后还是念在与田所的约定，径直赶往八丁堀的同心组官舍。百介曾与田所相约，若顺利找到了这名御行，必将向其讨来驱魔符咒，以助田所一臂之力。

虽然没找着又市，符咒可是拿到了。不过，虽已取得符咒，百介却踌躇了起来。

让他犹豫的是，治平似乎不赞成捉拿衹右卫门。而且，这反对也不无道理。但经过一番苦思，百介还是认为放任衹右卫门继续为非作歹极为不妥，而且，又市似乎也如此认为。

委托治平转交符咒时，又市虽曾告诉过他这张符该如何使用，却没提及是要用在谁身上。当然，这张符是能让衹右卫门无法复生的咒文，但这御行仅告诉治平这张符是用来驱除狐者异这种妖怪的。若将真相告诉质疑人能死而复生、对整个行动的态度也十分消极的治平，这张符十之八九恐怕到不了百介手中。百介敏锐地猜到了这诈术师如此张罗的用意。

百介很快找到了田所的官舍。田所一见到他，便欢天喜地招呼他进门。

就百介看到的，田所过得颇为拮据。别说是官舍大小，就连屋内陈设都不比治平的长屋好到哪里去。更让百介惊讶的是，田所依然单身。如此年纪依旧孑然一身，想必让他饱受世间揶揄，但他的生活状况还真是如此，家中就连一个帮忙打杂的小厮或仆人也没有。难怪他的打扮会如此邋遢。

百介将陀罗尼咒交给了田所，并清楚交代了治平转述的使用方法。虽是半信半疑，田所还是一脸严肃地认真听百介说完，并诚恳地向他致谢。

据田所所言，奉行所内对这回的与力遭掳事件，大概有以下几种反应。

第一种是此事为某人乘传言甚嚣尘上之际，假衹右卫门之名的恶作剧。虽然乍听之下颇有道理，但仔细想想其实并无可能。田所认为若纯属恶作剧，何必弄到掳走与力的地步？百介对此看法颇表赞同。

第二种是许多人认为这起与力失踪与衹右卫门的文书声明本无关联，不过是某人在得知与力失踪后，刻意致文骚扰，企图阻挠官府查办。不过，田所认为依曾出现大群下贱人等的证言判断，实在让人难以相信两件事毫无关联。这判断不无道理，毕竟除了弹左卫门或非人头之外，有能力发起此种行动的，也只剩下衹右卫门了。

其余者则是完全采信这荒诞的传闻，吓得不敢采取任何行动，让田所看了甚感忧心。取缔扰乱天下、藐视王法的不法之徒，理应是所有同心，乃至奉行所的职责所在。即使对手是个不死之身的妖怪，也应在所不辞才是。这长着一张长脸的穷困同心语气激动地如此表示。

这话说得一点也没错。总而言之，姑且不论妖孽复生的传言是否值得采信，奉行所内似乎没有人认为十五年前、十年前两起事件，以及上个月乃至这回的事件彼此有任何关联，这着实让田所感叹不已。也不曾有人试图比对几份调查记录上惊人的相同点，宁愿将这些悉数当成巧合或是办案上的失误。

不论怎么解释，这些相同点怎么可能毫无关系？田所怒吼道。

总之，衹右卫门是个罪不可赦的恶徒，这一点是万万错不了的，这个同心口沫横飞地断言道。

这句话一点也没错。听说过阿银的遭遇后，百介对此更加深信不疑。

若没碰上衹右卫门，阿银的境遇或许不至于如此悲惨吧。不，不只是阿银。据说曾遭衹右卫门荼毒者多如天上繁星，这些牺牲者全都和阿银一样，因为区区一个衹右卫门断送了人生。光是想到这点，就不禁让人悲从中来。

在下将把真相公之于世，田所保证道。即使在奉行所内备受孤立，就连一名小厮都不愿相助，有了这张护符便有如百人加持了。即使得只身行动也绝不气馁，绝对要将奸贼衹右卫门缉捕到案，利用这次机会将他斩草除根。这北町的小角色发出如此豪语。

田所的决心让百介深受感动，临别前还嘱咐他千万要小心。世上真有些事，是万万碰不得的。

一听到衹右卫门是个不可招惹的妖怪，这同心无畏地笑了。若他只是个普通的盗贼就不用说了，但倘若真是个妖怪，在下就用这张符咒来降魔除妖。田所真兵卫向百介保证道。

不过——

果不其然，事后百介听闻，奉行所内果真没一个人愿意听田所解释。

据说田所真兵卫对贿赂深恶痛绝，平日过于恪尽职守而无暇兼职，唯一的嗜好就是下围棋，完全是个顽固至极的老古板。既不靠收受贿赂敛财，也不靠兼职赚取外快，风骨理应值得奖励，但凡事毕竟有个分寸，田所的问题就出在其作为已是过而不当，因此不仅饱受同侪数落排挤，甚至还落到讨不到老婆、雇不起小厮的地步。总之，据说他为人就是这副德行。奉行所中似乎也没人愿意同田所共事。解决极度惨烈的纠纷时，虽身为奉行所的捕快，大家也难免选择收受贿赂了事。有时靠这种台面下的手段，反而能把事办得更顺利。而倘若碰上田所这种凡事都选择正面突破，毫不懂得事前疏通的家伙，许多事可就没那么好办了。

不过，收下百介送来的符咒两天后的黄昏时分，田所接获了一通密告。报信者是个江湖女艺人。据说密告的内容如下：衹右卫门藏身于根津的六道稻荷堂中。接回首级后有一个月无法自由行动，衹右卫门目前颇为羸弱，因此仅能静坐一处发号施令。当然，身旁无人随侍，要下手就得趁现在。

就得趁现在。但把这密告当真的，仅有田所一人。

修鞋匠与江湖艺人，是非人在城镇内赖以糊口的行业。代表密告者乃这类身份的下贱人等。这种人没选择弹左卫门役所或非人头，反而特地找上町奉行所，看来绝非空穴来风，田所如此认为。

而且既然连地点都交代得如此清楚，想必绝非毫无凭据。要么就是实情，要么就是陷阱。无视此种情报，绝对是脱离常轨。即使这是陷阱，也非去一趟不可。

只是，其他人对此都极为冷淡。这也难怪。毕竟此密告的内容，乃是以祇右卫门身首接合、再度复生为前提。要奉行所相信这种情报，不就等同于相信祇右卫门能死而复生？这可不成。

子不语怪力乱神乃执法者应有的立场，不宜胡乱随传闻起舞。若热热闹闹出巡，却落得空手而归，恐有辱及官府声誉之虞。倘若此情报是陷阱，万一有什么闪失，岂不让奉行所威严尽失？

只是，再怎么可疑的情报，也不应等闲视之。不论传言中的复生是虚是实，这自称祇右卫门者基于某种理由，或许是生了病还是受了伤，因此只能窝身一处无法动弹。再者，也无法断言此人与掳走与力一事不无关联。倘若真是如此，这绝对是个千载难逢的大好机会。这就是田所付诸行动的大义名分。

官府对密告当然不能完全无视，但要大张旗鼓进行搜捕，似乎又颇勉为其难。田所表示由于无人愿意与其共事，因此也无人制止。官府似乎也判断，此事仅须交给自愿前去的傻子处理便可。毕竟付诸行动是基于田所个人的判断，官府仅须佯装勉强答应，如此一来纵使扑了个空，也可推称一切纯属田所个人责任；若真是陷阱，中计的也仅田所一人，折损这么一个小角色，对奉行所而言可说是无关痛痒。

总而言之，田所带着两名小厮和一名百姓仆从，火速赶往根津。

一行人抵达稻荷堂时已是黄昏时分。只见平素理应无人的稻荷堂内灯火通明，而且，堂内还有人影晃动。田所悄悄逼近，透过格子窗窥探屋内情况。田所事后回想道，当时有人好像正在打坐，整个人动也不动。他当时似乎认为情况怎么看都不寻常。

确认那人毫无动静后，田所便决定径行闯入。他吩咐两名小厮随侍左右，仆从负责拉开拉门。无法自己拉开，是由于田所右手拿着蘸满糨糊的陀罗尼符咒。

万一，那人并非祇右卫门，仅朝其额头贴符而非挥刀斩杀，至少还有转圜的余地。

万一，祇右卫门并非妖魔，符咒法力对其无效，只要把符贴上，接下来也就好收拾了。视线被符咒遮蔽，对方若试图抵抗也是无从。届时仅须从两侧以棍棒制伏，若抵抗过于激烈，亦可将其斩杀。

又万一，祇右卫门果真是个拥有不死之身的妖怪，田所相信若是如此，符咒将能奏效。虽然对坊间的流言蜚语半信半疑，但他对百介所言可是深信不疑。

仆从缓缓将手指伸向拉门。田所亮出了符咒。"祇右卫门，束手就擒吧！"一行人随着这嘶哑的吼声一拥而上。

门应声被拉开，田所真兵卫迅速亮出符咒进入堂内。里头的男人似乎慌了阵脚，但依旧是动也不动。田所表示与其说是不动，看来倒像是动弹不得。将符咒朝男人额上贴的瞬间，他呜呜地发出一阵呻吟。虽然如此，他也没试图挣扎逃命，甚至连站都没站起来，只是浑身不住地痉挛。

果真是妖孽，田所如此告诉百介。否则怎可能被紧贴上一张符咒，整个人就动弹不得？田所用绳子将其就地捆绑，放在门板上运回了番所①。当然，符咒一直都没拿下。

据说这男人一路上不仅毫无抵抗，就连吭也没吭一声，只是浑身微微痉挛。虽然脸孔遭符咒遮挡，但发型、身形及身高均与一个月前遭枭首之刑的祇右卫门几乎相同。只是，这回他的脖子上缠了一块布。取下这块布，便看到脖子上有圈红色伤痕。小厮们见状个个吓得浑身打战。错不了，这一定是活过来的祇右卫门，没错，这下大家纷纷如此相信。番所内一片骚动，后来许多同心都从奉行所赶了过来。每个人都惊慌失措，唯有田所依然沉着。

接着由吟味方展开了审问，但这男人问什么都不回答，最后大家只得将他剥得精光。目的是，确认此人身上是否也有那不可磨灭的特征。此特征是，一个脑袋上顶着一具骷髅的狐狸刺青。不仅图纹罕见，而且刺青并非刺在背

---

① 江户时代类似今日派出所的机构，江户南北两町奉行所与大坂奉行所也简称番所。

上,而是刺在肚子上。果然有这样的刺青。

这下,奉行所内随即改变了原先的见解。这位原为北町头号小角色的同心,转瞬间成了勇猛果敢的大捕快。官府也立刻动员大批捕快与仆从在根津一带展开仔细搜索。虽然搜得巨细靡遗,到头来还是没找着笹森欣藏。不过,倒是发现笹森的所有物品,印笼①、十手、羽织等悉数被埋藏在衹右卫门遭田所逮捕的六道稻荷堂后方的竹林中。

这件事让整个江户为之骚动。遭枭首之刑亦能死而复生的妖怪衹右卫门四度伏法,大胆拘捕妖孽的头号捕快、同心田所真兵卫英勇立功。街头快报上也如此渲染道。这下奉行所也骑虎难下了。接下来官府便听从田所的指示,将稻荷坂衹右卫门的首级连同符咒一并斩下,就地将其焚毁。

六

百介忙了好一阵子。

由于奉行所表明立场上无法肯定怪力乱神,因此在记录上,受刑者只是个身份不明的男子,罪状为挟持、杀害与力。另一方面,官府虽然无法公开表扬田所和百介的功劳,但仍在私底下犒赏了两人,百介也因此获得了微薄的报酬。或许颁发这笔奖金的用意,是拐个弯要求他别四处妖言惑众。

这下原本对撰写谜题的作家颇为冷淡的出版者,也纷纷上门要求百介作文叙述逮捕衹右卫门的经纬。不过碍于奉行所的警告,百介只得悉数回绝,仅在自己的记事簿上记录下这桩妖怪狐者异的奇闻。

田所真兵卫因本案成了坊间大英雄,但生活并未就此改善,也依然讨不到老婆,在奉行所内的处境似乎也未见好转。毕竟他这种个性,原本就没什么指望。反正田所对此状况似乎也没有什么不满。这小角色同心告诉百介,他唯一的遗憾就是没能把与力安然救出。

---

①江户时代武士挂在腰际的椭圆形小药盒,因最初装印章得名。

大哥军八郎为百介助盟友田所立下大功欢喜不已，为此举办了一场酒宴庆祝。不过对实情略知一二的军八郎表示，希望还能邀请御行又市到场。军八郎在今夏那桩案子与又市结缘，不难想象本案极可能也和这个御行法师有关。只是，到处都找不着又市的踪迹。

山冈百介就在这阵不亚于其他人的忙碌中，度过了今年的岁暮。只是，在一片喧哗声中，百介心中也并非毫无疑问。有个人总让他无法忘怀。那就是阿银。

自从法场一别，百介至今都没见着阿银。不知真正报了仇以后，这巡回山猫如今是何等心境？百介迫不及待地想知道。是为报仇雪恨感到畅快，或是她心中的悲伤终究无法磨灭？还是正如事触治平担心的……

接着，旧的一年走了。随之而来的是热热闹闹的新年。平日滴酒不沾的百介也醉醺醺地享受了一阵畅饮屠苏酒的年节气氛。他参拜产土神，走访各处拜年，观赏狮子舞、七福神舞和掌柜夫妇的独生女弹琴奏乐，迷迷糊糊地过了年。

到了元月初七那天，百介又躲回久违了的小屋。他实在太想念那些书卷了。当他在书桌前坐定，嗅起一丝带尘埃味的书香时——

丁零——

传来一声铃响。

"御行——奉为。"

"是又市……"百介慌忙起身，先是踌躇了半晌，接着才打开面向屋后的窗户。又市是不可能从前面进来的。果不其然，他看到了一身白色装束的御行又市，身旁站着一身鲜艳打扮的巡回山猫阿银。

"阿银小姐也来了？"

只见阿银低头鞠了个躬。

"在此向先生拜个晚年。其实，小的和阿银本日造访，乃是特地前来向先生致歉的。可否耽误先生片刻？"这御行问道。

"快别如此见外，我自从岁暮便一直在找你呢。"

"噢。"又市单膝只手跪地，头也没抬地回答，"一如先生所见，小的一身打扮如此阴阳怪气，实为不洁之下贱人等，因此无颜于年节期间前来叨扰。"

"快别这么说。"

此乃实情，又市抬头说道。

这反应着实让百介吓了一跳。他想起了治平说过的一番话。说来也没错，百介和眼前的两人之间的确有着一道清晰可见的鸿沟。这并非身份或阶层的差异，而该说是觉悟上，也就是处世态度的不同。此等觉悟，是百介这种人极度匮乏的。

"本次的案子承蒙先生大力相助。"说完，阿银再度低下了头。

"请、请别这么说，快把头抬起来吧。你何须向我道谢？一切都是又市的功劳，我什么忙都……"

百介看向阿银。细长的脸蛋、樱桃般的小嘴，以及一对眼角鲜红的大眼睛。这位长相标致的女傀儡师，只是彬彬有礼地向他鞠了个躬。

没这回事。直到听到又市的嗓音，百介才回过神来。

"本次设的局，少了先生绝对无法成事。"

"设、设局？"

"是的。北町的田所大爷是个恰当的人才，加上和先生的大哥军八郎大爷又出身同门，实为一大幸事。托先生的福，本次方有幸请到田所大爷出马。"

"请、请田所大爷出马。又市！这……"

怎么可能？

"正是如此，"又市回答道，"本案中的一切，不过是小的这诈术师所设的局、演的戏。"

"什、什么？这怎么可能？难道……"

"稻荷坂祇右卫门，早在十五年前便已亡故。"

"十五年前？"

这怎么可能？那么——

"请问实、实情是怎么一回事？有多少是你设的局，该不会全都是假的吧？"

"上回也曾告诉过先生，小的胆敢保证绝不轻易撒谎。"

"但是，又市……"

"未向先生全盘托出，的确是事实。不过小的并无丝毫算计先生的意思。为证明自己绝无此意，今日两人才一同前来向先生拜年。"

"可否请你解释清楚？"

又市点了点头。"一如官府调查记录所述，稻荷坂祇右卫门本为长吏头浅草弹左卫门大爷旗下的公事宿干事，不过为人与传言截然不同，平日重义气、讲人情，追随者、仰慕者可谓络绎不绝，吸引众多无宿人与无业民众聚于其门前，是一位德高望重的善人。"

"这——"

"不过，"又市继续说道，"有个不法之徒打算利用他的声望干恶事。因职务之便，祇右卫门知悉许多公家内情，加上广为人仰慕，不少人也乐于向他吐露心事。尤其是聚集在他身旁的多为见不得天日之贱民，吐露的也多属不可告人之事。不知不觉间，祇右卫门就掌握了不少秘事。"

"这不法之徒就打算利用这些为恶？"

"正是如此。若为武士、商人或农民，尚可恐吓取财。但若为下等贱民，可就无钱可讨。因此只能利用他们为恶。"

"不过，事情可有这么容易？"

"那家伙手中握有人质。若乖乖听话就回以优待，一切罪过均不予追究。但若胆敢抵抗，不仅得受严厉惩罚，父母子女还可能因此丧命。"

"这么做未免太过分了吧。即使握有他人再多把柄，那家伙本身不也是个无宿人？"

"并非如此，"又市说道，"想出这点子的是个武士，这家伙完全不把这些人当人看。"

"武、武士？"

原来敌人是个武士？

"是个常出入公事宿的町方役人[①]。"

"噢——"

[①]江户时代管理百姓民事的行政官员。

毕竟町奉行所与弹左卫门的关系十分密切。弹左卫门乃关八州长吏之首，为非人、乞胸、饲猿艺人等贱民的管理者。官位虽低但影响力甚巨，还能向奉行使眼色。百介认为这等人虽说是贱民，终究还是人，不过是不完全符合农工商的定义罢了，说明白点不过是职业不同，没有任何理由遭受如此歧视。不过，这些人隶属于不同于一般百姓的统治体系，倒是不争的事实。这好比国中另有一国的情况，幕府其实也很清楚这一点。虽然表面上对其十分歧视，但看在弹左卫门年年的丰厚进贡，幕府有些差事也得由这些人分担。少了他们，江户的行政就无法成立。理所当然，奉行所也常为了交换情报而与弹左卫门互通声息。

不过——

"幕后黑手竟然是个町方役人？"

"正是有如此恶毒之人。"又市回答，"有求于祇右卫门的，多半为连弹左卫门都不屑接纳、在世上毫无依靠的落魄人等。这家伙利用这些人逞一己之欲，利用完便弃之不顾。"

"不过，真正的祇右卫门是个德高望重之士，岂可能任由此等恶棍利用自己的名义为恶？有此人德修养，理应不可能纵容此种不义之事发生。别说是拒绝，甚至应该主动告发才是呀。"

"这可办不到。"

"为何？"

"因为，他也有人质在对方手中。"

"人质？"

"就是他的妻小，而且还是不合法的妻子。"

"不合法？"

"祇右卫门不顾身份有别，与一普通商户姑娘往来，还生下了孩子。那町方役人便以此为把柄，胁迫祇右卫门就范。"

"噢？"

"若风声走漏，不仅是其妻小，就连亲族都得受牵累。祇右卫门从心底喜欢这名姑娘，对孩子亦是十分疼爱。因此，只得任由那家伙摆布。"

"且、且慢，难道……"

"我就是稻荷坂祇右卫门之女。"阿银说道，"姑且不论人德、头衔，祇右卫门终究隶属弹左卫门旗下，碍于身份，万万不可与平民百姓有如此往来，因此为维系这不合法的家庭，仅能每月暗中团聚一次。虽然如此……"话及至此，阿银停顿了半晌。"他还是个尽责的慈父。"

"先生，虽然情况如此，祇右卫门大爷，也就是阿银的爹，终究还是看不惯那恶棍欺凌弱者的所作所为。因此，最后决心向弹左卫门大爷告发此町方役人的恶劣行径。只可惜，"又市突然改变了语调，"对方早一步察觉祇右卫门意图谋反，因此抢先一步来个恶人先告状。不仅向弹左卫门告发扰乱社稷之恶事均为其亲信稻荷坂祇右卫门所为，这家伙还采取了更为毒辣的手段。"

"毒辣，难道就是阿银的……"

又市默默点了点头。

"请问这可是对祇右卫门大爷背叛行径的报复？"

"并不是，这也是个设计周密的计谋。虽被套上莫须有之罪名，祇右卫门大爷并不是会因此而逃遁之人，而是认为应堂堂正正地接受裁决，以一雪一身冤屈。只是这回碰到的对手实在过于恶毒。由于担心己身将遭不测，再加上至少一时行动将不自由，因此他……"

"他就去和她们会面？"

和妻子、女儿——阿银会面。

又市点了点头。"毕竟可能将是生离死别,因此他一路躲避追兵前去会面。只是，他的计划还是让对手发现了，而这家伙最厉害的，就是深谙如何利用他人弱点。因此……"

"因此，阿银小姐的母亲就……"

"在阿银眼前惨遭杀害，"又市说道，"那家伙还意图将这一罪名套在祇右卫门身上，而且要求无论如何都要将其交付町内官方审判，避免由弹左卫门进行裁量。那家伙认为祇右卫门深受弹左卫门信赖，若被他托出真相，弹左卫门想必会采信，如此一来，自己可就危险了。不过，只要将祇右卫生冠上杀害百姓的罪名,便可即刻将其送交町奉行所。如此一来,他的生死可就操在那家伙手上了。"

"就为了这种理由……"

"就为了这种理由,我娘被他割断了喉咙。"阿银说完,又悄悄低下了头。"而我爹,也就是真正的祇右卫门,也惨遭枭首之刑,就连店家也被迫转手。从此我就……"

接下来的情况治平已经交代过了。百介心头涌起一股难以承受的哀伤。

又市朝阿银看了一眼,接着又转过头来,正眼凝视着百介说道:"不过,此事并未就此结束。过没多久,祇右卫门就活过来了。"

"这正是我想知道的。"这下,原本的哀伤全被百介抛到了脑后。"请问这是怎么一回事?他是真的活过来了吗?又市,你坚称自己绝不撒谎,但又说过祇右卫门不是个人,而是个杀不死的妖怪。难道这种怪事真的发生过?"

真的发生过。那可真是个妖孽——

但身首结合后复生的祇右卫门,不是已经让田所真兵卫捉拿到案,还杀了?

"那么,不。"

不可能有这种事。第一,祇右卫门——阿银的生父,并不是个能违背自然法则死而复生的奸险无赖。难道是含冤而死的伤悲化为强烈怨念,让他继续留在人世间?

"可是基于怨念?"

"并不是,祇右卫门绝非含恨而死的亡魂之流。"

想必也是如此。世上是否真有亡魂?百介也难以判断,但即使真的存在,理应也不至于成为这种破天荒的妖怪才是。大体上亡魂应无肉体,而现身乃是为了一报宿怨,哪可能为了利用他人为恶而重返人世?

"不过,小弟还是想不通。倘若他既非人,又非亡魂,那么究竟是什么?通常人若遭斩首,绝对是必死无疑,理应毫无可能复生。"

"是的,因此阿银的爹,也就是公事宿干事的祇右卫门,早已死于枭首之刑。"

"那为何还……"

"其后再度现身的祇右卫门，也就是稻荷坂祇右卫门，可就不是人了。而是个计谋。"又市说道。

"计谋？"

"是的，不过是个计谋。一个利用落魄弱者的把柄，随心所欲地操控其为恶的计谋，就叫做稻荷坂祇右卫门。在背后玩弄此计谋的，是个如假包换的大恶棍。"

"可就是那个町方役人？"

又市深深点了个头，接着便闭上双眼，低声补上一句，而且，还是个聪明绝顶的恶棍。

"不、不过，又市，祇右卫门死于枭首之刑后，这计谋理应无法继续施展才是。但是为何还能……"

"按常理本应就此结束。不过那家伙实非常人，而是个极度执着于为恶的无赖。一旦尝过甜头，这终生难忘的滋味让他不愿就此收起为恶的执着。"

不愿就此收起为恶的执着，这岂不真成了狐者异？

又市睁开双眼，抬起头来说道："当时，也就是祇右卫门死于极刑时，其名在骗徒、江湖郎中等只能潜伏于阴暗角落的恶棍之间，可说是无人不知。那家伙，也就是那町方役人，便巧妙地利用了此种心理。"

"利用……请问还能如何利用？祇右卫门大爷都已不在人世了。"

"当然有法子，譬如，这类人等哪天突然收到署名祇右卫门者寄来的书信。收到一个早已死于枭首之刑的人寄来的信，已经够令人惊讶了，而且信里还写着：老子对你的秘密知之甚详，倘若不乖乖听老子的话，会发生什么事，想必你自己心里有数。"

"这岂不是和他原本耍的伎俩完全相同？"

"是的，完全相同。这家伙虽无法再冒充生前的祇右卫门，但还是继续利用其名义，设下如此巧妙的局。"

设局——

"你言下之意，是如今根本没有祇右卫门这个人？"

"是的。世上哪可能有此等妖怪。先生，这不过是个巧妙利用奇闻传说，设得细腻至极的局。"

"这、这种计谋岂有可能得逞？"

"当然有可能。曾遭胁迫者一旦收到此种恐吓，个个都战栗不已。不论恐吓者为何许人，甚至根本只是个冒名的幌子，对自己的威胁迫害依然不减。传闻便如此愈滚愈大，祇右卫门就在传闻中活了过来。先生应该也知道，人是杀得死，但计谋可是杀不死的。"

"噢。"

祇右卫门不是个人，要杀也无从，原来是这个意思。

"即使如此，十年前小的曾受人之托与某人联手，密谋捣毁此恶毒计谋。遗憾的是此事难成，原因是，连想知道对方的长相都无从。"

"长相？"

"设下祇右卫门这个局的家伙，也就是手刃阿银生母、将祇右卫门送上枭首之刑的家伙究竟是何许人，生得什么模样，完全无从查起。"

"不就是个常出入公事宿的町方役人？"

"符合此条件者就有好几个。"

"就连又市你也无法过滤出这号人物？"

是的，又市回答道："因此，到头来仍是以失败告终。"

"以失败告终？"

"对手是个擅长操弄传闻的家伙，打听消息的渠道自然是庞大灵通，坊间各类传闻，很快就会为其所知悉，因此这行动根本是敌暗我明。对手一发现咱们并非省油的灯，旋即祭出一个活生生的祇右卫门，并安排奉行所捕而诛之。如此一来，咱们也就无计可施了。"

"不过，被捕的不过是个冒牌货不是？"

"这就是症结所在。先生，被捕的并不是冒牌货。稍早也曾提及，祇右卫门这号人物根本不存在，因此也无任何真假可言。被捕的不过是在祇右卫门这个计谋中，扮演祇右卫门的小角色，真实身份根本无人知晓，但对大家而言，他就是如假包换的祇右卫门。"

即使找来证人求证,个个都坚称他就是祇右卫门无误。田所曾如此说过。

"这可真是个高招。"

"此话怎讲?"

"此举让许多人相信,稻荷坂祇右卫门果真还活在人世。哪管他是死而复生,还是只是个替死鬼,这祇右卫门毕竟是真有其人,简直是个高明的宣传。接下来,被捕的家伙死于枭首之刑,事后又……"

"一再卷土重来……"

"是的。这情况让人更感恐惧。以超乎自然常理之事束缚人,要比以暴力束缚人更为有效。因此,祇右卫门就成了一个有手有脚、有名有姓、有来历出身还广具影响力的狠角色,只是并不存在于人世。这不就让他成了个活生生的妖怪?"又市说道,"因此,小的只得从对付祇右卫门的行动中抽身。毕竟在知道设下这局的幕后黑手长什么模样前,不管做什么都只会落入对方的圈套。"

"完全无计可施?"

"法子倒是有一个。"

"请问这法子是……"

又市看向了阿银。

"噢,原来如此。阿银小姐她……"

阿银曾见过那家伙的真面目。

"是的。我曾看到过这杀母仇人的长相,而且终生难忘……"阿银说完,茫然地眼望前方。

"由于过世的祖父母曾再三告诫,说出来恐怕要丢了性命,因此这丫头一直守口如瓶。真正的凶手是个当差的,被冠上凶手罪名的非人实为自己的生父。这种事,即使把嘴割开都说不出口吧?"

想必是如此。虽然听来令人神伤,但事情难道无法解决?不过,难道——

"且慢,如此说来……"

又市面露微笑说道:"后来,只得放任祇右卫门继续为恶。在这十年间,这家伙虽然恶事干尽,却始终没人敢与其对抗。不过,这祇右卫门却在十年后突如其来地遭到逮捕,情况看来颇为可疑。阿银认为,或许是这冒用祇右卫门名义设局的家伙,有了什么闪失而遭官府绳之以法……"

"因此我曾前往官府指认。不过,长得不一样。那人长相与我爹仅有几分相似,而和杀了我娘的町方役人长得不甚相像。"

还要再活过来一次吗?还要以祇右卫门为牺牲品,继续温存这个局,准备干第三次恶事吗?原来阿银那句话是这个意思。

"小的认为,当时或许是这扮演祇右卫门的家伙突然有了什么不满,或者是厌倦了,才遭到这等处置。不过这家伙并不是冒牌货。被人当了十年本尊,这人总不能说换就换吧。"

对世间而言,这家伙就是祇右卫门的本尊。突然换张面孔,岂不是要闹出问题?

要换张脸,唯一的法子就是把脑袋砍掉。又市说道。

原来如此,只要把人逮来杀掉就成了。接下来仅须再立一个本尊,便能把这局维持下去。

"因此才刻意安排此人就捕?"

"是的。正是为了如此才逮了他。"

"噢!"百介终于开始逐步掌握到真相了,"那、那么,当时在法场内,阿银小姐她……"

阿银缓缓点了个头。"我的确看到了那家伙。在法场内,我果真看到了那张让我永生难忘的那可恨仇人的脸。"

吟味方头号与力笹森新藏。

"是认出了那颗痣吗?"

是呀,阿银回答。"他那张脸我永远忘不了,他就是当年割断了我娘咽喉的那个小捕快。"

"但是,一个与力竟然……"

"没错,当时他不过是个赦帐方撰要方[①]的低阶同心,后来才成为统率吟

[①] 江户时代处理罪囚之特赦与大赦等相关事务、调查判例、编纂文书记录、管理户口等的与力组织。

味方的与力。任谁都猜不到恶事就是他干的。那家伙将阿银的爹送上枭首台后,用钱买了个正好有职缺的与力头衔,后来还入赘改了姓氏。是个深思熟虑的家伙。"又市说道,"阿银这丫头原本打算只身寻仇。但即使表面上再风光,这家伙毕竟是只无恶不作的老狐狸,而且公然与北町的与力大爷作对,绝无可能全身而退,甚至极可能遭对手反噬。因此……"

阿银将视线往下移。

又市则抬起头来仰望百介。"若是先生当时没巧遇阿银,并将此事告知小的,小的绝对会晚了一步。若是让那家伙的局抢先一步复活,咱们可又要无计可施了。如此一来,不论采取什么行动,都只会被对手抢先一步。因此,这回真得感谢先生,让我们得以先发制人。"

"那么,为何事后风声又会再起?"

"一切风声都是小的散布的。这下笹森可慌了,怀疑有人模仿了他的计谋。这种对决,先乱了阵脚的就是输家。到头来那家伙终于露出了狐狸尾巴,试图证明自己才是真正的祇右卫门。终于让我们逐步看到了他的真面目。"又市罕见地皱起眉头说道,"后来的,先生应该也猜得到吧。小的将笹森掳来逼问真伪,而且还请到十年前委托咱们征伐祇右卫门的势力相助。这下胜负立见分晓,那家伙马上被吓得将一切全盘托出。只是……"

"只、只是什么?"

"我们根本没立场将那个家伙送上刑场。小的和欲报亲仇的阿银皆为无宿人,无法将此等身份者定罪。唯有官府才有资格大剌剌地砍人脑袋。不过我们依然认为,若不让官府的介错人①将这家伙斩首,实在是天理难容。因此决定让他的脑袋和阿银他爹一样,被送上同一座枭首台曝晒示众。"

"那么,那张符又是怎么一回事?"

是为了遮掩笹森的长相?

在背后涂抹糨糊,朝他的额头上贴去,待贴满三日三夜,再斩其首级,须将首级连同符咒一并斩下,并尽速将其焚毁。

---

①武士切腹时负责在一旁待机斩首者。

原来这步骤并非基于怪力乱神的迷信。若不这么做，还真无法消灭这祇右卫门。笹森虽是设下这个局的幕后黑手，但终究非祇右卫门本人。不把他的脸遮起来，祇右卫门的影子、名号仍要阴魂不散。若不将笹森连根拔除，这个局还会继续作祟。

这听来简单，实则无法办到。又市曾如此说过。看来果真是如此，百介心想。又市这个局并不是为了斩杀笹森这个恶徒，而是驱除祇右卫门——一个对人世依然抱持满心眷恋的死人、狐者异的大仪式。

百介茫然地望着这位御行。"原来打一开始就……又市连这点细节都……"

"应付一个深思熟虑的对手，若不用意周旋，注定要沦为输家。虽然对先生实在有点对不住。"

"这、这我是不在乎。对了，治平是否也参与了？"

"噢，先生最好别太相信那臭老头。其实，先生前去长屋造访时，那老头的壁橱里就关着笹森那家伙。"

"此话可当真？！"

又市笑着说道："所谓无可磨灭的特征——肚子上的狐狸刺青，还有脖子上那圈红色的伤痕，都是那老头刺上去的。"

"噢。"

原来当时治平就是在刺这些。而那狐者异就让他藏在壁橱里。

"其实就顺序先后来说，笹森先是被喂了那老头所调的毒。虽然不大清楚里头掺了些什么，但据说是以蛇、河豚、木药调和而成，会让人麻痹半个月的剧毒。那老头可真是够狠哪。"又市说道，"因此，先生……"

"我了解。"

他当然了解。又市、阿银和治平悉数是另一个世界的人。我们的世界和先生身处的截然不同，因此请别再深究下去。相信又市想说的就是这么一番话吧。没在一开始就将一切告知百介，当然也是这群不法之徒基于万一有个闪失时，不至于拖累百介的考虑。反正就算知道他们打的是什么主意，百介这一介生手也帮不上什么忙。

因此百介发现自己遭这群人利用时虽然惊讶，但也没任何立场动怒。这也是没办法的事。不过——

"两位还是进来坐坐吧?"百介说道,"否则,阿银小姐恐怕要着凉了。"

阿银望向一旁的脸庞,正微微颤抖。

又市朝她瞄了一眼,接着说道,那么,就烦请先生招待咱们俩一杯热茶吧。

飞缘魔

容貌虽秀丽

实为骇人魔物

逢夜现身吸取男子精血

终将其折磨致死

一

　　山冈百介前往平八位于神田锻冶町的书卷出租铺造访，是在开始吹起和煦春风的一月中旬。

　　美其名曰铺子，其实不过是长屋一角，并没有什么门面可言。书卷出租是个以双脚四处行商的流动生意，其实根本不需要有店面。不过，书卷出租和一般贩卖物品的生意又有那么一点不同。虽然同是背着货物四处移动，但照顾的大半是熟客。只须将客户需要的书卷送到每个客人手中，到了月底再回去收款就得了，无须像一般商人般四处游走、高声叫卖。书卷并非一次卖断，仅是出借三日，不过客人需要任何书，业者都得弄到手。由于租赁性质，货品很快就会重回手中。手头商品并非全数为新书，代表这类铺子总得面对为数庞大的库存。

　　因此，平八房里总是堆着满坑满谷的书。

　　同样是堆满书卷，此处可是比百介的闲居处多了几分色彩。百介的书斋里净是些所谓记录的古文书籍，平八处则除了书卷之外，还陈列着锦绘、枕绘及眼镜盒等物品。① 这些东西并不是用来出租的，而是拿来卖的。书卷出租铺里竟然还卖眼镜盒，或许让人觉得有些唐突。但理由似乎是，两眼昏花难以读书，还请客官珍惜眼镜。不过眼镜本身价格高昂，又非行外人所能批售，因此只得贩卖保护眼镜的眼镜盒。

---

①锦绘，彩色的浮世绘；枕绘，春宫画。

上个月,百介曾远行至伊豆。此行目的不是泡温泉,因此得以较早归返。返回京桥后却从家人口中得知,平八曾于数日前登门造访。纳闷不已的百介旋即造访平八的铺子,却又碰上平八出远门。

平八不仅游走于江户府内,就连大江户圈之外乃至近邻诸藩,均在其活动范围内。的确,愈是乡下书卷愈难入手,因此不难理解这些地方为何有人需要新书。不过百介总是纳闷,出行毕竟需要盘缠,花上大笔银两跑大老远的,哪可能有什么赚头?或许他干这行生意纯粹是出于兴趣吧。

在门外招呼了一声,随即有张圆脸从窗口探了出来。这张圆圆的娃娃脸面貌和蔼,嘴边虽带着几根没剃干净的胡茬子,气质却毫不粗俗。

"噢,是百介先生呀。你来得正好。"平八说道。

"来得正好?我怎么看不出好在哪里?既没看到什么山珍海味,也不见任何标致的姑娘。"

不是这个意思,这租书的一脸和善地笑着回道。"我碰巧半个时辰前才回来。"

"噢?"

"而且正准备动身前往京桥找先生。咱们差点又要错过了。别看我这副懒模样,做起生意来也是很忙碌的。总之,幸好咱们碰上了。"

"原来是对你而言我来得正好呀,"百介说道,"那么,你这位忙碌的租书人找我有何贵干?枉费你坐拥这样一家租书铺,遗憾的是我的书卷也多得足以出租,并无必要向你租用任何东西。"

"和这也完全无关。"平八回答道,"我并不是想借给百介先生什么东西。其实呀,百介先生,也没什么特别的,不过是听说了几桩怪异传闻,想和先生分享分享罢了。"

"噢?"

对性好搜集诸藩奇闻怪谈的百介而言,除了在游历各地时四处网罗,听他人口述此类故事亦是一大乐趣。

书卷出租业者为了行商,常有机会进入大名家中或吉原等一般百姓无缘出入的场所。不分大名家中女仆还是风尘女子,学者还是藩士,总之任何身份性别的客人他们都得招呼,和地方出身者当然也有所交流,因此常有机会听到一些珍奇传闻。

自去年通过有往来的出版者介绍认识了平八后,百介就从他这儿听到了不少故事。平八不知是对讨百介欢喜也产生了兴趣,还是天生就爱凑热闹,如今甚至不惜远赴江户以外的地区搜集此类传闻。

"这回是什么样的故事?打哪儿听来的?"

"噢,这说来可就话长了。我这回不是为了做生意,而是上京都游山玩水了一趟。不过,这次不只是跟先生说个故事,还有件事得和先生商量。总之请先生先进来吧。"平八向百介招呼道。

屋内飘散着一股百介早已闻惯了的尘埃味。平八脱下藏青色的棉布围裙卷成一团,随手抛进了书堆里。百介略显尴尬地坐了下来,两眼不由自主地在成堆书卷中瞄起了书名。

"虽说是西边的传闻,听来多半还是有些似曾相识,或许对百介先生来说稍嫌无趣了些。"

"请别放在心上,若能进一步知悉这类传闻的分布状况也不错。有什么就尽管告诉我吧。"

百介摊开原本挂在腰际的记事簿,从笔筒中掏出一支毛笔舔了舔笔尖,摆出了一副随时准备记录的架势。

先生还真是好事呀,平八惊讶地说道。

"总之,这回的主题是一件发生在西国某小藩的险恶传闻。"

"险恶……"

"的确颇为险恶,已经出好几条人命了。"

"出人命?"

百介的表情不由得黯淡了下来。怪事他爱听,但对残酷的故事可就毫无兴趣了。有人丧命这种事总让他感到恶心。不久前,百介刚在旅途中看过三具死状凄惨的无头尸体。这种事他可不想再听。

而且受害者还个个死状凄惨,平八说道。

"若是这种事,就别再说了。"百介伸手阻挡道,"这类砍砍杀杀的事,我可不爱听。"

"这我也清楚，此类故事亦非我所好。不过先生，时下世风并不平静，就连江户这里，去年还是前年，不也曾接二连三地发生姑娘被掳并被碎尸的事件？"

是发生过，百介冷冷地回答。

"掳人这种事通常不是为了勒索银两，就是为了旧恨宿仇。先生你瞧通俗小说中不都是这么写的？不过，如今可就不同了。"

"是呀。"

那起去年发生的案子，犹记凶手的犯案意图仍属不明。与死者既无什么钱财纠纷，也无丝毫新仇旧怨，而且亦不属于拦路试刀或无礼斩杀一类犯行①，当时世舆均认为凶手纯粹为杀人而杀人。在百介的记忆中，类似事件在前年也曾发生过。看来，江户的确是不平静。话虽如此，也并不是每日从早到晚都有人丧命，严重到这般程度的砍砍杀杀，其实还是颇为罕见。

只是江户毕竟和乡间不同，偶尔会夹杂几桩这类残酷的案例。由于这类案子极引人注目，便给了大家一种此地一片腥风血雨的印象。再者，这类事件到头来多半不了了之，因此事后多牵强附会，总显得未有竟时。这事件与前年的同类事件，到头来都是如此。

"不过这些是特殊个案吧？"百介说道。

应该算特殊吧，平八回答。"都是为了找乐子而干的吧？"

"应该是吧。"

普通人光是要弄伤人就得犹豫良久，而那些家伙把人杀了还要千刀万剐，动机实在让百介难以理解。

"唉，如同平八先生说的，时下世风的确弥漫着一股暴戾之气。不过，这种事已非世风日下所能解释。"

的确非世风日下所能解释，平八说道。"想来这应该是人性使然吧。"

---

①江户初期武士常犯罪行。拦路试刀，武士入夜后埋伏于十字路口，遇有路人经过即挥刀斩杀，以验证新刀是否锋利；无礼斩杀，武士遇上自己看不顺眼或对自己有失礼者，恣意斩杀。

"人性，这推论可就耐人寻味了。平八先生可是认为，凡是人都有做出如此暴戾之事的本能？"

不不，只见这生着一张娃娃脸的租书铺老板装糊涂地说道："我出身贫贱，不像先生般讲究品行家教，因此儿时曾玩过不少残酷的游戏。"

"残酷的游戏？"

"是呀。比方说活剥蛇皮、拔断虫足什么的，一些如今想来完全参不透到底有哪里好玩的游戏。但那时候玩得可乐了。先生儿时也曾玩过这类游戏吧？"

"是玩过一些。不过平八先生，孩童本来就是善恶不分的。"

"成人也是一样呀。"平八说道，"俗话说三岁看大，七岁看老，这世上可是什么样的家伙都有。恋童者、好男妓等这些好男色者，如今已是司空见惯。见绯红贴身裙便淫性大发的好色之徒、不勒女颈便完全不举的武士等亦如是。"

"没错，性癖的确是形形色色。不过此类行为对他人并不构成任何侵害吧。"

"是否构成侵害，界限十分模糊。"平八说道，"也曾听闻有些女人行房时必饮男血，抑或看到火灾才能起兴致什么的。若是严重至此，不侵犯他人已无法满足一己之性癖。因此，去年那以拦路斩人满足一己残酷性癖之流，想必是真的存在。不过此类歪风若蔚为流行，情况可就严重了。"

"这种事也会蔚为流行？"

当然会，平八一张圆脸上两眼圆睁地说道。"个人认为，此类世风形同流行疾病。不同于往昔，如今流言传播甚速，虽不知是否有不少人乐于模仿此类犯行，但想必真的会传染。相信先生只要看看京都一带如今恐慌到何种程度，就不难理解了。"

"京都正流行拦路斩人？"

"没错。据与我有往来的京都某书坊所言，光是京都大坂两地，遇害者便已高达十数人。其中有文具店主女儿、面店老板、毛线店千金，个个都是额头被活生生砍成两半。"

"真是令人作呕。"百介瞪起双眼,露骨地摆出一副嫌恶表情。光是想象,就够令人毛骨悚然了。

"平八先生,你要我听的就是这些?不都说了我不爱听这种事吗?"

这位租书铺老板露出苦笑,以食指挠着脸颊回道:"噢,并非如此。虽然引起一阵骚动,但凶手完全没有被绳之以法的迹象,让我感到情况非同小可,还是自己的性命重要,因此便马上离开了京都。但在回途中还是碰上了。"

"还是碰上了拦路斩人?"

平八点了点头。"所以我说这种事已成了流行嘛。早知如此,就应沿东海道直接返回,结果途中却还绕道他处。"

"上了哪儿?"

"我从堀越岭穿越一条岔路,绕了点远路。"

大多数人都穷得一辈子出不了远门,这家伙还真会享受呀。脑海里刚这么一闪,百介马上想到自己根本没资格说别人。至少平八还是靠自己赚的钱玩乐,想想自己也没赚几个钱,却还终日游手好闲,岂不是更理亏?

"去了丹后与若狭交界处一个叫北林藩的小藩。"

你上那儿去了?百介惊讶地问道。这也未免绕得太远了,看来平八选了一条奇怪的路返回江户。

唉,一切都是为了先生呀,这租书铺老板笑着说道。

"为了我?"

"是呀。老实说,我有幸进出北林大人位于江户的藩邸,由于曾在那儿的仆役寮舍里听过一个古怪的传言,因此才特地绕了那段路去查证。"

"噢,不过我可搞不懂这为何是为了我。"

"因为我觉得先生应该会喜欢听这个故事呀。"

"拦路斩人这种事,我哪可能喜欢听?"

"那传言并不属此类。若将它归类为拦路斩人,可就好比将狮子当成猫,大蛇当成蚯蚓了。"

"这么凄惨?"

"死者被开膛剖肚,身首异处,连皮都让人剥了。"

别再说下去了,真是令人作呕。百介掩面说道。他打心底讨厌这种事。

但平八却把脸凑得更近,双颊不住痉挛着说:"即使那凶手是妖怪,先生也没兴趣听?"

"妖怪?"

"据说那可是幽魂在作祟呢。"平八从怀中掏出一张对折的纸说道,"我也学百介先生把整件事的经纬记了下来,否则还真是记不住呢。据说,这些案子是七人御前作祟的结果。"

"七人……御前?"

还真是个令人讶异的名字,百介心想。

名字很古怪吧?这租书铺老板笑着说道。

"哪可能有七人?"

"还真有七人。"

"你可知道什么是御前?"

"知道。"

巡回诸藩搜集怪谈至今已有五年,百介累积的知识已是相当可观。

"御前是土佐一带对不幸遇上就得死的神灵的称呼,算是一种灾厄之神吧。相传横死者未获安葬超度,便可能化为御前。"

"也就是无缘佛①吧。"

"是的。御前就是无法成佛的亡魂之意。有的叫山御前,有的叫川御前,这些可能代表死在山上或河川中的亡灵,有些地方则把他们当作山神、水神的眷属或使者,因此单纯地归类为恶灵,其实有流于草率之嫌。与御前相关的信仰,其实颇为复杂深奥。但总而言之,他们的确算是会给人带来横祸的妖魔。"

"总共有七个?"

"既然叫七人御前,当然就有七个。只要取了一人的性命,其中便有一

---

① 无人祭拜的死者。

个能成佛。但这替死鬼也会化为这群御前之一，因此总数并不会减少。"

果真骇人哪，平八说道。

"不不，也有人认为七人御前的每一个都得找到七个替死鬼，即得在自己丧命的地点取七条人命方能成佛。而现在竟然有七个……"

"意思是得死七七四十九人。"

"而这四十九人每个又得取七条命……"

哇，平八的圆脸不由得扭曲起来。

"这数字如此愈滚愈大，岂不是注定要呈倍数增长？那儿不过是个小藩，照目前情况看来，不到明年那儿的领民、藩士，甚至藩主岂不都要死光了？不过……"百介歪着脑袋纳闷道，"北林藩不是在若狭的山中？距离土佐未免也太远了吧？"

"先生的意思是，可能不是同样的妖怪？"

这就不知该如何回答了。通常妖怪是不会以这种方式取人性命的。

"怎么看都不像。平八先生，当地民众都认为这些惨无人道的案子是此七人御前所为？"

"噢，大家不过是如此怀疑罢了，"租书铺老板含糊不清地回答，"方才也说过，我不过是从当地的武家仆役口中听到这个去年岁暮起屡有妖怪作祟的传言。妖魔作祟杀人这种事原本就骇人听闻，据说前年就死了七人，因此大家才传说应是这种名为七人御前的妖怪在作祟。七人御前这名字在江户颇为陌生，因此勾起了我的好奇心。"

"因此你才特地绕道前去求证？"

这家伙对旅行还真是热衷。

"那么，这果真是妖怪作祟？"

平八笑得一边脸颊不住抽搐着说道："方才也说过人都死了。在我抵达的前一天又死了一个。不过那儿终究是穷乡僻壤，住的净是些会在城里迷路的家伙。别说是荷包，就连口风也守得紧，绝口不与我这个外人攀谈，因此到头来生意也没做上一桩。"

"就连被誉为马屁精的平八先生都做不成生意？"

呵呵,平八笑着朝脑门上的月代敲了敲。"这绰号就别提啦。总之,唯一可确定的是今年已有三人丧命,接下来就毫无动静,搞得领民个个人心惶惶,开口闭口都是妖魔作祟。"

"妖魔作祟也会闹出人命吗?"百介苦笑着说道。他认为妖怪其实并不会干出这种事,即使是凭空杜撰,也不应如此荒唐。"首先,妖怪是不会剥人皮,或将人开膛剖肚的。"

"看来先生并不喜欢这故事呢。"平八挠着脖子说道,"若不是为了讨百介先生开心,我才不会专程绕道前往那既无名胜又无古迹的地方。"

"我想听的是更不可思议的故事,并不是光有妖怪就好。诸如此类残酷的真实传闻……"百介指着铺内悬挂的锦绘说道,"在坊间已是如此泛滥,如今撰写此类故事的名人多如过江之鲫,根本轮不到我。"

"写这类的是不少,"平八笑着说道,"而且爱读这类的看官也不少,因此我才认为这是个流行话题。不过这下才知道,百介先生对流行的话题并无兴趣。"

这还用得着说?

"至于不可思议的故事……"平八将两道眉蹙成了一个"八"字,旋即又一脸释然地问道,"不知先生可听过娶狐为妻的故事?"

"狐狸出嫁的故事吗?"百介两眼圆睁,旋即又眯了起来,"难不成当时还下着太阳雨①?"

百介刻意装出一脸惊讶表情。

噢,让先生看穿了,平八以开玩笑的口吻说道。"方才的只是玩笑话。十二三年前,北林藩领内某世家的儿子,曾从山中救回一个晕倒的姑娘,后来还娶了她。"

"然后——"

"然后,其实也没什么大不了。那晕倒的姑娘身份不明,但穿着一身婚服,还身怀大笔银两。因此被救回来后,就这么被娶进门了。"

---

① 又称狐狸雨,传说狐狸出嫁若在白昼必下太阳雨,若在夜里山上则会出现成排红灯绵延闪烁。

"未免也太急就章了吧，"百介说道，"见人穿着婚服就把人娶回去？简直像说给孩童听的故事嘛。"

"那姑娘想必也长得很标致吧，而且还带着一笔嫁妆呢。虽不知女方身上发生了什么事，总之，她为报此救命之恩而以身相许。"

"为报救命之恩以身相许？接下来呢？"

"接下来，这对夫妻恩恩爱爱地共度了一整年。届满一年后，这户人家周遭就开始出现怪火。"

"怪火，这指的是……"

"好像叫狐火吧，每晚都会从各处蹿出怪火。"

"和鬼火差不多吗？"

"不，只是普通的火。后来，家中突然起火了。待大家惊慌失措地救完火后，那妻子就消失无踪了。还挺不可思议的吧？"

"这算不可思议吗？"

"最后大家推论，那女人是只狐狸，其他狐狸来把她讨了回去。"

这并不是百介爱听的故事。

"对了，平八先生有什么事要和我商量？"

百介这么一转换话题，平八便探身说道："对对，这下可提到重点了。看来我找来的这些故事并不合先生胃口，还是先请先生喝一杯吧。"

不用了，百介斩钉截铁地伸手制止道。

噢，那么先生可嗜吃甜食？平八苦笑着问道。

看来他以为百介不嗜杯中物。

其实百介不仅酒量不错，而且还比任何人都爱酒，只是不爱在他人面前喝罢了。而且他天生对甜食毫无招架之力，因此常被人误认为不好饮酒。不过这么一来，可就为他省去喝酒应酬的麻烦，即使被误认为毫无酒量，也不会有什么损失。因此每当碰到别人这么以为时，他总是提醒自己不要否认。

招待不嗜酒的客人可真是件麻烦事哪，平八自顾自地嘀咕道。旋即站起身来说："那么，出去吃点糯米丸子如何？那边的角落正好有家饼店，卖的豆沙包美味极了。就让我招待先生吃些豆沙包吧。"

二

平八找百介商量的事，说得直截了当，就是托百介帮忙找个人。

希望先生能帮忙找个女人，这租书铺老板说道。

虽说习于四处周游，但百介的眼界可要比平八窄得多。毕竟百介的本业是撰写文字，干这行的不比开租书铺的，几乎成天都窝在屋里，既不会上花街、商家、赌场等各类人等、消息集散之处，生性也不擅应酬交际。因此百介的消息来源几乎全靠书卷，虽然不时四处打听，百介真正擅长的也仅止于传说野史，哪懂得该如何寻人？

这情况平八当然也清楚。不过平八并不寄望百介本人能帮上什么忙，其实是在打百介背后一伙人的主意。平八知道百介和一群无法依一般常理打交道的小混混有往来。

世上有些事，靠光明正大的手段是绝对解决不了的。以堂堂正正、光明磊落的态度处理这种事，绝不可能有所斩获。百介也相信人间的确如此。虽然他不同意强必欺弱、胜王败寇这类千篇一律的台词鼓吹的价值，但有些事就是非得靠这种道理解释不可。

这伙人，正是以非得靠这种道理解释不可的事糊口。即使碰上凭常理完全无计可施的情况，这伙人就是有办法想出种种点子，设下种种莫测高深的局，以忽明忽暗的计谋解决问题。当然，有些做法或许并不合法，但他们终究能达到目的，即使手法并不值得赞许。不，该说他们从事的不过是糊口生意，因此与善恶是非、孰强孰弱可说是完全无关。总之他们不过是听命行事，无须计较任何大义名分。但这伙人绝不是为非作歹的恶徒。

这就是百介以一介旁观者的姿态与他们打交道获得的感想。当然，他们是无法光明正大地活在阳光下，但绝对不会从事一些伤天害理的勾当。如此懂得以高深计谋操弄他人于股掌之间，这伙人理应有能力随心所欲图利，但悉数却仍过着有一餐没一餐的生活，毫不利欲熏心，对自己卑贱的身份也完全不以为意。若硬要说有多坏，这伙人充其量也不过是一群小混混。

百介与这伙人打交道的契机，是旅途中遭遇到的一件事。也不知是基于什么样的缘分，或许仅是出于偶然，最近甚至还开始帮他们设起局来。前一阵子前往伊豆，也是为了这个。

看来平八似乎从哪儿察觉到了百介和这伙人有往来。虽然百介不记得自己曾向平八透露过。

还真是内行知内幕，隔行如隔山哪，平八说道。想必先生必定费了很大的工夫，才有办法和那大名鼎鼎的诈术师攀上关系吧。他又补上一句。

他真有这么厉害？

诈术师。这个词指的是找出对手弱点，耍点小动作使其上钩的伎俩。拥有这不甚光彩的绰号的人，也就是诈术师又市，正是这伙小混混的中心人物。平八这句话的本意，其实就是希望能请到又市帮忙。

又市的确是个谜一般的角色。根据街谈巷议，又市是个狠角色，极擅长欺瞒、诓骗、吹捧、煽动，将对手捧上天，接着再以威胁、利诱、阿谀、奉承、搬弄各种言说，巧妙左右各种谈判方向。就连百介也老是被他捉弄。

不过，受平八如此请托，百介其实也备感困扰。

他根本不知道又市的确切居所，也不知该如何会面，更不知该如何联络。不知是否出于偶然，每次都是又市在碰巧的时机出现在百介面前。因此虽不觉得这请托会给自己造成什么不便，但仔细想想，百介还真没主动找过又市。

再者，又市应该在不久前从伊豆直接去西国了。虽然已过了一段时日，或许也该回来了，但不能保证他已回到江户。他并未当差任职，没有什么非尽早赶回来不可的理由。又市表面上是个巡回诸藩撒符驱邪的御行，沿途再顺道做做生意，就更无法确定他会在何时回到江户。

但平八的再三请托终究还是让百介无法招架。不得已百介只得硬着头皮上曲町一趟。

曲町念佛长屋，又市曾言他的窝就在那座落魄的大杂院里头。不过虽然已数度造访，百介仍然无法嗅出一丝又市在该处栖身的气息，甚至怀疑这诈术师是否真的住在该处。

不过，唯一可以确定的是，又市的同伙之一、名为事触治平的老人就住在里头。治平原为盗贼出身，经历骇人，如今则完全看不出平日靠什么营生，是个比又市还令人难以捉摸的老头。百介打的主意是，只要能见到治平，或许就能掌握到又市的动向了。

不过上那儿一瞧，却发现治平也不在家中。这下可就无计可施了。

百介在这简陋的空屋前思索了好一阵子。只见缺了口的茶碗与褴褛的棉被还留在屋内，看来人是没搬走。或许再等一等，人就会回来了，他心想。就这么径自进屋等候，应该不会惹他生气吧。治平毕竟是个城府极深的混混，这次外出门也没关，即代表屋内没有什么见不得人的东西。

如此断定后，百介正准备往屋内跨一步，隔壁的门就嘎嘎作响地开了，一颗脏得吓人的脑袋从门后探了出来。那是个怎么看都不像是做正当生意的家伙。

这下百介可狼狈了。

"那老头不在家。"

那人低声说道，百介只得将脚收回来。虽已数度造访过长屋，这还是他第一次碰上里头住的人。

"噢，那我、我就在屋内等他吧。"

"他曾说半年内不会回来呢。不过，你若想在这儿住下也无妨，反正那老头已经将这阵子的房租都一并缴清，房东可乐坏了，还瞒着老婆上吉原风流呢。"

"噢——"

百介可等不了这么久。

"这……敝、敝姓山冈，家住京桥，并、并非什么闲杂人等。"

看得出你不是呀，那人说道。"别报上你的大名啦，反正我也记不住。"

"是吗？其、其实我不是来找治平先生的。请、请问有位名叫又市的行者是否也住在这几栋长屋里？"

"你指阿又吗？阿又他……"

"他住这儿吗?"

"从没在这儿见过他。"

"原来他果然不住这儿……"

那人却又环视着屋内说道:"那家伙如今应该在冈场所吧。"

"冈场所?大白天的就上那种地方去?"

"他可不是去寻花问柳。那家伙特别受流莺和私娼欢迎,这种时辰应该正受人招待,在谷中还是蒟蒻岛一带哪个店家的二楼饮酒作乐吧。"

"又市先生还和这些人打交道?"

"先生?想不到你竟然用这两个字称呼那家伙。"那人大笑着说道,"对又市那家伙别这么客气。那家伙桃花可旺啦,就凭那舌灿莲花,可够他吃遍天下呢!那些娘们全都以为他帮了她们、救了她们,把他当成活佛似的,我看其实全都被那家伙骗了卖了。还真是便宜他了。"

那人愤愤不平地咒骂了一顿,接着只说句告辞了,便关上了门。

百介一筹莫展地呆立在屋内。看来一直等下去也不是办法,只能先上谷中瞧瞧。

谷中寺庙林立。明历年间的一场大火让许多寺庙迁到了谷中。看到了感应寺、全生庵、大圆寺与长安寺,对热爱游览寺庙佛阁的百介来说,至少是个比其他复杂场所更易踏足之处。

冈场所乃非法娼馆——私娼寮聚集之处。虽说官府默认他们的存在,但毕竟无法光明正大地做生意。因此此处大白天一片空荡荡,这让百介不由得松了一口气。原本还直担心若让人扯着袖子要拉生意,该如何是好?百介是个不解风情的木头人,对这种事自是完全无法招架。因此虽然年纪一大把,还是没走过什么桃花运。

好了,这下该从哪儿找起?总不能一栋一栋地上楼找,要喊他出来也不知该如何喊起。百介双手抱胸,仰天长叹了起来。

丁零——

此时传来一声铃响。百介回过头,在对面一栋娼寮二楼的红色格子窗的细缝间望见了一个身穿白衣的男子身影。

"又市。"

头裹白木棉行者头巾，身穿白麻布衣——此人正是一身御行打扮的又市。

百介随即跑了过去，终于放下了心中一块大石头。"我找又市你找得可辛苦啊。"

"先生在找小的？在冈场所竟然见得到百介先生，天底下还真是无奇不有哪。倒是先生可真不简单，竟然知道小的人在这儿。"

"这也没什么好奇怪的。"

不过是侥幸打听到他的行踪罢了。

"先生上来吗？"

"不、不必了。"

"怕什么？这儿的姑娘又不会把人吃了，个个都是和蔼可亲，先生无须如此畏惧。而且先生，相比之下，待在街上可要吓人得多了。这儿的人拉起客来可是不择手段的。"

被他这么一说，百介不由得环视周遭，立即觉得似乎真有无数双眼睛正透过每家店的门缝朝自己身上盯来。百介惊觉此处果然待不得，连忙快步跑向又市所在的店家，急急钻过了串珠垂帘。

入内后，只见门口的老鸨正紧盯着他瞧。

"我……"

喂，只听到又市喊道："这位先生是我的贵客。"

只见楼上又市正透过一群簇拥着他的莺莺燕燕朝楼下窥伺。

"老板娘，抱歉小的得暂借二楼用用。先生，上来吧。"

怎的，竟然来了个白面书生，这真的是阿又的贵客吗？只听到莺莺燕燕们七嘴八舌地说道。百介在众人好奇的目光下，手脚僵硬地上了楼。

也不知又市打的是什么主意，只见他满脸微笑地迎接文弱的百介进入包厢，接着便对莺莺燕燕们说道："胜负就留待稍后分晓吧。能否请大家先出去？"

看来他正在和她们打花牌。莺莺燕燕们纷纷撒娇道："哎呀，难怪咱们再怎么使出浑身解数，都勾引不了阿又，原来阿又喜好此道呀。"

"各、各位误会了……"百介慌忙否定。

又市只是笑着回了一句："可千万别窥探啊。"接着关上了拉门。

"又市，这似乎不大妥当吧。"

"先生不用担心，"又市一屁股坐下来说道，"小的并无断袖之癖。"

"这，我是相信，但稍早的误会……"

"噢，冈场所这地方品位是低俗了点儿。"又市开心地笑着说道，"若这点小玩笑都让先生如此困扰，在这儿可就什么事都办不成了。方才那些姑娘大都是情非得已，才让小的安插到这儿来讨口饭吃。小的虽不愿当皮条客，但世上芸芸众生可谓形形色色，有的可是连为娼都难。倒是先生找小的有什么事？"又市问道，并往直接放在榻榻米上的茶碗中倒了点茶。

"噢，其实是为了……"

要拜托他以诈术师的能耐办点事，还真是难以启齿。毕竟诈术师是个贬多于褒的词。

"不知是否能请你帮个忙。"

"先生若有事相请，小的绝对是两肋插刀，在所不辞。请问要小的帮什么忙？"

"噢，想拜托你找个人。"

撰写谜题的先生竟然也需要寻人？又市一脸惊讶地说道。

"我找人，值得如此惊讶？"

"噢，其实并非觉得哪儿奇怪，不过是小的一直一厢情愿地以为先生对活生生的人毫无兴趣罢了。"

的确，百介平时几乎只和书卷打交道。虽然或许带股霉味，但他的生活中的确嗅不到几分人味。

"你果真是明察秋毫。人的确不是我要找的，实乃受某位朋友所托。但这位朋友想请托的其实不是我，而是……"

细节就不必告诉小的了，又市说道。

这下百介可松了一口气，否则事情还真是难解释。百介依然套不出平八是如何察觉到自己和又市有交情的。不论如何询问，平八就是不愿透露细节。

117

"那么，我就单刀直入地说吧。其实是尾张某大户人家想找个女人。"

"尾张？"

"是的，似乎是名古屋一家驳船大批发商。"

这其实也是间接听来的，为此百介还刻意补上"似乎是"几个字。接着还摊开了原本挂在腰际的记事簿，进一步证明。

"噢，据说这位寻人事主，名叫金城屋亨右卫门。"

"金城屋……"又市磨蹭着下巴说道，"应该是个大财主吧？"

"据说曾为富商，只是和一般巨贾似乎有点不同。据说他从区区一介跑堂起家，年轻时行事严谨刚直，不论经商还是日常举止均不忘身先士卒以身作则，因此获雇主赏识招为女婿。当上老板后亦是严以律己宽以待人，时时不忘勤勉精进，方得以坐拥万贯之财。据说，其人生性仁者不忧，生活上亦是君子三乐俱全。"

"曾为？"

"是的，曾经如此，但如今已是落魄不堪。不过落魄的并非其经营的生意，而是人品。"

听完百介这番话，又市嗤鼻哼了一声，眼神怪异地问道："人品要如何个落魄法？"

"意思是指并非财力落魄，而是人品日渐堕落。原本勤勉得令人五体投地，如今却自甘堕落得让人难以置信，如今的他终日无所事事，成天饮酒度日。由于生意已委由儿子和掌柜经营，尚能勉强维持，但毕竟许多生意原本是凭其人德方能成事，因此如今已不复往日顺遂。"

"原来如此呀，"又市从成叠花牌中抽出一张，"意思是他变了个人？"

"是的。若说只是松懈了，或许会认为他是人老糊涂了。况且他一辈子都活得如此一丝不苟，如今的放荡或许会让人感觉不过是反弹，但情况绝非如此。据说亨右卫门整个人变得无精打采，有阵子甚至是茶饭不思，瘦得眼窝双颊深陷，整张脸完全变了样。"

虽然我并没亲眼瞧见，百介又这么补上了一句。

"听来可真是不妙哪。"又市说道，"想必他是病了吧？听来那位先生像是患了某种心病。是不是太想见什么人，才会变成这副德行的？"

"你果真是明察秋毫。"

想不到这么快就让他猜中了。

"据说亨右卫门的确有个非常想见的人。"

"想到如此地步？"

"虽说不知有多严重，但的确是想到茶不思饭不想的地步，想必传言并无夸张之嫌。由于他太想见这个人，非见上一面才死得瞑目，如今一条老命几乎全靠这股思绪撑着。"

此人可是个女人？又市问道。

"没错，是个女人。"百介回答，"据传亨右卫门为人刚正不阿，毫不轻佻。知名商号老板通常包一两房妾室在所难免，要不就是曾花名远播花街柳巷，但他却是一身干净。据说二十五年前配偶早一步离开人世后，他整整十五年未近女色，就连一只母猫都没碰过。甚至传言儿子见他如此不解风情，甚至担忧父亲是否有哪里不对劲。"

"这纯属多虑。若因其父生性耿直便如此担忧，未免太本末倒置了。"

"言之有理。不过仔细打听，发现亨右卫门如此谨慎，似乎也是因为担心财产为外人觊觎。不过，据说这并非出于守财吝啬。"

"是为了其儿孙？"又市啪的一声放下了手上的花牌，"也就是说，他如此谨慎用事，是为了预防留给儿孙的财产为外人侵占？"

"似乎是如此。唉，总而言之，若只是纯粹玩玩，理应不至于逾越分寸。但或许是出于经验阙如，不知该适时收手，只怕会逐渐玩出感情来。有了情就会有依恋，若还有了孩子，必定更是疼爱有加，或许还因此将之迎娶进门续弦，接下来可就麻烦了。儿子年纪也到了，再过不久或许就要抱孙子，如此一来子子孙孙加上后妻，一家人难免为财产起争执。或许其担忧就是出于这类未雨绸缪的远谋深算吧，毕竟这种事屡见不鲜。虽然这种家族纷争不至于发展到武家般那么严重，但时下在商家已是颇为常见，因此这隐忧其实不难理解。只是……"百介双手按在膝上，往前探身说道，"据说在十年前，亨右卫门还是有了女人。"

"噢。"

"据传那女人来自京都，但关于其出身、两人结识经纬，我未能探听详细。不，该说是详情无人知晓。"

"是个京都女人？"

"只听说操的是京都口音，亦听闻其态度优雅、举止大方，总之想必是个尤物吧。不过情况正如同他自己担心的，他在这关系上果然还是逾越了分寸。亨右卫门在这场迟暮之恋中，似乎完全让那女人迷得无法自拔，到头来终究还是决定将她娶进门续弦。"

噢，又市又应了一声，盘立起一条腿。"听起来他可是打算认真了。"

"应该是认真的吧，不过事情没那么顺利。从儿子、掌柜到所有伙计，大家全都反对这门婚事。"

"她不是个好女人？"

"不，据说并不是什么坏女人。"

那么，还是为了担心引发财产继承的纠纷吧，又市问道。

"也不是为了这个。"

"不是吗？"

"不是。其子名叫荣吉，据说个性淡泊名利，完全不适合行商，而且还是独子。甚至曾就继承家业一事表示，父亲若为续弦再娶又生了孩子，自己愿意自家业经营中抽身。其子目前单身，曾言哪天自己成家了，将把家业分给掌柜和伙计，可见其精神甚为可嘉，因此反对的理由应非贪恋家产。毕竟其父原本不近女色，大概是单纯质疑父亲如此仓促决定是否有失妥当。换成我，应该也会有此担忧。"

"噢。"又市动作敏捷地解下了头巾，"不过先生，这种事其实也无须如此担忧。毕竟有人糊里糊涂地进了门，与素昧平生的对象结缡三十载；也有人只凭一见钟情，就当了五十年夫妻呀。"

话是如此，没错。百介回答道。只觉得男女之情这种事还真是难解。

"虽然或许尚有其他缘由，但正如又市所言，周遭反对的理由的确有失公允。据传女方态度从顺，对此事不表任何意见，当然，她也没资格说什么就是了。但亨右卫门丝毫不愿让步,到头来还是强硬地为自己定了这门婚事。这下旁人可就无计可施了。毕竟是父亲、老板的决定,大家自然是不敢不从。虽然对商家或许将造成问题,这下只得抛开先前的纷纷扰扰,暂时放下家业继承的争议,先将这场婚事给办妥。只是……"话及至此,百介装腔作势地卖了个关子。

又市笑着说道:"看来事情就是没那么顺利?"

"正是如此。礼也行了,门也进了,到了大家准备举行婚宴隆重庆祝的当天,新娘却突然消失无踪。"

"消失无踪?"

"是的,人就像一缕烟似的活生生地消失了。这下金城屋可起了一阵天翻地覆的大骚动,所有伙计倾巢而出四处找人,同时还上报衙门,出大笔赏金寻人,但到头来还是连个人影都没找着。"

原来如此,又市叹声说道,放下立起的腿恢复原本的盘腿坐姿。"过度思念失去踪影的新婚宝眷,让那巨贾完全变了个人?那思念之情让他日渐消瘦?"

"正是如此。头一年还拼命找人,到了翌年则是终日以泪洗面,人也愈来愈衰弱了。儿子和伙计全都无计可施,原本以为他再怎么难过,迟早也将忘却相思之苦,只要回头投身商务,内心伤痛便不难平复,因此暂时观望了一阵子。只是情况非但没有好转,反而还每况愈下。"

又市眯起眼睛,以余光朝堆在一旁的被褥瞄了一眼。"听来十分不妙。"

"的确不妙。据说有阵子甚至连口饭都咽不下。"

"那么——"这御行敏捷地望向百介。

百介慌忙避开他的视线。

"要小的找的就是那新娘子?"

"是的。"

"还要找她做什么?那女人都已经抛弃他了不是?"又市诧异地问道,"不论是为了什么缘由,那女人毕竟已让金城屋的声誉蒙尘,也让老板蒙羞,为何还须再见上一面?该不会以为过了十年,和她有机会再续前缘了?"

"这——"

百介哪可能懂得这种微妙的男女之情。虽然不懂，不过也认为那女人根本不可能回头，更别提再续前缘了。

婚都逃了，必定有个逃婚的理由，加上又是婚宴当天才逃的，想必是有了相当程度的觉悟。无论是什么理由，当年在这种状况下都敢逃婚，事到如今不论再做什么努力，这破裂的姻缘应该已是无法弥补才对。而且，都已经过了十年的漫长岁月。虽说再严重的摩擦经过这段时日，也可能会消弭于无形。但人与人之间的鸿沟不论经过多久，都只可能加深，而不可能被掩埋。不，应说是这种距离只会让人随时间流逝而渐行渐远。只是——

"只是什么？"又市露出一个罕见的讶异表情问道。

"其实——"

有人在江户看到了她。那女人在江户，平八是这么说的。

"据说，前年金城屋有个伙计前来江户洽公时，看到了那个女人。"

"她来到了江户？"

"对，而且令人不解的是，据说那女人的打扮让人完全看不出她是做什么的。"

"看不出是做什么的，是什么模样？"

"噢，总之她看来不像是嫁人了，至少不像是嫁入武家或商家为妻的打扮，也看不出在哪儿任职干活。不过装扮并不贫贱，反倒有几分奢华。那个伙计也表示，她看起来并不像娼妓流莺之辈。"

"装扮奢华？"又市再次磨蹭起下巴来。

"是的。至于是什么样的打扮，我能联想到的，大概只有阿银小姐那种艺人装扮了。总之这方面详情我并不清楚。只是一听到这消息，原本快忘却这相思之苦的亨右卫门又……"

平八以鬼迷心窍形容亨右卫门自那之后的举止。只是百介并不直接转述平八的话，而是在措辞上力求谨慎。

百介完全无法相信竟然有人会为这种事如此疯狂。若是囫囵吞枣地听信平八所言，亨右卫门后来的举止的确是明显脱离了常轨。听来的确仅能以鬼迷心窍来形容。不过,世上原本就有许多令人难耐的伤痛,相信有些更是会让人精神错乱到失衡崩溃。不过亨右卫门可会如此脆弱?与挚爱别离的确让人心酸,但也有不少痛失子女、配偶,或遭逢其他类似境遇者,绝非每个人都会因此错乱。

亨右卫门并不是死了妻小或父母遇害,不过是想见见逃婚的妻子罢了。一个人真会为此发狂?更何况亨右卫门还是个知书达理的大商家老板,又不是稚龄孩童,一个懂是非又重体面的长者,岂可能为女色疯狂到这种程度?虽说爱恋是盲目的,但也得有个对象才算数。若钟爱的对象都跑了,这场梦岂可能不醒?

百介顿时支吾起来。"又开始有些……"

"小的懂了,"又市点了好几回头说道,"听来的确不妙。"

"是的。他就是想见那女人一面,都到了几乎疯狂的程度。这一点我实在是完全无法理解。据说他成天又哭又闹,一到晚上就上街徘徊,活像个巡夜打更的,走遍每条大街小巷,像在找走失了的猫似的直呼那女人的名字。白天则四处游荡,以令人难解的方式到处散财,整个人已经是支离破碎了。"

"如何散财法?"

"噢,据说他终日流连小杂货店或和服店,大肆购买和服、梳子或发簪什么的。最后甚至开始买起了木材。"

"木材?这可就费人疑猜了。"又市蹙眉说道。的确,这一点百介也完全无法理解。

"可不是吗!而且还是一根一根精挑细选地买,想必花了不少银两。原本一切都瞒着家人和店内掌柜,但到这地步哪可能不被拆穿?这下大家都知道了老板的挥霍行径,个个惶恐不已。和服或化妆品什么的还不难理解,但连木材都买了来,可就没人当他神志还清楚了。请问,又市你可看得出什么道理?"

"这……小的从没在木材行买过东西,因此欲参透也无从。"又市回答。

"对吧?的确是让人难以理解。金城屋的伙计当然也想不通这是怎么回事。再怎么家财万贯,能散的财总会有个限度。这下大伙儿只得逼老板说出缘由，亨右卫门却厉声表示无可奉告。后来他从江户和大坂请来众多工匠，盖了一座宏伟的宅邸。"

"宅邸？"

又市不解地歪着脑袋。难道就连这个御行也对这举动感到费解？

"是呀，一座宅邸。似乎是特地为了迎接那女人回去而盖的。"

"特地为她准备的新居？"

"应该是吧。据说还是座宫殿般的豪宅呢！接下来他便表示如今已万事俱备，命令店内伙计及早把那女人找回来，还吩咐找到人时得告诉她：一切均已准备妥当，这回一切都将合她所望。"

"噢。"又市也不知是为了何故惊叹道，"期望？"这诈术师又将这两个字复诵了一遍，旋即低下头沉思了起来。

"据说亨右卫门表示只要这么说，那女人就一定会回头。想来也有道理，就连豪宅都盖了，这下还真是作好了万全的准备，只等着她回去了。不过那女人毕竟就连在婚宴当天都要逃婚，想必即使做到这种地步，应该也不会有什么效果吧。'这回一切都将符合她的期望'这句话，似乎也太……"

未免也太恋恋不舍了。

"而且亨右卫门还表示，一天不把那女人带回来，他就一天不踏出那栋宅邸，从此就把自己关在那座豪宅里，终日足不出户。"

"自囚吗？"

"是的。怪异举止之后，接着又搞起了自囚。伙计们可真的伤脑筋了。你说这奇不奇怪？难道真有可能发生那种事情？"

"当然有可能，"又市回答道，"毕竟清姬①都能因苦恋折磨而化身成大蛇了，无知的凡人在爱恋之路上岂懂得拿捏分寸？不过，一般人成不了什么事，到头来也只能默默承受。可怜的是这位巨贾就是因为家财万贯，才会有此作为。"

原来如此。他的所作所为，的确都是有钱才办得到的。换作一个穷人，

---

① 《今昔物语》中，因知悉苦行僧恋人安珍违背重逢誓约，盛怒之下化身大蛇追逐恋人的女主角。

即使想这么做也做不来,因此只能如又市所说,让满心苦闷随时光逐渐淡去。而亨右卫门再怎么知情达理,却又拥有供自己做此无谓挣扎的丰厚财力。原来,有时富裕也可能是一种不幸。

"总而言之,看来这并不是两人能否复合的问题。想必亨右卫门的儿子求的,不过是父亲能恢复正常,因此可能认为只要能见上那女人一面,父亲应该就能安心了。见了面若还是不成,应该是不会成吧,至少也能让他死了这条心。总之再这么耗下去,说不定两人就将成生离死别,父亲的苦思之情也就至死都无法平复了。"

"事情可不会如此顺利,"又市说道,"痴情苦恋无药可解,色道地狱有如无底深渊。不过先生,这地狱只要下过一次就会下第二次,下过第二次就会有第三次;见着了对方将更为迷恋,见着后分手至为痛苦,分手后却更为迷恋。若一个人的思念之情如此强烈,事情可就难以收拾了。要挥刀斩断这烦恼丝,可不是件容易的事呀。"

"是吗?"百介诚惶诚恐地问道。

"不过,这种差事本来就是小的这种诈术师的本分。只是,先生呀……"又市再次抽出一张花牌说道,"为见钟爱的女人一面而差人四处搜寻,乍听之下或许像个佳话美谈,但这种事可不是这么容易会有结果的。是要让两人终生相守还是就此远离,到头来还是非得做个决定不可,否则绝不可能有善终。先生,不论是要让人相守还是分离,要处理人与人之间的缘分,都得有相当程度的觉悟。小的这舌灿莲花,有时可是能定人生死的。"

想必还真是如此。男女之情看似单纯,其实若稍有差池,就可能酿成大祸。当然,这种事已经超乎百介所能理解的领域。

小的对此可是感触至深,又市说道。

"感触至深?"

"是呀。诈术师原本就是个靠诳骗他人吃饭的差事。但虽说是诳骗,若是惹人憎恨,生意可做不成。再怎么说,靠欺瞒糊口毕竟还是得讲道义。在无法开花的不毛之地上耍尽诳骗手段,使其化为百花盛开之乐土,方为诈术师应循之正道。"

"这我也明白。"

真的明白吗？又市反问道。

这语气听来似乎是在质疑百介哪可能明白。不过，又市接着又笑着说道："先生，幸福这种东西并非打哪儿冒出来的，其实就存在当下。端看一个人是否认同自己当下的幸福。有道是人生如梦，若真是如此，小的认为人总不可能一辈子做噩梦。若一切果真是梦，谎言在被揭穿前亦是真话。只是，谎言若成了真话……"又市朝自己的光头摸了一把，"有些时候一切可就徒然了。"

"一切徒然……"

一切徒然。

"好了。"又市垂下目光看了看手中的花牌，"可否请教，那察觉小的与先生有往来的家伙是个什么样的角色？"

看来，他还是得问清楚。

"又市，这可就……"

"小的一开始就说过，既然是先生亲自请托，小的绝对乐于帮这个忙。只不过，还是得知道这请托的出处。江户虽大，但知道先生与小的有往来的家伙理应没几个。"

"是、是吗？"

"先生可是小的手中的压箱王牌呢。"又市放下手中的花牌说道。

桐①。

这句话是什么意思，百介完全参不透。

"是谁拜托先生来的？"

"噢，这——"

百介向他解释了平八是个什么样的人。虽然就这么全盘托出有点让人担心，但平八也没吩咐过不可张扬。又市耐心听完后，只喃喃地说了一句原来是个开租书铺的，接着便像是摸清了什么似的，转而询问起要他找的女人叫

---

① 花牌中代表十二月的牌，牌上图案为泡桐。

什么名字。

"据说她名叫白菊。"

百介这么一说,这御行便露出一副极为惶恐的表情。"是……白菊?"

"这、这人你认识?"

又市没有回答,先是视线游移地思索了半晌,接着才问道:"那这女人来自京都?"

"是的,这可有什么问题?"

这可棘手了,这诈术师低声说道。

"棘手?"

"噢,其实也没什么。那女人若真是小的认识的白菊,先生不妨找楼下的老板娘打听更清楚。"

"老板娘,可就是方才那位?"

"是的。那老太婆虽然模样骇人,至今也没听说过她吃了什么人,先生大可放心。那么,小的得尽快去找线索了。"说完又市便起身了。

三

白菊,老板娘复诵这名字时皱起了眉头。"白菊,你说的可是那打京都来的白菊?"

是的,百介诚惶诚恐地回答道。

周遭弥漫着一股特殊的气味。老板娘穿着一身华丽但绝非上等的和服,正叼着一根烟管,在没点火的火钵前吞云吐雾。

"是阿又那家伙叫你来找老娘打听她的?"

"他说找老板娘打听更清楚。"

"那么,阿又现在又上哪儿去了?"老板娘漫不经心地问道。

"又市说要出去找些线索。"

"线索?"老板娘一脸纳闷地歪起了脖子,接着又从鼻孔中喷出一股烟说,

"看来他又开始打什么麻烦的主意了。"

想必是如此吧。

"小老弟,白菊她,我算算,一、二、三……对了,直到八年前还是个在吉原田圃打滚的欢场女子。"

"她是个欢场女子?"

但去年看见白菊的金城屋伙计却说她看来不像在卖身。这么说来,难道是认错了人,还是看走了眼?

老娘不是说过是八年前的事了吗?老板娘说道。

"如今,已经不是了?"

"现在是不是我哪会知道。老娘只知道她以前的事。那姑娘可是个上乘货色呢,一身白皙滑嫩的冰肌玉肤,五官端正气质优雅,就连老娘这种粗人都看得出她有多么高贵大方。好男色的女人多半气质低俗,但她截然不同。她并不爱说,但这种与生俱来的气质可是藏不住的。"

"难不成她出身权贵?"

"那女人可是朝廷公卿之后呢。"老板娘将烟管往火钵边缘铿地敲了一记。

"朝廷公卿……之后?"

"听说她是堀川某个贵人的私生女,所以懂得许多烦琐的礼节。这种人怎么形容来着……"

"知书达理?"

"老娘不知道。总之她知道很多聪明人才懂得的事。老娘也没什么好自夸的,不过是个一在窑子里出生,就被扔进水沟里洗的穷光蛋,她说的话可是一句都听不懂。"老板娘放声大笑了起来。

"可是,一个公卿家的千金怎会……"

"你想问的是她怎会沦落吉原卖身是吗?这还不简单,是老娘让她下海的。"

"是老板娘要她下海的?"

"这种事有什么好惊讶的?"老板娘一脸诧异地盯着百介问,"有哪里不对劲？"

也没什么不对劲。不过是百介和这位老板娘生息的圈子不同罢了。

"你可别误会了。"老板娘抓起摆在火钵旁的酒瓶说道，"我可不靠将捡来的女人推下火坑敛财，这件事老娘可是分文未收。不是老娘自夸，我这老鸨虽然爱喝两杯，但为了几个子儿瞒骗乡下姑娘这种勾当可是不干的。干这种事只会招人怨恨。那女人原本就不是个生手了。"

"生手？"

"指的就是良家妇女呀。流落到这一带时，她已经开始在街头拉客啦。"

"是吗——"

这么说来，难道她从尾张出走后，为了糊口被迫开始出卖灵肉？只要她愿意，就有个商家巨贾让她享尽荣华富贵。而她却不惜为娼也要出走。难道亨右卫门真的让她厌恶到这种地步？

"不对不对。"老板娘挥手说道。

"哪儿不对？"

"你提到的白菊和尾张巨贾的婚事是十年前的事。十年前，那女人十八岁。白菊曾说过自己从十六岁便开始卖身，代表在认识那巨贾之前，她就已经下海了。"

"是吗？"

"听说白菊最初在难波大坂新町卖身，当时很受欢迎，不过这是她自己说的，也不知是真是假。总之她在大坂混了约一年，接着就到了尾张。在那儿把那不习惯玩女人的巨贾迷得团团转，到头来还出钱为她赎身，大概就是这么回事吧。"

原来如此，如此听来倒是颇合理。

"总之，白菊原本就是个卖身的。"老板娘不屑地喷了一声，"这女人也实在太不识抬举了。再怎么有姿色，也不能随心所欲地乱拉客人。"

"不识抬举？"

"她是不识抬举呀。也不先和地头蛇打声招呼，拉起客来毫不把江湖道义放在眼里。唉，凭美貌卖身糊口，她这毅力的确值得尊敬，但大家总不能眼睁睁看着客人被抢走吧。若你说的都是真的，看来她从尾张到江户，一路上大概都是靠这种手段走过来的吧。"

看来她这一年就是这么过的。

"一个人再怎么低贱，想混口饭吃毕竟还是得乖乖守着自己的地盘，就连流莺也得讲这点道义。若触犯了这条规矩，可是要到处碰壁的。所以白菊在江户很快就惹上了麻烦，不管到哪儿都是如此。"

"噢。"

"事情闹得可大了。也不知那女人哪来的胆子，竟然和一群无赖上演了一段全武行。看来她可能学过一点武术吧，凭那双瘦瘦的胳臂居然还搏倒了五六个大汉，不过最后还是被那些地痞流氓摆平，正要被送去吃牢饭时，老娘把她救出来了。"

原来如此，看来她果真是个面恶心善的大好人。

"原本我想把她留在这店里卖身。"这年龄不详的老板娘环视着店内说道，"想必她会成为一块很好的招牌。当年白菊年约十九还是二十，虽然也没多年轻，但姿色可是能充分弥补这缺憾。当时老娘还曾认真考虑拿她当本店的招牌呢。不过也担心她出身不凡，要是动辄对客人失礼可就用不得，只是她生得实在是美如天仙，在这儿显得鹤立鸡群。想到她在新町时名号那么响亮，让她窝在冈场所当个私娼未免也太暴殄天物了，所以老娘就把她送进里头去了。"

里头指的就是吉原的花街。

反正不管是里头还是外头，干的还不都是同样的活儿？这女中豪杰手按太阳穴说道。"既然都是卖身，当然希望能卖个好价钱。换作一个丑八怪，真想进里头讨饭吃还进不去呢。反正那时她既不知该上哪儿，也不想干其他活儿，她本人都跪下来求我让她卖身了，既然要下海，还不如挑个好地方。你说是吧？"

百介颔首，随即便低下了头。

"当时老娘认为她生得这么标致，绝对能让客人趋之若鹜，后来证明我果然没看走眼。白菊很快就当上了格子，也开始有了常客。眼看她不久就要升格当上太夫了。①"

"太夫?这头衔很了不起吗?"

若当上了是了不起呀,老板娘草率地回答道。

"但到头来没当上?"

"没当上,也没听过这儿出了个白菊太夫。"

这些话只让百介听得一头雾水。他对花街柳巷的情形几乎是一无所知,八年前他还只是个懵懂无知的小毛头,对当时的事就更难理解了。

"白菊她最后总会让客人起纠纷。"

"什么样的纠纷?"

"想必她天生是个妖孽吧,这种女人可是会毁了男人的。"

"毁了男人?"

"是呀。也不知她到底是桃花太旺还是生得太美,每个客人都让她迷得团团转,个个都变得意乱情迷。"

"意乱情迷?"

"唉,窑子这种地方,原本就只是让男人来风流的,对女人认真的呆子根本就不该光顾。但只要点过了白菊,经验再老道的寻芳客也变得无法自拔,纷纷认真地追求起她来。"

"噢。"

原来亨右卫门也不过是其中一个。

"看来还真有这种女人哪。"老板娘说道,"说来真是令人羡慕。看到卖身的也能如此迷倒众生,还真是让咱们高兴。不过再怎么迷恋,也总该有个限度。办完事不懂得翻脸不认人,可是寻芳客之耻。成天逛窑子是不打紧,天天光顾可是既伤财又伤身。但白菊那些客人上门时,可管不了这么多了。只是他们愈认真,白菊对他们就愈是不理不睬。"

"难道她不感激那些常客?"

"再怎么说也得有个限度呀。欢场女子的身子可是要卖钱的,怎能让哪

---

①太夫,吉原妓院中地位最高的娼妓;格子,地位仅次于太夫。

个客人独占了?行情再怎么好,身子也不过就这么一个,难不成要撕成几块来陪他们?虽然如此,客人们还是争着要包养她,或为她赎身。甚至有几个傻瓜还闹到挥舞剃刀要挟,在里头可是禁止亮刀子的。只是一两次倒还无所谓,但这种事若一再发生,可就要成了白菊的不是了,会招来一些难听的流言。"

原来如此,百介这下终于弄懂了。

"不过,既然有这么多人争着为她赎身,她怎么没从这些客人里……"

"挑一个嫁人,是吗?"

"是呀,只要从良不就得了?"

就是办不到呀,老板娘冷冷地回答。

"为何办不到?"

"大概在八年前吧。"老板娘为汤碗斟满酒说道,"白菊就不见踪影了。"

"不见踪影?"

她又消失了?

"是为了从娼馆开溜?"

"为何要开溜?白菊并没负任何债,也没签下卖身契,别人得向窑子奉上的佣金或分红她全都能存下,以一个卖身的来说,想必是存下了不少银两。只是当时失火了。"老板娘说道。

"失火?请问是……"

"不过是一场小火罢了。发了疯的常客有时会放火,最初只烧掉了几床被子。但接连发生了几次,弄得白菊自己也受不了了。到头来还真的出了一场大火。"

"噢,这火也是客人放的?"

"应该是吧。只是元凶已经被烧得焦黑,根本认不出身份。"

失火——

"当时差点儿就酿成一场大火呢!幸好似乎没波及其他地方,但还是将那娼馆整栋烧掉了。待火一灭,大家发现白菊不见了,但没找着尸体。她应该没死,只是开溜了。"

"开溜……她觉得自己得为这场火负责?"

是因为她讨厌火吧,老板娘草率地回答道,又为自己斟了一碗酒。酒香直扑向百介的鼻头。

"老娘觉得她实在是被火烧怕了,所以就开溜了。"

带着一股酒臭味说完这番话后,老板娘扭着白皙的颈子别过头去,啜饮了一口酒。

"被火烧怕了?"

"是呀。现在回想起来,白菊还真是个可怜的女人呀。即使自己再不愿意,周遭的人还是一个个为她疯狂。但到头来被搞疯的还是她自己,所以多少算是自作自受吧。想必这也是她的命哪。"老板娘说完一口把酒喝干。

"她的命——"

"是她的命呀。也只能这么解释了不是吗?有哪个人会傻到选择过不幸的日子呀!那女人可是……"老板娘停顿了半晌,接着才把话说完,"那女人可是丙午年出生的呢。"

丙午?百介把这两个字重复了一次。

看来你是不信这套吧,这下老板娘紧咬着他不放。

"也不是不信……"

"瞧你这语气,一副想质疑什么似的。"

"噢,其实我并不是这个意思……"

"你想说的是,"老板娘将茶碗砰地朝火钵上一放,"不相信真有命中注定这种事是吧?"

"我不是这个意思,不过那真的只是迷信罢了。"

这老娘也知道,老板娘说道。

相传丙午年出生的女人是会吃了男人的妖孽。这不过是个迷信。一个毫无根据的迷信。

丙午是在十干十二支构成的历法中,每六十年会轮到一次的组合。十干为甲乙丙丁戊己庚辛壬癸,十二支则为子丑寅卯辰巳午未申酉戌亥。两者相结合,可依序配出六十种组合,以此顺序不断循环。

这其实也没什么特别的。不论是正式还是粗制滥造的年历，都见得到这种干支的组合。占星卜卦的书卷上，总会煞有介事地预测今年是什么干支，因此多火光之灾、农耕将丰收或歉收什么的。

在百介眼中，这些不过是江湖术士的胡诌。尤其是举过去的事件为例，解释那年是什么年因此会发生那种事，或者某人是某某年出生因此会干出这种勾当什么的，虽然有些解释得巨细靡遗，但毕竟不过是强词夺理的事后诸葛。这类占术全都是唬人的。

不过，百介也并非全盘否定。毕竟十干十二支也是从阴阳五行衍生而来的，这种占卜看来也并非毫无根据。五行之说，将天地万物分为金木水火土五种元素。十干与这五种元素互为兄弟关系，例如丙乃火之兄。而若将五行之说的金木水火土套用在东南西北中五种方位上，衍生而出的就是十二支。例如午代表南方，南方则为火的方位。依这种算法将丙午与五行相对照，得出的结果便是火与火。结论就是，火与火相迭的丙午年火灾会特别多。不过真正的阴阳五行说并非如此粗浅，而丙午年生的女性会把男人吃了的推论更是个荒诞不经的迷信。因为这推论的依据只不过是两者同音。"丙午"音同"火马"，马遇火则狂，马狂则噬人。大家便依此推论，丙午年生的女人个性刚烈，可能会有杀夫之举。如此推论，与阴阳五行之说已是风马牛不相及。

果菜西施阿七正是因此才会闯下天和大火的大祸。相传，为情所迷不惜将八百八町付之一炬的烈女阿七，正是生于丙午之年。不过，这也同样是个事后诸葛的附会。如此附会，未免牵强过头了。即使她真为丙午年生，这也并非其纵火的理由。

毕竟果菜西施阿七之巷说，最早仅见于歌祭文，后来被改编成浮世草纸，并被歌舞伎和净琉璃搬上舞台，方才广为流传，因此内容多为杜撰。唯一明确的只有阿七出身本乡某果菜贩之家，其他诸如纵火原因或父母姓名悉数不详，就连阿七的生年都是众说纷纭。

但多数传说均宣称阿七乃丙午年出生，而这说法未曾有人质疑过。想来还真是愚昧。的确，阿七姑娘或许是疯了，但她发疯和丙午出生毫无关系。强将两者扯上关系原本就愚蠢，以此推论丙午出生的女人都会索男人的命，岂不更愚昧？再怎么本末倒置，也该有个限度。若因这理由拒绝一门婚事，可就是愚昧至极了。但据说这类事还真的会发生，通常丙午年生的女人似乎都没人敢娶。百介对不可思议的奇闻怪谈是热爱有加，但对这种牵强附会的迷信则是厌恶至极。

这不过是个无聊的迷信罢了，百介以更坚定的语气说道。

所以我不是说这老娘也知道了吗？老板娘也语气强硬地回了一句。"这当然是迷信呀！这种大家都知道的道理，你何必这么气急败坏？人的心眼可坏透了，大家分明知道还故意流传这种说法，为的不过是方便刁难、歧视别人。总之不管怎么说，白菊生于丙午年是千真万确的。所以这女人才平白遭受了这些折磨。这可是真的。"

"平白遭受这些折磨？"

"是呀。"老板娘草率地回答，两眼直盯着百介瞧，"想必同样的出身，有人一辈子幸福美满，却也有人终生坎坷不幸。其实幸不幸福根本没多大差别，只要稍稍一个小转折，吉便能转为凶。而丙午出生这理由对招来不幸而言，已经是个够大的转折了。"

看到百介听得一头雾水，老板娘又语带斥责地说道："好好想想吧，堂堂一个公卿之后，哪可能平白无故沦为欢场女子？这可不是岛千岁与和歌前①的故事。卖身的就是卖身的，世上压根儿没高贵名妓这种事。"

"而这一切悉数是丙午年生使然？"

也并非全是因为如此，老板娘扭动着身子说道。"听说那女人到处遭逢不幸。唉，虽然每个卖身的多多少少都是如此。"

"但由于她是丙午年生，因此比其他人更不幸？"

"倒也不是比其他人更不幸，毕竟她生得那么标致。不过总免不了招人吃醋或惹人嫉妒吧。老娘都这把年纪了，有时见到年轻姑娘还是会嫉妒呢。不过再怎么嫉妒也只是徒增遗憾，毕竟姿色就是比不上人家。像这种时候，丙午年生这种事可就成了诬陷她的借口了。"

---

① 《平家物语》与《源平盛衰记》里出现的两位平安时代末期名妓。

噢。这番话果然有道理。管它是迷信还是什么，这对利用者而言一点也不重要。即使道理再牵强，只要能拿来当作中伤她的借口，这说法就管用了。所以这种迷信还真有存在的必要。

百介的双颊不由得抽搐了起来，这就是现实。斥之为迷信或无稽，根本是毫无意义。

看来她要逃离那巨贾身边，大概也是为了同样的理由吧，老板娘漫不经心地说道。

百介只嗅到一阵酒与白粉交杂的气味。

四

一个月后，百介带着平八造访泉州。因为又市捎来一封信。

泉州边境有一隐遁僧名叫良顺。此僧对白菊的过去略知一二。将于尾张金城屋静候两位大驾。

信的内容就这么简单。百介的理解是，必须去听听那位僧侣的说法，再决定该怎么做。一如往常，这回还是看不出又市葫芦里卖的是什么药，但想必已经做好盘算了。为了将计划付诸实施，大伙儿得先去找那位隐遁僧谈谈。总之百介先通知了平八，骨子里爱凑热闹的平八当然为之大悦，随即取消了远行去加贺的计划，答应与百介同行。

京都的民宅大多颇为体面。此地的街景和江户简直有着天壤之别。因应地震、火灾与洪水，江户的屋子大都破旧不堪，只求万一倒了也不足惜，因此和京都的屋子在结构上有着不小的差异。再加上，此地居民多金者甚众，因此华丽豪宅也为数不少。

不过，京都还是不乏贫困的区域。譬如信上所指的场所——隐遁僧寄宿的草庵，看起来就不像个适合人居住的地方。残破的屋顶上不仅长着杂草，还覆盖了一层厚厚的青苔。

从里面走出来的僧人也是一副人不像人的模样。一见到百介，就歪着一副胡茬满布的寒酸脸孔笑着说道:"施主就是那位……从江户京桥来的先生吧?"

"是的,我叫……"

"贫僧已经听说了,"他说道,"请别介意这屋子有些破旧,相信施主也看得出来吧。屋内和屋外没什么差别,不过毕竟是我寄宿的草庵,两位请进吧。"

进了屋内,却发现根本无处可坐。榻榻米又烂又干,而且想必是常翻面使用的缘故,整张已经烂得不成形了。不过看到良顺毫不在意地坐了下去,百介和平八也只好乖乖就座。

"白菊她,"良顺说道,"那已经是……那是贫僧还住在新町横丁的小巷时的事,算来已经有十二年了吧。别看贫僧这副德行,从前也曾经是个武士,只是有天想不开才剃度出家罢了。不过贫僧做什么都无法持之以恒,后来对修行也感到厌倦,才远离尘世到此隐遁的。噢,贫僧的事也没什么好说的,虽然如此,还是不时有人上门请托。白菊也是其中之一。"

"她可是来请师父指点迷津的?"

"是呀。她还真是个如花似玉的姑娘啊,连贫僧都看得目瞪口呆的。直为自己剃度出家感到不值哪。"

"噢。"

百介与平八不由得面面相觑。

良顺咯咯笑着继续说道:"白菊自幼勤习舞蹈、三弦,不过当时就连百姓家的姑娘也可能被招到公卿贵人家服侍,因此大都得学点茶道、花道什么的,以图在日后攀龙附凤。这一点贫僧也是听人说的,据说白菊不论学什么都要比别人出色。听说当时还有另一个名叫龙田的姑娘,姿色和白菊不相上下,但不知什么缘故,白菊硬是比她抢眼。大家都说毕竟两人出身不同,白菊可是堀川某贵人的私生女呢。不过贫僧觉得重点并非出身,而是白菊本身就天赋异禀,出身良好加上容貌出众,让白菊在十四岁那年,就比其他姑娘早一步被选进了西国某大名家帮佣。"

良顺一脸陶醉地继续说道:"一个姑娘若生得太标致,可是会得到报应的。

工作白菊很快就上手了，但正因如此，她在里面起了些纠纷，没多久被人冷落，落得被送回家的收场。"

"工作上手，不是该让主公对她一见钟情吗？怎会落得被送回家？"

招人嫉妒呀，良顺简单地回答道。

"若她只是个普普通通的姑娘，应该不会出什么事才对。但白菊实在是太鹤立鸡群了。她的美貌让不知是正妻还是侧室倍感威胁，担心主公见到她后可能要真心动情……"

原来是她的美貌招惹了旁人嫉妒的缘故。

"因此白菊受人刁难，最后就被撵了出去。"

"被刁难的，可是她乃丙午出生一事？"百介问道。

"可以这么说，有天那儿失火了。"

"失火？"

又是失火。

"是的，宅邸里起火了。妒火中烧是无所谓，但若真的烧起火来可就不妙了。贫僧也不知道火烧到了什么程度。总之，这场火就这么被归罪于这姑娘命中带火使然。"

"她就因这种说法惨遭放逐？"

"是的。只是没想到她一返家，又碰上了火灾……"

白菊刚一返家，家里竟又惨遭祝融，良顺说道。那场火不仅烧掉了她家的财产，还惹来不少闲言闲语。大家都指责丙午出生的她会夺走男人性命，还会引来大火，并因此将她逐出了京都。她就这样流落到大坂，沦为了欢场女子。

"新町这地方就好比江户的吉原，因此大坂人口中的'里头'指的就是新町。当年白菊在那儿可风光了。毕竟那时候她才十七岁，人又生得如花似玉。"

据说不少寻芳客纷纷拜倒在她的石榴裙下。不出半年，白菊就成了恩客最多的活招牌了。而且，其中有一位常客。

"他是个大商家的少爷。不分昼夜都上门光顾。所谓日久生情，当年还少不更事的白菊就这么和他卿卿我我了起来。两人连一天不见面都挨不住，誓言在天愿做比翼鸟，在地愿为连理枝，相偕期盼今生今世此情不渝。只可惜那男人后来变心了。"这僧侣说道。

据说事前毫无预警。是真的变了心，抑或是——

"会不会他一开始就只打算逢场作戏？"

"若仅是如此事情就好办了。就连只笨驴子都看得出一个恩客是否真动了情吧，那位少爷可是真心的。不过男人本就愚蠢薄情，被这种男人吸引的女人或许更蠢也说不定。然而为了些小事抛弃女人，可就不算个称职的好情郎了。"

"小事？"

"是呀。不过是件鸡毛蒜皮的小事。这种事情对花街柳巷里讨饭吃的人来说，根本不足挂齿。"

知道是什么事了吧？良顺以食指指着百介问道。但百介心里完全没底。

"其实，不过是有人为那位少爷安排了婚事。"

"婚事？"

"算得上是段良缘吧，"这和尚说道，"那位少爷家做的是木材生意，女方据说也是京都某木材行的千金。对生意人而言，两人的确是天作之合，再加上女方还是个比起白菊毫不逊色的美女。这下少爷可犹豫了，换作是贫僧，恐怕也要犹豫吧。他只得把两个人在天平上比了比，决定该如何收拾这局面。"

两人的关系就这么告吹了？

这下情况可就糟了，良顺说道。

"怎么个糟法？"

"到头来又发生了同样的事。"

"同样的事，难道又是祝融之灾？"

"一点儿也没错，"这和尚眯起双眼回道，"白菊的周遭又接二连三地起了几场火。"

和在吉原时一样。

百介再度望向平八。

大家又推称，这和她生于丙午有关？平八问道。

"是呀。又是丙午，说来真是过分。提到丙午出生的女人，大家都会想到烧死殷商纣王的妲己、导致幽王荒淫无道而痛失江山的褒姒等坏女人，但这和生年干支根本无关。这种蛊惑人心的恶女根本就是天魔波旬之流，因此这类女人被称为飞缘魔，飞天的飞，缘分的缘，本出自佛教教义，与五行之说的丙午生年完全无关。"

"飞缘魔？"百介向前探出身，摊开了记事簿。

"是的，意为天外飞来之魔缘，也就是碍人悟道的邪恶妖魔。妖魔虽无分男女，但世人又传飞缘魔即缘障女，曾几何时这种妖魔就被人认定为女的了。"

"意思是，女人能碍人悟道？"

"正是如此。释迦悟道前不也曾有魔罗化身女人试图阻挠？此乃烦恼魔罗，意即魔罗乃烦恼之主。贫僧认为这乃因释迦是个男人，若是个女人，想必妖魔便会化为男人施以诱惑吧。不过，贫僧寄身修行的寺庙内的僧侣，说得可就狠毒了。他们认为，女人搽上红白粉称为化妆，意即妖魔幻化之妆①。逢女人色诱时欣赏其优美在所难免，但过度沉溺其中，必将无法自拔。女人心术皆不正，若心为其所夺，哪怕是坐拥大好江山，到头来都得赔上。"

这说法够狠毒吧？和尚舔着毫无血色的双唇说道。"美女的确诱人。唉，俗云佛度众生，但对女人还真是刻薄哪。佛教认为女人不洁，因此修行中严禁女色。贫僧对此颇不以为然。"

对女人，贫僧可是很尊重的，良顺张着没剩几颗牙的嘴说道。"不过，女子其实亦有形形色色。俗话说'女人地狱使，能断佛种子，外面似菩萨，内心如夜叉'，此话有时可是当真的。"

这句话的含意是……平八向百介问道。

"意指女人，即使外貌祥和如菩萨，骨子里却骇人如鬼魅。记得这是《华严经》中的一节。"

---

①此处为同音双关语，日文中妖魔变形作"化ける"。

"不对不对,"良顺说道,"意思是说对了,但《华严经》里并没有这么一句。也有人说这段话出自《宝物经》,但同样找不着。总之这并非佛经里的句子,不过是哪个人的创作罢了。"

百介不过是听信俗说,对这句话的出处可就不清楚了。

"总而言之,"这年迈的僧人笑着说道,"即使此言为后人所创,毕竟是有点道理。若要追本溯源,佛经不也是人为创作?总之,有些女人的确害人不浅,但并非所有女子均为下流卑鄙之徒。"

"此言有理,那么……"

能否继续白菊的话题?

"对了对了,"良顺拍拍膝盖说道,"由此可见,飞缘魔的原意,与女人或生年干支并无关系,和火亦是毫不相干。不过是飞缘魔音同火阎魔,因此才被附会为火阎魔,亦即火焰地狱之阎魔罢了。因此白菊不仅与此妖魔毫无关系,指其招来祝融更纯属牵强附会。"

此言有理,百介含糊应道,并在记事簿上记下了良顺这番话。只因这个解释和百介所知的丙午迷信颇有出入。虽然两种解释同样是无稽之谈。飞缘魔,还真是个不可思议的词呀!百介合上了记事簿。

"因此这无稽之谈就这么毁了白菊的命运?"

"是呀,虽然命运这词听来刺耳。"良顺露出一脸怪异表情说道,"但情况还真是如此。明明是毫无根据,只因白菊生于丙午,众人便指其为火女,男子与其结缡必将早逝,并称此女为祝融元凶。"

欲加之罪,何患无辞?

所以这女人才得平白遭受这些折磨,那老板娘曾如此说过。看来这果然属实。

"唉,寻花问柳原本就得有点胆量,这下起了这种毫无根据的流言,可不能放任那位少爷继续和这么个棘手的女人牵扯下去,因此爹娘亲戚全都严禁他再去光顾,硬生生将那位少爷和白菊拆散了,表面上情况就是如此。"

听他这语气,其实背后另有隐情。

"但实际情况并非如此?"

是可以这么说,这花和尚语带保留地回答。"虽然如此,白菊依然坚定不移。不论周遭以什么样的眼光看她,对那位少爷依旧是深信不疑。她捎了几封陈述热切思念的信给他,但每封都是未被拆封就退了回来。这让白菊既困惑又烦恼,于是便剪下头发切下指头,寄给了那位少爷。"

"切下指头?"

先生没听说吗?良顺皱起额头问道。接着又竖起小指凑向百介面前。

"她当、当真切下了自己的指头?"

"是呀,切指头可不是闹着玩的呢。为了让朝思暮想的对象知道自己的心意,欢场女子有剪发切指寄给对方的风习。这意思是身子虽然任人碰,但心可是只属意这位恩客的,只为证明自己的诚意。"

原来有些证明手段是如此激烈。不过,坐在百介身旁的平八却没有显露出一丝惊讶。看来这在花街柳巷大概是稀松平常吧。百介不由得感到一阵毛骨悚然。

"只是虽然如此,那位少爷还是没回头。谣言与日俱增,有天白菊哭着找到贫僧这儿来了。见她委实令人同情,因此除了略事指点,对情况也做了一番调查。这下……"这和尚蹙起稀疏的双眉说道,"这下发现真相可夸张了。稍事探究,竟发现一切都是那位少爷搞的鬼。"

"搞鬼,可是指火是他放的?"

"是呀。"

"为何还要这么做?"

"真正原因贫僧也不清楚。不过,看来他应该是想和白菊彻底断了关系吧。"

"即使如此,也没必要纵火吧?"

"这就是重点了,"这和尚再度以枯枝般的指头敲着膝盖说道,"那位少爷是个没什么担当的男人,有人提亲让他动摇、在冰肌玉肤的欢场女子和大户千金之间犹豫不决都不难理解,但这种事哪有什么好烦心的?白菊不过是欢场女子,即使答应了那门婚事,偶尔出来逢场作戏根本无妨。但他竟连这点肚量都没有,完全无法做决断,这不是没担当是什么?"

"也就是说，他既想成那门亲，对白菊的冰肌玉肤却也无法忘怀？"平八一脸世故地插嘴问道，"那位少爷就是这么放不下，没办法自行做个了断，只得动点手脚，制造些非逼得白菊和自己分开不可的借口，是吧？"

和尚没有回答，原本就皱巴巴的脸上挤出了更多皱纹。

"真是没人性啊，"平八叹了口气继续说道，"只要放儿把火，将丙午之说的流言散播出去，是个亲人就会出面阻止，硬逼他和白菊分开，甚至白菊自己都可能因此抽身，他打的算盘可能就是这个吧。不，想必是八九不离十。"

若真是如此，竟然还真有这么过分的男人。百介讶异地说道。

良顺咯咯笑着说道："或许他真有如此打算。不过换成是两位，想必虽然不至于纵火，也会慌慌张张地找个理由为自己开脱吧。"

这下百介可就无言以对了。

换作是贫僧也会这么做，和尚说道。"下决心永远是最困难的，不如让他人为自己做决定要轻松，而且可选的路少了，挑起来也容易得多。不过，那位少爷，记得他名叫清八，心眼可就真是坏透了。"

"光拿几场火当作分开的理由还不够？"

"是呀。倘若为了难分难舍而放了几次火，并就此和她一刀两断也就算了。噢，虽然对平白蒙冤的白菊来说并不公平，但这件事至少还能就此打住，不过是走了个挑她毛病的傻男人罢了。但清八这家伙走得一点也不干脆。"

"他还干了什么事？"

"乘机和白菊分开也就算了，事后却还不想让白菊被其他男人碰。因此他一再纵火，意图让白菊在里头待不下去。真是个胡作非为的混账东西。"

"这——"

"先生说这过不过分？那男人实在是太过分了。佛家说人世间一切都是公平的，女人若是诱惑男人发狂的妖魔，男人就是吞噬女人的恶鬼畜生。娼妓流莺之辈终究也是女人，哪容得下一己纯情遭人蹂躏践踏。"良顺握拳捶膝说道。

百介开始回想。

老板娘曾说过，白菊一路蒙受不白之冤，饱尝遭人出卖排挤之苦，最后在颠沛流离之际邂逅了亨右卫门。看来她无法坦然接受这份情,或许也是情有可原。想来她于婚宴当日遁逃,并非嫌恶亨右卫门之故。理由或许是,她再也无法相信任何男人的心意。

"唉,不过即使真相大白,流言依旧是阴魂不散。白菊被说成了千夫所指的妖魔,最后终于被撵出了新町。"

"因此她才……"

流落到了尾张吧。

不过呀先生,人万万不可为恶呀!这僧人不住点头,接着又表情古怪地说道:"不出多久,清八就死了。"

"他死了?"

"是呀,而且还是死在婚宴上呢。"

"死在婚宴上?"

"没错。婚宴进行到一半时,现场竟然真的起火了。虽不知是否为人为纵火,但火势一发不可收拾,加上又来了许多宾客,这下事情闹得可大了。不仅店面、宅邸均遭焚毁,还烧掉了好几条人命。清八和他的新婚妻子也双双被烧成焦炭呢。"

"又是失火?"

婚宴期间起了大火,这难道是巧合?老僧几度摇头。

"贫僧认为,那火大概是白菊的怨恨化成的吧。不,说老实话,贫僧甚至怀疑那火就是白菊放的。想必白菊也不想活下去了吧。不过,现在看来她不是还活得好好的?看来人过得再苦,还是得活下去才成呀。"

老僧说完开怀大笑起来。

五

金城屋的财产规模远远超出百介的想象。老板荣吉尚未正式继承家业,和平八似乎交情甚笃,见到他们这两个扮相古怪的不速之客,依然毫无疑虑地热情招呼两人进门。

被领到看不出究竟有几叠大的宽敞大客厅时，百介紧张得无法自已。虽然百介在江户住的也是一家不算小的名店，但自己居住的小屋就连十叠都不到。规模差距过大，让人无从比较。因此，此处让他感到坐立难安。

平八却似乎很习惯这儿的气氛，从方才起便滔滔不绝地向他介绍从缘廊可望见的庭园景致，只是百介紧张得完全没听进去，全都是左耳进右耳出。只稍稍瞄了几眼，这的确是个美丽的庭园。加上今天阳光普照，拉门也悉数敞开了。

"百介先生，你瞧，那就是大老板闭关的宝殿。"平八指着远处说道。

在沿庭园边缘栽植的壮丽松林后方，果真有一栋硕大的建筑物。

"如何？壮观吧？那别馆可是要比这一带的武家宅邸还大得多呢！那就是为白菊建的宝殿。盖这种大房子，真不知道需要耗费多少银两。这可是有钱人才有资格的享受，但大到这程度，也实在是太夸张了。"

"噢。"

看在百介眼里，这一切都是那么缺乏真实感。就连这儿的坐垫都让他惊觉自己好久没坐在这种东西上了，而且质料也是上上之选。

他定睛打量那栋宝殿。的确是栋硕大无比的建筑，而且看来还极尽豪华之能事。整栋屋子是桧木造的，就连屋顶铺的都是桧木皮。能让如此巨贾拜倒在石榴裙下到这种地步，想必白菊这女人很不简单。

平八以感情充沛的语气说道："唉，虽然她的境遇听来颇值得同情，但想必一定不好惹。倒是先生……"

平八将整个身子凑向百介。看来他在这里也不是那么自在。

"把那位娼馆的老板娘，和上回那花和尚叙述的稍作对照，白菊的过去大致就清楚了。但大家对她的现况却仍是一无所知，对吧？"

"的确是一无所知。"

"真不知那位诈术师会如何解决这件事。"平八双手抱胸地说道，"难不成——会把白菊本人带来？"

"这就不知道了。"

百介完全无法猜想又市脑子里都打些什么样的主意。只是，有件事让百介十分在意。虽然无法完全预测那个御行会在什么时候、以什么样的方式现身，但这件事非得赶在又市到场前决定不可，百介心想。

端来的茶已完全冷却时，荣吉进来了。原本以为他会在一群随从簇拥下出现，未料他竟然是只身到场。

承蒙两位不辞辛劳远道而来，荣吉深深低头致意道。

这下百介更是坐立难安了。

"他这人最怕这种礼数，"平八说道，"这位先生立志成为剧作家，对各类奇闻异事不仅十分入迷，亦知之甚详。既然他不习惯这些礼数，荣吉就请起吧。"

荣吉，想不到平八竟喊他喊得如此熟络。

好吧，平八，荣吉迅速地抬起头来说道。

"百介先生无须多礼，荣吉和我已经有二十来年的交情了。从他赴江户当学徒那阵子起，我们俩就是猪朋狗友了。"平八一脸得意地笑着说道，"这家伙如今虽已贵为大商家老板，但我们刚结识时，还不过是个乳臭未干的小伙子呢。"

平八当年不也是个一脸鼻涕的小鬼？荣吉也开怀大笑着说道，气氛顿时就活络了起来。平八这家伙擅长安抚他人情绪，是个深谙奉承之道的马屁精。

"家父他，"荣吉开始切入正题，"自从那栋白菊宝殿落成以来，至今已将自己关在里面整整一年多了，一步都没离开过。如今已是滴酒不沾，送进去的饮食也都只吃一半，我已经很久没见着他了。即使欲入内探访，也只能进候客房——家父这么称呼那间房，其他房间悉数严禁他人进入。"

"那么，他都是如何入浴什么的？"

"噢，似乎是自己烧洗澡水。"

这听来并不寻常，不过看来他倒也没活得像个废人。

"馆内已备妥豪华的家具和寝具，生活上理应没有任何不便，因此这方面在下并不担心，放任家父闭关也没什么关系……"

但这么下去毕竟不妥？

的确不妥，荣吉回答道。"有些亲戚表示不如就当家父已死，我也几乎要死了这条心。不过毕竟还是不忍放任家父就这样在那栋怪异的宝殿中凋零，尤其不忍于事后听闻他人传言其因疯狂堕入地狱、为女痴狂而死于非命。并非在下自吹自擂，家父金城屋亨右卫门的确曾是个了不起的人物。身为一介商人，在下对家父当然是崇敬有加。因此……"荣吉眺望着宝殿继续说道，"每当看到那栋宝殿，总是让在下倍感心酸。虽然不知情者会赞美其气派宏伟，但对知情者而言，它不过是个大笑柄。"

庞大，无用。同时也是毫无目的的无谓浪费。

"在下并非心疼花掉了多少银两，毕竟家产全是家父挣来的，要如何花用，他当然有权决定。即使家父欲将其挥霍殆尽，在下也无话可说。只是，在下实在不认为这种花钱方式符合家父的真意。"

真不知那栋屋子到底花费了多少银两？到底是什么缘故让亨右卫门这等人物做出这种事来？

"从她，也就是白菊小姐行踪不明以来，家父有阵子曾日日买醉，终日卧床不起，到那地步尚还不难理解。虽说是一段有失颜面的迟暮之恋，但目睹家父对她的痴情，还是令人倍感同情。后来历经数年岁月，家父才终于逐渐恢复正常，但就在此时……"

有人向他通报见到了白菊。

"从那时候起，家父的行为举止就超乎在下等人所能理解了。总不能把错推给那位信守忠义、据实禀报的伙计吧。"荣吉有气无力地笑着说道。

看来他果然是个亲切认真的好人。

"可否容我冒昧……"百介慎选措辞，战战兢兢地问道，"请教两三件事？"

请直说无妨，荣吉回道。

"请问少爷是否曾见过白菊小姐本人？"

"曾见过几次，一次是在为掌柜伙计们举行婚礼时，另一次则是与其对饮结为母子之缘时。"

"可曾与她交谈过？"

"当然。记得她说的一口优雅的京都腔，举止亦是温柔婉约，的确是位气质高雅的女人。"

"完全不会让人产生什么不好的印象？"

"可说是完全没有。"荣吉语带诧异地回答道，"虽说她成了自己的后母，但毕竟要比在下年轻许多。虽在下也不知是否真懂得阅人，但她看来的确美丽大方，丝毫不像个恶人。"

"不过，据说少爷曾反对过白菊嫁入家门？"

"不，在下也曾向平八提及，家父是个刚正不阿的木头人，对女色可谓一无所知，身为其子的在下亦如是，因此对其心态颇能理解。在下不过向家父谏言，其他事尚且无妨，但此事攸关敝店与全体掌柜伙计的未来，绝非一时冲动所能决定。家父则表示自己无半点犹豫，誓言绝不后悔，因此在下也不再有任何异议。"

看来情况和百介听说的无异。

"那么，少爷可知道白菊小姐是什么出身？"

"这在下完全不清楚。"荣吉表情略微黯淡了下来，"家父表示这万万不可过问，在下也认为人品与出身无关。"

"因此未曾探究？"

"其实也是心中有数。若正常人家出身，理应无必要隐瞒。既然不可过问，想必其中必有不欲为人知之隐情。"

"噢。"百介犹豫是否该告知白菊曾为欢场女子一事。

"家父乃白手起家，原本出身卑微，也凭一己努力争取到今天的荣华富贵。家父为人如此，看上的人即使曾为奴婢之流，在下也不会有任何诧异或反对，店内所有掌柜伙计亦如是。"

"据传她曾为欢场女子，"百介低声说道，"而且，我也判明其曾于大坂新町花街柳巷操业。虽曾贵为堀川某贵人之后，但由于遭逢种种不幸，终至沦落花街下海卖身。"

"是吗？"荣吉的视线低垂了下来，"若是如此，在下终于看出点头绪了。当年，新任御船手①走马上任，要求商家设宴款待，说明白点就是强迫大家请

---

① 战时为水军，平时负责管理幕府或各藩船只的官员。

喝花酒罢了。从此家父便开始流连声色场所。想必，就是在那儿结识她的。"

原来他寻芳并非出于己愿。果真是个刚正不阿的正派之士。或许他对白菊的情愫并非源自酒池肉林中的邂逅，而是从同情对方的不幸境遇开始的。

"那么，请问这儿的，也就是金城屋中的掌柜伙计们，对白菊小姐乃丙午出生一事是否也一无所知？"

"丙午出生……"荣吉惊呼道，"她生于丙午年？"

看来他们真的不知道。

"是的，这生年也为她带来了诸多不幸。在白菊小姐身上发生的大小灾祸，似乎悉数肇因于这毫无根据的迷信。"

"这在下可是毫不知情。"荣吉说道，"噢，应该说若事前知情，在下和店内伙计们想必也全都会把这迷信当真吧。不过此事家父理应知情才是。"

"是吗——"百介陷入一阵沉思，"那么，请问府上是否曾起过原因不明的火？"

"这——"荣吉屏息沉思了一刹那，旋即惊呼一声，然后回答，"噢，当时的确曾起过几次原因不明的火。"

"果然发生过？"

"是的。仓库和土墙都烧了好几回，幸好灾情并不惨重。不过先生还真清楚呢，这件事连在下自己都忘了。"

果真起了火。

"其实——"

百介简短地叙述了白菊的生平。

"原来白菊小姐当初就是被人以引火为由逐出生地的？"

"正是如此，想来那些人手段还真是卑劣。白菊小姐就这么辗转从京都大坂流落到尾张，最后还到了江户……"

吉原大火之后，不知白菊如今身在何处？

"唉，只因为生于丙午，让她到哪儿都饱受打击。因此当年逃离贵府，会不会也和这有关？"

应该不至于吧。若这儿的人不知情，哪可能设局嫁祸于她？

由此推测，白菊在这儿似乎未曾因丙午的迷信而遭受迫害。虽然还是起了火灾，但并未有什么人认为那几场火和白菊有关，应可证明白菊在此地并未被抹黑成命中带火的魔女。如此看来，会不会是亨右卫门的体贴和真心让她难以相信？想到她先前挥之不去的种种不幸，这还真是个天大的悲哀。不对——

"可否再冒昧请教一件事？"百介端正跪姿问道。这件事非确认仔细不可。

"白菊小姐的左手是否少了根小指？"

"这——"荣吉脸上顿时露出了仿佛有根刺卡在喉咙里的表情。

切指证真情。欢场女子的风习。

"白菊小姐左手小指是否已被切除？"百介再度问道。

"她的指头并没有短少。"荣吉回答。

平八一听，两眼顿时睁得斗大。

"怎、怎么可能？"

百介双手环抱胸前，望向榻榻米的边缘。

"百介先生，这又是怎么一回事？"

"若良顺先生所言属实，白菊小姐理应少了根小指头。不过……"

"不过什么？百介先生。"

"娼馆老板娘也没提过切指一事。虽然或许是刻意避免触及，不过如今回想起她说话时的神态，没提起这件事还真是有点古怪。"

"如此说来……"

"这个……"

这个女人。

"这个女人究竟是谁？"

丁零——

此时，一阵铃声随风传来。

在座三人悉数转头望向庭园。只见水池边缘站着一个白衣男子。

"又、又市。"

"噢？"平八伸长了脖子望去。

荣吉先是一脸惊讶，但很快便惶恐地问道："你、你是从哪儿钻进这里来的？前头应该有……"

"如大爷所见，小的一身贫贱装扮，若从正门而入，恐有辱贵商家门面。因此才冒昧从庭园闯入。"话毕又市屈膝跪下，行了个礼，"小的名叫又市，靠抛撒趋吉避凶的符咒为业。"

"您就是又市先生……"平八听到这名字，一脸惊讶地望向百介好几回。

"各位要小的找的人已经找到了。"又市说道。

噢，荣吉闻言，旋即走向缘廊。"那么，白菊小姐她，人在何处？"

"噢。"又市缓缓抬起头来回答，"遗憾之至，她早已不在人世。"

"先生的意思是，她已经死、死了？"

"她可是葬身吉原那场火灾中？"百介问道。

不是，又市回答。

"那么——"

"先生也知道她是什么时候死的。"又市定睛凝视着百介回答。

"这……我怎么可能知道？"

"怎么了怎么了？"平八凑过来问道，"百介先生可知道些什么？"

"这——"

哪可能。我哪可能知道些什么？难道是……

"是的，正是如此。"又市说道，"白菊小姐在十二年前，于大坂的木材大批发商橡屋第三代少爷清八的婚宴当日，满怀悲愤含恨纵火，自己也连同许多人葬身火窟。"

"什么！"荣吉打着哆嗦喊道，"绝、绝无可能，不可能有这种事。"

"事实正是如此。"

话及至此，又市便闭上了嘴。荣吉也随之沉默了下来。

"白菊小姐早已于十二年前亡故。当年橡屋的清八背叛其真情、践踏其真心，到头来还为逞一己之快散播谣言、恶意中伤，逼得她饱受屈辱，最后被迫离开当地。深受伤害的白菊小姐因此怀恨在心，方于清八婚宴当晚前去纵火。"

"纵火……"

"是的。自己的人生屡为火所苦,逼得白菊小姐决心以其为寻仇手段,最后也自焚于其中,结束了坎坷不幸的一生。"

"噢,可是——"

"可有什么问题?"

"这已经是十二年前的事了。"

"是的,因此后来那位……"

"那么,原本要和家、家父完婚的那个……"

那个女人又是谁?

"那女人是飞缘魔。"

"飞、飞缘魔?"荣吉一听,整个人瘫坐在地上。

飞缘魔。百介不由得站了起来。

"什、什么是飞、飞缘魔?"

"飞缘魔是碍人悟道的邪恶妖魔。十年前造访贵府的女人非人,亦非此俗世之物,而是个意图侵蚀贵府大老爷慈悲心肠的骇人妖孽。"

"非、非人?"

"是的。若其为人,不管生得再怎么如花似玉、楚楚动人,也绝不可能导致男人为其痴狂至此。此人的国色天香与绝伦美貌,绝非此俗世所能生成。因此虽然大老爷为人如此正派杰出,深谙处世之道……"又市朝背后的宝殿望了一眼后继续说道,"仍难免为其痴醉成狂、经年不愈。除非妖魔蛊惑,否则绝无可能严重至此。"

这听来似乎有理,荣吉软弱无力地望向百介。

又市继续说道:"唐土曾传,有躯体虽已他界,恶念淫欲却依然阴魂不散者,其残留人间之魂魄专与生者媾和。与此死人淫者,精气将为其吸收殆尽,终将殒命身亡。尚在人世之男女间有道无法超越的障壁,但妖魔则无此限制。因此,一旦为其所缠,将永难摆脱。"

汉书中的确不乏此类记述。不过——

"不、不过,又市,白菊小姐在离开这儿之后,亦曾于他处现身。这该如何解释?"

"一切均为该妖魔所化。"

"难道曾受娼馆老板娘接济的白菊、曾于吉原田圃卖身的白菊,均为该妖魔化身?接客的其实是个幽、幽魂?"

"正是如此。曾造访此处的、曾于吉原卖身的,不都同样让男人为之疯狂,招来祝融,最后又消失得无影无踪?以上种种,绝非人力所能为。"

还真有这种事——

"白菊小姐生前受尽毫无良心的男人们万般侮辱,斥其为带火瘟神以拒之,因此怨恨累积至深。死后随地狱业火,化为碍人悟道之魔缘徘徊于人世间。可怜贵府大老爷心地如此善良……"

丁零——

"方才让此哀怨魔缘乘虚而入。"

"魔缘……"

原来如此,荣吉向前探出的双手当场僵住了。

"原、原来她并非现世生者。"

"此女于十年前自贵府出走,理由仅有一个。即贵府大老爷信心笃实、掌柜伙计皆勤奋不懈,更重要的是贵府家运强劲坚实。只是……"

"只是如何?"

"只是,孽缘着实难断。贵府店家的伙计禀报于江户巧遇白菊,这代表经过十年,金城屋的运势将再度临危。切记,妖魔总是随节气变化现身。"

"再度临危,意指那飞缘魔意图再度危害金城屋与家父亨右卫门?"

"正是如此。"又市站起身来,仰头望天说道,"而且,今宵适逢满月,为妖魔跳梁之夜,亦是已断旧缘重牵之时。"

"今、今晚?"

"还请各位务必谨慎为要。"

"究、究竟该如何因应?"荣吉草鞋也没套上,便连滚带跑地奔向又市身旁拉着他问道,"会、会发生什么事?"

"灾祸。"

"什么样的灾祸?"

"南方将起乱气，贵府中充满一股火难之相。"

"火难，意即将闹火灾？"

"而且，令人望而生畏的缢鬼将于贵府周遭凝聚。"

"何谓缢鬼？"

"是诱人步上污秽死路的恶鬼。"

"父、父亲大人。父亲大人！"荣吉高声喊道，"御行先生，如今大祸将至，若能辟除此将临之祸，即使得牺牲一己性命，在下亦不足为惜。但敝店还有大群掌柜伙计，个个都有家眷亲属。敝店万万不可起火，倘若此处毁于祝融，近邻一带，不，甚至城下町亦恐在劫难逃。再者，若情况真将如此，家父毕竟为在下至亲，绝不可坐视家父就此丧命。在此恳求御行先生……"

又市伸手探进挂在脖子上的偈箱中，取出几枚符咒。"此符乃专用于辟除荒神的护符。请将此符张贴于宝殿周围各建筑的门上。火气必将由该处降临。"又市再度指向宝殿说道，"该宝殿是特地为召唤妖魔而建。"

"噢——"

那栋宝殿的确是为了迎接白菊入住而建造的。

荣吉收下护符，紧紧握在手中。"只要依先生指示办，便能免除此劫难？"

又市端详了荣吉的表情半晌，接着才回答，无法完全免除。

"无法完全免除？"

"这仅能免除火难，效力顶多避免殃及他人。为防万一，还是应作好灭火准备。再者……"

又市又从偈箱中取出另一种符咒。

这次的符咒，百介也颇为熟悉。

荣吉抬头望去。

"这是可封百邪焚妖魔的陀罗尼符。请将此符张贴于宝殿出入口。如此一来，火气将被封于宝殿中，不至于殃及其外。"

"但如此一来，家父他……"

家父岂不将殒命其中？荣吉仍旧哀求。"家父完全不肯跨出宝殿半步。若贴上此符，家父岂不是注定要命丧火窟！"

少爷所言甚是,但大老爷早已如风中残烛,又市冷酷地回答道。"白菊小姐,不,这飞缘魔怨念至深,仅此准备尚不足以驱除。"

"难道完全无计可施?"

"法子倒也不是没有。"

"请问该如何驱除此妖魔?若可凭银两解决,在下将不惜斥资防范,不,不论得做什么牺牲,在下都心甘情愿付出。"荣吉慷慨激昂地说道,"说来惭愧,在下深感自己处世尚欠成熟,倘若失去家父亨右卫门,店家必将无以为继。往年仰慕家父者甚众,若任其如此死于非命,亦恐晚节不保。在下还宁愿,还宁愿以一己性命换取家父余生,以图造福世间。因此还请御行先生……"

"少爷心意小的完全理解,可惜小的区区一介乞食者,并无任何驱魔法力。如今大难将至,已来不及央请高僧襄助。唯一可采取之手段,仅剩唤醒大老爷自身佛性一途。"

"唤醒家父自身佛性?"

"是的。佛家尝言,一切众生悉有佛性,看来贵府大老爷运势尚属坚实,若能唤醒潜藏其身佛性,或许能够断此魔缘。故此,应先行将此事告知大老爷。"

"这种说法,在下不认为家父愿意采信。"

"不信亦无妨,只要能同大老爷说到话,详细转述小的方才所言便可。接下来……"

"接下来应如何?"

接下来也仅能祈神庇佑了,又市说道。

丁零——语毕又摇了一声铃。

六

当晚,夜色漆黑不见五指。虽然四下无风,倒也没多少闷热,只是依旧令人感到浑身一股难以言喻的不适。

百介感到夜色益形黑暗。一股让人心神不宁的气息不断从背后袭来,一股令人难耐的炙热也持续在肚子里涌现，一切都让他坐立难安，但他仍耐着性子强忍着。

四下静得出奇。

荣吉依照又市指示赶往白菊宝殿的候客房，巨细靡遗地向父亲亨右卫门禀报了白菊的生平。但亨右卫门依旧不为所动。听到白菊早已亡故，他也是既不惊讶亦不否定，也没显露一丝愤怒或伤悲，只是似乎接受这事实般说了一句：是吗。

因此荣吉向百介表示，白菊实为彼岸亡者，父亲或许早已知情。

难道他早已知悉白菊乃他界亡魂？明知如此，却依然动情？

若是如此，百介认为此事果然不可为。若模糊了生死界线，人岂不是将失去应有的立足点而彷徨不已？仔细想想，这界线还真是极其暧昧，但百介认为正因其暧昧，才非得划界分明不可。

金城屋动员了全体伙计，准备对付那妖魔。救火钩、盛了水的水桶和洗衣盆等都已悉数备妥。这一切当然都是为了防范那妖魔即将带来的灾厄——火灾而准备的。金城屋是个大商家，为数众多的伙计悉数穿上印有带圈"金"字的棉外衣，沿着围墙一字排开的光景，看起来确实壮观。与其说是准备灭火，倒更像是重兵警戒。

不过仔细想想，这规模浩大的场面不都是依照御行又市的建议张罗的？虽不至于能让每个伙计都相信有妖魔将至，但大伙儿毕竟还是照他的话准备了这个排场。可见这诈术师这回将他的舌灿莲花施展得多么淋漓尽致。

百介本人亦是半信半疑。又市口才虽巧，但也不至于胡诌瞎说。虽然事实出自其口，或许已经过一番蓄意拼凑，但在他光怪陆离的陈述中，必定还是隐藏着几分真相。这是百介与又市往来至今，所体认到的心得。因此，百介开始思索起来。

白菊早已不在人世应为事实，但有另一女冒用其名制造纷扰亦是事实。一个亡命幽魂竟能与富商巨贾相恋成婚、与欢场女子发生争执遭地痞流氓拘捕，还在花街柳巷拉客，这一切听来都是那么不可能。

（其中必定有骗子在作祟。）

绝对错不了。那么，这个人物，或许该说这号妖魔，今夜必将现身。这个大场面究竟是为了什么而准备的？又市绝不会做任何无意义的举动。

百介朝庭园望去。只见御行又市的雪白身影，在早已为一片黑暗笼罩的庭园中清晰浮现。

（究竟会发生什么样的事？）

百介咽下了一口唾液。

百介身旁坐着平八和荣吉。背后则站着店内所有掌柜伙计，全都眼也不眨地定睛凝视白菊宝殿屹立在黑暗夜空中的漆黑威容。宝殿里头仅有亨右卫门一人。如今，这栋建筑物已为符咒与众多伙计重重包围，若来者还能闯入，就证明她绝对不是人，而是个妖魔。

虽然来了这么多人，四下却静得出奇。因为大家全都屏住了气息，唯一能听见的，只有衣物偶尔在榻榻米上磨蹭的声响。

一颗流星飞过。

"来了。"又市简短地说道。

百介不禁怀疑起自己的眼睛。暗夜中，宛如一座小山的硕大屋顶已然化为一团连建材是桧木皮都看不出来的黑影。上头竟然站着一个人。

"那、那是……"

一个女人。穿着一身松垮白衣的女人。

"白、白菊！"

似乎还听得到她的笑声。虽然理应是听不到才对。距离实在是太遥远了。

百介向前探出身，出了屋走向庭园。荣吉、平八，以及掌柜伙计们也一个接着一个走到了屋外的庭园中。

一道怪异的磷光笼罩着那个女人。她绝不是人类。看起来太不对劲了。那绝不是血肉之躯。

确认后，百介仿佛被浇了一桶冷水似的，顿时感到一阵毛骨悚然。其他人也是个个一脸惊惧。

只见那女人的轮廓开始益显清晰。仿佛由哪儿射来的一道光映照着似的，她那张异常苍白的脸从黑暗中清晰浮现。接着，脸颊上突然泛起了几许红光。

难道是个活人？不对，那红光是——

"那是火。"又市说道，"宝殿起火了。"

一股骚动宛如涟漪般在一行人之间扩散了开来。同时还传来阵阵爆裂声。

"火、失火了！"

原来那女人的脸颊是被通红的烈焰染红的。白菊宝殿已经从屋内开始烧起来了。从天花板蹿出的火舌映照在那妖魔苍白的脸颊上，将屋顶烧成了一片焦黑。"哇——"人群中传出阵阵听不出是叹息还是哀号的呼喊。转眼间，那妖魔也被团团烈焰吞噬。猛烈的大火朝黑暗的夜空中吐出阵阵浓烟，妖魔的躯体也在燃烧。虽然已为烈火包覆，但她竟丝毫不为所动，仿佛只是将火焰当成衣裳披在身上般俯视着百介一行人。

呵呵呵呵呵。她笑了。

一行人顿时失声惊叫。这下掌柜伙计们终于相信，那御行所言竟然是真的。

包覆着那妖魔的熊熊烈焰很快就延烧到了屋顶。易燃的桧木皮屋顶不出多久便整个被烈焰吞噬，顷刻间化为一片火海。

宛如地狱之门被打开了似的，夜空被染得一片通红。

一切都发生在转眼之间。

"父、父亲大人！"

荣吉飞也似的跑向前去，百介则紧随其后。

只消一眨眼工夫，曾经过充分干燥的高级建材便吸足火力吐出烈焰，宝殿顷刻间化为一大团火球。四下弥漫着阵阵热气、焦味与烟雾，不时还传来阵阵爆炸声。

"父、父亲大人！"

直冲天际的熊熊火光竟是如此绚丽夺目。整栋宝殿均为地狱业火吞噬。

荣吉黝黑的背影奔向宝殿大门。宝殿周遭挖有一道壕沟，上有一座通往入口的石桥。荣吉奔上桥去。

百介踌躇不前。毕竟火势实在过于猛烈。脸颊上感觉到一股难耐的灼热。

几位伙计从裹足不前的百介身旁跑过，试图拦下荣吉。

"老板,请止步!"

"说什么傻话?你们的老板在屋内呀,我不过是……"

"不,少爷就是我们的老板。十年来,这家店可是全凭少爷才得以维持下来的,一切都是少爷的功劳。"

"别说了!别再说了!难道你们,就忍心眼睁睁地看着父亲大人……"

一群男人就这么在桥上拉扯着。每个人都被染成一片橘红。火星宛如烟花般从天而降。

此时突然传来一阵轰隆巨响,似乎有什么东西倒塌了。只见屋顶业已倾斜,一道巨大的火柱直冲云霄。原来是屋梁被烧垮了。

那妖魔也缓缓地坠落了。呵呵呵呵。还在笑。那绝对不是人类。

丁零——

此时传来一声铃响。大家纷纷朝铃声的方向望去。只见有人正蹲在倾坍的宝殿前方的桥墩旁。又市则站在那人的前方。

"御行奉为——"

大家不禁发出了一阵惊叹。只见那个颓丧地低垂着头的人,竟然就是金城屋的大老板亨右卫门。

七

白菊宝殿于亥刻开始起火,燃烧了大约两个时辰后,于丑刻完全化为灰烬。原本极尽奢华之能事的宝殿,就这么付之一炬,被烧得无影无踪。其中的家具摆设也悉数为易燃的高级材质,这下全都被烧得一点也不剩。现场与其说是曾遭祝融肆虐的废墟,反倒更像一片荒芜的空地。

不知是又市的护符灵验,还是事前周全的防火准备奏效,这场火丝毫未波及周遭,从金城屋的主屋到邻近的民宅,都没遭到丝毫破坏。起火时四下无风,宝殿周围挖有壕沟,再加上四周有松树等树木的隔离,种种条件均幸运地降低了这场火难的损害程度。而且,也没有任何人丧生。虽然烈焰伤及亨右卫门的局部脸庞与背后等部位,但都不过是无大碍的轻伤。那御行宣称是少爷的运气救了大老爷一命。

也曾有大群捕吏闻风赶来,但还是没能查出失火的原因。到头来,这场火结论仍是原因不明。

以荣吉为首,金城屋上至掌柜、下至伙计,全都异口同声地证明火是一个天外飞来的妖魔所放的。百介也如此解释,但一行人的证言到头来似乎还是没被采信。当然,也没找着那妖魔的尸骸。唯一能证明的,仅是从当晚的情形看来,这场火绝无任何人为纵火的可能。

经过一番讨论,最终整件事以亨右卫门不慎引火作结,亨右卫门为此受到官府严厉的斥责。火势虽未波及周遭,但毕竟引起了一阵骚动,罪状可谓不轻。只是由于他自己差点赔上了性命,官府决定斥责他一顿后,不再追究。

幸免于难后,亨右卫门仿佛摆脱了附体妖魔般变了个人,除了数度为自己的荒唐行径向家人和伙计致歉,还宣布家业悉数交由儿子荣吉继承。亲属和伙计对此当然是毫无异议,反正在这段时日里,荣吉早已成了实质上的老板。亨右卫门从此退居幕后,开始过起隐居生活。他决定剃度在家修行,利用剩余的人生为白菊祈祷冥福。

正式当上了大老板的荣吉对平八、百介,尤其是又市满怀感激,不仅动员店内大大小小盛情致谢,还奉上了为数不少的礼金。百介与平八均表示只取旅费,执意婉拒了其他酬劳,又市却罕见地照单全收。看来,布这个费事的局,想必是耗费了他不少银两。

接着,百介一行人便向金城屋辞行上路了。

"盖了栋那么奢侈的屋子,眼睁睁看着它一晚就烧了,竟然还不痛不痒的,这家人的财力可真是令人瞠目呀。"平八在山路上止步说道,"不过,小弟实在是弄不懂。那女人果真是个妖魔?"

百介看向又市问道:"这会不会又是你设的局?"

又市笑着回答:"屋顶上那东西,其实是阿银的傀儡。"

傀儡?前方的平八失声喊道。

终于明白了她的模样何以如此怪异。原来根本就是个没有魂魄的傀儡。

难怪烈火焚身时依然面无表情,既没喊叫也没展现任何痛楚,脸上看不出丝毫动摇,想必它已经被烧成了灰烬。那么,当时听到的女人笑声究竟是……

"难不成阿、阿银小姐也来了?"

阿银是个和又市同伙的小混混,平日以演出傀儡戏为生。

百介环视了周遭半晌。但这些家伙到底藏身何处,哪是一般人看得出来的?

阿银早就上路了,又市笑着说道。"她还有点事,得及早赶到淡路岛。"

"淡路岛?"

"其实,那傀儡在先生一行人抵达以前便已安置妥当。当时阿银那丫头还直抱怨自己怕高呢。"

"不、不过,事前怎没被人瞧见?你说是吧?"

说完百介转头望向平八,只见平八也惊讶得哑口无言。

"在白天很难瞧见。毕竟那傀儡的衣裳和脸孔都是一片雪白。傀儡上涂有一层逢暗处便发光的釉药,因此仅在入夜后才看得清楚。总之,任谁也想不到上面会有那么个东西,自然不会有人仔细往屋顶上瞧。"

这么说来,第一个注意到的正是又市。

来了。当时他正是以这句话将众人的目光转移到屋顶上。这么说来——

"难不成,又市,纵火的该不会也是……"

"这种玩笑可开不得呀,先生。"又市语气夸张地否定道,"放火这种骇人的勾当,小的可不会干。总之那把火并非小的放的。其实为宝殿点上那把火的,是亨右卫门先生本人。"

什么!平八失声惊呼道。"为、为什么亨右卫门先生要放这把火?难道是听到了白菊的死讯后,决意以自焚舍、舍命相随?"

"非也。两位或许有所不知,那栋屋子打一开始,就是为了准备放火烧掉而建的。"

"什、什么?"

他究竟在说些什么?

"若非如此,小的这回也不会设出如此冒险的局。若稍有闪失酿成大火,岂不万事休矣？两位应该也目睹那场火烧得是如何猛烈，竟然连一个火星都没飘到他人的土地上。"

"噢。的确如此……"

难道火势未曾延烧，并非灭火准备周全或护符显灵所致？百介问道。

"灭火准备可是真的。"又市回答，"毕竟一个局设得再周密，也可能有万一。故事前仍应作好万全准备，以防届时有什么闪失。护符当然不具什么法力，但灭火准备可是绝不可缺。虽然一切顺利完成，但当时若起了风，结局将是如何，就连小的也说不出个准头。幸好昨夜的情况，让大家无须采取任何灭火手段。"

"还是不懂。"

"还是不懂吗？"又市解释道，"先生，那栋宝殿，原本就是以火势再大也不至于延烧至他处的方式搭建的。壕沟、松林，一切均为此目的而设，想必就连最早的图纸，都是以起火时不至于波及旁人为优先考虑而绘制的。由此可见亨右卫门先生是何等宅心仁厚。"

"宅心仁厚？这下我更是不解了。亨右卫门先生究竟是为了什么盖那栋屋子的？"

又市的眼神瞬间黯淡了下来。"一切都是为了白菊。"

"为了白菊小姐？"

"与其说是为了白菊，不如说是为了那冒用白菊名义进行诓骗，甚至真正化身为白菊的女人。"

"那白菊小姐果真是冒牌货？"

"这我可就迷糊了，百介先生。"平八问道，"先生这句话可是让我听得丈二金刚摸不着头脑。那白菊怎会是冒牌货？"

"难道平八先生忘了？白菊在新町时曾切过指头，但在尾张出现的白菊竟然是一根指头也没少。指头砍了，是不可能再生出来的吧？"

"若是如此，这、这岂不证明，她的确是个妖魔？"

"那白菊真是个妖魔？"百介向又市征询结论。

但又市只是别过头去，什么也没回答。

"若说那白菊其实是另一人,如此解释较能让人信服吧?"

是吗?说得也是,平八说道。看来他也完全中了又市的计。通常没人会相信妖魔这种解释吧。

"另有一女人和白菊互换了身份。"

"是何时、在何处互换的?"

"这小的也不清楚,不过唯一可能的,应该就是在橡屋婚宴那晚吧。"

"噢。但是,是谁冒用了她的身份?"

"小的……"又市眯起双眼眺望着远方说道,"在七年前曾和这女人照过面。"

"你指的……可就是那冒牌的白菊?"

"人没什么冒牌不冒牌的,不过就看谁抢到这名字。小的只知道自己曾见过的,是个操着京都口音、自称白菊的女人,如此而已。"

"七年前,不就是吉原闹火灾后的事?这么说来,那女人——又市见过的白菊,当时已经不是欢场女子了?"

"并非欢场女子,而是一介无赖。"又市说道。

"无赖?"

"当时,这白菊正与一名叫桔梗的女人联手,四处为恶。"

"为恶?"

"女人为恶,岂不就是美人计一类的?"平八故作聪明地插嘴道。

可不止这么简单,又市回答。

"那么,难道是勒索什么的?"

"没错,这种事她们也干。不过她们俩全都患有骇人的宿疾。"

"宿疾?"

"那与白菊同伙、名叫桔梗的女人有个可怕的癖好,就是一见人血,便能感受到无上愉悦。"

"人血?"

又市蹙眉说道:"是的。至于白菊,则喜欢燃烧的烈火。"

"喜欢?不是讨厌吗?"

"不,是喜欢。光被抱在男人怀里她毫无感觉,但一看到火,马上变得神志恍惚。详情小的也不清楚,但据说她只要一见火,便好像浑身骨头都酥了似的。火烧得愈猛烈,便能让她感受到愈多淫靡的欢愉。到头来两人光是勒索什么的已无法满足,非得使尽巧语柔情把男人骗上钩不可,而后下毒手诛杀,饮尽其血,再将死骸烧却弃之。"

"这,难不成她们俩就是……"平八向又市伸出指头说道,"白虎阿梗与朱雀阿菊?"

先生也听说过?又市问道。

"是曾听、听说过。据说此两人乃稀世恶女,钟爱生饮男人鲜血,再为其穿上引火衣裳焚烧致死。"

这么说来,平八倒是曾提起过有女人有此类性癖。

"此二人中的朱雀阿菊,正是白菊。"

"原来她是如此恶女?"

听来像是又变了个人。婚宴当日逃婚的新娘;与地痞流氓大打出手的流莺;貌美绝伦的吉原名妓;为负心汉饱受相思之苦的痴情女子;饱受丙午迷信迫害的苦命女人。这下又成了个为恶人间的飞缘魔;一个焚烧男人致死的恶女。白菊这女人的真面目果然让人难以捉摸。

"原、原来如此。这么说来,难道白菊这女人是因数度遭逢火灾,不知不觉间喜欢上了火?"

"并非如此。"

"又市该不会认为,白菊小姐因生于丙午而真的迷恋上火吧。这可不像是又市会作出的解释。"

"小的也不相信此类迷信。大致而言,真正的白菊小姐的确是生于丙午,但朱雀阿菊则不是。"

"噢?"

果不其然。那白菊果然是另一人。

"第二个白菊,生于丙午年翌年,实际出身为京都白河某木材大批发商白木屋的千金,本名龙田。"

"什么？"

良顺曾提过这名字。

"她不就是白菊小姐的……"

"两人是儿时玩伴，曾一同学习歌舞与三弦。"

"就是这龙田，冒用了白菊的身份？"

"是的。那已是很久以前的往事了，两人关系好坏已难查证。不过根据小的耳闻，龙田对白菊其实是恨之入骨。"

为何要对一个童年旧识恨之入骨？

"原因是两人不论容貌、技艺均平分秋色，但龙田凡事硬是略逊白菊一筹。"

"略逊一筹？"

"我懂了。想必个中原因，是因为白菊为贵人之后吧。出身上的差别，可是再怎么努力也追不上的。"

平八如此一说，又市便眯起双眼回答："其实家世出身与人的优劣胜败理应无关，若是赢不了人，必有赢不了的理由。只是龙田这女人，当时不过是个小姑娘，因此硬是无法理解个中道理。"

"也就是说，龙田认为白菊小姐广受周遭称许，是因其为贵人之后使然？"

"或许就是如此，"又市继续说道，"眼见白菊小姐早自己一步雀屏中选服侍大名，令龙田妒火中烧。听到她开始工作，更是让龙田愤恨难平。不过，就在此时……"

"白菊小姐遭逢出乎意料的不幸？"

眼见白菊备受殿下宠幸，旁人为其美貌倍感威胁，故为其烙上丙午之烙印，以此为由将其逐出大名宅邸。虽然白菊自身并未犯下任何过错。

"未料这场大名宅邸中的纷扰，不仅毁了白菊小姐，亦改变了龙田的一生。龙田这下发现白菊小姐虽出身尊贵，竟是生于丙午。"

"原来如此。"

原本，龙田一心认为白菊备受宠幸，为其家世所赐。这下，龙田发现她这出身，反而可能是个可供自己利用的把柄。

"还不仅如此，"又市说道，"就连白菊娘家的火，也是龙田放的。"

"什、什么？"平八闻言，连忙绕到又市前方问道，"但白菊小姐，不是因失宠才被送回娘家的吗？在这种时候为何还要落井下石？难道龙田真的恨她到这种地步？"

"白菊小姐返乡后备受同情，让龙田更是看不顺眼。集众人怜悯于一身的白菊小姐，在龙田眼中更是肉麻得令人难耐。"

"噢。"

"丙午之说不过是迷信，这道理谁都知道。但人愈是知道这点，愈会善加利用这种无稽之谈对嫌恶之人施以打击。白菊这姑娘天生人见人爱，这下却硬被套上莫须有的罪名给撵了出来，境遇如此悲惨，旁人当然是倍感同情，深为白菊竟因此无稽迷信遭到排挤而感到不值。"

"这却让龙田看不顺眼？"

"或许正是如此。不过，若让大家相信这迷信属实，情况便将大不相同。因此龙田开始纵火，并四处散布谣言称火灾是因白菊生于丙午。"

闻言，百介拉正了衣襟。只因这些话让他觉得比任何怪谈都让人毛骨悚然。当年龙田和白菊不都只是十六七岁的姑娘吗？

"一如龙田期望的，谣言传了开来，白菊因此被撵出故乡，沦落到下海卖身。但人万万不可为恶，数度纵火到头来竟唤醒了潜藏龙田心中的骇人癖好。"

骇人癖好，就是她那嗜火如命的性癖？

"至于白菊小姐则是不为不幸境遇所馁，下海之后还是成了名闻遐迩的名妓，坐拥大批常客，甚至不乏自愿为其赎身者，远播的花名甚至传到了京都。"

龙田的妒火于是再度死灰复燃？

"想必龙田原本认为哪管她桃花再怎么旺，区区一介卖身女身边男人再多，悉数也不过是恩客。只是，白菊却有了个真心相许的情郎。"

"就是橡屋清八？"

"是的。这下龙田更不服气了，因此下定决心要横刀夺爱，试图阻挠白菊的这段情。"

"如此说来，前去向清八提亲的对象正是龙田？"

"是的。橡屋为泉州木材行，龙田娘家白木屋则为京都木材大批发商，两家若能联姻，绝对是有利无害。龙田执意向爹娘表示自己对清八一见钟情。对橡屋而言，不啻为一段良缘，至少要比与卖身女纠缠的丑闻好得多。据说龙田为拉拢长辈收买人心，于婚宴前便已入住橡屋。"

捎了几封信给他，每封都是未拆封就退了回来；就连剪下头发切下指头寄去……

"因为全都被龙田扔了。她的胡作非为最后使得橡屋里的每个人都让她拉拢了。"

"那么，新町花街那场火也是……"

"正是龙田放的。"

"但良顺先生却表示是清八放的？"

"是她逼迫清八放的。"

"逼迫？"

又市点了点头。"清八也不是个傻子，至少知道自己身处什么样的情况。倘若拒绝与龙田的婚事，结果将与放弃继承家业无异。放弃所有身家财产选择白菊，到头来能走的路，大概仅有相偕殉情一途。那和尚似乎认为清八当时为两女之间该作何取舍犹豫不决，但小的可不作如是想；清八其实早已下了决心，只是白菊尚不甘就此放手。对龙田而言，清八作何考虑根本就无足轻重，只要能让白菊受尽折磨，目的便已完遂。因此，龙田便想出了一个馊主意。"

放把火。把她撵走。不过——

"不过，又市，我实在不解龙田打的是什么主意。即使此举能顺利将白菊小姐撵走，却也逼得自己下嫁一个毫无感情的夫婿不是？岂能只为了个人憎恨，欲让对方受尽折磨便如此草率地与人成亲？我认为此举绝不划算。"

"龙田她，压根儿没有半点与清八成亲的打算。"又市说道。

这究竟是怎么一回事？

不对。

"且慢——"

原来如此。百介差点儿忘了。那抛弃了白菊的负心汉，不是已在婚宴当日葬身火窟了？而且是与其亲属、新婚妻子一同丧生。

"难道龙田，也就是新娘，在婚宴当晚并没有死？"

"没错，当晚丧生者正如小的在庭园里所说，是白菊。"

已非此俗世之物。白菊小姐，在橡屋清八的婚宴当日，连同许多人葬身火窟。

"不过，龙田设的究竟是个什么样的局？难道她早已料到白菊会在婚宴当晚前来寻仇，而且还会纵火？这种事理应只有白菊小姐自己知情才是。若这经纬并不确实……"

难道真正经过并非如此？

"很遗憾，并非如此，"又市说道，"白菊小姐并不是个有复仇心的人，更不会狠心让无辜者遭池鱼之殃。"

"那么——"

"那把火也是龙田放的。"

"是新娘自己放的？"

"龙田一开始就将一切盘算好了。她既没打算嫁给清八这个窝囊废，也没打算让白菊活下去。"

"最后，就让两人双双葬身火窟？"

"难道，她打算将一切嫁祸给丙午出生的白菊？"

平八变得一脸茫然。太骇人听闻了。这种事实在太骇人听闻了。

"那么，她是如何将白菊小姐诱来的？"

"用什么法子小的不知道。说不定白菊小姐听到挚爱的情郎将和自己儿时玩伴成婚，便决定原谅一切，前去恭祝这对新人也说不定。"

若果真如此，还真是一场天大的悲剧。不过，想必白菊对一切都不知情，大概做梦也想不到降临自己身上的所有不幸，背后竟然都是有人在兴风作浪，而且这个人竟还是和自己一同长大的龙田，这绝对是她始料未及的。这么说来——

"因此……"又市低声说道，"整件事就这么被解释成因白菊小姐对清八恨之入骨，故化为厉鬼罗刹前去寻仇。"

这就是飞缘魔说法的由来。

"接下来的，就和先生知道的差不多了。"

噢。

接下来，龙田就成了白菊。自幼亟欲迎头赶上，却老是功败垂成，这下她终于得以逐步追上白菊，也就是顶替她的身份。而且她这目的还是以世上最骇人听闻的方式达成的。

"顶替了白菊身份的龙田，在看到婚宴惨遭祝融肆虐、无处逃窜的宾客相继葬身火窟时，想必心中并未感到一丝罪孽、悲悯或恐怖。那个女人当时必是完全沉浸在欢愉当中，兴奋得无法自已吧。"

这实在是太让人难以置信了。

"那么龙田，不，白菊后来上哪儿去了？"

"那女人可精明了。临行前她尽可能搜刮了店里的银两，没换下婚服就逃逸无踪了。想必是骑马逃走的吧，而且有多远就逃多远。后来弃马徒步上山，最后到了若狭的山中。"

"噢！"平八失声大喊，"这不就是……"

那身怀巨款倒卧山中的新娘？

"没错。十二年前，在若狭的山中被人救起的狐狸新娘，正是龙田。当时她就打定主意，准备在当地生活到风波平息为止。不过，她的宿疾又再度复发了。"

"那儿也开始失火？"

每晚从各处蹿出怪火。

"她就是无法克制这纵火狂疾。不过当地非京都大坂，毕竟是穷乡僻壤，干这种勾当可就容易被撞见了。因此，难以克制纵火冲动的龙田……"

"就这么逃到了尾张？"

毕竟她已经无法返回京都或大坂，又市说道。的确，回到可能有人认得她的地方,不啻是自投罗网。

"这下若要糊口,最快的法子就是卖身。而就在这时……"

"她结识了金城屋的大老板?"

"金城屋的大老板,这可是个不可多得的金龟婿。精明过人的龙田,想必是要尽各种手段将他吸引上钩。要骗过一个木讷的正经人,对她来说根本是轻而易举。到头来亨右卫门的身心俱为龙田所掳。但是……"

"但是又怎么了?"

她那爱放火的老毛病又犯了?平八问道。

"那毛病她哪能克制?龙田,不,白菊又开始偷偷摸摸地在店家周遭放起火来。店内的伙计根本料想不到,这些火全是即将成为老板娘的龙田放的。不过,当时还是有个人猜透了真相。"

"此人可是亨右卫门先生?"

"是的。不过这位大老爷宅心仁厚,在发现龙田的怪异行径后,便知道这是个心病。但他并未将这女人逐出家门,反而对她更加关照。"

"更加……关照?"

"这心病虽无药可医,但也不能任其妨害他人。因此……"

"难道,他该不会……"

又市点头说道:"若龙田没在婚宴之日逃婚,亨右卫门先生想必会如此告诫:有此心病亦无须挂念,若真无法克制,想放火就请尽情放个痛快。只要娘子愿嫁我为妻。"

噢!百介失声大喊。

"吾辈愿造一栋宅邸供娘子纵火取乐。"

这就是那栋……

原来是这么一回事。那毫无目的的无谓浪费,原来竟是有目的的。

"小的猜想,亨右卫门先生在婚宴当天才让白菊知道自己对她这宿疾早已知情。"

"意即在婚宴当天才向她表白?"

"想必他原本打算告诉她:娘子的心病已略有知悉,但绝不会因此对娘子有什么嫌弃。想来她绝料不到这位大老爷竟是如此痴情。一个欺瞒诈骗毫不心虚者,要相信他人原本就是难上加难,这下嗜火如命的宿疾又让人发现了,让她担心起过去的恶行可能被揭露。于是,白菊再次被迫逃离。"

因此,便在婚宴当天销声匿迹。

"亨右卫门先生为此悔恨不已。他对白菊曾干过哪些残酷勾当是一无所知,仅将她当作一个难以抑制纵火欲望之心病的可怜女人。想来除了暴露出这嗜火如命的老毛病,白菊平日必定佯装自己是个清纯谦虚的好女人。亨右卫门先生想必是认为,白菊舍弃这门婚事,是为自己的怪病感到羞耻使然吧。"

"这解释可说得通?"

想必他是这么想的。

"由此可见亨右卫门先生会多么心疼。这位大老爷认为白菊的病只有自己能救。"

当然只有他能救。还有哪个人有能耐为一个纵火成痴的女人筑屋,只为供其放火作乐?这心病若无药可医,除了他当然是无人能救。

"不过,此事他绝口不向他人提及。除了懊悔自己当初说出了那番话,同时也为没能救得应救的女人而悔恨不已。若任其在外漂泊,宿疾复发时该如何是好?说不定已经在哪儿遭到拘捕。每次一这么想,他就彻夜难眠。纵火依法须判死罪,定谳后大多判处火刑。如此一来,自己不就成了害死白菊的罪人?更何况她还是自己难忘的挚爱。这……"

这已经不是普通的相思病了。这苦恼就这么纠缠了他整整十年。接下来——

"接下来,他就听到了白菊仍活着的消息?"

"是的,因此……"

一切均已准备妥当,这回一切都将合她所望。原来这两句话是这个意思,而非单纯出自对伊人的留恋。合她所望指的就是纵火,准备妥当指的则是那栋屋子。意即已为她盖了一栋供她焚烧取乐的屋子,只等她回来。

"因此,你才设了这个局?"

"若据实告知白菊已死,他想必不会相信。因此小的才假先生之手,将白菊一生不幸的零星片段串联起来，并将其转告亨右卫门先生。接下来……"

"就准备了那幕飞缘魔的戏码？"

"是的。其实早在前一晚，也就是伙计们开始戒备前，阿银就偷偷潜入那栋宝殿，在熟睡中的亨右卫门先生耳边悄声告知。"

亨右卫门老爷，奴家将于明晚归返，届时，还请老爷起大火迎之。

"噢，这就难怪……"

难怪亨右卫门听到白菊已死时，既不惊讶亦不否定，让荣吉纳闷父亲是否早已知情。原来极可能他以为自己前一晚做了这么个梦，因此才愿意相信白菊终究还是死了。也不知那把火究竟是为了供养，还是欢迎这嗜火如命的可怜女人的亡魂，也或许是难忍心中惭愧的他打算与佳人共赴黄泉吧。

听信了阿银前一晚所言的亨右卫门，就在据称白菊将造访的深夜，亲自为宝殿点上了火。由于那栋屋子在事前规划时便极力避免火势向外延烧，想必他在纵火时心中并没有一丝踌躇。然而——

"亨右卫门先生他……"

又市曾言欲救亨右卫门一命，唯一可采取的手段，就是唤醒其自身佛性。原来这佛性指的不是慈悲或忏悔之心，而是活下去的气力，也就是生存的意志。到头来，亨右卫门选择了活下来。

还真是个大赌注呀，又市说道。"小的相信大老爷一定会出来。相信他非常清楚生命可贵的道理。懂得为他人之死哀悼者，是绝不会轻易寻死的。"

御行奉为。

在亨右卫门心中盘踞经年的魔缘，想必在当时也在这铃声的陪伴下焚烧殆尽。随着那栋招来魔缘的宝殿的燃烧，白菊也在那场大火中化成了灰烬。

"白菊小姐毕生坎坷，亡故至今已有十二年，至今仍未有人凭吊供养。不过今后可就不同了。想必那位大老爷毕生之年将为她诚心追思供养。"又市说道。

其实，真正的白菊与亨右卫门一次也没照过面。但正如又市方才所言，由于百介的调查与通报，亨右卫门心目中的白菊与十二年前葬生火窟的白菊就此合而为一。想必又市邀百介前来参与这回的局，就是为了这个目的吧。

这下终于断了这桩魔缘。

"又市。"百介喊住了走在前头的又市问道,"请问龙田,也就是第二个白菊,如今人在何处?"

又市头也没回地回答:"那恶女白菊如今在北林藩领内。"

"北、北林?"

平八不是不久前才造访过北林?那个惨绝人寰的拦路斩人横行、位于丹后与若狭边境的小藩。那儿不是七人御前的亡魂肆虐的可怕地方吗?而她就在那儿——

平八先生,又市回过头说道。

是的,平八恭敬地回答。

"将小的名号告诉平八先生的,该不会就是那位居住在北林藩领内的老傀儡师傅?"

"正是此人,没错。"平八的态度更是毕恭毕敬了,"噢,诈术师这别号果然不是浪得虚名,任何事都逃不过先生的眼睛。不过,先生是怎么知道的?那位老爷曾告诫在下,万万不可将他的事张扬出去,因此在下就连对百介先生也是只字未提呢。"

又市闻言开心地笑了起来。

而百介可恼怒了。"平八先生竟然还有所隐瞒,那号人物究竟是谁?"

"并非小的蓄意隐瞒,不过是受人所托不可泄露,还请百介先生多多包涵。不过,小的和那位老师傅也不是多熟识,就请百介先生别再动怒了。小的只是听闻那儿有个手艺高超的疯狂傀儡头匠,在城下町外围盖了一栋狭小草庵居住。当时前去造访,只以为或许能从中探听出一些有趣的故事,如此而已。"

"金城屋的事,就是那位老师傅告诉先生的吧?"

"噢,佩服佩服,果然任何事都难逃先生法眼。那位老师傅生性沉默寡言,为了维持对话不辍,小的还曾下过一番努力把话匣子炒热呢。"

"又、又市,可否告诉我这是怎么一回事?"百介问道。难道其中果然另有隐情?

也没什么事,又市回答。"那老爷与小的有多年交情,名叫御灯小右卫门。"

"噢？此人岂不就是对阿银小姐有养育之恩的至亲？"

百介在去年秋天曾听过这名字。

"没错。一听到那位先生曾到过北林藩领内，小的就猜到是怎么一回事了。想不到那老头深居穷乡僻壤，消息竟然还是如此灵光。想必他听了先前祗右卫门一事，便开始打探山冈百介这号人物是何许人了，果真是不容小觑。"

语毕，又市面露苦色，接着又说，看来那老头绝不可能就此罢手。

"先生认为本案还未了？"

"如此判断是八九不离十。不过在此之前，小的还有件差事得去料理，此事规模甚大，而且还颇为棘手。对了，不知先生是否方便，陪同小的赴淡路一趟？"

"可是要我帮什么忙？"

"帮小的驱除狸妖。"语毕，又市露出了一个大无畏的笑容。

船幽灵

相传此怪异乃西海之平家
　一门亡灵所为

一

　　寒风乍起的初冬,一个天色未明的清晨,山冈百介与巡回山猫阿银进入了赞岐国。

　　先前,百介曾受诈术师又市请托前往淡路岛,助其进行一桩不可思议的秘密差事。那差事对他而言,还真是个奇妙之至的体验。百介在异地度过两个月,顺利完成那桩差事后,心想既然都到了这儿,便决定绕道四国瞧瞧。

　　对性喜四处云游、以搜集各地奇闻怪谈为职志的百介而言,四国一带还真是魅力万千的宝地。承蒙诈术师分给了他一笔酬劳,哪可能甘心就这么打道回府。因此他打算先来一趟八十八个所巡礼①,优哉游哉地泡温泉享受一阵子再说。如今他可神气了。反正手头这笔钱也是宜及早散尽的不义之财,干脆大摇大摆地挥霍一阵子,待盘缠用罄再返乡便成。

　　百介这个人,天生对金钱就没什么执着。

　　这种个性和他的出身颇不相符,对金钱毫不计较的程度,让人难以相信他竟是商家之后。就连理应由他继承的家业,都被他拱手托付给了掌柜,只为换得一身逍遥。

　　不过,这回阿银主动表示欲与他同行。

　　阿银是个不时充当诈术师得力助手的老江湖,干的当然不是堂堂正正的勾当,却也非女鬼夜叉之流。她有着一张标致抢眼的雪白瓜子脸,在江户

---

①指按一定顺序,参拜空海和尚曾于四国修行时停留过的八十八座寺庙。

一带可算得上是个鹤立鸡群的美人。也不知她究竟多大年纪，有时看来像十七八岁的小姑娘，有时却又像二十七八岁的美艳妇人。她的职业是巡回山猫，也就是四处卖艺的傀儡师。总之，阿银理应是个和百介八竿子打不着的女人。

百介对自己有多么不起眼颇有自知之明。平日总是打扮得土里土气，终日披着一件带股霉味的防雨斗篷四处游荡。原本就不配带个女伴出游，这下还得带个年轻标致的姑娘，看起来更显滑稽至极。想到旅伴和自己如此不匹配，这趟旅途还真是令他尴尬万分。但对方既已主动要求，总不能强硬拒绝。虽然百介原本期望能只身来一趟闲适悠哉的放浪之旅，到头来也只能死了这条心。有人同行其实也没什么好在意，但山冈百介这个人就是不懂得该如何与女人相处。再者，百介也完全猜不透阿银要求同行的理由。阿银理应比百介更习惯在外流浪，绝不是个害怕只身旅行的女人。对她而言，应付地痞流氓、无赖恶棍根本就易如反掌，和胆小如鼠的百介同行哪可能有什么好处？

她该不会是看上了自己吧？这念头一在百介脑海里闪过，随即他便自嘲了起来。不可能，绝无可能。

直到乘上驶离淡路的船，百介才恍然大悟。阿银原本是商家出身，但如今毕竟是个无宿的江湖艺人，找上有身份、好歹也是个在江户赫赫有名的蜡烛大批发商家少东的百介同行，当然是稳当得多。原来，自己不过是被利用罢了。如此暗自解嘲，也让百介放下了心。一搞清楚自己扮演的是什么样的角色，百介心中就不再有任何疑虑了。虽然百介尴尬依旧，但既然对自己的立场已是如此明了，一路上也就无须过于紧张。常言出门靠旅伴，处事靠人情。一路上阿银平易近人，抵达阿波一带时，百介对两人的奇妙搭配早已不以为意。

阿银表示要上土佐办点事。想必她又要调查什么了吧。没人猜得透那些家伙到底在打什么主意，百介也知道此事不宜过问。百介十分清楚，又市和阿银那伙人，根本就是在一个和自己截然不同的世界里生息。再者，百介自己也想上土佐瞧瞧，因为一则传闻挑起了他的兴趣。

七人御前。

相传土佐有那么一群妖怪，为数七个，任何人只要遇上便得命丧黄泉。

百介从一位土佐藩士口中听到这个邪神传说后，便深为传闻吸引，不时向略谙土佐情况的人打听，并将听来的消息悉数记下。不过每个人的叙述都略有出入，虽不至于南辕北辙，但众说纷纭总是让人难以窥见这传说的原貌。今夏，与百介交情匪浅的租书铺老板平八也曾提起这则妖怪传言，内容与之前所闻更是截然不同。

首先，事发地点就有相当大的出入。平八的故事是从若狭边境听来的，地点与土佐相距甚远。虽然御前信仰分布范围广泛，但七人御前的传说怎么会像飞石一样在遥远的异地流传？百介对此颇感质疑。

再者，平八曾提及该地——北林藩领内——已有数人因七人御前肆虐而死于非命。这并非远古传说，是尚在发生的时事。平八还表示死者个个死状凄惨，令人不忍卒睹。

百介认为诸如此类妖魔诅咒的传言，是人们为了方便解释灾祸起因而创作的。若是如此，禁止某些行为的禁忌，实则不过是回避危险的手段。将某些事因解释为妖魔诅咒，真正目的实为劝导他人远离病魔或其他任何不测。突如其来的厉疾横祸本不可避，但若解释为妖魔诅咒，或可收劝人回避之效。因此，死于妖魔诅咒者，多为祸死或病死。据信死于七人御前之手者亦是大同小异，就百介所知，遇害者死因若非溺水即为热病。但在此处，却是被千刀万剐、剥皮枭首，死状甚为凄惨。这真是令他纳闷不已。

御前又名御先、御崎，均为先锋之意，原意应为山神或水神之斥候。在某些地方，御前被当成神灵，但亦可能如熊野的八咫鸦、八幡的鸽子等被解释成各种小动物，其中尤以狼或狐狸等禽兽为多。当然，由于字含突出之意，亦有人认为此名与海角有关，也有人写成美咲①。一般认为狐狸为附体妖魔，因此御前与此等妖怪似乎也不无关联。

每一种解释都是如此含糊不清，因此御前的面貌着实让人难以捉摸。不过，就百介所听闻的几个例子推论，御前在土佐一带似乎被解释成死于非命的孤魂野鬼，即无法超生的恶鬼邪灵，而且还是一种为人们带来重大灾祸的

---

①日语中海角之义的"岬"与人名的"美咲"，发音均与"御前"相同。

邪神。

事实上，御前信仰在备前美作一带似乎也颇为兴盛，其形象为人避讳，据说与附体邪魔或民俗禁忌息息相关。在当地，御前有时指的是豺狼等猛兽，有时则被视为一种邪恶的神灵。但后者并非表示御前为亡魂所化，而是死者若遭御前附体，其魂魄才将化为厉鬼危害人间。其面貌之复杂可见一斑。

只是，倘若加上了七人两字，御前的样貌可就更为不同了。

除了御前之外，尚有许多冠有七人两字的妖魔。

据传伊予有名叫七人同行的鬼怪出没。此怪现身十字岔路，人碰上了不是被这鬼怪抛出去，就是死于非命。此地亦传说另有一名叫七人童子的妖怪，与前者同样现身于十字岔路，撞见者皆难逃一死。赞岐则有七人同志出没。相传此七怪乃宽延农民暴动时遭处刑的七人同志所化，于雨天着蓑衣斗笠现身，遇上者必感到通体不适。至于七人御前，据传多出没于河畔、海滨、海上等多水之处，多为溺死者所化。此类原为海难死者之鬼魅，较接近所谓的船幽灵或引幽灵。

不过，这种邪神的定义也是因地而异。有些地方的御前出没于十字岔路，备州一带则传说遇此妖魔者将产生自缢的念头。若是如此，御前的性质则更接近缢死鬼，亦即一种死神。这下其面貌可就更令人难辨了。因此百介一直期待有朝一日能亲赴实地作一番调查。在旺盛的好奇心驱使下，百介几乎已是坐立难安。因此这回造访土佐，正合他所望。

只不过——

百介与阿银并未直接进入土佐。而是先在阿波度过十日，再越过大坂岭进入赞岐。理由只有一个——为了摆脱一个男人。

那人起先是阿银注意到的。他头戴筒状深草笠，绑着护腕绑腿，是个一身旅行装扮的浪人。一开始，那人便与百介两人同乘一艘船。虽然没让百介发现，但阿银已在淡路岛内瞧见了他几回。由于正忙着张罗手头那桩隐秘差事，让人不为此挂心也难。

不知道那人是在什么时候进入淡路的。不过，看来他似乎是等到又市一伙人所设的局成事后，才离开了岛。毕竟那是桩耗费多日的差事，因此那人的行踪显得格外启人疑窦。而且在事成后，那人似乎还跟着他们的脚步，与百介两人乘上了同一艘船。到这里为止，还可以用出于偶然来解释。问题是，在两人抵达阿波之后，那人也住进了百介两人歇脚的客栈。而且，就这么一直没离开。

百介两人也选择按兵不动。至少得沉住气确定那人的来意。幸好百介和阿银都没什么急事，让百介得以利用这段日子造访客栈周遭的神社佛阁古迹遗址。阿银则趁这段时日四处物色阿波人偶，或在人来人往的岔路卖艺挣点银两。不过，那武士也没搬离客栈。每日一大清早都会出门，但也都会回来。

如此过了几天，武士还是没有丝毫要搬离的迹象，倒像是在观察百介两人将有什么动静。纳闷不已的阿银曾跟踪过他一次，发现他终日四处游走，似乎在悄悄打听什么，形迹甚是可疑。阿银还佯装若无其事地向客栈伙计打听，得知他似乎正在等候时机前往土佐。

等候时机——这听来果真古怪。百介和阿银在船上时，曾就目的地作过讨论。由于没什么必要保密，交谈时也没特别放低嗓门。想必是让他听见了。这下还真不知他是什么来意了。不过，别说是阿银，就连百介如今也非清白之身。不论来者为何人，对方的明察暗访对自己绝对是个困扰。总之，一切得力求谨慎。

因此经过一番讨论后，百介和阿银将目的地改为赞岐，同时还刻意挑个大清早悄悄上路。百介原本就打算放慢脚步游历四国各地，因此对前往赞岐没有任何异议，而阿银似乎也不急着办自己的事。

"原本还以为和先生同行……"阿银说道，"这趟路可以走得稍微稳当些，这下又落得和平常没什么两样了。看来我还真是天生就没堂堂正正走在路上的命呢。"

抱歉我帮不上什么忙，百介听了连忙低头致歉。

"也没什么好道歉的吧，"阿银继续说，"先生这声道歉，我可承受不起呀，听来活像是我在找先生的碴似的。一切还不都得怪我自己。"

噢，天就要亮了，阿银往东眺望着天际说道。

"走这条路也没什么不好呀，阿银小姐。从阿波越过大坂岭入赞岐，咱们走的就正好是源平之战时源义经曾走过的路。"

"源平之战?"阿银蹙眉说道,"那不是很久以前的事了?"

"是的。寿永二年,被逐出九州岛的平家一门拥立安德帝,试图再次夺取京都,曾布阵赞岐的屋岛,意图于备中水岛讨伐源义清,但翌年一之谷之役兵败后撤回屋岛。一年后,义经由摄津进军屋岛,却因遭逢飓风而被迫登陆阿波胜浦,并越过此大坂岭赶赴屋岛。"

噢,没想到先生还真是博学多闻哪,阿银笑着说道。

"毕竟我可是以当剧作家为职志的,而且……"

而且,灭亡后平家为后世留下了不少怪异传说。坛之浦等几个战场遗址,均有感叹平家遗恨者传颂的许多怪闻。另外,平家余党后来散居诸藩,在掩人耳目悄然度日中,也留下了不少人称"落人①传说"的轶事。此地流传的七人御前传说,有时亦被解释成满怀遗恨的平家冤魂。

噢,听完百介这番解释,阿银高声说道:"听先生说了这么多,这下我终于清楚了。原来平家并非只是螃蟹。"

"平家的冤魂化为蟹也是此类传说之一,与此相关的故事林林总总。有的地方甚至传说平清盛入道即为河童之祖,因此若有人推说七人御前即为平家落人亡魂,其实也没什么好惊讶的。"

"他们也是溺水而死的?"

"并不是。根据我所听闻,此七人应为坠落捕捉山猪的陷阱而死的平家落人。在流传于土佐大川一带的说法中,这妖怪出没于陆地。还有另一批出没于海上的妖怪,只是并不属于七人御前,名叫船幽灵。据传此妖亦为平家冤魂所化。"

"这可是船体化成的妖怪?"

"不,亡者船或舟幽灵的确是船体幻化而成的。但船幽灵多半指成群肆虐的溺水者亡魂,有时亦称为引幽灵或底幽灵,据传会导致船只翻覆,并将人拖进水中,使其气绝丧命。"

---

①溃军残兵之意。

"听来那妖怪还挺粗暴的呢。"阿银朝百介瞄了一眼说道,"是死得很不甘心吧。"

"是很不甘心,而且害起人来手段还很强硬。常听说那妖怪起初会向船上的人借勺子。"

"勺子?就是用来舀水的勺子吗?"

"对。据说船上都备有大勺子,那妖怪就想先把它借走。这东西可是万万借不得,那妖怪一取走勺子,就会舀起一勺勺的水,将整艘船淹没。"

"还真是死心眼哪。"阿银蹙起两道细眉说道,"我最讨厌这种小心眼的家伙了。自己再怎么不幸,也没资格把其他人拖下水吧?"

"一点也没错,"百介回答,"不过亡魂就是如此是非不分。若是能讲道理,不就和生者没什么差别了?人死后魂魄本来就会少几分,含恨而终者,死后心中亦仅有愤恨。因此这些船幽灵肆虐时,目的并非刻意使船翻覆,为自己多找些替死鬼,仅是为了以水淹船罢了。"

"这岂不是毫无意义?"

"的确毫无意义。不过如此反复进行相同的事乃亡魂习性,因此碰上的人必将遭逢不测。若遇此妖怪,仅有一个法子能幸免于难,就是让其取走一只破了洞的勺子。"

"有这种东西?"

"据说大船几乎都会事前备妥。勺子一交出去,那些亡魂就会以此舀水,当然是舀不住,船也就不会被淹没。不过既然舀水的动作都做了,那些亡魂便会满意地离去。"

还真是白费力气呀,阿银说道。

"是呀。这七人御前只要取得一条人命,便有一人能成佛,不过船幽灵则是永无超生之日。据传船幽灵亦为平家怨灵所化,曾有一德高望重的法师怜悯平家一门无法忘却经年积怨,举行了大施饿鬼法会。据说从那之后骇人异象便不复见。"

总之,一切都是白费力气吧,阿银再度重申。

"不过呀,先生。"

"怎么了?"

"人生或许就是如此吧。人干活是为了填饱肚子,填饱肚子却又是为了干活。有时还真让人纳闷,哪个才是真正的目的呢?或许每个人都懵懵懂懂的,活像拿着破了洞的勺子在舀水似的。不过……"

这还是比七人御前要好些吧,阿银以这句话作结。

就这番话听来,她的意思应该是,与其为了让自己超生而危害他人,不断重复同样动作的无间地狱或许要好些。或许真是如此,百介心想。

山道上杂草丛生,吹着阵阵寒风。

正好一年前,百介也像今天这样和阿银并肩而行,相偕走向小冢原的刑场。百介因缘际会地被卷入一桩因曝晒于刑场中的首级而起的异事,因此得知了阿银悲惨的出身。百介望着她雪白的脖子与脑后的秀发。若没碰上那件事,这姑娘或许还是个过着平稳生活的富家千金。如今却——

远处传来一阵钟声。想必是祇园精舍的钟声吧。这声响的确给人一种诸行无常的感慨。百介试着屏息聆听,就在此时——

只听到草丛中一阵沙沙作响。百介霎时感到毛骨悚然。接下来,真有一股冰凉的杀气迅速朝他的咽喉袭来。

是刀刃。

咚,阿银突然猛地撞向百介,两人一起滚到了路边。百介一屁股跌坐在地上,阿银则是迅速翻身,摆出防御架势。两人眼前站着一个手举大刀、打扮怪异的男子。他身披毛皮,腰上缠着看似藤蔓的东西。

这个突然从路边草丛中冲出来的男子,原本想从百介背后持刀抵住百介的脖子。若没有机警的阿银助他脱困,后果还真是不堪设想。百介伸手摸了摸脖子。

紧接着,又有几个人影窸窸窣窣地从树荫下跳了出来,每一个都做相同的打扮。

你们俩在探查些什么,那人语带威吓地问道。

"没在探查什么呀。"阿银回答。

"别再隐瞒了,听说有两位从阿波来的可疑人物四处打听我等的消息。

你们俩究竟打着什么目的？"男人架起大刀问道。

阿银压低身子，以挂在脖子上的箱子挡在胸前。但任凭阿银再怎么习惯这种场面，一眼就能看出眼前是敌众我寡，打起来绝对是毫无胜算。

百介吓得尖声说道："小、小弟名叫百介，绝非什么可、可疑人等，平日隐居于江、江户京桥的蜡烛大批发商生驹屋中。这位则是……"百介望向阿银，"舍、舍妹阿银。"

看不出阿银到底多少岁，说不定年纪要比百介大，但看起来绝对是百介更老。

老子哪管你们是谁，男人说道。"任何打听我等、惹上我等的都得死。这是我们祖先传下来的规矩。"

"管你们有什么规矩，又不是没人见过你们。很遗憾，我们俩是江户人，没什么闲工夫和你们这些山贼瞎搅和。"

少装蒜！第一个现身的男人怒吼道。"老子倒要问你们，一个蜡烛大批发商的隐士带着妹子，在这种时候来到这种地方做什么？"

"自己看看不就知道了？咱们正要赶往赞岐呀。"

"说什么鬼话？"男人将刀锋指向阿银说道，"若你们俩真是普通百姓，为什么不光明正大地走大路？"

"你也太多管闲事了吧？理由当然有，但老娘在江户至少也是个有头有脸的姑娘，凭什么要向你们这些山上土包子解释？"阿银狠狠地瞪着那人说道。

那人似乎开始胆怯起来。"喂，婆娘。"

"怎么啦？"

你到底是什么人？男人茫然地问道。

"你没长耳朵吗？到底要老娘说几次才会明白？我可是……"

"你们俩真是打江户来的？"

"还真是不死心呀。"

桓三，怎么了！站在他背后的男人们喊道。

那名叫桓三的男人往后退了两三步说道："这、这婆娘，长相和……"

"她的长相怎么了？"

"和阿、阿枫夫人像极了……"

"怎么可能？是你看走眼了吧？"那群暴徒也开始动摇了。

阿银逮住机会拔腿就跑。

"先生！"

但是，百介两腿早已不听使唤。

纳命来！那人大喊一声冲了上来。同时还将大刀往下一挥。

一听到凶刃划过空中的声响，百介眼前顿时一片发白，旋即又感觉到一股强劲的冲击。他心想这下我命休矣，只能双手抱头往地上一蹲，透过指缝窥探，却看到阿银正以箱为盾与对方缠斗。在刀刃即将砍上自己身上的瞬间，阿银将百介撞到了一旁。

此时阿银正在和那名叫桓三的男人对峙。桓三的刀尖直指阿银，虽然打扮成这副德行，他似乎是个剑术高手。阿银以绘有福神的小箱子护身，和眼前的男子隔开一段距离。虽然周遭已为一群同样挥着刀的党羽包围，阿银依然不为所惧。只是，暴徒们正逐步缩小包围。

"阿、阿银小姐！"

"先生快逃吧。否则为此不明之冤而枉死山中，未免也太不值得了。要是让先生丢了性命，我可没脸再见到又市那家伙。"

"可、可是——"

"快走吧，别为我担心。别看我是个女人，以一当十可是绝对有自信。"

还不快逃！阿银大喊，同时将箱子抛向桓三。杀气腾腾的暴徒们霎时乱了阵脚。阿银乘机转了个身，从怀里拔出护身用的刀子。刹那间，暴徒们的脸色为之一变。"你、你这把小刀是——"

紧接着，只见一片血光飞溅。

二

一切都发生在一瞬间。

包围百介两人的五人中，有三个没来得及吭一声就倒地不起；而朝百介扑来的一个人连刀也来不及挥，便被斩倒在地上。百介的视野顿时被暗褐色的裙裤塞满，同时还从缝隙中看到了最后一名暴徒——桓三换了个持刀姿势，直往后退。

"向无辜百姓挥刀成何体统？若想找人比画比画，在下随时奉陪！"来者以豪快洪亮的嗓音说道。

桓三先是凝视着阿银半晌，退了几步后，才以宛如禽兽的动作迅速逃离。

铿！只听到一声收刀的清脆声响。

目送桓三逃离后，阿银迅速起身朝百介的方向望去。不，她看的并不是百介。而是那个拔刀相助的男子。

百介也缓缓将视线朝他移去。"你、你是……"

威风凛凛地伫立在百介眼前的男子，竟然就是那头戴筒状深草笠的浪人。

那浪人朝卧倒在地的暴徒们瞥了一眼说道："看来他们个个武艺高强。这伙人如此杀气腾腾，在下急于因应而出手过重。虽不好杀生，但为了救两位也别无他法。倘若下手过轻，或许魂归西天的不是在下就是两位了吧。"语毕，那浪人朝尸骸合掌。

"感、感谢大爷拔刀相助。请、请问……"

"这伙人并非野盗山贼。其实，在下才是他们的真正目标。只是他们找错人了。"

"找错人……"

"这伙人从昨天起，就在客栈周遭埋伏了。"

"埋伏？"

"当然，他们盯梢的并非两位，而是在下。不过，看来他们似乎误以为两位与在下是同伙。"

"同伙？"

"是的。在下也知道自己被跟踪监视，因此彻夜窥探屋外情况。发现两位上路后，这伙人只留下一人，其余的悉数随两位离去。或许是看到两位天色未明便急着上路，让他们慌了阵脚吧。为了避免有什么闪失，在下便甩开仅剩的一人追上了两位。"说完，那浪人便望向阿银。

"我竟然也没察觉,阿银说道,把头别了过去。"虽然知道我们俩受人监视,却没察觉竟然还让他们跟踪了。"

"在下不也说过了吗。这伙人武艺高强,当然难以察觉。"

阿银表情黯沉了下来。"那么,这些家伙究竟是什么人?还有……"阿银以锐利的眼神望向浪人问道,"你又是什么人?"

"在下?在下乃——"浪人话也没说完,便转头望向东方的天际。

阿银催他有话快说。"都让你救了一命,我是不想说这种话,不过我们俩遇袭,不都是受你这位武士大爷的牵连?好歹也该报上名来吧。"

"此言的确有理,但毕竟得挑对地方。若在此处久留,只怕再多几条命都不够用。那群暴徒还有其他同伙,而且对此山地势肯定是了如指掌。咱们还是先离开此地,以策安全。"那武士环视左右说道,"看来,两位的赞岐之行也宜暂缓启程。"

这建议的确有几分道理。倘若那伙人还有其他党羽,逃过一劫的桓三必定会前去通知。虽然一时保住了小命,但百介二人仍未洗清这不白之冤,毋宁说被这浪人救了一命,反而更是加重了他们俩的嫌疑。而且,百介与阿银已经告诉桓三自己将前往赞岐。姑且不论对方是否采信,他们还是极有可能派出追兵。

"折返客栈或留在山中均为死路一条。看来暂时先折回阿波找个地方藏身,方为上策。再加上值此天候,实不宜远行。"那浪人说道。

这话颇有道理。虽已是天明,但天色依然一片昏暗。

百介只得缓缓起身。一行人默默无言地走了约三十分钟。

看得出阿银依然不改戒心。

这也是理所当然。那浪人的确救了两人一命,但并不能证明他就值得信任,也不知道他所言是虚是实。他的确斩杀了几名暴徒,但这也不足以证明他和稍早那伙人完全无关。毕竟见识过又市一伙人如何设局,这段日子里百介也学会了凡事谨慎的道理。

不知不觉间,天色变得更形昏暗,更不巧的是雨点也开始淅淅沥沥地打在脸颊和月代上头。在这种情况下,要是被淋得湿透可就不妙了。

又往前走了半晌，一行人看到了一栋屋子。看上去是间佛堂。眼看雨势愈来愈强劲，百介便提议不妨入内躲雨。

那不过是一栋简陋的地藏堂，堂内却出人意料的宽敞，三人全钻进去亦不感觉拥挤。正中央安置着一尊地藏像，周围搭有看似祭坛的台子，上头杂乱地摆放着绘马①和供品，看来不时有人前来祭拜祈福。

一行人刚进入堂内，雨势就真的大了起来。眼见雨水从格子窗溅进来，百介只得移往祭坛旁，摘下了圆顶浅笠。那浪人也取下斗笠，从怀中掏出手巾将双手和脖子擦干。

"在下名叫东云右近，一如两位所见，是个穷困潦倒的浪人。从五年前曾奉仕的东国某藩覆灭至今，过的都是有一顿没一顿的日子。"浪人右近说完后，转了个身。

百介犹豫了半晌，接着才老实说道："小弟名叫山冈百介，为了编纂百物语而周游诸藩，四处搜集奇闻怪谈。这位则是……"

"阿银。"百介还没来得及介绍，阿银便简短地报上了名字，"如大爷所见，是个巡回山猫。"

百介终于松了一口气。记得初次见到阿银，也是在一栋小屋里躲雨的时候。

"好了，就把详细经纬说来听听吧。"阿银说道，"堂堂一个东国浪人，为什么会到这个地方来？难道是来寻觅差事的？"

"嗯——"右近端正了坐姿。这人生得一脸精悍，看起来应是年近四十，感觉不像个恶人。"此事原本不得向外人提及，但如今让两位遭此池鱼之殃，在下就把自己所知的全都告诉两位吧。"

"可是什么不可泄露的机密？"

"是的。"

"这位大爷，"阿银说道，"看来你并不知道咱们是什么出身呢。这位先生也就算了，相信大爷也看得出来，老娘我可不是什么良民百姓。"

---

①信徒为许愿或还愿献赠给神社寺庙的绘有图案的木板，大的如匾额。

"这在下也知道。"右近丝毫没有一丝动摇,"那种时候出现在那种地方,当然知道两位绝非普通百姓。不过在下亦何尝不是?因此不该问的,在下绝不会过问。"

"意思是你信任我们俩?"

"信任与否并非重点,毕竟能在此结识自是有缘。倘若向两位泄露此事让自己惹祸上身,想必应为在下自身之不德所致。"

"还真是视死如归呀。那就说来听听吧。"阿银说道。

"在下乃奉某藩之密令,四处搜寻某人。"

"什么嘛。到现在还想隐瞒?"阿银噘嘴说道,"哪管你是山王权现的特使①还是什么的,一介浪人奉哪个藩的密令行事,这种唬人的说辞,老娘我可不想听。"

"姑娘请稍安勿躁。"右近扯了扯袖子往木板房间一坐,继续说道,"此事说来话长。武士被解职会是如何不便,百姓出身的各位或许难以理解。一旦没了差事、少了薪俸,就连糊口都难,但也不想因此就放下刀子。在下家中尚有妻子,丢了差事后生活真是困顿至极。"

"虽然情况如何我是不大清楚,但大爷武艺如此高强,要另谋差事哪有什么困难?稍早那伙人悉数是老娘我对付不来的高手,不也全都让大爷摆平了?"

右近蹙起工整的双眉,语带自嘲地笑着说道:"值此太平盛世,空有这身功夫亦是英雄无用武之地,哪可能谋得一官半职?"

万事无财休矣,阿银说道。

右近再次露出笑容开口道:"姑娘所言甚是。说来悲哀,钱财虽非万能,但无财的确是万万不能。既无积蓄,举目亦无任何推举在下任职当差之亲友。因此说来惭愧,在下夫妇只得漂泊各地,几乎得靠四处乞讨为生,目前定居于若狭境外某藩领内。"

"若狭境外……"

---

① 盛行日本的山岳信仰,主神日吉权现又称山王权现,相传猿猴为其使者。

还真是个巧合。

"该不会……是北林藩吧？"

"两位也听说过那地方？"

那不就是租书铺的平八听说七人御前传闻的地方？

"北林……"阿银眯起了双眼。

噢，这下百介想起来了。对阿银有养育之恩的傀儡师傅御灯小右卫门，据说也住在该地。看来，阿银也从又市那儿听说了这回事。

阿银拭去头发上的水滴问道："大爷住的地方还真是穷乡僻壤呀，可曾想过上江户碰碰运气？"

"人说生活若无着落便应上江户。到了江户确实不愁吃穿，在下昔日同侪亦有多人于江户落脚。只是在下毕竟不适合于该地生息。"

江户的确潮湿、纷乱，绝非适合安身之地。但虽然如此，生于江户、长于江户的百介依然认为江户是个方便的地方。再者，虽然原为武家出身，百介依然无法理解武士特有的矜持。只不过，他又是为了什么要住到那么偏僻的地方？

"北林藩应该是个小藩吧？"

"是某贫穷外样大名的领地。"右近回答，"并非在下对该地情有独钟，不过是目前难以迁徙。不久前，在下之妻有了身孕。"

"这——"阿银表情为之一变，"可不是喜事一桩？"

是的，右近低声说道，露出了一个和蔼的笑容。还真是个诚实的男人呀，百介当时如此想道。

"结缡十载，至今方初获子嗣，当然是好事一桩。只是在下如此困顿拮据，就连婴儿衣物也买不起。因此，为了觅个差事，只得向一位偶然结识的藩士打听。在下身无一技之长，仅略谙剑术。数年来未曾碰上任何机会，其实早已死了这条心，未料这回竟然有了点着落，而且还有幸获得城代家老大人的面见。"

真是不简单哪，阿银高声惊呼道。"他们可是看上了大爷这身武艺？"

"是的。因此家老大人给了在下一道密令，若顺利完事便可正式任职。"

原来如此呀，阿银伸直双腿说道："大爷奉的原来是个攸关饭碗的密令。不过这可奇怪了，虽说是个小藩，仍应坐拥大批武士才是。即使武艺再高强，也无须委托一个浪人行事吧？"

"小姐所言甚是。"右近回答，"实乃此事不宜对外张扬，其实是个寻人的差事。"

"寻人……要寻什么样的人？大爷之前不是去了淡路一趟？"

是的，右近敲了一记膝盖回答。"对了，两位不也曾到过淡路吗？这下事情就好解释了。不知两位可曾听说过，先前曾有只狸妖于该地肆虐？"

岂止听说过。这场骚动根本就是又市一伙人精心筹划的局。不只是阿银，就连百介也曾参与此事。

"在下进入淡路，就是为了追那只狸。"

"狸——"

"其实是个拦路斩人的恶徒，"右近回答，"其实，近日北林藩领内拦路斩人的恶匪横行，而且并非单纯的杀戮，手法极为惨绝人寰。那恶匪不仅逢人便杀，而且至今尚未伏法，吓得领内百姓个个人心惶惶，甚至有人传言此乃恶鬼作祟所致。"

这不就是租书铺老板平八所言的七人御前一案？

"恶鬼作祟，请问是个什么样的恶鬼？"

"这个在下也不清楚。在下亦是初到此地，对此地传闻并不熟悉。只是，不仅是百姓，就连藩士中亦不乏相信此说而倍感惶恐者。请问先生可曾听说什么消息？"右近向百介问道。

此传言我亦曾听闻，百介回答。"是从我认识的一位租书铺老板那儿听来的。这位友人宣称自己是在北林殿下位于江户的藩邸中听说的。"

事实上，平八甚至曾亲身前往该地，以确认此传言真伪。

是吗，右近面有忧色地说道。"原来这流言已经传到江户去了。"

"这不过是个流言？"

"是的。领内发生拦路斩人的确属实，但若夸张地声称其乃恶鬼作祟，可就是无谓的流言了。对北林这种小藩而言，此类无稽之谈实乃百害而无一利。若此流言传入幕府大目付①耳中,甚至可能左右北林藩之存亡。"

不至于如此严重吧?百介说道。"幕府哪可能为了区区一个恶鬼作祟的传言废了一个藩?"

"这可不一定。"右近否定道,"只要广为流传,再怎么无稽的传闻都可能变得引人侧目。一旦如此,就可能被当成找碴的把柄。只要派人来探查,必定抖得出些什么。毕竟没有什么藩是完全没把柄的。尤其是对北林这类米谷收获量稀少的小藩而言,一切皆应避免引人侧目方为上策。"

真是如此?的确,幕府似乎总喜欢找些碴,借故废藩或分割领地。这种情况并不出百介的意料。幕府与各藩国的关系,其实颇为微妙。一个藩若是经营不善,对幕府无甚贡献可能酿成问题;若经营得有声有色,幕府也会担忧其大名因此掌握过多权力。毕竟一个藩国的国力愈强,对幕府谋反的可能性也就愈高。因此幕府积极掌握各藩动向,一逮到借口便动辄废藩。这是个颇为有效的手段,既可牵制反对势力,若可因此征收领地,亦能为幕府增加税收。实乃一石二鸟之举。只是,这政策通常仅针对规模较大的藩。说老实话,百介认为如北林藩这类生产量低的小藩,理应不至于被找这种碴才是。这个藩不仅国力不足以向幕府挑衅,没收其领地亦得不到多少好处。因此,百介对他的说法颇为质疑。

"其实,该地曾有不祥的前例……"右近继续说道。

"不祥的前例?"

"该地在北林氏统辖之前,一时曾为天领,即原为幕府领地。原因乃当时,似乎在近百年前,统治该地的大名曾出了什么纰漏,导致家系断绝,领地遭没收。"

"是什么样的纰漏?"

"据说是该藩主得了心病。也不知这种心病害他出了什么样的纰漏,据说患此病的原因是——"

"恶鬼作祟?"

---

① 幕府派驻诸藩、名门或朝廷中,负责监视有无谋反意图的官员。

"似乎正是如此，"右近说道，"虽然在下并不清楚此传言的详情，但据说当时有多名百姓毙命。由于有此前例，因而此次事件才会让家老大人倍感惶恐。如今藩主尚无嫡子，藩内又有饥馑等天灾，财政甚为吃紧，因此不得不谨慎行事。"

"原来如此。因此大爷得，噢，尽早找出行凶恶徒，以消弭此无稽流言？"

"并非仅是如此。"

右近的回答似乎另有玄机，听得百介蹙起了眉头。

大概是察觉了百介的心中疑虑，右近旋即继续说道："山冈先生，实不相瞒，家老大人认为此事似乎是某些人的阴谋。"

"阴谋？"

"可能是北林家的仇人策划的阴谋。怀疑或许是这些人刻意在城下町兴风作浪，借此散布不利于该藩的流言……"

"噢？"

这做法听来还真是绕了个大圈子。不过，或许毫无权势的百姓欲与大名作对，真的只能这么做。而且如今看来，对方即使仅做到这种程度，就已经收到了出乎意料的效果。

"家老大人表示若事实真是如此，那么凶手应该就不难猜出是何许人了。因此便命在下务必将此人找出来。"

"找出来，再将他杀掉？"阿银问道。

"非也。毕竟这不过是推测，或许此人与本案完全无关，也或许凶手根本是另有其人。若是如此，则须另寻对策。总之，在下奉的命令只是先将此人找出来。"

"这号人物，难道不能光明正大地找？"

"没错。因为此人即使真有嫌疑，也质疑不得。"

"究竟是什么人？"

"是前代藩主正室之弟。"右近回答道。

"藩主正室之弟，此人与北林家有什么仇？"

右近眼神忧郁地望着地藏像说道："家老大人告诉在下此仇乃出于误解，

五年前，前代藩主北林义政公病逝，其正室为追随殿下，跃下天守阁自尽。"

"跃下天守阁自尽？"

听来颇为悲壮。

"不过，据说有些人认为前藩主正室乃死于谋杀。原因是这位夫人对现今的藩主弹正景亘大人颇为不满，曾反对由其继承家位。虽然现任藩主名义上为义政公之弟，实乃两代前的藩主义虎公侧室之子，或许正因如此，双方才会如此不睦。"

"是为了争夺家位？"

"或许实际上并没有争夺，要争也没有对手。前代藩主并无嫡子，因此现任藩主原本就有正当理由继承家位，否则亦别无选择。只是，毕竟仅有这位夫人一人反对，因此再怎么不服也无法改变事实。不过，夫人表示反对之后却如此亡故，其侧近当然不会高兴。若据此推称其乃遭现任藩主所害，也不是毫无道理。"

"因此，才有人决意报仇？"

"也不知这是否称得上报仇。"右近迟疑了半响，接着才又说道，"夫人侧近之人还不至于如此愚蠢，多少也懂得道理，因此城内的纷扰不出多久便告平息。只是，正室之弟却就此行踪不明。"

"行踪不明……虽说是个小藩，毕竟是位堂堂大名夫人，家世如此显赫，弟弟怎么可能就此行踪不明？"

"情况颇为复杂，夫人娘家已无后人。"

可是绝后了？

"前代正室为四国本地出身。"右近说着环视了堂内一周，"这四国由数个藩分治。淡路与本地阿波为蜂须贺公的德岛藩统辖；赞岐由高松藩与丸龟藩，伊予由松山藩、宇和岛藩等八藩分治；土佐则为山内氏的高知藩属下。事实上，在土佐与赞岐之间曾有个如今已不复存在的小藩，名叫小松代藩。"

的确是听也没听过。

"一如其他多数四国大名，小松代氏亦为外样大名，是个米谷产量不满一万石、规模甚至不及北林藩的小藩。义政公正室即为此小松代藩公主。虽说是公主,其实似乎为侧室之女。"

这正室侧室的名堂还真是麻烦,百介深感自己果然不适合武家的生活。

"此正室名叫阿枫公主。"

"阿枫——"

这名字似乎曾在哪儿听过。

"据说阿枫公主的父亲,当时的藩主小松代忠教大人膝下无子,仅有一女阿枫公主,其正室亦早已辞世。依常理,藩主理应为公主招赘,但顾及公主当时年纪尚轻,加上又是侧室之女,因此就没打算招赘以延续香火,而决定将家位让予其弟忠继。但不巧的是如此决定后,其侧室竟再度有了身孕,生下一名男婴。虽为侧室所生,毕竟有嫡子资格,这下便无须将家位让予弟弟了。只是,事情先后顺序实在不凑巧。"

"时机的确不对,"阿银问道,"因此城内便起了争执?"

"当时似乎没起什么争执。不久之后藩主辞世,由于早有定论,因此忠继顺利继承了家位。虽然顺利继位,但前代藩主侧室的两名子女该如何安置,就成了难题。公主只需嫁人便可,而其弟之事可就不易决定了。虽然亦可考虑由其继位次任藩主……"

"只是既然已经继位,要让位也该让给自己的儿子吧。哪会甘心把这个位子让给哥哥的妾室之子?"

"或许正因如此,其后双方便起了争端。"

"还真是麻烦呀。"

的确麻烦,右近说道。"该侧室——阿枫公主的母亲,原为乡士之女,并不喜好此类事端。因此在争执开始前便带着男婴离去了。"

"从此行踪不明?"

"是的,只是阿枫公主仍留在城内。相信其母亦希望藩主能将她嫁入名门,为其觅个好归宿。"

"因此,这位公主便嫁进了北林家?"

如此,似乎就不难理解她当时为何反对由妾室所生的弟弟继承藩主之位了。想必是忆起了原为藩主的父亲也曾以同样的决定,让自己的母亲遭蒙不幸使然吧。接下来,就跃下天守阁自尽了?

"原来如此。因此若要找出谁和北林家有仇,大概就只有这位正室夫人之弟了。在这个弟弟眼中,北林藩岂不就是逼自己姐姐步上绝路的仇人?"

"容在下重申,这充其量不过是个推测。至今不仅无法确定阿枫公主之弟与拦路斩人案有关,就连其是否尚在人世亦属不明。假设,纯粹是个假设,若此案凶手与如今在京都、大坂肆虐的斩人恶徒为同一人,那么行凶者应该就只是个毫无关系的狂徒罢了。"

"因此大爷才……"

是的,右近回答道。"正是因为如此,一听闻血洗京都的拦路斩人恶徒似乎也在淡州现身,在下随即动身赶往淡路。沿途又渡海入岛,四处探查,只是到头来终究是徒劳一场。若相信真是只狸妖作怪,只怕要让人取笑。"右近说道,"不过,还真让人难以置信。在下曾游走诸藩,也不是没听闻过什么狐、狸等畜生幻化的传闻,但如此明目张胆的倒还是第一次听说。在下对此传闻依然存疑,因此原本期望能将整件事的经纬看个清楚,不过说实话,万万没想到结局会是那么曲折离奇。但了解实情后,还是得将那人找出来,因此,在下便来到了四国。"

在时间上和百介两人几乎相同。而这桩案子,当然是百介一行人解决的。

"那么,那个武家,也就是小松代藩的,是否已不复存在?"

"到头来,由于忠继公尚未有子嗣便猝死,小松代家传到了那一代便告无后。依据在下所闻,甚至有人臆测其乃死于杀人咒术。"

"是诅、诅咒?"

"是的。甚至听闻销声匿迹的忠教公侧室、阿枫公主之母,为信奉具备那种能力的淫祠邪教者之后。"

"所谓的能力指的可是杀人咒术?"

右近点了点头。"虽然难以置信,但据说此地如阴阳师般能操使不可思议法术的术者为数颇众,只是通常并不招摇。再加上这一带邻近屋岛和坛之浦,平家的落人村似乎也不少。"

"据说为数颇众,是吗?"

"常听闻此等落人藏身山中,以咒术祈求源氏一族能死于横祸。因此,姑且不论是否真有妖术诅咒或恶鬼肆虐等不可思议怪象,此类信仰在当地似乎依然残存,也有人尚在授徒传存。"

这应该是事实吧。因此那狸妖作祟的局方能生效。

"只是在下认为,若行踪不明的侧室母子试图找这些人求助,看来还是该追本溯源地找出这妖术的起源。"

"那么,大爷可找着?"阿银问道。

"没有,不过倒是探听到了一些关于那群人的传闻。"

"就是袭击咱们的那群人?"

"是的。不过稍微查查,对方就有了反应。看来那些人与此事的确是有些关联。"

"是些什么人?"

"土佐的川久保一族。"

"川久保?"阿银露出诧异的表情。

这表情让百介感觉似曾相识。记得那是一年前的事了。在与阿银的出身息息相关的那件事开始的前一天,在法场上示众的那颗首级前,阿银也曾有过同样的表情。

"在下也只打听到这么个名字,"右近说道,"似乎是一些栖息于阿波与土佐国境剑山一带的人。由于该地与前小松代藩比邻,想必是错不了。不过毕竟纯属传闻,有人指其为乡士、木匠,亦有人称其为猎师,更有人称其为操船沿物部川航行至土佐湾劫掠的海盗,真实样貌实难掌握。也不知大家是出于畏惧而隐瞒还是真不知情,只是当在下四处打听时……"

"还是让人盯上了?"

"是的,让他们盯上了。"

"原来如此,意思是那伙人绝非普通山贼?"

"看来的确如此。而且这回还袭击了两位,想必绝非泛泛之辈。倒是那伙人在袭击两位时,是否曾说了些什么?"

任何打听我等、惹上我等的都得死。这是我们祖先传下来的规矩。

那群人曾这么说过。

规矩，右近纳闷地歪着脑袋复诵道。"看来，这伙人果然有着什么秘密。"

百介偷偷瞄了阿银一眼。在被烟熏得一片焦黑的堂内，她那身草色的轻羽棉外衣和雪白的肤色显得格外亮眼，看来像个活生生的人偶。

这婆娘的长相，和阿枫夫人像极了。

"对了，他们还提到了阿枫夫人。"

"阿枫……"

"是的，记得当时听到了这个名字。"

"他们说阿枫公主怎么了？"

"没说什么。只是，在见到阿银小姐时……"百介窥探着阿银的表情说道，"曾脱口说出阿枫这个名字。"

"什么？"

右近开始端详起阿银的脸。原本他一直避免直视阿银，或许是担心直盯着一个女人的脸瞧实在失礼。这种心态百介也颇能理解。

"难不成阿银小姐的相貌与阿枫公主十分神似？"

看来似乎就是这么回事。

阿银一句话也没说。按常理，她理应会回一句少开这种玩笑什么的。百介开始感到不安了。

"噢，虽不知阿银小姐与阿枫公主是否神似，不过，看来那伙人，也就是川久保之民与小松代藩的确有着什么牵连，而且在废藩后的今日亦如是。"

"看来，她或许还活着呢。"阿银望向一旁，说道。

"的确不无可能，那么——"

"阿枫公主的弟弟也还……"右近使劲点了个头说道，"看来可能也尚在人世。"

"那么大爷可有什么打算？"

"既然知道了这些事，在下非得前往土佐一趟不可。不论那伙人与北林藩发生的怪事是否有关，在下毕竟奉了确认实情之命……"

右近话及至此，突然有人打开了地藏堂的门。

三

来者是个看不出有多大年纪的男人。看起来是上了年纪，但似乎又没那么老。他撑着一把破伞，一身褴褛的农夫装束，外头还披着一件白色长外褂。

那人以出人意料的尖锐嗓音说道："各位切莫慌张。老夫名叫文作，负责打理这座地藏堂。只是看到一大早就下起滂沱大雨，过来看看堂内是否漏雨罢了。"

如此叨扰真是抱歉之至，右近起身致歉道。

"无须如此多礼，"文作回答道，"这种事有什么好道歉的？既然遇上大雨，本来就该找个地方避雨，地藏大人哪可能为了这种事生气？只是，还真是吓了老夫一跳呀，还以为会不会是断首马又来了呢。"

"断、断首马？"百介不由得探出身问道，"请问那是什么？"

"噢，那是个从阿赞一带的山上下来的妖怪。这一带有七天神七地藏，也就是有七座天神庙、七座地藏堂。断首马会发出铃声，带着名叫七人童子的妖怪往返于七天神庙与七地藏堂之间。"

"带着七人童子……"

"它的声音老夫也曾听见过，就是铃声。"

"噢？"

"这件事也没什么好提的，"文作说道，"倒是各位窝在这儿可是要受风寒，待雨歇了，要不要到老夫家里坐坐？虽然也没多舒服，至少取个暖不成问题。"

"感谢大爷的盛情邀请……"

右近望向百介，百介又看向阿银。

阿银以那对眼角微微泛红的杏眼看向文作，只见他只手摆出一个仿佛抓住了什么的姿势，接着又挥了挥手说道："它的声音就像这样……"

文作表情哭笑不得地说道："丁零丁零，响个不停，不是通常的马嘶声，听起来还真令人悲伤呀。丁零丁零，可吓人了，断首马毕竟是妖怪嘛。"

的确是颇吓人的，阿银说道。

"各位待在这座堂里，它可是会找上门的。"

哼，阿银笑着说道："倒是……想必你听到我们说些什么了吧？"

"什么！"右近立起单膝喊道。

"看来大爷没看穿这回的把戏呢。瞧瞧这老头的衣服，想必已在屋外待了半晌。若是刚刚才徒步抵达，哪可能淋得这么湿？"

呵呵呵，文作高声笑道："的确是听到了。原本还以为只是几个男女私通密会，没想到是几个淋得浑身湿透进来避雨的。不过老夫也没听到几句就是了，毕竟雨下得这么大。不过最后几句倒是真的听见了。各位可是惹上了川久保那伙人？"

铿——右近一把握住了刀柄。

"住手！"阿银制止道，"大爷，没必要做无谓的杀生。"

"是呀，杀了老夫也没什么用。反正老夫这条命也值不了几个钱。斩杀这么个糟老头，大概连血都流不了多少。所以别再一脸凶神恶煞的，此刻还是保命要紧。那伙人不仅消息灵通，动作也快得很呢。"

"你、你知道那伙人的身份？"

"当然知道，老夫原本也是从土佐逃到这儿来的。要上寒舍就得趁早，否则老夫这身老骨头，可受不了在这儿被雨淋到浑身发冷。老夫若知道些什么，保证都将坦诚相告。"语毕，文作再度露出了哭笑不得的表情。

文作的住处十分简陋。说是房子，充其量只能算是一栋小屋，只比地藏堂宽敞些许。屋内除了木地板间铺有一张草席，可说是家徒四壁，显得很是寒酸。再加上随处都在漏雨，若只看天花板，那座地藏堂或许都要比这儿强。不过和地藏堂相比，这儿至少有板门和板窗，屋内正中央还有座地炉，里头木炭烧得红彤彤的，的确颇为暖和。

"老夫昔日曾于土佐韭生一带的一座小庄园当过庄稼汉。但碍于天性慵懒不爱干活，才逃到这地方来。有段日子曾在山中随一些山师，也就是樵夫讨过生活，但也是干不了多久，就迁到阿波来了。到了这儿之后也没干什么活。"文作说道。

"韭生是在哪一带？"

"噢，从阿波一直朝南走，不是有座剑山吗？就在翻过那座山的土佐那侧。"

"那，那儿岂不是……"

"没错，曾收留过老夫的山师正是川久保那伙人。"

此话可当真？右近问道，接着又将探出的头转向百介。"山冈先生，难不成这纯属偶然？抑或是上苍的巧妙安排？"右近语带兴奋地说道，"果真是船到桥头自然直呀。"

这绝不是上苍的巧妙安排。

对于这种神秘力量是否真的存在，百介颇为质疑，虽然很希望真有这回事。无论运气是好是坏，一切应是纯属偶然。不过，这阵子百介就连这种偶然也不再相信了，因为他最近数度发现所谓的偶然，也不过是又市和阿银设的局。旁人根本看不出来其中有多少是自然推移、又有多少是人为操弄的。若偶然可以用人力操纵，可就真要成奇闻了。

"不知各位有没有听说过久保家？"文作问道。姓久保的并非仅有一家，你问的是哪个久保家？右近反问道。

毁于山崩的久保家呀，文作回答。

"山崩，难道是……"

"先生听说过？"听到百介这么一喊，右近连忙问道。

"我曾在土佐听闻，据说整村人悉数死于山崩。烦请稍候。"

百介从行囊中取出了记事簿。每当听到什么奇闻异事，百介都会记在上头，恨不得能将古今东西的怪谈全都记下。

"待我瞧瞧，噢，有了。土佐国物部川上游久保村消失之经纬，就是这一桩。"

"对，原来先生也知道嘛。物部川位于土佐东侧，打阿波正中央流过，直入土佐湾，与吉野川并称土佐两大河。"

"这在下也知道，右近说道。

"噢。韭生乡就位于那条河上游的上韭生川沿岸。到天明年间为止，曾有一群姓久保的乡士在那儿居住。不过他们可不同于一般乡士，而是有着白札①身份的尊贵之士。"

"这儿写着……"百介追着记事簿上的记载说道，"这久保家，根据我所听闻，是平清盛之弟、于坛之浦一役战死沙场的平教盛的次子平国盛之后。坛之浦兵败后，国盛遁逃至阿波国祖谷山，后受蜂须贺家赏识得以定居于洼谷。此乃久保家之起源。"

"祖谷山位于剑山西方，赞岐也在吉野川上游一带。那一带平家人可多着呢。"文作左右摇晃着身子说道，"总之，也无法确定久保家祖先是否真的源自平家，若果真是也没什么大不了，反正平家已经是后裔满天下了。那么，那家人后来怎么了？"

百介再次翻阅起了记事簿。"嗯……后来战祸又起，这久保一族越境入侵土佐国韭生乡，击败当时的领主山田氏后，据该地为自己的领地。之后，久保家又与称霸四国的长宗我部元亲联姻，更曾在高知藩的藩祖山内一丰的麾下仕官。看来果真是家门显赫。"

"是呀，据说阿波与土佐的国境番所，亦是由久保家统辖。毕竟白札的地位可是要高过乡士的。"

"意即这久保家是为诅咒所灭的……"右近说，"不过，若久保家真为平家余党的子孙，那么理应是操弄咒术者，而并非为诅咒所灭才对吧。满腔遗恨辞世者的子孙岂有为咒术所灭之理？"

"为何被施咒老夫是不知道，不过武士大爷，你们武士一听到诅咒马上就想到遗仇、旧恨什么的，其实不然。这回施咒的并不是人哪。"

"不是人，这是什么意思？"

"诅咒这种东西有多邪门，可不是人所能想象的，也不是人所能办到的。山会诅咒，河会诅咒，山谷、草木也会诅咒。举凡世间万物，皆有成精肆虐

---

① 乡士因历代累积功勋而获颁的上级武士身份。

的可能。因此人当然也能诅咒,但遗仇旧恨这种东西其实根本是微不足道的小事。或许平家亡魂也会肆虐,但区区一个鬼哪有什么了不起?要不就该整个平家一起作怪,若是只有其中一两人化为厉鬼,也起不了多大作用吧?怨气若不够强,哪可能有能耐兴风作浪?人的邪念阻止得了,但荒野山岳的妖气,可就非人力所能对抗了。那可是山川的诅咒呀。"文作说道。

"山川的诅咒……"

"据说当时久保家的领主曾犯了什么禁忌。"

"是呀。据说那领主名叫久保源兵卫,生性十分大胆。这源兵卫曾和樵夫、木匠等结伙在轰釜放空川呢……"

"何谓轰釜?"

"轰即瀑布,釜即深水,轰釜是冬谷川的瀑布与深水总称。那儿有一釜、二釜、三釜,算是个瀑布潭吧,水势颇为凶险。相传水底有大蛇栖息,因此该地总是怪事不断、魍魉横行。人们在那儿祭祀水神,祈求驱除河川御前。"

听起来似乎是个神灵圣地。

"放空川又称放空金,是一种将铁屑和花椒皮等掺入土木灰制成剧毒撒入河里,将河中生物悉数连根铲除的狠毒捕鱼法。"

"在河里下毒?"

"没错。想不到那位源兵卫大爷竟然也干起这种勾当。这下捕到的鱼可多了,要多少就有多少。不过,这么做当然会招来天谴。因此接二连三地开始发生怪事,在莫名其妙的地方长出蘑菇,池水被染得一片血红,甚至还有孩童失踪。最后……"

"还发生了猛烈的山崩,是吧?"

百介是那样听说的。

"大风、大雨、地震频繁发生,接着就是山崩了。据说那场山洪十分猛烈,就连河川都为之阻绝。因此整个久保村,连同久保一族与其家臣、雇用的百姓等,均在一夕之间为土石吞噬。"

"这可是有根据的史实?"右近问道。

百介回答:"听闻这故事时,我曾略事调查,发现确有留下记录,看来应为史实无误。"

"记录上也提到一族悉数死于这诅咒？"

"无法证实是否真为诅咒，但记录上确实提及了那场灾祸，以及该地曾有久保一族居住，至少这点应不假。"

听到百介如此回答，原本默不作声的阿银也转身问文作："那么，川久保就是劫后余生的久保家后人？"

"并非如此。虽然如今仍有久保村，但久保家血脉早已悉数断绝。虽然仍有亲族散居各地，但均非本家之后。源兵卫的叔父之子继承了久保家血缘，但传到第二代亦告断绝。"

"看来久保家早已绝后，那么川久保又是些什么人？"

"川久保是昔日久保家越境入侵韭生乡时，部分离散者之后。"

"久保家曾有过分裂？"

"还是该说是分家？"

百介与右近几乎同时脱口问道。由于对家世并无执着，百介并不理解分家的概念。因此对百介而言，分裂大概是对这种事的唯一解释。

文作思索了半晌，接着才回答："分家……应该也算不上分家吧。一个家族中的成员形形色色，或许其中也不乏不愿称名道姓者吧。"

"不愿……称名道姓？"

"是呀。韭生乡虽地处深山，但水源丰沛，极适于耕作。因此对百姓而言，是块值得安居的乐土，惹了其他百姓觊觎也不无可能。但原本寄居于祖谷山的久保家却无意务农，为何入侵该地可就费人疑猜了。若那些家伙真为平家后裔，难道还在守着什么本分？当初究竟是为了什么要迁到此处落脚？"

"应该是为了重振家威吧？"右近说道，"或许他们打算找个地方养精蓄锐，以待日后伺机向仇敌源氏报一箭之仇？"

有道理。百介高声喊道。"因此移居韭生乡的久保一族宁愿放弃显赫的武家门楣，隐姓埋名当起一群乡士。但其中有些人硬是不从……"

右近眯起眼睛说道："这怎能不从？武士若无法糊口，空有满腔热血亦是凤愿难成。因此落人多半亦得卧薪尝胆，化身乡间百姓埋首耕作，只为静待一偿夙愿的时机到来。"

"并非如此，"百介说道，"后来，久保家与长宗我部氏联手、并在山内氏麾下仕官，目的应是以乡士的身份崭露头角才是。若真有再兴平家门楣意图，难道真需要这么做？山内氏原本可是平家旗下的下级武士，后来还倒戈至源赖朝旗下的叛将后裔呢！"

"有道是，忠臣果然不可事二君呀。"右近皱眉说道。

看来这种事还真是让他感慨万千。正是为了不事二君，这名浪人如今才如此为生活奔波。

"右近大爷所言甚是。为了一偿夙愿，或许化身一群乡士方不失为最佳手段，不过久保一族似乎不作如是想。打入侵韭生乡时起……"

"他们便已放弃了这个夙愿？"百介认为这也无可厚非。一如右近所言，光靠悲愤或夙愿可是无法填饱肚子的。但是——

"或许真有些人不愿选择这条路，宁愿堂堂正正地以落人后裔的身份隐居山中，因此选择放弃为了贯彻再兴平家、讨伐源氏的初衷，化身乡士以求保身的久保一族……"盘腿而坐的文作摇晃着身子说道，"唉，老夫不过是一介百姓，难以理解武士的想法。只是老夫方才也说过，那伙人似乎想守着什么本分。而且，他们对久保一族也没多大憎恨。那伙人并非因为不屑耕作，而是为了守护些什么才被迫离去的。虽然不知他们想守护的是什么。"文作装着一脸糊涂地说道，"这本分对以乡士的身份讨生活已不再有必要。不，甚至可说是个障碍。因此大家纷纷抛弃了矜持。不过其中有几个依旧难以忘情的，因此便离开了久保一族，迁往物部川主流沿岸，后来代代又朝上游继续迁徙。"

对以乡士的身份讨生活已不再有必要。

（这到底是什么意思？）

"为了守护这秘密还是什么的，那伙人至今仍以在下一行稍早目睹的那副模样度日？"

听到右近这么说，文作笑着回答："并非如此。"

"难道不是吗？在下四处打听川久保一伙的消息，结果还连累了这两位朋友遇袭。刚才他们差点儿就要没命了呢。"

"川久保一族可是不会下山的。"

"但是，文作先生——"

"先生这两个字老夫可承受不起，"文作说道，"老夫哪配被称作什么先生，不过是个糟老头罢了。川久保那伙人，可是不管发生什么事都不会下山的。论人数，那伙人如今大概三十多人。这种事谅武士大爷再怎么在街上打听，也不可能查得出个所以然。对了，袭击几位的人带着的是什么行头？"

"他们用的是刀。"

而且是大得吓人的刀。

"那就对了，川久保那伙人是不用刀的。老夫受他们照顾是三十年前的事，当时他们并没有刀。那伙人靠伐木与木工为生，有时悄悄进入土佐或赞岐做点买卖以图糊口，尽量避免与那些地方的百姓照面。身上并没几个钱。他们有的是山刀和木锯，刀却是没有。"

"那么，那伙人究竟是什么身份？"右近眉头深锁地问道，"不过，在下对川久保也仅是稍事打听，并不记得招惹过什么人。想必山冈先生和阿银小姐亦是如此吧？"

百介当然没有被人盯上的理由。再者……

"再者，那伙人还脱口说出阿枫公主这名字。就是说——"

"没错。那伙人是曾提及似乎与川久保有关联的人名。"

"不过，"文作故意装糊涂地说道，"最近倒是有些家伙装扮成樵夫或屠夫的模样，四处干些坏勾当。"

"哪些坏勾当？"

"破门劫掠、拦路劫财，或扮山贼什么的。在土佐一带还有人身着甲胄，干些和海盗没什么两样的恶事。"

就是这个，右近说道。"在下探听到的就是这则传言。据说那些海盗的真实身份，即为川久保一族。"

"老夫可没这么说。阿波那群家伙……噢，原来是这么回事呀。"文作双手抱胸，面带一脸哭笑不得的表情说道，"原来如此呀。"

"是怎么一回事？"看来他必定知道些什么。百介心想。

不过文作马上岔开了话题："噢，也没什么大不了。倒是年轻人呀，瞧你一副满腹经纶的模样，可曾听说过一种名叫古杣的妖怪？"

"倒是没听说过。"

"噢，这是一种出没于韭生一带的妖怪。老夫儿时常听说它的故事。樵夫在伐木时，不是常喊些号子吗？树往横向倒时得大喊'横山倒'，朝下倒时则大喊'逆山倒'。古杣就会发出这种喊声，接着也会传来树倒下的声响。但人们趋前一看，却会发现那儿根本什么都没有。"

听来似乎属于常见的幻听一类的妖怪。有人称之为伐空木，也有人称之为伐木天狗，称呼形形色色，不过诸藩均有这种妖怪的传说。

"这也与老夫先前提到的轰釜有关联。据说这是七个曾砍伐一株巨大榉树，受到那株神木诅咒而死的樵夫化成的。"

"七个樵夫？"

"是呀，是七人。据说那株神木四丈高，为了锯倒它，村民雇来了七个樵夫。但任凭他们怎么锯，过了一晚树干就会恢复原状。后来这七人想出了一个法子，就是将锯木时落下的木屑全部烧掉。虽然如此，他们还是连锯了七天七夜。但那株树依旧没有锯倒，而且还叽哩叽哩地叫个不停。又过了三天，树终于倒下了，但就在倒下的同时，这七人也悉数丧命。"

"这七人后来就成了古杣？"

"儿时长辈们是这么说的。这种妖怪还真会发出声音呢，嘶嘶的锯木声、铿铿的砍树声、大树将倒的警告声……老夫也曾听过好几回。长辈总说那是古杣的声音，吩咐说万万不能响应。但是……"文作的额头上挤出了数不清的皱纹，"直到老夫离开村子进了山里，才发现那其实是川久保那伙人的声音。"

"噢——"

原来是这么回事。

"不过，可别将两者混为一谈。古杣可不是人，而是妖怪。只不过古杣的声音是川久保那伙人发出来的。"

原来如此。这下百介终于弄明白了,原来大家是刻意说服自己人这川久保一族并不存在。由于和村民没有往来,没有人知道他们究竟是什么身份。因此,即便告诉大家那怪异的声音其实是川久保那伙人发出的,只怕也没有人会相信。不仅如此,对村民而言,那群人竟然就在近邻生息,可是一件极为骇人的事。妖怪神灵尚可借由祈祷平抚,但若是活生生的人可就没这么容易了。要是出了什么差错,那群人或许还可能成为危害自己生计的威胁。如此一来,只有将他们解释成妖怪,方能维持村内的秩序。

就当作妖怪到头来成了盗贼吧,文作说道。"人心虽不古,但川久保那伙人可是一点也没变。那些人是不会干这种勾当的。老夫去巡视地藏堂的途中,瞧见一群家伙提着大砍刀在路上,就直觉你们一定是被他们跟踪了。不过,他们可不是川久保那伙人。"

"是吗?"右近眉头深锁地说道,"那么,川久保一族能操弄咒术取人性命的传闻是否属实?"

"这种事在那一带可是稀松平常的。"文作满不在乎地回答。

"稀松平常?"

原本以为答案会是否定的,这回答还真让百介大吃一惊。

"稀松平常,指的可是那杀人咒术?"

"是不至于一天到晚杀人,但这种事每个人都会呀。"

"每个人都会?这怎么可能?大爷您也会吗?"

"这种麻烦事老夫可不干,"文作挥了挥手回答道,"不过在我老家有阴阳师也有祭司。在这一带,每个村子里都有几个大夫[①],有些地方甚至家家户户都有。逢年过节,这些大夫都得负责主持家中或村内的祭祀,既可为人治病,亦可消灾解厄,同时当然也懂得操弄咒术。毕竟他们得驱除带来灾厄的诅咒。"

"这可是一种宗教?"

右近曾提及似乎有个淫祠邪教。

[①] 神社中主持祭祀活动的神主等神职人员统称。

"哪是什么宗教。宗教也得有座庙,好让人虔诚信奉吧?这些人可不理会那些无谓的繁文缛节。因此对这儿的人来说,这种事是再稀松平常不过的。"

百介望向右近,发现右近也正看向自己。

"再请教大爷一件事。大爷提到自己三十年前曾投靠川久保一族,当年他们与小松代藩可有任何关联?"

文作摇头回答道:"正好相反。"

"正好相反——"

"小松代城内宣称自己与那伙人完全无关。详细情况老夫就不清楚了。"

"完全无关。如此言明,岂不代表双方其实是有所往来?听起来,这不过是对完全与外界隔绝的村民们的交代罢了。"

"或许真是如此吧,老夫也不清楚。"

"大爷哪可能不清楚?就连与他们比邻的村民,对川久保一族的情况都不甚了解不是吗?再者,为何城内要主动发布这等声明?"

这老夫真的不知道,文作回答。"老夫也不知为何如今有人造谣称川久保那伙人为盗贼。若你们真的这么想弄清楚,为何不亲自去问他们?"

"亲自去问?"

"见得着他们吗?"右近不禁拉正了衣襟,"真的见得着川久保那伙人吗?"

"去的话就见得着,只是没人知道他们在哪儿就是了。路是难找了点,不过他们又不是野熊,不至于把人的脑袋咬掉。"

"不过,他们不是守着什么秘密吗?"

"不得让外人知道的事,他们当然是不会说。但也不至于一遇上他们就得死就是了。"

七人御前,一遇上就得死。

去吧,阿银说道。

"噢?"

"武士大爷非去不可吧,这可攸关大爷的宦途呀。"

"没错,在下非前去确认不可。"

"也让我一道去吧。"阿银说道。

"一道去？阿银小姐——"

"先生，我可是为了此事才到这儿来的。"

"什么？"

这句话让百介打心底大吃一惊。

是呀，阿银说道。"右近大爷，偶然有时还真是吓人哪。其实我就是为了上土佐找川久保那伙人，才刻意随这位先生到四国来的。方才听到大爷提起这个名字时，就连我都吃了一惊呢。"

的确，阿银曾表示要上土佐办点事，但是——

"阿银小姐为何要找川久保那伙人？"

他们是平家余党，而且不惜为了名节遗世孤立，还是货真价实的落人。

阿银把玩着自己的鬓角思索了半晌，最后才露出一副下定决心的表情，转头问百介："先生也知道吧，那个在我流落街头时收留了我，把我养大的恩人。"

"阿银小姐指的可是小右卫门先生？"

"没错，御灯小右卫门。"

这名字百介的确听说过。不过，百介并非直接从阿银口中得知这个名字，而是不时听又市无意间脱口说出的。由此看来，那人应该不是个平凡的角色，必定和又市、阿银一样，是个在超乎百介想象的世界——阴影中的世界里生息的人物。同为又市同伙的事触治平也曾告诉过百介，小右卫门在那世界里可是个无人不知、无人不晓的大人物，每个小角色光是听到他的名字就为之颤抖。还听说他数年前突然从江户销声匿迹，如今定居于北林藩，也就是右近雇主的领地内某处。

"这小右卫门着实让人难以捉摸。虽然他视同己出地把我当女儿养大，我也猜不透他究竟是什么身份、在想些什么。"

这番独白听来完全不像出自阿银口中，百介不由得感到一阵惊讶。

"小右卫门表面上是个傀儡师。但他的出身众说纷纭，有人说他曾是个武士，也有人传言他曾为木匠，甚至烟火师，实情至今无人知晓。骨子里也并非盗匪流氓,但在江户的黑暗世界却能叱咤天下,而且还在八年前突然销声匿迹。"阿银垂下目光继续说道,"表面上,许多人推测他这么做,乃是为了躲避官府找碴,但这绝不可能是理由。"

"官府找碴?"

"是的。八年前他受人之托雕制的残酷傀儡在两国大受欢迎,那些傀儡想必先生也曾听说过吧,生地狱傀儡刃伤。"

"噢——"

百介也曾去见识过那场傀儡展示。那些傀儡的手艺还真是巧夺天工,令人难以相信是世上的人做出来的。那是场以几可乱真的精巧傀儡重现戏剧读本中的知名杀戮场面的展示,其实旨趣还颇惹人争议。

"原来那些残酷的傀儡就是出自小右卫门先生之手呀。的确,那些傀儡造型残酷至极,再加上实在是几可乱真,为此被官府以破坏公序良俗为由,勒令举办者规模减半,傀儡师则须双手加铐十日。"

"没错。坊间都认为他就是为了躲避这场刑罚而销声匿迹的。但这并不足以构成逃亡的理由吧。因此——"

这的确不成理由。只要忍耐十天不就没事了?

"他隐遁的理由至今仍不明。不过有件事我倒是知道,那就是小右卫门乃土佐出身,而且他的本名就叫……"

百介刻意望向屋外。总觉得阿银接下来似乎要说出一个不祥答案。

雨依然下个不停。

"川久保小右卫门。"阿银说道。

"川、川久保?"

噢,右近若有所思地应和了一声。

原来是这么回事。因此阿银她,才要上土佐一趟。

"因此阿银小姐才要……"

"不对不对,先生,"阿银回答道,"我可没把小右卫门当亲爹。他对我虽有恩,情倒是没有。不过,我实在是气不过。"

"气不过?"

"因为他没来向我说一声就销声匿迹了。虽不知他究竟碰上了什么事，但至少也该给我个交代再走吧，哪有就这么不告而别的道理？即使是我，临别前至少也会知会一声。倒是不知为了什么，小右卫门在隐遁之前好几年，就曾向诈术师那家伙透露过自己终将离去。"

自己若是有个三长两短，阿银的事就拜托他了，据说小右卫门曾如此托付又市。而且，也不知是小右卫门本人曾告知，还是又市自己查出来的，又市还知道小右卫门在哪儿栖身。不过，看来阿银却不知道小右卫门的居处。

"实在是气不过呀。"阿银说道，"这种家伙若是死了倒也干脆。但小右卫门隐遁乡间后，还在鬼鬼祟祟地不知做些什么。要躲也不躲得干脆些，三不五时却还在我们面前露脸……"

今年初夏，又市一行人到尾张设局，追本溯源也是为了小右卫门的一番话。

"先生可记得，"阿银抬起原本低垂的目光说道，"我上回烧毁的那具傀儡？"

就是在尾张设局时那具酷似年轻姑娘的傀儡。

"那是小右卫门雕制的。其实我手头的傀儡，不论是唐子还是山姥，皆出自小右卫门之手。"

原来如此。百介从没见识过阿银献艺，但倒是偶尔看过她的傀儡。记得那些傀儡个个精巧得令人赞叹。

"我也曾向淡路的市村大夫买过一具净琉璃傀儡，但用起来就是不顺手。因此才想到应该找小右卫门那家伙雕制一具。只是，去见他，总得先给他点颜色瞧瞧吧。"阿银说道。

"给他点颜色瞧瞧？"

"我在道上可也是有头有脸的，总不能狼狈地出现在他面前，对他说'苦思多年，这下终于找到你了'什么的吧。因此在见到小右卫门之前，必须先逮住他的狐狸尾巴才行！"

"狐狸尾巴？"

"先生，小右卫门这家伙想必是打算下什么险棋啊。"

"下险棋?"

"没错,而且还是非常铤而走险的棋。想必就是因为如此,那家伙当年才会瞒着我隐遁吧。只因他担心我若是知情,必定也会出手,届时恐怕要碍他的事。"阿银皱起细致的双眉说道。

"可是阿银小姐,即使真是如此,也不过代表他不想连累你,不是吗?"

"这哪有什么两样?"阿银说道,"到头来还不都代表他没把我放在眼里?因此我才……"

大爷,阿银说着转头看向右近。

右近只是默默不语。百介则是一脸迷惑。

最后右近终于面色凝重地开口说道:"在下对阿银小姐的身世一无所知,因此难以详细判断,不过对小姐与这件事的缘由已略有了解。不过,此行毕竟颇有风险……"

"这位老大爷不都说不会有事了吗?"

"不,即便与川久保一族见面本身不会有危险,但似乎有一伙凶神恶煞的人正极力阻止任何人打听川久保村之事。而且,两位都曾遭蒙那群刺客袭击,若欲深入探究,实在是过于危险。"

"那伙人究竟是什么人?"

在下也不知道。语毕,右近转头望向关闭的板窗。

雨仍在下着。

丁零——似乎传来一声微弱的铃声,百介不禁凝神聆听了起来。但除了雨声,什么都没听见。

"正如同你们武家……"阿银说道,"正如同你们武家有武士的矜持,我们这种混混也是有所坚持的。"

丁零——

右近定睛凝视着阿银。

"就拜托大爷让小女同行吧。"

"好吧。那么,山冈先生可有什么打算?"

这问题让百介一时回不上话。尽管百介有兴趣探究,却又不想丢了小命。

虽说也不是没遭逢过什么危险，但这回的确是非同小可。前几回，百介都是站在设局者的立场，而且身边不乏又市一伙人的保护。而今回非但是敌暗我明，随时有遇袭的危险，还没有什么人能保障自己的性命安全。但是——

"若两位不嫌我累赘……"最后他选择如此回答。

且慢且慢，文作说道。"要去是可以，但总得换身行头吧。各位的模样实在是太显眼了。"

他照例露出了那副哭笑不得的神情，接着从小屋一隅的一个箱子里拖出了一些东西来。原来是几套肮脏的白衣。

"一、二、三，噢，正巧有三套。这些是从死在路旁的朝圣者身上剥下来的。穿上这些再戴上斗笠，应该就不会让人识破了。在这一带，朝圣者多得像什么似的。"

丁零丁零——似乎又听到了幻听的铃声。

"哎呀，看来是断首马来了——"文作说道。

四

换上一身朝圣者装束的百介一行三人，缓缓行走了将近两个月。

他们判断，毕竟敌暗我明，行动起来实在不得不慎重。虽然多少会错了意，但那伙人总能迅速捕捉右近的动向，看来绝对不是简单的对手。虽已如此扮装，并不代表就不会被他们识破，甚至可能早就遭到他们的监视了。因此，为了混淆视听，百介一行人只得实际巡访各大灵场，观望情势。

同行二人。南无大师遍照金刚。①

虽无信仰，也无须祈愿，佯装朝圣者的一行人还是一路奔波，参访了各大寺院。

---

①朝圣者头戴斗笠，上写"同行二人"，意即与弘法大师空海一起巡访朝圣各地；身上白衣，后背写有"南无大师遍照金刚"，即大师的灌顶名，表示自己在心中诵念大师名号，永远归依大师。

阿波国乃四国八十八个所灵场的入口。从位于鸣门的第一座灵场的竺和山灵山寺到第二十三座的日和佐、医王山药王寺为止，二十三座统称为发心道场的寺庙就坐落于阿波国境内。要不匆不忙地走完一趟，便需要近半个月的时日。

因此，虽无法如先前所愿，以悠闲的心境踏上旅途，百介还是误打误撞地达成了巡访八十八个所的心愿。在参访诸寺的过程中，也一点一滴打听到些许消息。一行人在阿波并没有什么显著的收获。只是听到了不少盗贼的传闻，而且还是海贼的传闻。

百介一行人沿着海岸朝土佐前进。

除了部分例外，八十八个所的灵场几乎都有村镇比邻，几乎没有一座位处山岳。一行人原本就判断走山路过于冒险，即使没这层顾虑，逐一参访每座灵场也自然而然成了一条沿海岸走的旅程。不过，这段路绕得可真够远。即使进入土佐国后，沿路逐一参访灵场也等于是绕室户岬一大圈，这段路就耗掉了他们不少时间。

一如其名，位于八十八个所中的第二十四座——土佐国境内的第一座修行道场室户山最御崎寺，就坐落在室户岬的最外缘。在这条蜿蜒的路上仅见得到海岸和渔村，就连一座寺庙都没有。不过，幸好没有遭遇刺客袭击。天气寒冷，但毕竟风光明媚，不时让百介忘了自己仍身处险境。

过了室户，就来到了土佐湾。沿土佐湾内侧通往安艺途中，有三座相隔甚远的灵场散布其间。再往前走，也就是到了第二十八座灵场的法界山大日寺时，百介一行人来到了物部川的河口附近。不过，这儿并不是终点。百介一行人的目的地并非河口，而是遥远的物部川上游。因此，百介一行人在冬季已经过了大半时，才开始为溯物部川而上作准备。

在土佐国境内即便不刻意打听，也会频繁地听到许多与川久保一族有关的传闻：平家余党，驾船劫掠的海盗，隐居深山的凶贼，能幻化成妖魔鬼怪，威胁村民安全的异邦之民……

诸如此类的传言，在每座村落里皆有流传。无须四处探听，便可从村民的闲聊杂谈中听到这些传言。不，这类传言在阿波仅为流言，但在土佐却被当成活生生的时事流传。据说还真有人被他们夺走性命、财产，家人为其所杀或船只为其所夺者亦不乏其人，大家认为这一切惨祸均为川久保所为。看来这伙人可真是声名狼藉。

传来沉甸甸的金属撞击声和布料的摩擦声。只见右近将大刀插上了腰际。

"简直是费人疑猜，不知进入土佐之后，听到的这些恶评到底代表着什么？"

右近已有两个月没佩戴这大小两把刀了。一身朝圣者打扮却佩挂两把刀看来未免可疑，因此他只得花点银两，将刀托付给文作代为保管。到了室户的最外缘时，才写信悄悄让他把刀送过来。

这是阿银想出来的主意，事后回想起来，还真是个艺高胆大的奇谋。如此将武士的灵魂交付给一个素昧平生而且身份成谜的外人原本就已够草率，竟然还由那个身份不明者越过国境将刀送到，冒的还是更大的风险。不过文作还真是个不可思议的角色，竟然爽快地答应承接如此艰难的差事，而且还轻轻松松地将事情办好。

右近此时已褪去一身白衣，换上了原来的武士装束。原本的障眼法对接下来的旅途已经不管用了。右近使剑的武艺成了三人唯一的依靠。在这段并无灵场的路上，一身朝圣者装扮反而更引人侧目。

"这还不简单，一定是有人刻意散播的吧。"

阿银并没有换回醒目的巡回山猫装束，而是穿上一身朴素的男装。腰际则插上一把小刀。

"为了什么目的？"

"这就令人猜不透了。不过，看来这儿不仅有传言，实际上还有许多人遇害不是吗？这些应该就是散播这类流言的家伙所干的勾当吧。如此看来，那些人可真是设了一个天大的局呀。"

在河里或河岸遭到妖怪袭击，目睹怪异船只顺河而下，小舟为船幽灵所沉……看来真的丢了性命或受到威胁者为数颇众。看到当事人并不把这当传闻，而是当作亲身体验来陈述，让人即使想否定也无从。就连已听说过形形色色奇闻逸事的百介，也是首次听到如此煞有介事的怪谈。

"意即真有一群盗匪在干这些烧杀掳掠的勾当，并嫁祸给川久保一族吗？"右近戴上筒状深草笠问道。

"若真是如此，那伙人做得可真成功。瞧大家不都相信这些事全都是川久保一族犯下的？没瞧见有人质疑呢。"

没有人会质疑，百介说道。

怕冷的百介弄来了一件厚厚的防雨斗篷，在保暖裤外还穿上一件扎腿宽裙裤。没有携带武器。至少也该带把怀剑防身，但实在不符合他的个性。想到自己也得身怀刃物，便让他感到肚子发冷，因此一番衡量后，还是决定不带。

"也不知是为什么，"阿银说，"发生的明明都是拦路劫财、破门劫掠或海上掠夺一类的人祸，若说是当地的盗贼凶犯所为也颇为合理。但在这一带跳梁的盗匪却个个装神弄鬼地扮妖怪。"

"扮妖怪？"

"是的。拦路盗匪全都是七人一伙，在海上肆虐的家伙身穿甲胄成群现身，总是先逼遇难者把勺子交出来。那些家伙是在扮七人御前或船幽灵。他们所扮的，悉数是相传为平家冤魂所化的妖怪呢。除了大多出现在长门国的船幽灵外，全都是在与平家相关的传说盛传处出没。这么一来，当地居民当然会认为都是妖怪在作祟，而不是人犯下的。不过都已经这个时代了，妖怪出没这种说法理应没什么说服力才是。淡路那案子肇因于狸妖闹事，右近大爷原本不也是不相信吗？"

右近颔首回答："没错，在看到那尸骸化为狸猫之前，我不相信。"

"是呀，通常是这样，没错。即使亲眼看到了，心里应该也还是会半信半疑。因此，接下来就可以散播流言，让人认为那些妖怪其实是人扮的，那些扰乱世间的妖怪其实就是相传为平家落人的川久保一族。"

"有道理。"

这和又市一伙设局的方式可是完全相反。又市等人所设的陷阱，悉数设计成宛如妖怪所为。遗憾、惆怅、怨恨、伤痛、嫉妒、哀愁乃至憎恨，只要将形形色色的现实苦痛归咎为妖魔所为，似乎就能有个圆满的解释，这就是又市一伙人设局时依循的道理。要成功达成目的，光凭半吊子功夫可是办不到的。而这些案子则是完全相反。看来那伙人打算先伪装妖魔进行暴戾劫掠，事后再把罪行推给他人。虽不知凶手是什么身份，亦不知是为了什么目的，百介认为那些人的做法实在卑劣。

"唉，看来几乎没有人见过川久保一族的真面目，但大多又都知道山中似乎住着这么一群人。是吧？"

"或许不知道他们姓什么，但理应知道他们的存在才是。"

"没错。这一带流传着不少落人的传说，不似川久保村那样保持孤立，成为乡士与村民同化共生的落人后裔亦不在少数。或许咱们这种外人不易体会，但对本地百姓而言，这可就成了个极易理解、颇具说服力的解释了。"

"川久保一族正好是极适合嫁祸的对象？"

看来正是如此，百介说道。"再者，若只是空泛的传闻，或许不易令人信服，但川久保一族毕竟是真有其人。大家都知道，至今仍有此类与外界毫无接触的异民。因此对那伙布下这残酷之局的凶手而言，他们可就成了最好的目标。模仿传说情节为恶，再找人推卸罪责，川久保一族岂不是再适合不过的对象？毕竟他们真的存在，若须差人搜捕，亦非不可为。"

搜捕，嗯……右近歪着脖子纳闷了起来。

"刻意蛊惑人心，只为了满足一己私欲，这种宛如为政者所作所为的恶劣行径，着实让人厌恶。"

"还真是令人费解。"正为左手套上护腕的右近再度歪着脑袋纳闷地说道，"山冈先生这番推测，听来的确有理，但在下依然有些不解。若果真如此，盗贼的目的应是图利，为了脱罪而意图嫁祸于川久保一族；抑或是某些得知川久保一族实情的恶徒，冒用其名义为恶。"

"看来应是如此。"

右近停下了正穿戴手甲的右手。"但在下总觉得情况似乎是相反。"

"相反？"

"在下怀疑，或许川久保一族才是这伙恶徒的真正目的。"

"真正目的？"

"是的。这些暴戾行径总让在下觉得似乎不过是借口。"

听右近这么一说，的确有道理。这奸计看来规模极为庞大，但丝毫看不出有任何堪与这规模匹敌的利益可图。虽不知海盗山贼凭劫掠能得到多少好处，总觉得似乎不值得如此精心设局。即使刻意布置成凶手另有其人，若犯案时有所闪失，亦是万事休矣。而若遭嫁祸的川久保一族遭到拘捕，真凶想再犯亦将无以为继。虽然如此布局或许安全，但看来也并不划算。

右近站起身来。

就在此时，突然听见有人喊道"请留步"。

纸门被拉开，一个身穿白色外褂的矮个子男人跑了进来。就在一行人准备就绪，正欲出门上路的时候，原本已踏上归途的文作突然面带惊恐地折返。

"各位先别急着上路。"

"出了什么事？"

"老夫是特地回来报信的。"语毕，文作以外褂的衣袖遮掩起红彤彤的面颊，并使劲吐出了一口气烘暖脸，"不知何故，外头可是戒备森严。"

"戒备森严？又发生了什么事？"

各位真没注意到？文作说着，一屁股坐了下来。"大家也坐下吧。瞧你们忙得连外头来了一堆人都不知道。满腔热血不是坏事，但为此失了谨慎，可是会伤了自己的。"

阿银立刻凑向窗边，窥探起屋外的情况。"这是怎么了？"

可有什么异状？右近问道。

"正如这老头说的，就连捕快也来了。"

"捕快？出了什么事吗？"

为了一张布告呀，文作说道。"各位也知道，老夫是无法堂堂正正走在路上的。因此上大街前得先找地方藏身，找个好时机再上路。那时突然发现怎么涌来了一大群人，其中还有些是捕快，让老夫想出去也无从。起先还纳闷是怎么一回事，后来发现在那头的大街上立了张布告，聚集了许多人。"

"布告？"

什么样的布告？阿银质问道。

"那种布告好像叫'高札'①还是什么的。老夫目不识丁,看不懂上头写着什么,不过倒是听到凑在布告前头的家伙直呼川久保、川久保的,还说船幽灵就是川久保。"

"什么?"

在下这就去瞧瞧,右近说道,还没戴上另一具护腕便飞奔而出。这浪人可真是精悍呀,瞧他干劲十足的,文作咯咯笑着说道。

"不过,文作先生,没想到您这趟竟然顺利来了。"

百介感到十分不解。国境设有番所,即便如百介或右近这等有身份的人,要想通过都不容易。而阿银这种名字不在人别帐内的人等,要想靠正常手段堂而皇之通过更是不可能。文作自称原为逃离家乡的百姓,从他如今过的日子看来,理应也不会被记录在人别帐上,竟能泰然自若地往返于国境之间。

但文作似乎不把百介的疑虑放在眼里,依旧露出那哭笑不得的表情说道:"也没什么,不过是骑断首马来的罢了。"

听不出他是在开玩笑还是老糊涂了。只不过,在他说出这句话的一刹那,似乎有一阵微弱的铃声随风传来。想当然的,这不过是断首马这个词引发的联想带给人的错觉罢了。

不久,右近一脸忧心忡忡地回来了。

"看来得赶快出发才成,上路吧。"

"怎么了?"百介问道。

"那张布告为高知藩的御船手奉行②关山兵五发布的。上头写着:领内频发之惨案实非妖魔诅咒,一切均为居住山中之川久保党所为。"

"是御、御船手奉行发布的?"

"没错,上头是如此写的。上头还明载,此党于领内定居多年,从未缴交年贡税赋,亦拒绝一切劳务课役。如今甚至以暴虐无道之行径威胁领内百姓生活,实为法理所难容,故将于近日举兵讨伐,以儆效尤。"

"要讨伐他们?"

---

①江户时代高挂于行人往来的醒目处,细数罪犯所犯罪行等的布告。
②隶属于德川水军,以取缔海盗为要务的武士。

"是的。奉行所既已如此认定,一切便已成定局。如此一来,即使川久保一族真为清白,业已无法全身而退。此地虽气候温暖,如今亦值严峻寒冬,山居者绝难长期据守。这下只能被一网打尽,胆敢违抗则有丧命之虞,说不定全村都将遭杀戮殆尽。"

"若果真如此——"

右近的任务不就完成了?一旦知道要找的人是否在里头,至少北林藩赋予的密令就算达成了。唯一需确认的,仅有欲寻找的人是否也名列其中。若在受拘捕者的名单上没这名字,便无须再深查;若真在其中,右近也无须进一步行动。不论这伙人这回是遭到拘捕还是讨伐,从此均无法继续为恶,实无必要再冒任何险自找麻烦。不过,右近似乎不打算保持沉默。

"右近大爷——"

"在下知道山冈先生想说什么。不过不论在下的任务是否告终,阿银小姐的心愿还是没能达成。再者,若这罪名真是欲加之罪,在下也必须向上级禀报,绝不可放任不管。"

"大爷——"

右近没看阿银一眼,径自套上了右手的护腕说道:"此亦为武士的一点小小矜持。"

这段山道十分险峻,走起来举步维艰。但也无法在散布山中的任何村落歇脚。这回连捕快都现身了,若被见着必定得接受盘查,如此一来肯定要遭到拘捕。一行人只得沿着河岸隐身潜行,不分昼夜地往上攀爬。川流溅出的水花冰冷刺骨,清水卷着漩涡轰然流动。途中,一行人遭遇了许多虽看似近乎咫尺,却须翻山越岭、跋山涉水才能抵达的天险。

这段路可谓呼唤可闻,实则七八里呀!上路前,文作曾给了一行人这样的忠告。意即向前方呼喊一声,听得到另一头的伙伴喊声响应,这种距离听来或许感觉不远,但实际走起来却可能有七八里之遥。

大清早,四下均为晨雾笼罩。河面的晓霭与涌现自山谷间的朝霞将眼前景物掩盖成一片雪白。入夜后则变成一片漆黑、冰冷难耐,且不时传来各种怪异声响。

百介首度有了亲身体会，原来山中是如此可怕，可怕得让人毛骨悚然。与硕大无朋的山岳相比，人的爱恨情仇根本就微不足道。即使心怀令人刻骨铭心的深仇大恨、悲欢离合，只要身处这庞然大物之中，一切都显得轻如鸿毛。

到了第四日，百介一行人来到一个坐落于秃山上、拥有大片壮丽梯田的村落。此处似乎就是昔日的久保——曾遭大山崩掩埋的村庄遗址。目睹这片寻常至极的景色，百介这才认识到原来人无论身处何地，总是有办法坚韧不拔地活下去。举目所及，净是丰饶的大自然与栖息其间的百姓。在这片景色中，并没有一丝不寻常。

继续往上攀爬，一行人来到了一座令人瞠目结舌的水渊。这就是轰釜吧。百介如此确信。此地是如此圣洁，无比严峻，而且还蕴藏着几分不祥。这片景色看似庄严清灵，却也说不上是好是坏，多少令人感觉到一股拒人于千里之外的敌意。

溯此渊而上，便到达位于韭生川上游尽头的源流。笔直往上攀登再越过白发山，一行人便抵达物部川的源流一带。前方就是剑山。

到了第五日，百介已是疲惫至极。踩着踉跄的步伐，他蹒跚地绊到了一条藤蔓。在藤蔓断裂的瞬间，他的脑袋变得一片空白，紧接着便感觉自己正朝下方滑落。他心想自己此命休矣。但不可思议的是心中竟没有丝毫恐惧，反而还感到一丝舒畅。

丁零——他听到一声铃响。

噢，是断首马吗？不对，这铃响是又市吗？

丁零丁零，只听到铃声从四面八方传来。是有人包围了百介吗？铿——只听一阵梵乐般的声响在脑海里回荡。霎时，身体感受到一阵冲击。咚——

也不知道自己究竟昏迷了多久。醒过来时，百介发现自己正置身一片纸海。这儿究竟是何处？只见四方一片白花花的。这片雪白的全都是纸。不过并非普通的纸，是悉数经过加工的纸片。这些纸片被剪成各种形状，看来似乎象征着形形色色的事物。看起来不知是像人，还是像兽脸。难道这就是神明的模样？直到一张熟悉的白皙面孔拨开注连绳钻了进来，就在这纸海随之摇动的瞬间，百介发现这些纸片原来是形状极为特殊的驱邪幡。

"先生！百介先生！"

"噢。"他喊不出声音来。

紧随在阿银之后，右近也钻进了结界里来。

结界。没错，百介正躺在一个以注连绳和驱邪幡围成的四方形神域中。

"这儿是——"

"这儿是一座祭坛。"

"祭坛？"

百介身边散落着一些看似供品的东西。从秃山上滑落的百介原来摔到了一座祭坛上。

"虽然在下头的村子里也看到了类似的摆设……"

"不过，没想到竟然连这种地方也有如此布置。就这张地图看来，虽不知此地图是否正确，此处位于物部川最上游的别府，与上韭生川久保有一段距离，与阿波国国境已是十分接近。"

丁零——

丁零——

丁零——

丁零——

"这铃声是——"

这绝非幻听，的确是摇铃的声响。这声响从四面八方传来。

"来者何人？"

"为何闯入山神之祭坛中？"

"吾等乃此地山民，来者应心怀敬畏，尽速离去。"

"莫遭天谴，莫遭天谴，应心怀敬畏，尽速步出此神域。"

"倘若破了日名子结界，供品将为御前所夺。"

"心怀敬畏，尽速退去。"

没什么好敬畏的，右近说道。"在下乃房州浪人东云右近，此二人则为江户京桥山冈百介、江户无宿阿银，想必各位就是川久保一党。在下一行人为了面见诸位，特此前来。"

外头立刻安静了下来。同时,一群人影从四面八方现身。

"吾等的确以川久保自称,不过知悉此名者理应是寥寥可数……"

话及至此,男人突然惊讶得倒抽一口凉气。

"你、你是——"

五

这儿并不是村庄。而且,川久保也不是姓氏。那不过是一个团体的统称。

这群人昔日占据了祖谷之洼谷①并在该处落脚,故取了这个姓氏,原本应算是个地名。冠了这个姓,或许代表这群平家余党决心弃血缘而取地缘。除了平国盛外,尚有多数家臣得以隐遁延命,他们定居洼谷改姓久保,此即为久保村之由来。川久保一族似乎非国盛或其血亲家族子孙,而是其家臣后裔。此名称由来,乃这群人从自称久保的团体分流而出后,代代逐河而居,便以川之久保自称,故此得名。这群人四处迁徙,从未正式发展成村落,原本亦无统一姓氏。因此,此地不该被称为川久保村,此民亦不该被称为川久保民,再加上亦无川久保家,因此无一人以川久保为姓。若硬要有个称谓,或许以川久保党较为合适。讽刺的是,立于城下的高札上叙述的悉数属实。

川久保党果真是四处迁徙,每过一段时间,便拆毁住所移居他处。挖穴并木搭建房舍,覆以枯叶干草,造型奇特前所未见,就连百介看了都啧啧称奇。上座同样设有奇特的祭坛,中央有座地炉,四周铺有草席,角落则放置行李箱、桌子、小柜等,家具摆放得不甚搭调,每个看起来都年代久远。虽不像传自源平时代,至少都有百年以上的历史。

川久保党的头领为一名叫太郎丸的老人。太郎丸表示自己离开久保时便放弃原姓,故无姓氏。这年迈的落人表示,川久保的男丁代代均为有名无姓,因此对家世出身并不重视。

---

①日语中"久保"与"洼"同音。

"也就是说，川久保党的诸位并不以再兴平氏为夙愿？"与太郎丸隔着地炉相对的右近问道。

百介坐在右近右侧，阿银则坐在左侧。跪坐在太郎丸身后的四个男人，均年事已高，门外则有约十名略微年轻的男守卫。

"这是当然，"太郎丸回答道，"吾等虽为平氏落人，但无一人为平家血亲之后。再加上中兴大业亦早已无望。吾等已非武士，化身山民，移居山中，仅是为了守护一个先人传承的秘密。"

右近闻言颇感纳闷。

据传，为守护此秘密而被选出的川久保党人原有男女约五十人，如今却仅余十五人。一个与外界隔绝的聚落，要想永续繁衍至为困难。除非实行近亲通婚，否则不出数代香火便将断绝。为此，据说川久保一族曾去本家的久保村娶亲或通过久保村从其他村子娶亲。由此可见，此地并不似原本想象般封闭。看来拥有久保村这个对外联络的窗口，就是川久保党方得以存续数百年的最大理由。不过，自从久保村在天明年间毁于大山崩，如今就连这最后的维系也断了。久保本家灭绝后，川久保党也因而断绝了与外界的一切联系，被迫步入如今这段完全孤独的时期。

现存的十五名成员似乎悉数为男丁。这意味着，如今群聚于百介一行身边的，就是川久保党的所有人口。

文作曾臆测此党目前尚有三十余人，想必三十年前的确曾有如此规模。如今的人口远较文作预想的稀少，但这差异似乎也是基于某种原因，绝非文作误判。首先，川久保一族似乎将初长成的姑娘都卖到了镇上。不知是不是承袭了平家血缘使然，据说川久保的姑娘们大都气质高雅，因此总能卖个好价钱。而且，他们也将年轻人悉数送到了镇上。

"为何要这么做？"

这么一来不就要断了香火？

"因为吾等已无必要继续留在此地。"太郎丸回答道。

"在下还是无法理解。"听到这回答，右近眉头更为深锁，"虽非为了中兴大业，诸位不是得恪遵严守某个秘密的本分吗？"

"是的。"

"那么，先前的回答是否代表严守这秘密已失去价值？"

"正是如此。"静坐不动的太郎丸语气平淡地回答道。

他背后的五人也是动也不动。如今晃动得最显眼的，反而是右近自己。

"在下依然不解。诸位不是已将这个秘密保守了数百年吗？"

"没错。"

"这究竟是个什么样的秘密？噢，这在下不宜过问。不过，还是恳请回答在下一个问题。诸位究竟是为了什么，如此心甘情愿地将这个秘密严守至今？"

"最初应该也是为了复兴家门吧，"太郎丸回答道，"吾等的祖先与本家，即久保一族，皆判断凭一己之力无法再兴家门，因此才选择舍弃原有姓氏，以乡士的身份讨生活。有此觉悟，实在颇让人钦佩。不过平氏血亲四散天下，或许有朝一日将有人点燃复兴之烽火，届时吾等也应为此大义略尽绵薄之力，此乃吾等奉命守护此秘密的理由。只是，此事并没有发生。后来，随着时势物换星移，这秘密失去了价值。"

"失去价值？"

"是的。已经是毫无价值了，而且也失去了守护它的价值。"

"理由是……"

"这秘密在昔日曾是价值连城。吾等的祖先能受蜂须贺家优遇而定居洼庄，也是因为这个缘故。长宗我部也是看上这点，才与久保接触的。"

"蜂须贺与长宗我部皆是为此？"

"是的，可见此秘密在昔日曾有多大价值。不过，这秘密毕竟应为平氏所用。从桓武流、仁明流、文德流到光孝流，平氏的家世悉数承袭天子的血缘。长宗我部属秦氏，蜂须贺则为尾张世族后裔，这秘密怎可为这些人所用？欲借此安身立命，岂不等于与自家为仇？因此久保家才迁出蜂须贺领地，化身为乡士讨生活。不以此秘密求功名，心悦诚服地当个庄稼汉谋生，对吾等而言就等于是恪尽职守。"

这究竟是个什么样的秘密？百介不由得感到好奇。看来这应为某种武器或技术吧。不过，就连蜂须贺与长宗我部都欲取得，这究竟是个什么样的武器？"

"这秘密在当时是十分危险的。"太郎丸说道。

百介问道："如今已不再危险吗？"

如今也很危险，这头领回答。"只是已经派不上用场了。不，该说是绝不可派上用场才是。再者，吾等也推测，这秘密如今或许已不再稀罕。"

"因此，已不具有继续严守的价值？"

太郎丸点了点头说道："因此吾等才让年轻人下山，但并不代表自己也该一同离开。自己毕竟年事已高，来日无多，待吾等十五人命绝，一族血脉也将就此告终。"

大家没有异议吧？太郎丸同背后数人确认道。绝无异议，背后的人同声回答。

"血脉断了也好，否则不知下一个小松代是否会再出现。"背后一位老人说道。

"提到小松代……"右近坐正身子说道，"在下想知道的，就是诸位与小松代藩有何关系。"

"小松代乃最后一个欲得知吾等严守秘密的藩。"

"就连小松代也想知道？"

"是的。长宗我部覆灭后，吾等便带着此秘密入山隐居，久保家则化为乡士自力更生，许多人因此忘了此秘密的存在。尔后数百年岁月流逝，到了天明年间，久保家家主源兵卫大人突然登门造访。"

"源兵卫大人，可就是那位……"

因在轰釜下毒而遭天谴，导致一族灭绝的领主。

"天明年间，全国遭逢严重饥馑。当然，对定居山中的吾等而言，日子没有多大改变，但对靠耕作为生者来说，的确是度日为艰。据说土佐亦因大雨成灾，民生至为艰苦。"

天明年间，此地曾因天灾地变发生严重饥馑，火山爆发、天寒地冻、大雨为患，致使庄稼歉收，暴动频仍，坐拥权势的老中田沼意次因此失势。此即天明大饥馑。

"久保家的日子似乎也不好过。当年,久保家于山内家旗下任白札乡士,今传领主源兵卫行径傲慢,只知道强迫乡民为其劳动,实则不然。源兵卫不忍乡民遭蒙疾苦,因此提议供出吾等严守之秘密。"

"可是要将该秘密售予他人?"

"是的,买主则为小松代藩。但绝不可廉价出让,至少得换取足以供所有久保村民熬过饥馑的金额。只是那买家根本负担不起,毕竟小松代乃四国最穷的藩。"

"那么……"右近打了个岔问道,"为何选上了小松代藩?即使是原本的主君山内家或原本就有往来的蜂须贺家,规模都要比小松代大得多不是?"

"若将此一秘密售予大藩,恐怕后果堪虞。"

"后果堪虞?"

太郎丸双手抱胸,朝围炉中的火凝视了半晌,接着才缓缓说道:"如今已无须隐瞒,其实吾等保守的秘密乃是火药。"

"火药?"

果真是个没什么大不了的秘密。不过——

"且、且慢。"百介耐不住性子打岔问道,"不过,此乃自源平时代严守至今的秘密不是?"

"是的。"

"那么,时代上是否有所谬误?源平之战距今七百年有余,再怎么想,当时火药理应……"

难道正因为如此,这才曾是个天大的秘密?那么,这秘密如今的确已不再稀罕。

"那时就有了吗?"

"吾等亦无千年阳寿,因而此秘密并非亲眼所见,仅止于口耳相传。不过火药制法,的确连同名叫飞火枪的投射武器的制法代代相传至今。"

"飞火枪曾见于唐朝古代文献。不过,时代仍有不符,未免太早了些。"

不对,或许真有可能。铁炮实际传至日本,似乎也比坊间相传的年代更早。

"此等危险技术,实不宜售予规模大的藩,毕竟吾等不期望世间大乱。原本传承延续,仅为有朝一日能助平氏一臂之力,而且就连吾等祖先亦未曾动用,实因畏惧贸然使用将导致天下大乱。不过若为规模如小松代之小藩,即使获得此技术,亦难以有所作为。想必为了解决燃眉之急,源兵卫亦曾就此作过一番考虑吧。"

"燃眉之急……"右近复诵道。

"是的。毕竟久保原为本家,吾等亦只能从命。由于小松代表示只要能展示此技术之威力,便愿意支付本家要求的报酬,因此吾等便在守护数百年后,首度展现此秘密之威力。"

"噢?结果如何?"

"结果,以失败告终。山峦因此崩裂,久保亦随之灭绝。"

"噢,如此说来,那场据传为天谴的山崩乃是……"

"乃飞火枪误射所致。"太郎丸简短地回答道。

"飞、飞火枪的威力果真如此惊人?"

竟能让整个村子在转瞬间灰飞烟灭。

"因此吾等才说这是个危险的技术。那武器投射的并非弹丸,而是火药本身,一命中就能迸裂爆发。"

"这——"

若此言属实,可就是个前所未闻的厉害武器了。听来此族传承的似乎是一种调和了"发射用"与"爆炸用"两种火药的方法。正如太郎丸所言,火药本身没什么稀罕,但技术却是……

"这、这在今日岂不仍是个有效的武器?"

当年若用了它,平家或许就不至于覆灭了吧,百介不由得幻想起来。

"正是因为如此,吾等才认为它了无意义。"太郎丸打断了百介这场幻想,"因此吾等才将之尘封数百年,不敢轻易动用。不,原本在源平时代,就严禁使用这门技术对付人。直到亲眼见识到这结果,吾等方才了解当年将其封印严守的理由。"

"严禁使用这门技术对付人?"

"没错。一旦在沙场上用了它,就不再是人与人之间的战事。虽然用了它便能取胜,但也将让战胜变得了无意义。"太郎丸说道。

"了无意义,意即……"右近似乎也无法意会,"意即用了它虽能灭了源氏,但如此结果也将是毫无意义?"

"是的。"太郎丸神色沉稳地解释道,"平氏为源氏所灭,其余党再兴兵消灭源氏,如此你来我往,岂有任何意义?吾等放弃的经年夙愿并非讨伐源氏,而是重振平家。靠这飞火枪可能成就此中兴大业?绝无可能。它不过是个杀人放火的工具,即使用了它能取胜,亦不可能得民心。"

"民心——"

"民即百姓。大爷看来像个武士,借问何谓武士的本分?"

不出百介所料,右近一时半刻果然答不上话来。

"这没什么好困惑的。从大爷腰上插的两把刀就可看出,武士的本分是征战。那么,究竟是为何而战?为了自己?为了主君?为了道义?都不是吧。以上均不过是武家的借口。征战并非为了武家而存在,绝无为了征战而征战的道理。其实,征战的真正目的是为了百姓。倘若违背民意、失了民心,岂不就变得了无意义?"

右近合上双眼眉头深锁。

"对吾等而言,征战意义在于求生,而非杀生。因此吾等祖先才会舍弃夙愿,以百姓的身份安身立命。相信久保选择的路至为正确,不知大爷感想如何?"

右近默默无言地低下了头。

"其实早在当初,就应该及早舍弃这门技术。但由于从未实际使用,吾等并不知道这飞火枪的威力竟是如此骇人,因此才默默将这秘密守护至今。因此,在实际展示前,原本也是半信半疑,后来才发现其骇人程度远非想象所能及。本家随山崩灭绝后,吾等的生活也顿失着落。这才发现此技术为何不可贸然动用。"

"这么一来,小松代藩可有什么表示?"

"还是想得到的。"太郎丸回答道,"但吾等已失去了将其售予该藩的目的。"

因为久保村已经灰飞烟灭了。毕竟这原本是为了拯救久保村民而展开的交易。

"因此,这场交易就此告终,吾等亦决定将此秘密尘封。毕竟这技术实在太骇人了。付出惨痛代价后,吾等这才切身认识到原来自己经年守护的,竟是个太平盛世最不需要的秘密。因此决定永久留守山中,让此秘密随族群断后而灭绝。不过小松代藩仍不死心,在利诱多年后终于开始强硬要挟。"

"要挟?"

"是的。彼等扬言既然吾等寄居其领内,便应缴纳年贡、缴税赋、服劳役,如此要求其实也不无道理。事实上,原本小松代藩通过一位名叫关山将监的山奉行与吾等进行交涉,但当时此人已成为次席家老,将吾等原本所受优遇悉数取消。小松代藩勒令吾等若不听命传授飞火枪制法,便得乖乖纳贡。"

"遗憾的是,吾等并无任何年贡银两可支付。"太郎丸说,"吾等未曾拥有任何土地。七百年来均漂泊山中,仅能仰赖每年数度出售平日制作的木工制品为生。"

不过,也不能就此下山、化身农民,老人语带坚毅地说道。"吾等已是山民,既非武士亦非农民。正因为如此,更是不能将此秘密公之于世。为此,经历天明惨祸十五六年后,吾等被迫表明虽不愿传授飞火枪制法,但愿奉上一熟悉火药用法之同志入城仕官。那已是三十年前的往事了。"

"那位同志……"

阿银突如其来的一声,将百介从七百年前的梦想中拉回到了现实。

"是否就是小右卫门?"

"真、真是如此?"

太郎丸点了点头,接着定睛直视着阿银问道:"姑娘,你可就是小右卫门之女?"

"虽非其亲生,但确为小右卫门抚养之养女。"

"是吗?"太郎丸皱起一张黝黑的脸孔,再度凝视起围炉中的通红炭火说道,"姑娘与老夫曾许配给小右卫门为妻之小女,生得是一模一样。"

"许配给小右卫门为妻？"

不知此言是虚是实？不，阿银不是和小松代的公主长得一模一样吗？

"老爷千金名叫……"

"小女名叫千代。"

"千代？"

"这把护身小刀就是老夫赠与千代的。"

"什么？"阿银握住小刀问道，"原来这就是老爷女儿的名字？"

"是的。千代她……就是小女。"太郎丸说道，"因此老夫才纳闷，姑娘是否就是小右卫门与千代所生。"接着太郎丸首度露出落寞的表情说道："小右卫门原本预定要在将来接替老夫，成为川久保的头领；吾等的规矩乃代代均由二十户人家轮流担任此职务。现任头领若膝下有女，应将女儿许配给继任头领，以保血缘纯正，此亦为代代相传的规矩。"

右近表情紧绷地问道："那位小右卫门大爷便奉派前往小松代藩仕官？"

"是的，记得当年小右卫门还只有二十出头。"

相传其曾为武士、木匠，甚至烟火师。想不到这些与小右卫门出身有关的传言，竟然全都不假。

"在决定派出小右卫门仕官时，老夫便下了决心。"太郎丸继续说道，"决定从此让川久保成员自行离去。再者，千代嫁给武士也应比较幸福，否则继续待在这儿也难有什么前途。在山上讨生活，还比不上被卖到镇上当风尘女子。因此打算待小右卫门成了了不起的武士，就将千代许配给他并解散川久保，反正守护这秘密也已不再有任何意义。遗憾的是，事情并没这么顺利。就在小右卫门入城仕官的三年后……"

右近以一副难以启齿的语调问道："千代小姐……可是遭逢了什么不幸？"

太郎丸低下头回答："正是如此。当时老夫认为时候到了，便差千代下山到小右卫门那儿去。但是，小松代的藩主竟然对千代一见钟情。"

果然是这种事，右近感叹道。

百介察觉右近的语调渐趋温和。看来听着听着，右近对太郎丸的为人已是益发敬佩。对此,百介亦有同感。

老人有气无力地摇头说道:"小右卫门与千代虽曾激烈抗拒,但吾等实在是无法回绝。若就此回绝,注定得再遭受公开秘密的要挟。"

"呵呵。"阿银笑着说道,"这么一来可就没辙了。和藩主争风吃醋,可是得顾及对方的体面呀。"

"可不是嘛。先生。"

阿银向百介喊道,眼睛依然望着另一头。

太郎丸眼神哀怨地望向阿银继续说道:"这下小右卫门可就左右为难了。后来时任家老的关山还使出奸计拐走了千代,强押着她送到了藩主跟前。几乎是被霸王硬上弓的千代,就这么被藩主纳为侧室。"

老人的语气不带抑扬顿挫,但心中想必是感慨万千,看得百介是百般不忍。他陈述的,可是发生在自己亲生女儿身上的悲剧呀!

"想必这让小右卫门悲愤难耐吧,因此与吾等断绝关系,并斩杀了关山家老,逃离小松代藩后就此音信断绝。"

那已是三十几年前的事了。后来,川久保小右卫门浪迹至江户,成了叱咤黑暗世界的霸主。

太郎丸依旧凝视着地炉里的炭火。阿银则目不转睛地注视着太郎丸。虽然尚无法证明是否血脉相系,但这两人似乎有着某种不可思议的缘分。

"后来,千代小姐怎么了?"右近问道。接下来的事和右近可就是息息相关了。

"小右卫门逃离后,千代就产下了一个女儿。"

"可就是阿枫公主?"

"是的。小松代藩以关山遇害与阿枫公主诞生为借口,正式断绝了与吾等川久保的关系。据说正室未产下子嗣,因此城内或许期待千代能为其产子袭位吧。"

原来如此。产下继位子嗣者若为山民出身,对城内而言的确是有失体面。为此只得对外宣称与川久保毫无关联。这应该是文作寄居此处期间发生的事吧。

"吾等付出惨痛代价，但原本的生活却也随之再度得到了默许。不过，继位子嗣直到十年后方才诞生。"

"在下欲寻找的就是这位子嗣，"右近说道，"乳名志郎丸。据说若尚在人世，算来应有二十岁了。"

"是否尚在人世，可就不得而知了。"太郎丸说道，"只听闻志郎丸出生后不久，藩主便辞世。城内决定由其弟继位，因此千代与志郎丸便被逐出城外。"

"两人没有回到此地？"

"想回来也难，千代十分清楚回来只会殃及吾等。"

"原来如此。"右近陷入一阵沉思。

太郎丸眯起双眼凝视着右近说道："依我猜测，千代或许前去投靠小右卫门。不过……"

"她，已经死了。"阿银说道。

右近闻言抬起头来问道："阿银小姐可知道些什么？"

"我曾见过她的牌位。"

"牌位？"

"小右卫门在家中立了一座和那一样的祭坛。"阿银指向太郎丸背后说道。

在他身后的是一座祭坛，和百介滑落时掉进的十分相似，挂有古怪驱邪幡。

"其中立着一个牌位，背面写着'俗名千代'。"

"如此说来……"

"牌位只有一个。虽说是个大恶棍，若有此心意立牌，理应不忍将一对母子拆散。因此，那位志郎丸若随母亲一同辞世，想必应会将两者牌位并陈才是。"

是吗，老人有气无力地说道。"千代她……已经死了？"

"享年三十五，记得上头是这么写的。"

"千代若还活着，今年应是五十来岁了。原来是在十五年前过世的呀。"老人驼起背感叹了起来。

"真是抱歉,大爷。阿银一脸同情地凝视了太郎丸半晌,接着又转头向右近说道:"并非我刻意隐瞒,而是做梦也没料到那牌位竟然就是右近大爷欲寻之人的母亲。看来大爷白费了不少力气呢。"

的确是徒劳一场。

"没能帮上浪人大爷什么忙,乞请见谅。"太郎丸抬起头来,随即又低头致歉道。

"您何须致歉?在下一行人不请自来,明知会对诸位造成困扰,仍不顾冒犯执拗询问,诸位却不嫌在下一行素昧平生,毫无隐瞒慷慨解惑,实在感激万分。该致歉的应是在下才是。"右近恭谨地行了个礼,接着又抬起头来,定睛凝视着太郎丸说道,"承蒙您解惑,在下心中疑问已澄清。事前对川久保曾稍有疑念,这下证明诸位绝非如镇上流言所述,实令在下至为羞愧。"

"镇上对吾等有所质疑?"

"是的。如今,诸位已非无人知晓的山民。不仅在土佐国内,就连邻国阿波、赞岐,对诸位亦多有传言。"

"究竟是何种传言?"太郎丸问道。

"外界均传言,栖息于物部川上游剑山山腹的川久保党乃劫财害命之无赖恶贼。近日甚至入侵村子公然洗劫民居,或如海盗般出海掠夺。"

"此、此话当真?"

"是的。有幸面见诸位后,在下方得以确信。这应是个陷阱。"

"陷阱?"

"诸位应是遭人诬陷。"

"诬陷?是何许人欲诬陷吾等?"

"在下亦不知对方为何许人。但的确有匪徒盗用诸位名义,频频于城内犯下暴虐无道之恶行。数日前,官府终于下令讨伐川久保。"

"讨伐?"

就连原本默默静坐于太郎丸身后的四人,这下也个个为之动摇。

"这究竟是怎么回事?"

"此布告乃五日前由高知藩御船手奉行关山兵五发布。讨伐军极有可能正朝此处步步逼近。"

"关山兵五？"

"您听说过这号人物？"

"此人即为小右卫门斩杀的小松代藩次席家老关山将监之子。"

"什么？"

原来如此。

"如此说来——"

"原来小松代藩覆灭后，关山投靠了高知藩。"

"不对，右近大爷。"百介慌忙打岔道，"袭击咱们的那伙人，正是冒用川久保之名义为恶的匪徒，这应是错不了吧？"

理应错不了，右近回答道。"因此发现在下四处打听川久保时，才会如此紧张。"

"没错。因此我才发现其中似有玄机。见到阿银小姐时，这伙人曾惊呼其相貌酷似阿枫公主。记得吗？阿枫公主。"

那又如何？右近问道。

"因此，"百介继续说道，"方才太郎丸老爷亦曾提及，阿银小姐与太郎丸老爷之女千代小姐生得一模一样。依此推论，阿银小姐与阿枫公主的相貌似乎也应颇为相像，毕竟千代小姐与阿枫公主本为母女。"

"长相神似也是理所当然，看来阿银小姐的确酷似两人。"

"不过，川久保诸位见到阿银小姐，却无一人提及其与阿枫公主相貌相似，亦即此处诸位并不知道阿枫公主生得像千代小姐。是吧？"

"吾等从未见过阿枫公主。"太郎丸回答。

"果不其然。就连太郎丸老爷都没见过外孙女阿枫公主的长相，而那伙人却知道阿枫公主是什么模样。"

噢，右近应和道。

"见过千代小姐之女，即阿枫公主样貌者，理应是屈指可数。依此推论，这些人可能是什么人？"

"前小松代藩出身者？"

"是的，正是如此。若该御船手奉行乃小松代藩家老之子……"

"山冈大人难道推断，高知藩御船手奉行即为幕后指使者？"

"岂不是如此？咱们在城下内外听闻许多传言，悉数为受害者传述的遇害经纬或妖魔怪谈，但竟没有任何官府调查议论的迹象，如今却又突然举兵讨伐，难道不认为其中必有蹊跷？"

"原来是关山之子，事到如今，为何又来为难吾等。"太郎丸感叹道。

就在此时，屋外传来阵阵号令声，接着又听到为数众多的脚步声将整栋屋子团团围住。小木屋剧烈摇晃，棍棒从木板间的缝隙一根接一根地戳了进来。最后听到有人在门外高声咆哮：

"凶贼川久保党，乖乖束手就擒吧！"

六

被捕后，百介首度被关进了竹囚笼里。

包围川久保党小屋的，是高知藩派遣的百名捕快。相比之下，川久保党仅有十五人，加上百介一行也不及二十人，任凭右近的武艺怎么高强，也不可能以寡敌众。再者，川久保党原本就没有什么抗争的手段。一如文作所言，这群人似乎已有多代未曾舞刀弄剑，而且个个年迈体衰。就百介所见，这群人生性至为温和，并无任何好战的倾向。他们不过是擅长使用火药，并知悉火药兵器的制法罢了。因此数百年来，均未曾引发什么争端。

虽然太郎丸一再坚称百介一行仅为旅人，与自己毫无牵连，但不管态度如何从顺，还是没有捕快愿意听从被捕凶徒的解释。对此百介与右近早是心里有数，只得乖乖就缚。不过，情势实在颇令人绝望。完全看不到一丝获救的希望。

虽摸不清敌方打的是什么主意，但至少猜得出对方是什么身份。根据百介推测，幕后指使者为高知藩御船手奉行。高知藩坐拥二十四万百余石，规模居四国诸藩之冠。凭他们区区几个普通百姓、无宿人、浪人和山民，再团结抗敌也绝非对手。这下自己是有罪还是无罪根本不重要,反正一切将均由敌方定夺。情势可说是穷途末路了。

不过,百介倒是看得很开。虽然被关在笼中,放眼望出去,景色还是很美。

这是一段难行的山路,相较于走得万分艰辛的捕快和小厮,被关在笼中反倒落得轻松。唯有在倘若摔落便必死无疑的绝壁上时,才稍微感觉到一丝恐惧。队列似乎正从别府沿着物部川穿过市宇,朝下游走去。和百介一行人上山时走的并非同一条路。

沿途经过了几个小村落。每经过一个村子,百介便尴尬地低头掩面。因为每到一处,村民们均是倾巢而出前来围观。看来这也是理所当然,想必自建村以来,至今未曾有过百名捕快攀登至此来逮人吧。只是,百介不敢抬头并非出于羞愧,而是由于浮现在村民目光中的惊惶恐惧。对村民们而言,坐困笼中的百介一行人是盘踞村外的七人御前一类的妖魔。

人群中不乏身穿古怪装束虔心祈祷者,就是一个证据。只见五颜六色的饰物四处摇晃,这些均悬挂在斗笠上。随处可见奇形怪状的驱邪幡悬垂而成的结界。这让百介想起文作曾提及这一带的村落住着许多执掌此类祭祀的大夫。原来他们就是这副模样呀,百介漫不经心地想道。看来,他们是将这扰乱宁静生活的空前骚乱当成凶兆吧。也或许这些祈祷是为了清除他们这些过路妖魔留下的晦气。

这是一场毫无歇息的强行军。途中,百介曾数度陷入昏睡。没有真正睡着,毋宁说是因饥饿、困顿而失去了意识,因此不知一行究竟走了多久才走到山麓。也曾数度挂念在队列后头的阿银是否安好。不知那强悍的女中豪杰在笼中是否依然正襟危坐。百介歪着脑袋往外窥探,但就是不见关着阿银的笼子。

在一个不知名的地点被放出来后,百介一行人被押入牢里监禁了一晚。除了被关进女牢的阿银外,所有人都被囚禁在一起。不过,没有人开口说一句话。看到右近默默无语,百介也不敢贸然吭声。也曾有人送来伙食。虽然饥肠辘辘,但百介却连一口饭也咽不下。因此,只喝了几口水就睡着了,还做了个阵阵铃声作响的梦。那是个断首马载着七人御前踱步的梦。哀怨与恐怖夹杂的铃声，在百介梦中竟成了抚慰人心的音色。

一夜过后，百介一行再度被捆上绳索。原本以为自己将被押往白洲①审问，却被押进了一间铺有地板的大厅，并在大厅中央排成了三列，四隅与出入口均有持棍棒的捕快站岗。一行人就这样在房内等候了半个时辰。

后来，站岗的捕快突然离去，只见一个穿着整套礼服的武士在随从的陪伴下走了进来。看到其中一个随从的脸孔时，百介差点没喊出声来——桓三。这张脸绝不可能忘记，他就是那伙曾袭击百介与阿银的暴徒中的残存者桓三。

百介朝阿银使了个眼色。阿银一如往常端正地跪坐着，似乎是感觉到了百介的视线，她双眼朝百介瞟了过来，并微微一笑。

"还不把头低下？"随从怒斥道，"来者乃御船手奉行关山殿下！"

太郎丸迅速低下了头，其他人也纷纷仿效。百介也连忙低下头，或许是太急了，竟然滑稽地鞠了个躬。

"行了，把头抬起来吧。此并非正式审问。"关山说道，接着便走到了太郎丸面前。

"你就是川久保党的头领吧？径直回答。"

"是的。"太郎丸依然低着头，"老夫即川久保头领，名叫太郎丸。"

"是吗，昔日曾听先父提起过你。"

"如此说来——"

"没错，本大爷乃为汝等同党、谋逆者小右卫门所杀的小松代藩次席家老关山将监之子。"

"那么，这回的逮捕与该事可有任何……"

"毫无关联。关山回答道。"先父当年是自寻死路。丧命乃肇因于一己之愚昧。"

"此……此言何意？"

"紧抓着小松代这种小藩不放，换得的却是如此结果，岂不是死得毫无意义？在气数将尽的藩国当上家老，哪有什么可值得开心的？先父正是为了

---

① 江户时代的法院。

这点小小成就得意忘形，才会换来如此下场。"

太郎丸缓缓抬起头来。

"本大爷对汝等并无遗恨，亦不抱持再兴小松代藩这类愚蠢夙愿。太郎丸，你可还记得这张脸？"这个奉行指着其中一名随从问道。

"你、你不是桓三吗？"太郎丸瘦削的喉头蠕动了好几回。想必是惊讶得咽下了好几口口水吧。

"没错，此人正是当年随同你女儿千代被送来的男人。后来改姓洼田，正式成为小松代藩士，负责守护阿枫公主。如今，此人已是本大爷的得力助手。"

久违了，桓三笑着说道。

"如、如此说来，是你将……"

"胆敢无礼！"关山将扇子使劲一敲，将太郎丸往前伸出的手打了回去，"你可是个罪人，胆敢用这等语气同奉行之侧近交谈！"

太郎丸再度低下了头。

"给本大爷仔细听好，太郎丸。如今，土佐盛传诸多扰乱风纪之妖魔传言。七人御前、船幽灵、平家冤魂，均为愚昧至极之流言蜚语。但麻烦的是，竟然真有人遇害。"

一眼就看得出他这是在装蒜。百介偷瞄了关山一眼。这一切绝对是他们这伙人干的。

"这可真是麻烦，"关山继续说道，"毕竟，若仅止于传闻迷信，大可放任不管。但真有善良领民惨遭夺财丧命，可就非得取缔不可了。只是平民百姓毕竟愚昧，只知一味推称妖魔诅咒，对其多有畏惧，藩主山内公见状心疼不已。"

"这一切与吾等毫无关系。"

"太郎丸，和你们有没有关系……"关山屈身凑向太郎丸面前说道，"可得由本大爷来决定。"

"但是——"

"这里没有你插话的份儿。给本大爷听好，太郎丸。领民纷纷认为，最近肆虐的妖怪其实就是你们川久保党。已有多人惨遭杀害掠夺，领民们终于发现自己是何其愚昧。世上哪有什么鬼怪？"关山大言不惭地说，"妖魔鬼怪或许会取人性命，但不会夺人财产，这证明一切均为人为，因此当然要将汝等嫌犯绳之以法。听闻凶贼已被一网打尽，殿下亦甚感欣喜。"

关山以合拢的扇子戳了戳太郎丸的鼻尖继续说道："不过呢，太郎丸。本大爷和你们自先父时代即有交情，也不忍只听信流言便将你们处以死罪。因此才在正式审判前，特给你们一个抗辩的机会。"

"那么，请容老夫直言。"太郎丸刻意低头回避关山的视线说，"首先，此三人与吾等毫无关联。"

关山转头朝三人望去。百介紧张得两肩紧绷。

"此三人纯为旅人，与吾等一党毫无牵连。望尽快放行开释。"

"这可不成。"

"为什么？"

"这浪人和町人知道了太多不该知道的事。"

"不该知道的事？"右近抬起严峻的视线望向关山。

"而这个女人则是和阿枫公主生得太相像了。"

阿银一句话也没回。

"可是——"

"让本大爷给个提议吧，太郎丸。"

这哪算抗辩？简直就是恫吓。

"咱们来场交易如何？"

"交易？"

"告诉本大爷飞火枪的制法。"

"这——"

原来这就是他的目的。但究竟是为了什么？

"瞧你这什么神情。"关山说，"本大爷想要的，正是昔日一炮便将全村毁灭殆尽的飞火枪的制法。"

"要、要这做什么？"

"要这做什么？当然是要当武器用呀。太郎丸，你们这种在山中窝了几百年的土包子想必是不懂，如今时代已经不同了，这世界可是无时无刻不在改变。倘若哪天有异国自大海另一头来袭，后果铁定不堪设想。这哪是光凭弓矢、种子岛和大炮就能因应的？腰上只挂大小两把刀就能耀武扬威的日子，很快就要过去了。"

"你……该不会是意图谋、谋反吧？"

"谋反？这个词很快就要说不通了。时下的幕府全是一群毫无先见之明的傻子。听懂了吗？好好考虑考虑吧。"关山把脸朝太郎丸凑得更近说道，"只要有了飞火枪这种强力武器，甚至能守护坐困京都的天子陛下，讨伐食古不化的幕府，再建这百废待举的国家。这岂是谋反？拥立天子陛下，为维护国益发起讨幕攘夷之战事，岂可以谋反称之？再者，这难道不符合你们的夙愿吗？别忘了，德川可是清和源氏呀。"

"这、这可是……"

此话倒是不假。德川家康以新田家之祖新田义重的后裔自居。若是如此，德川家的确有源氏的血统渊源。

这可是山内公的意思？太郎丸问道。"难道高知藩藩主殿下有意这么做？"

关山笑着回答："山内公对此毫不知情。"

"什、什么！"

"藩国如今正忙于整顿内政，无暇顾及藩外事物。太郎丸，这个藩的未来兴亡，本大爷毫无兴趣。方才也说过了，时代已然改变。若能助本大爷一臂之力，不也能帮你们一偿夙愿？"

"吾等早无任何夙愿。"

"是吗？噢，反正那种老掉牙的坚持也没什么好计较的。再者，这场交易也不是为了这个目的。好了，就看你是从还是不从。若是答应，本大爷就放了你们。若不答应……就将你们全部处死。"关山眯起双眼笑着说道。

"绝……"太郎丸就此打住，同时还朝百介与阿银望了一眼。

绝不答应，想必他是想这么回答吧。不过若就此拒绝，将祸殃百介等人，看来他必定正为此踌躇不已。

"为何不从？难道这守了七百年的秘密是如此意义深重，你宁可将它带进坟墓？"

"此秘密早已不再重要了。吾等原本就准备让它和自己一同湮灭。只是……"

"只是什么？本大爷认为这条件对你们已经够优厚了。桓三，你说是不是？"

"头领呀，"桓三走到太郎丸面前说道，"我不想杀了把自己养大的恩人……"

"桓、桓三……你……"

"也好，一切就凭回答决定吧。看来，我先杀那个女人吧。"桓三两眼紧盯着太郎丸走到阿银面前，作势要拔刀出鞘。

"住手！"

就在太郎丸失声大喊的同时，门被砰地拉了开来，一个武士拖着脚步走了进来。

"奉行大人！"

"怎么了？这是怎么一回事！难道不知道审问时严禁外人闯入的规矩吗？！"

"不过殿、殿下他……"

"殿下？殿下他怎么了？"

"殿下有令，暂缓对这群嫌、嫌犯行刑。"

"什、什么？"关山的脸涨得通红，"这是怎么一回事？快说！"

"昨、昨晚船幽灵又现身了。"

"船、船幽灵？"

"不仅是昨晚，前晚、大前晚亦曾出现。"

"那、那又如何？"

"按照常理，若这群嫌犯真为肆虐城下的妖魔凶贼，且既已悉数身陷囹圄，这种东西理应不复现身。但从殿下收到凶贼已伏法的通报后，每夜均有船幽灵在桂滨出没。"

"这……怎么可能?"

关山吓得一张嘴张得斗大,接着便朝桓三瞪去。桓三连忙把刀收回刀鞘里。

"船幽灵?这世上难道真有船幽灵?"关山低声呢喃了一句,紧接着又厉声说道,"绝、绝无此理。一定是谁看走眼了。想必是一群不知这伙人已就擒的愚昧渔师出海作乱,不知哪个胆小如鼠之徒看到钓船后的一派胡言,绝对是无稽之谈。"

"但就连殿、殿下本人亦曾目睹。"

"殿下也看见了?"

绝无可能,竟敢在此妖言惑众?关山语气强硬地说道。毕竟一切都是自己设计佯装的,关山当然会慌张,当然得强词否定。

"殿下公务如此繁忙,哪可能亲眼目睹此类海上妖物?"

"德州公于日前遣使快马通报。"

"什么?就连蜂须贺殿下也……"

"该使者禀报,日前曾有怪异船只于阿波领内海域出没。自鸣门经蒲生田岬、阿濑比鼻驶向土佐湾。"

"岂有此理。"

"使者亦表示此即为长门濑户内传闻的船幽灵,宜谨慎防之。同一期间,安艺滨海处亦开始流传船幽灵传言,而桂滨几乎每夜都……"

"但这、这绝无可能为幽灵作祟。"

"不过殿下也纳闷,若为人为,那么究竟是何人所为?毕竟根据奉行大人禀报,嫌犯已遭一网打尽。"

"因、因此殿下认为真有此妖魔?"

"想必奉行大人亦曾听闻先前发生于淡路的狸妖之乱。阿波殿下曾遣使通报殿下,故此事绝不可等闲视之。再者,若世间确有此等妖物,便不宜将就捕嫌犯仓促定罪。"

"岂有此理!"关山以扇子朝地板敲了一记。

"但此乃殿下之命……"

"奉行大人。"

百介吓得差点没翻了过去。开口的竟然是阿银。

"这世上真有船幽灵哪。"

"给、给我闭嘴!"

"我怎能闭嘴?这可是攸关我的脑袋呀。既然殿下都这么说了,那么奉行大人稍早提议的交易岂不就不成立了?只要不杀了我们几个,这些人是绝对不会说出去的。"

关山气得满脸通红。

"那么,容我再给个提议如何?既然无法再交易,那咱们就来赌一场吧。"

"赌、赌什么?"

"若真有船幽灵,就将咱们无罪释放。若没有,咱就无条件将飞火枪的制法传授给大人。"

"你说什么?"

"来赌一场如何?今晚就将我们悉数捆绑押到海边,若如此处置后仍有什么妖怪现身,不就能证明那些案子并非我们这群人所为?"

"不过,即使真有什么东西出现,也未必能保证那就是真正的船幽灵吧?"

"若非幽灵,那么不管出现的是什么,都算咱们输。"

这条件对自己着实不利。百介这下也哑口无言了。哪可能真有船幽灵这种东西?关山则是显得一脸困惑。他如此困惑,也不是没道理。毕竟阿银提出的,是个对自己明显不利的条件。这点当然令他纳闷。毕竟条件太好,总要令人怀疑其中是否有诈。尤其是关山这等深谙奸计之徒注定生性多疑,当然会琢磨其中是否有什么隐情。

"且慢,"关山经过一番深思熟虑后说,"不、不过,届时将如何判断其是否为妖物?好好想想吧,根本没任何基准可判断妖魔鬼怪之真赝。"

的确是如此,分析妖怪是真是假,仅能仰赖主观判断。

不过,阿银却轻而易举地解答了此难题。

"何不央请殿下来下判断?"

"央、央请殿下?"

"殿下不是曾见过那船幽灵一次?奉行大人方才称那是殿下看走眼了,

若真是看走眼了,大人大可当场指正。而且,倘若那真为人佯装,也可当场将其绳之以法。"

这提议如何?阿银转头望向太郎丸问道。太郎丸两眼圆睁地望着阿银。

阿银嫣然笑道:"说不定我真是死去的千代转世的呢。方才的提议,姑且就当作是千代提出的吧。不知您是否同意?"

太郎丸半蹲起身,回过头去,逐一环视了跪坐在后面的同党。没有任何人开口。

噢,老人先是犹豫了半响,接着才说道:"好吧,吾等愿接受此条件。"

"这种条件,你们真、真的愿意接受?"

关山再次将一张通红的脸凑向太郎丸问道:"可知道这女人开的条件,对你们多么不利?今夜若什么都没出现,就算本大爷赢。即使真有什么出现,只要不是真的妖魔鬼怪,不,只要殿下判定那并非船幽灵,也算本大爷赢。再问你一次,这种条件,你们真的愿意接受?"

"无所谓,吾等愿赌服输。倘若输了,愿将飞火枪秘密悉数公开。不过呢……"太郎丸转头望向关山问道,"倘若出现的真是妖魔……"

关山高声笑道:"那本大爷就放了你们。若真有船幽灵现身,当场就把你们通通放了。还真是不得了,这下笑得本大爷肚子都疼了。船幽灵?世上哪可能有这种东西?"

尽兴地笑完后,关山突然恢复一脸严肃的表情,问前来禀报的武士:"今夜殿下可能出巡吗?"

"今、今夜?"这武士似乎是被搞迷糊了。

关山一脸快活地说道:"尽速入城通报殿下,今夜御船手奉行将为其揭露船幽灵真面目。待殿下听到了,依其个性,必定会欢欣允诺。桓三,快去做好准备!"怒吼一声后,关山便大剌剌地步出了大厅。

前来禀报的武士与桓三面面相觑了半响,最后才仓皇地一同去追关山。剩下的随从也个个一脸迷糊,直到大群持棒小厮涌入房内,才回过神来下令将囚犯押回牢里。小厮们快步跑了过来。

"阿、阿银小姐。"百介低声呼喊道。

只听见阿银说:"想必那奉行不知道,若真是妖魔,可是要遭天谴的呢。"

百介还来不及回话,阿银就被小厮们拉起来押走了。目送了阿银的背影半晌后,百介又望向太郎丸。还真是参不透阿银究竟在打什么主意。

照这么下去,大家注定将输给那奉行。想必再过不久,便不得不乖乖地向关山披露守护了七百年的秘密。总觉得将这种技术传授给任何人,似乎都不会有什么大碍,唯独不该让那家伙知道。虽然他方才滔滔不绝地说了那么多道理,但所用的手段毕竟太龌龊了。想到这里,实在让人感到悔恨不已。百介望向右近,发现他的神色也是同样凝重。

"她究竟在打什么主意?"

想必这也不是右近猜得到的。

噢,右近说道:"在下亦参不透阿银小姐本意。不过山冈大人,仔细想想唯一能肯定的,不就是吾等本已稀少的选择中,至少已少了一个死字?"

"噢。"

这么说来,的确是如此。无论结果如何,至少已无须再担心被处死。

"这提议与那奉行提出的交易,条件还真有颇大差异。"右近说道。

接着百介一行再度被押回牢里,在牢房内静候夜晚来临。太郎丸等川久保党也同样不发一语,整齐地跪坐着等候命运发落。究竟是什么理由让他们同意阿银的提议,百介完全参不透。难道他们已经下了决心,准备就此将那秘密公之于世?抑或,他们真的相信船幽灵这种异变会发生?还是,他们真把阿银看作是千代转世?难道两人生得真是如此相像?百介脑海里浮现出阿银的脸。接着便沉睡了片刻。梦中出现一名女子。她究竟是阿银、阿枫,还是千代……百介也没有答案。

七

夜晚终于降临。

百介满腔一股莫名的兴奋。

这是个奇妙的舞台。此处正是桂滨。无底洞般漆黑的夜空中，宛如有人在上面穿了几个孔，透出点点繁星。倘若繁星是夜空上被穿出的孔，那么漆黑夜空的另一头想必是一片光明。但是，倘若夜空是因无底才显得如此黑暗，那么光明白昼理应不该存在。若是如此，这世界岂不就是一片飘浮于黑暗夜空中的蛟龙鼻息？

百介被缚在一座延伸入海的码头上。右近、阿银及川久保党的所有成员也悉数被缚在这座码头上。虽说是码头，由于搭建仓促，踩在上面总让人感觉不踏实。薄薄的木板下是一片不亚于夜空的漆黑。阵阵寒风沿海面吹拂而来，从脚底往上蹿升。冬季的大海果真是冷得惊人。

海岸上，矗立着一座搭建得同样仓促的看台。不过那座看台搭得要比百介一行被缚的码头讲究得多。看台上立着几面豪华的屏风，同时还有几个灯笼。坐在里头的，应该就是藩主山内公与数名担任藩内要职的高阶武士。从百介所在的位置无法看见，但上头应该铺有毡子，上座处想必还配有圆草垫。看台周遭，手持火炬的家臣护卫们包围得密不透风。景象至为壮观。

沿岸也生起了众多篝火，猛烈燃烧，朝着夜空吐出阵阵浓烟。不过任凭这些篝火烧得再卖力，毕竟不敌深夜这片硕大无朋的黑暗。除了依稀可见朦胧的波涛拍打海岸，海面上依然是一片漆黑。

几艘船漂浮在这片漆黑的海面上。船上乘坐着手持武器的武士。一身灭火消防装束的关山伫立在最大一艘船的船首。手持指挥扇的他，看起来像个勇猛果敢、积极备战的武将。在他身后，是麾下桓三等成群船手同心。这光景简直像极了一场合战，而且还是浮世绘上常见的源平合战。值此太平盛世，百介做梦也想不到竟然有幸见识到这种场面。不过，这场合战的对手并非血肉之躯的敌军。而是妖魔——船幽灵。百介朝海上望去。海上更是一片漆黑，与夜空联结成一色。仿佛海的那头就是冥府。不，铁定就是冥府，百介心想。不论是山还是海，另一头绝对就是冥府。人从那头来，也将回那头去。

丁零。传来一声来自冥府的铃响。

丁零。丁零。

关山向前探出了身。一阵骚动在同心之间蔓延开来，呼喊声一路传往海岸边的看台。

"山冈先生。"右近低声向百介喊道。

就在此时,一股不祥的气氛迅速从海面掠过。

嗡。嗡。嗡。只听到阵阵低沉的声响。啪,一个白色物体倏然在海面上浮现。

那是什么!发生了什么事!到处都有人如此大喊。

"别、别吵!"关山高声喊道,"世上岂有妖魔鬼怪!大家瞧,这群装神弄鬼的凶贼均已伏法就捕。没什么好惊慌的!"殿下!关山猛然回头大喊。

呜。呜。呜。阵阵慑人的空气从海上吹来,直让人难以喘息。

百介不由得咽下一口气。岂有此理。竟然真有这种事。

啪。海上骤然亮起一片蓝光。一具巨大朦胧的物体浮了上来。

"船!是船!"有人喊道。

从形状看来,那的确是艘船。

丁零。

久违了,义经。未料竟能在此重逢。吾辈随浦波之涛现身。

随君出航之声自彼世来归。

犹如知盛没海殒命。

汝亦应葬身大海。重拾随夕波逐流之长刀。

于海上奋力挥斩,破浪挥出漩涡朵朵。

阵阵妖风吹得人头昏眼花,狂乱不已。

"这……"浑身已然僵硬的右近说道,"这不是谣曲舟弁庆吗?"

"舟弁庆……"

此时,船上又浮现出三个白色纸人。不知不觉间,谣曲化成了阵阵低吟,低吟声中还夹杂着些许古怪的声音。勺子交出来。那声音似乎是这么说的。

"是船、船幽灵!"

百介这么一喊,人群悉数后退。

"混、混账!没什么好怕的。这绝对是有谁在装神弄鬼!时代已经变了!大家还不快醒醒!世上哪有什么幽灵!"关山厉声喊道。

但同心们依然步步往后退却。

勺子交出来。勺子交出来。勺子交出来。

"啊,给我闭嘴!"关山拔刀出鞘。

就在此时,只听见咻的一声。一道红光穿过了关山的额头。紧接着,桓三的额头也为一道红光贯穿。

天谴哪。天谴哪。天谴哪——

低吟声愈来愈大。站在船上的关山与桓三晃了一晃,随即落入海中。

霎时,同心们悉数被吓得脸色苍白、魂飞魄散,发出阵阵悲鸣,将船仓皇朝海岸划去,一到岸便争相弃船,跌跌撞撞地逃往码头。待海上已不见一艘船影,船幽灵才静静驶向码头。只见船首站着一个雪白幽灵。

丁零。

"御行奉为——"

那幽灵如此说道。

此时,篝火也一个接一个地熄灭。

八

在事触治平掌舵的船上,百介依然精神恍惚,弄不清到底发生了什么。

驶向码头的鬼船趁着漆黑夜色,将阿银、百介及十五名川久保党人悉数救出。由于事情发生在眨眼间,百介完全没留意到唯独右近被留在原地。御行又市与文作竟然也在船上。这可就更让人纳闷了。

又市笑着说道:"这回,先生可尝到了不少苦头哪。"

"是尝了不少苦头,这究竟是怎么回事?"

"这——"

"真是对不住呀。"文作再次一脸哭笑不得地致歉道。

"此人乃祭文师文作,是小的昔日的同伙。"

"这怎么可能?那么阿银小姐也应……"

"这家伙我可不认识。"阿银望向远方的海岸说道。

此刻岸上想必是一片混乱。从当时众人的狼狈模样看来，想必每个同心与小厮均相信这船幽灵绝对是真的。远在岸上的藩主与家臣更是不可能有半点怀疑。

文作露出掺杂了几分歉意的和蔼笑容说道："小的和阿又在京都时曾为同伙，但和这位阿银小姐则是初次照面。"

"这老头可真是有两下子呀，"阿银说道，"其实，他很快就让我看穿了。怎么看都觉得这老头必定有问题。还胡诌什么断首马。"

文作嬉皮笑脸地和在地藏堂时一样，摆出一个挥铃的姿势。

哎呀，百介恍然大悟地喊道。原来这动作是在暗示又市。

真想不到先生竟然这么迟钝，阿银歪着脑袋，以余光瞄着又市说道："这惹人厌的诈术师，一直在暗地里鬼鬼祟祟地算计我们呢。"

可别把救命恩人说得这么难听，又市回嘴道。

"是救了我们的命，没错，但也未免太千钧一发了吧。竟然直到最后一刻才肯露面，未免也太、太无情无义了吧。"阿银瞪着又市说道，"总之，这回的局未免也设得太费周章了吧？再怎么拐弯抹角也该有个限度才是。既然要救我们的命，难道不能把局设得简单些？"

又市望向太郎丸一行人回答道："毕竟有这伙人在，再者，这传言也散播得太广了。"

可否稍作解释？百介问道。"又市，我原本以为这次劫数难逃。其中究竟有哪些是你设的局？"

"其实，小的原本是发现那武士，名为东云右近是吗？形迹可疑。自从注意到他与先生你们俩乘上同一艘船，小的马上开始跟踪监视。后来又发现四国硝烟弥漫，虽欲稍事探查，却又担心先生你们俩的安危。方与文作取得联系，委托代为关照。"

文作挠着脑袋说道："小的原本即为该地出身。噢，虽曾寄居此党栖息处一事纯属捏造，但生于市宇村落的确不假。"

"其实也是事发凑巧，这才让小的想起这一带正好有么个旧识能派上用场。不过，据小的调查，关山那恶徒手段至为毒辣。光是小的调查所及，便发现有二十五人命丧其手，而且竟还嫁祸于人，手段之阴险，实为天理难容。"

"因此阿又又做了几场装神弄鬼的生意，"望向一旁的阿银问道，"好为这场局筹措经费，是吧？"

此等排场，哪是没钱办得到的？又市回答道。"此回可真是耗资不菲。除了连忙将这个回到江户的顽固老头请来，还得找来这艘海盗船，雇用几名船夫呢。"

"到头来，这回又被这混账拖下了水。"治平语气恶毒地抱怨，"阿银呀。我原本还高兴这下荷包里终于有了几个钱可以挥霍，还上纪州泡了澡，好洗去这身俗世尘垢。结果怎么着？又被这家伙逮回来做牛做马。这下又被打回了原形，弄得一身尘垢。"

治平原本是个盗贼。而且追本溯源，昔日混迹的蝙蝠组原本还是出没于濑户内海的海盗。如此看来，这场动用船舶的局，对他而言根本是小事一桩。

"如此说来，方才那……"

那两道红光。

"难不成就是野铁炮？"

原本一脸怒气冲冲的治平终于泛起笑容回道："一点也没错。"

那就是曾称霸濑户内海的蝙蝠组从不外传的秘密武器。

"那、那东西不是早已不复存在？"

"是为了这回特地打造的。"

"特地打造？"

那家伙可是土法锻冶就造得出来的呀，治平说道。治平这个混混，是个从制造器物到驾驭野兽样样精通的奇妙人物。毕竟有两个月的准备时间，要他造出这种东西或许真是轻而易举。

这诈术师利用起人来还真是毫不留情哪，治平抱怨道。

小的利用的可是妖魔呢，又市说着，接着又望向百介，旋即再转头向依旧不知所措的山民们开口说道："总而言之，这回小的所设的局，还得请川久保的诸位就此销声匿迹，方能大功告成。"又市解开包在头上的白木棉头巾后继续说道,"若不利用那御船手奉行所布下的陷阱进行反向操作,这个计谋便无法圆满告终。不知先生是否理解个中道理?"

想必是这么一回事吧。关山一伙接连犯下看似妖魔诅咒的暴行,恣意翻弄人心,并借由嫁祸川久保党将之悉数逮捕,使其暴露于百姓眼前。由于山民原本就熟悉妖术魔法,这谎言便不难为百姓采信。到头来下至领民、上至领主,均为关山布下的陷阱蛊惑。此精打细算之奸计,成功使川久保党悉数落入关山手中,被迫于保命与保密之间作抉择。乘此奸计行反向操作,意即须让领主、领民打心里相信并非有人刻意装神弄鬼,而是真有妖怪存在。不,光是如此还不够。还得让人相信川久保党的确是妖怪。

没错,又市说道:"这群人的确与凶案无关。但再如何费力证明,想必仍应无人采信。毕竟川久保一族蛰居山中经年,一向栖身俗世阴影之中。对外人而言几乎与妖物无异。妖物可是不能堂而皇之抛头露面的。即使逮到了真凶,坊间毕竟已认定此党为妖魔之身。故这群人已无法回归昔日生活,民愤未平,亦无望寄身于外界谋生。只不过……"

若真有船幽灵现身,而川久保一族亦随船幽灵消失无踪。如此一来……

"如此一来,看到伏法凶手果真为妖物,大家只须求神祈福,骚动便可平息。只要小的稍事摇铃并贴上此符,领主、领民便可安心。"

果真是个高明的反向操作。

"不过,为确保后续一切顺遂,必先封住关山与心腹桓三之口。杀生非小的所愿,但今回实在别无他法。稍有闪失,恐怕先生与阿银便得……"又市将手朝脖子上一横。没错,当时还真是千钧一发。

"手法未免也太笨拙了吧,"阿银责骂道,"难道不是吗?如此不讲章法,岂不有辱诈术师英名?"

的确,又市一伙过去不是逼对方自投罗网,便是让对方就捕伏法,手法形形色色,似乎未曾这般亲自出马。任凭对手再怎么阴险凶恶,这诈术师也绝不至于出手杀人。

还不是因为担心你?又市冷冷地朝阿银说道。

这种鬼话谁会相信?阿银回道。

"总而言之，小的为了这回的局还真是煞费心神。毕竟这回扮的可是货真价实的船幽灵，准备起来既耗时又费力，到头来还成了这么个大阵仗。虽然对那浪人颇过意不去，但也不得不留下他当个证人。"

"证人？"

"那浪人已知悉一切原委，但想必对船幽灵无任何怀疑。如今对那浪人而言，先前的一切已不过是虚幻。栖息山中的平家落人、守护经年之天大秘密，事到如今，已悉数随那浪人的所见所闻化为幻梦一场。"

在当时的情况下，右近理应只能作如是想吧。想必右近应该也料想不到，百介与阿银已乘上了这艘船吧。而川久保党亦随船幽灵烟消云散。留下他当证人。百介颇能理解。百介扮演的角色一直是——从未被事前告知这伙人设的是什么样的局，因此见到异象时都不疑有他，直到事后才发现自己竟然也在无意间轧了一角。这回可轮到右近扮演百介的角色了。

"那浪人果真是身手不凡，因此可让小的费了不少工夫。倒是先生，这回的恶人是那个奉行，而不是殿下。为此，咱们非得让这个藩的藩主扮白脸不可。因此……"

想必他事前曾去找过蜂须贺公疏通吧。再者，又市似乎在淡路设局时，也曾帮了德州公什么忙。

我可没闲着，又市转身向阿银说道。

阿银依旧凝视着海岸那头。

"即使没闲着，这局布得也太差劲了。"阿银注视着远方的黑暗说道，"竟然让咱们冒了这么大的险。"

倘若我没察觉该怎么办？阿银冷冷地问道。

"噢？我还以为你早就看穿了。"

"哼，托你的福，我可是吓得背脊发凉呢。毕竟也没瞧见什么证据，还不敢知会先生呢。"阿银瞄了百介一眼说道："真是对不住呀，先生。并非刻意瞒着先生。"

"噢，不用放在心上。"

反正百介早就习惯被蒙在鼓里了。而且即使事先知情，百介也帮不上什么忙,顶多只会碍事罢了。

"毕竟我也没帮上什么忙。"

"千万别这么说。先生可是冒着性命危险伴我走这趟路的,和那直到最后关头才站在船首摇铃的家伙可有天壤之别呢。"

还真是拿你没辙呀,又市抚摸着发毛生长了些出来的光头说道。

"我这条命也就算了,但身为正派百姓的先生若是有个什么三长两短,那怎么了得?"

"说得也是。不过呀,阿银。"

"怎了?"

又市以哀怨与温柔交杂的眼神望向百介,开口说道:"先生的确是个正派人,不过,这下他也乘上了这艘幽灵船。"

"呀!"阿银两眼圆睁地望着百介。

"怎、怎么了?难道我不该上这艘船吗?"

百介这才察觉情况有异。按照往例,百介理应和右近一同被留在码头上才对。

"难、难道我……"

一点也没错,又市说道。"这下在那武士眼里,先生也成了咱们,也就是妖怪的同党。"又市露出了一个愉悦的笑容。

治平也笑着说道:"唉,既然都上来了,总不能让先生在这儿下船吧?总之,没什么好惊慌的。当年义经可是丝毫没动摇哪。"

船老大奋力驭舟,放胆前行。文作一时兴起,学起谣曲的措辞说道。

遵命,治平也闹着应和道。"前航,前航,一路驶向地狱冥府,乘此舟者悉不复还。倒是,阿又呀,这艘幽灵船该往哪儿去?"

"至于该航向何方……"又市单膝跪在太郎丸面前,毕恭毕敬地问道,"这位可是太郎丸老爷?"

"老夫正是太郎丸。"

"迟迟未向老爷致意,乞请见谅。一如老爷所见,小的乃云游四方、靠出售驱魔符咒为生的御行又市。今回未先行通知,让诸位平白受此虚惊,在此谨向各位诚心致歉。"

太郎丸语气平稳地回答："你无须多礼。方才已听闻此事经纬，看来似乎该由你为老夫指点迷津。一如所言，吾等于原居处已被视为半人半妖。毕竟此乃累积数百年基业，吾等亦已无力回天。如此看来，若欲平安度日，吾等也只能放弃原乡迁往他处。"

除此之外，已无他法，又市说道。

"那么，自此吾等将迁往他乡安度余年。传承数百年之机密与平家落人之出身，从此将悉数舍弃。"

"就请将昔日种种、外界咸认诸位乃妖魔之揣测，悉数留在原乡吧。"

嗯，太郎丸深深颔首，接着朝静候一旁的同族说道："川久保党自此解散。各位可有什么异议？"

全员悉数点头同意。

"这回受各位诸多照顾，吾等在此诚心致谢。"

"噢，切莫如此多礼，还请各位尽快起身。那么，这艘幽灵船应该驶向何方？"

"这……可否容吾等审慎思考？毕竟是七百年来头一遭。"语毕，太郎丸终于露出快活的笑容。

又市向川久保党全员行了个礼，接着走到阿银身旁问道："至于你……要上北林藩，是吧？"

是呀，依旧眺望着漆黑夜色的阿银回答。"还得去找人造几具傀儡呢。"

想去就去吧，又市说道。

百介也和他们俩一同眺望着夜里的大海。

丁零，只听到一声铃响从海面上掠过。

死神　抑或七人御前

凡见死神一度

必遭横死之难

自戕自缢者

皆为此妖魔蛊惑

一

六月刚过，一个和风徐徐吹拂的早晨，山冈百介从加贺国小盐浦回到了江户。

去时快马加鞭地赶路，仅滞留了短短三四日，不过办妥差事后便不必赶着回去，加上手头多了些盘缠，回程便游哉优哉地放慢脚步，顺道游山玩水了一番。

话虽如此，这趟旅程其实走得也没多洒脱。看的不过是寺庙神社，玩赏的不过是山野河川，沿途未曾沾染女色博弈，饮起酒来亦仅小酌，顶多放松心情泡了温泉，享用了一些较平日所吃要可口几分的饮食。并不比自己隐居后的温泉疗养生活好多少。

这也是无可奈何。百介心想。毕竟沿途有两人同行。一个是名叫事触治平的老头，紧绷着一张皱纹满布的脸，一头白发扎得整整齐齐，一脸凶相，哭闹不休的孩童看了也要噤声。另一人则是在东国名闻遐迩的艺人四玉德次郎，一身刺绣外套，头包宗匠兜帽，打扮华丽潇洒。这扮相古怪的两人再加上百介，看起来当然是了无情趣。

毕竟，此二人原本即非正派之士。虽然穿戴干净整齐，看来像个大店家老板，但治平原本却是个盗贼。虽然早已金盆洗手，真要盘查还是抖得出一箩筐罪状。此人无前科，但毕竟是个无宿人，通行证明亦为赝品，因此实难择大道而行。纵使能巧妙地避过关所，依然无法大摇大摆地走在大街上。若遇上盘查被迫出示身份，即使无犯罪之实，亦恐将遭到逮捕。因此即使身怀万贯,还是不得有任何引人侧目之举。

百介原本就是蜡烛大批发商的隐居少爷,治平则佯装成一个隐居的杂粮大批发商。因此,这还真成了一场隐居的温泉疗养之旅。

至于德次郎,和他们俩其实也是一丘之貉。此人不仅是云游诸藩的戏班班主,还是深谙奇异妙技"吞马术"的放下师①。他操算盘表演的幻戏绝技亦堪称极品,据说其手腕高超,只要拨拨算盘珠子,就连大店家的金库都会为之大开。这家伙一如治平,看来也曾干尽坏勾当。从其潇洒的打扮,也不难看出他原本极好女色。毕竟是物以类聚,眼见同伙治平如此谨慎,他的举止也温顺多了。

不过,百介则几乎算得上是江户首屈一指的土包子。对他这么个木头人来说,这次反而成了一趟安稳的旅程。原本百介这回前往加贺那穷乡僻壤,就是为了助诈术师又市设局。这桩差事以一次场面浩大的障眼幻术,为加贺小盐浦的一位饲马长者的大宅邸解决了纠缠多年的纷扰,并换回一家人的和乐融洽。百介在这桩差事中充当了帮手。

又市是个浪迹诸藩,靠抛撒驱魔符咒营生的怪异人物。从诈术师这听来并不正派的绰号可知,他骨子里绝不是个单纯的撒符御行,真实身份甚至比治平和德次郎还要费人疑猜。

就百介看来,又市其实是个懂得差使妖怪的妖术师。当然,他差遣的并非真的是妖怪。任何让常人束手无策的纷扰,他都有办法祭出五花八门的手段消弭化解。暗地里承接这种怪异万千的差事,其实是他的副业。这是一门奇妙的生意。由于处理的净是些借正当手段无法解决的纷扰或难题,因此靠寻常的布局起不了什么作用,有时必须采取些不法手段方能奏效。虽然他从未亲自下手,但碰上逼不得已,有时甚至还得取人性命。

但就百介所知,又市设的局从来没为社稷造成不良的影响。只要凭这诈术师那三寸不烂之舌和光怪陆离的妖异戏码,一切均能获得圆满解决,可见此人的确是有两把刷子。在未曾猜透这些局中玄机的人眼里,一切均看似妖

---

①杂耍表演者的一种,演出内容多为耍球、魔术、扯铃等杂技。

界魔怪所为,就连对他的手段略有知悉的百介,也常被蒙在鼓里。每回纷扰虽圆满解决,却屡屡换来妖怪现形。由此看来,又市的确称得上是个使唤妖怪的妖术师,而且屡屡凭着机智手段锄强扶弱,除暴安良。

不过,又市也并非受人情义愤驱策的义贼。这诈术师精心筹划这些戏码,绝非为了济世救人的大义名分,充其量不过是为了挣点银两糊口。

治平与德次郎两人既是又市的旧识,也是他的同伙。治平曾是个拉拢人加入匪帮的掮客,同时也是乔装易容的高手,不仅精通各种诈术,也深谙驯兽绝技。而德次郎耍起障眼幻术亦是身手不凡,据说在故乡男鹿被誉为高明魔法师。另外,还有一个名叫阿银的巡回山猫,也是个常理难以测度的女人。

总之,论身手,这群人绝非泛泛之辈,但毕竟均为无宿人。只是这区区几个无刀无枪、身无分文、连身份都没有的小人物,有时竟然也能将大名玩弄于股掌之间。还真是让人佩服得五体投地。

百介在前年因缘际会结识了这群小混混。相处下来,和他们也就变得益形密切,甚至在不知不觉间充当起了他们的帮手。

不过,百介并非无宿人,亦非有前科的罪人。虽为商家扶养,但原本为武家之后。而且,还是江户某首屈一指的大店家的隐居少爷。因此百介其实属于家境优渥的正当百姓,与那伙人本非同类。故他和又市一伙人之间,其实有着一道永难跨越的鸿沟。只不过,百介不认为自己有资格趾高气扬地和世间人等打交道。

百介认为一个人的价值不应凭身份论断,亦不可以金钱衡量。在过去几年里,由于数度随又市一伙行动而结识了许多人,让百介益发肯定家产、出身和一个人的本质绝无多少关系。就这点而言,百介这辈子注定只能当个永无出头之日的小人物。

百介这辈子从未卖力工作过。虽立志成为一个剧作家,但至今仍是默默无闻。走遍全国搜集奇闻怪谈,虽是出于有朝一日出版一册百物语之大志,但再怎么看,都不过是个仰仗优渥家境游手好闲的窝囊废。

窝囊废,这就是百介给予自己的评价。

因此,不论对方是何等身份,即使是专干些为世间所不齿的勾当的混混,也不会光凭这点就予以鄙视。不，毋宁说百介对这等小混混，即使深知对方身处的世界不容自己立足，也仍心怀强烈的憧憬与共鸣。因此只要他们有所请托，百介便乐意效劳，甚至不惜为此铤而走险。但，他并不在乎危险——

百介虽是个窝囊废，同时也乐意为满足好奇心而冒险犯难。毕竟他是个甘愿放弃大店家老板的头衔，只为寻求奇闻异事四处游走的狂徒。对那些巧妙地拨弄人心、随心所欲地假妖魔之名兴风作浪的家伙会产生兴趣，也是理所当然。每则怪谈的背后，均潜藏这伙人的影子。

反之，有正当身份的百介，对又市一伙人而言想必也有不小的利用价值。虽然一旦有个局外人与事，就必须换个截然不同的方式布局。有好一阵子，百介总是不自觉地在他们的戏码中轧上一角，在得知整件事的来龙去脉前，永远是浑然不觉。虽是浑然不觉，一个局外人却也能起相当重要的作用。每一回，百介都以为是依自己的想法和意志行动，到头来才发现，原来从头到尾都被那群小混混随心所欲地玩弄于股掌之间。说明白点，自己不过是被他们利用了。但百介丝毫不认为自己其实是为人利用。或许在这群小混混眼里，百介不过是个道具。相信那伙人应是如此认为，但百介本身并不作如是想。对百介而言，那伙人每回都不忘点醒他乃正当百姓、和他们生息的环境不同，因此即使那伙人是为了行事方便，他也不认为自己是为他们利用。

虽然看来绝非善类，但不论是又市还是治平，起初对拉拢百介与事均至为慎重。对两人而言，百介与其说是同伙，毋宁说是客人，因此总是受到特殊的待遇。倘若有什么闪失，也不至于殃及百介。虽然这或许不过是那群小混混深知让局外人介入得冒风险，而采取的滑头决策罢了。

总而言之，百介深深为又市和治平的人品所动，选择步上这条路，几乎可说有一半是出于自愿。或许，这能让他感觉自己虽是窝囊废，但在某些时候至少还有点用处。他觉得从和又市一伙人打交道后，自己变了不少。这并非指他被视为游手好闲之辈的境遇有所改变。毕竟这些作为也没为他挣来多少认可，甚至随着年岁渐长，他的情况反而变得更糟。但百介还是认为比起结识那伙人以前，他的见识还真增长了不少。

"不知又市怎么了呢？"百介近乎自言自语地问道。

此时,一行人已经行过八王子,江户已近在眼前。百介的亲哥哥、任八王子同心的军八郎就住在八王子。本想去打声招呼,但想到身边还跟了这么两个人,只好打消了念头。

"瞧他急成那副德行。还表示要搭船赶路,又不是要回江户,急得像什么似的。"

"那家伙可是和町奉行一样忙哩。"德次郎回答道,"一办完事,马上向那饲马长者借了一匹数一数二的骏马,快马加鞭地上了路。好像前去禀报藩主切腹消息的赤穗传令使者似的。"

这趟旅途没有又市同行,个性截然不同的三人根本没共同话题,自然就把又市当话题聊了起来。

"阿又的胆子也太小啦。"治平把话接了下去,"想必这诈术师从前曾因错失了什么先机而吃过大亏吧。从此就认为办任何事都得刻不容缓,他这习性我早就习惯啦。"

又市也会失败?百介问道。

"哪个人刚出道时不是生手?"治平语气粗鲁地回答道,"那家伙当年还乳臭未干,就在脑门上扎了个发髻,一副淘气鬼装老成的模样,真要笑死人了。"

"我可无法想象一个修行和尚扎发髻会是什么模样。"德次郎问道,"那是他还在京都时的事吗?"

"不,那时的他我也没见过。那家伙离开京都至少有十五年了,当上御行则是出了京都很久以后的事。"

是吗?放下师惊讶地说道。百介则兴味盎然地想继续听下去。这诈术师的往事,可是没多少机会听到的。

"那就是说,当时他还没开始干撒符的生意?"对情况有些了解的德次郎问道,"阿又开始闯出名号,不就是靠稻荷坂那桩差事?当年还闷居两国的我,记得就是在那时听闻这诈术师的事迹。老头呀,那是多久以前的事了?"

"十一,不……是十二年前的事了吧。"治平回答。

"你可记得真清楚呀。"

"因为当时我正好刚金盆洗手呀。"

虽然回答得如此爽快,但治平脱离盗贼生涯的经纬,其实也有个悲惨至极的故事。因此,这句话听得百介是百感交集。

"那桩差事可成了迫使阿又脱离京都同党的契机呀。唉,毕竟对手实在是太厉害了。"

这件事百介也曾听闻。当时又市对付的,是个支配江户黑暗世界的狠角色,真可说是个如假包换的妖怪。

"对阿又来说,那绝对是背水一战。毕竟对手是个令人闻风丧胆的大魔头。为了避免殃及同伙,他只得事先与大家划清界限。唉,不过当时和他联手的也是个大人物,所以他才有胆如此放手一搏吧。"

"这大人物可就是小右卫门先生?"

御灯小右卫门,百介在前年岁暮初次听到这个名字。从此以后,这名字就不时在百介耳边响起,让他想忘也忘不掉。御灯小右卫门是巡回山猫阿银的养父,一个黑暗世界的大头领,同时还是个隐居在土佐山中的太古豪族后裔。

"是呀。"治平瞄了百介一眼,说道,"这小右卫门可是个不简单的人物。也不知当时是为了什么,和刚出道的阿又结上了伙。应付的是个大人物,联手的也是个大人物,让诈术师就这么一战成名。只是……"

治平不由得歪起了嘴。

当时,又市赢了。但同时,他也输了。

"这件事想必先生也很清楚吧。稻荷坂那妖怪的首级原本已经被送上了法场示众,后来竟然又活了过来。"

意即,又市并没有打倒那个强敌。后来这桩恩怨延宕多年,直到去年春季才完全解决。

"阿又这家伙生性谨慎,明明已用尽千方百计,还有小右卫门这种大人物鼎力相助,到头来却只换来如此结果。想必一定让他很不甘心吧。"治平嗤之以鼻笑道,"后来阿又就当起了御行。那身白衣、那只偈箱,都不过是从一个死在路旁的御行身上剥下来的,竟然还装模作样地印起纸符来。"

"他这么做的理由是……"

"或许是为了蒙混到利用非人或乞胸为恶的稻荷坂身边,伺机报一箭之仇，也可能是为了掩人耳目吧。"

原来如此，德次郎再次诧异地问道："不过若要掩人耳目，那身打扮未免也太引人注意了吧。御行通常仅在冬季出现，阿又却一年到头都穿着那身行头四处游走，而且一穿就是十年。莫非他真的喜欢上了那身原本只是拿来当一时伪装的行头？"

"想必是出了什么事吧。"治平说道，"不管是被人找碴还是被盯上，阿又那家伙可都不会乖乖就范。当时他靠媒合、仲裁、勒索等差事，倒还赚得差强人意。但那时候，想必是出了什么事。"

"什么样的事？"

"这我也不知道。总之那家伙当时似乎是牵扯上了什么事，从此就一辈子都无法摆脱那身死人装束。"

"一辈子……"

真不知他究竟是出了什么事？

治平超了百介一步，转身面对山路说道："那家伙说，自己是被死神缠上了。"

"死神？怎么没听说过有这种神？"德次郎说道，"鬼神、水神、山神、田神、草神、福神、荒神、岁神、穷神……神明的确是形形色色，但死神可就没听说过了。原来竟然还有名字这么骇人的神呀。"

"有谁听说过呀，"治平骂道，"那家伙不过是说说罢了。一个诈术师的话哪能相信？反正那张嘴再怎么胡诌也不必负责。"

"佛家教诲中倒是有个死魔。"

噢，不愧是撰写谜题的先生，果真是博学多闻，和干盗贼的老头就是不一样呀。听到百介这么一说，德次郎马上语带戏谑地说道。"竟然连这都知道。那么，百介先生，这是个什么样的神呢？"

"噢，我也是仅有耳闻，详情并不清楚。佛家将死亡比喻为恶魔，即妨碍修行的烦恼魔、阴魔、五行魔、五蕴魔四种妖魔，而取四魔之谐音，也有人称之为死魔。"

原来如此，德次郎摇头说道。

"你这要算盘的感叹什么劲呀。先生也真是的,这番话听起来头头是道,但这东西可不是什么神明呀。"治平笑骂道。

"一点也没错,这死魔的确不是什么神明。佛家若要将之奉为神佛,的确是有失允当,但道家倒是真有决定世人寿命或死期的神明,只是并不叫死神。总而言之,若真要说死神是什么,噢,大概比较接近缢鬼之流吧。"

"缢鬼,这到底是神还是鬼?"

是鬼,百介回答道。"此鬼原本传自唐土,应是与冤魂较为接近,是一种诱人寻死的妖魔。某些曾有过血光之灾的地方,不是会一再发生同样的悲剧?曾有人自缢的树上不是常会有人上吊?"

"这种事倒是时有听闻,"德次郎回答道,"不过,这或许是因为有些树的枝干原本就生得比较适合人上吊吧。"

这也不无可能,百介回答。"因此缢鬼这种东西,该怎么说呢……一种渴望寻死的坏念头吧。"

治平纳闷地扭曲着脸,德次郎则再度问道:"渴望寻死?听来还真是不祥呀。那么,先生,就是这种东西在煽动人寻死吗?"

"是的。俗话说妖孽招祸,心怀恶念断气者,其气将于命丧之处凝聚不散。而心怀同样念头者,就容易与这股气相呼应。"

"这就是物以类聚吧……"

"正是如此。死神会将人诱入邪气凝聚之处,而受引诱者则会选择死亡。"

何谓恶念?治平问道。

"应该就是邪恶的念头吧。唐土之民认为自缢身亡者均有此恶念,为了能再次投胎转世,便须引来生者诱其自缢,缢鬼因此得名。"

"就是引诱人以同样的手法丧命吗?"治平不悦地说道。

"是的。似乎不这么做,冤魂就无法转世。这种事就称为缢鬼求代。"

"既然这么想复生,当初又何必求死?"

说得也是,治平这么一说,德次郎也附和道。

"这也有道理。不过已死冤魂引诱生者以相同手法寻死的例子并不罕见。例如我近日最感兴趣的……"

"七人御前吗？"治平突然停下了脚步，"难道……这也属于这种东西？"

百介也停了下来，点了点头。

七人御前。过去一年来不论走到哪儿，百介都频频耳闻这古怪的妖怪名字。这名字听来并非一般的妖怪，百介总是在始料未及的情况下，在出乎意料的地方听到与这妖魔相关的传闻。

（这和听到御灯小右卫门之名的情况可谓如出一辙。）

百介发现了一个奇妙的巧合。七人御前的传说主要在土佐一带流传。不过，这妖魔的名字却总是在毫不相干的地方出现。例如，传说七人御前在若狭外围的小藩北林藩出没，还大举肆虐，至今已经出了好几条人命。而御灯小右卫门亦为土佐出身。而且，目前正在北林藩内结庐定居。这难道是巧合？若真是如此，还真是个不祥的巧合。

"七人御前，虽然传说中的描述形形色色，但大致上是个只要遇上便得丧命的邪神，好比溺死者的不散冤魂可使生者死于水难，因此不脱死神的范畴。"

"自己溺死了还招人溺死。"治平略事调整背在肩上的行囊，喃喃说道，"还真是死心眼哪。"

"是呀——"

百介忆起了今年年初在土佐发生的一件事。当时与百介同行的阿银从百介口中听到七人御前的传闻，也曾和治平一样感叹这妖怪死心眼。自己再怎么不幸，也没资格把其他人拖下水吧。阿银当时曾这么说。

离开土佐后，百介就没再见过阿银。

（至今已经快半年了吧。）

说起来，临别前，阿银曾表示她将前往北林藩。至于详情，百介当然无权过问，因此准确情况并不清楚，想必是去见对她有养育之恩的小右卫门。小右卫门表面上是个傀儡工匠，阿银则是个傀儡师，因此似乎曾提及想请他修缮一些损坏的傀儡头。

七人御前。希望阿银别碰上那妖怪才好，或许这种担心是多余的，百介还是不由得为她感到忧心。北林的七人御前十分残暴，遇上者均遭惨杀，据说不是被千刀万剐就是被剥皮枭首。如此看来，北林的七人御前应是死于某种残酷灾祸的亡魂。若依此类邪魔好以相同的死法扑杀生者的传说推论,的确应是如此。不过,百介对此传闻的真伪颇为质疑。

"只是,若相信冤魂妖魔之说,那么治平方才所言的确有理。"百介偷偷瞄了老人皱纹满布的脸一眼。

就百介看来,这伙人对幽灵、冤魂、狐狸、妖怪都毫无畏惧,压根儿就不相信此类东西的存在。又市平日虽是满嘴神佛,但从心底毫无信仰。治平曾提及他昔日曾以护符擤鼻涕、以经文拭脏手,甚至还曾熔佛像变卖。即使不及治平形容的一半坏,也是极为不敬,如今一身佛僧打扮,但此本性却丝毫未改。百介认为,不信神佛者对邪鬼冤魂当然是毫无畏惧。

治平歪起了嘴角。"什么意思?"

"若认为世间绝无亡魂妖怪,那么就无从将这类事件的责任归咎于亡者。毕竟没有了妖魔作怪,依然有人丧命不是?"

没错,老人简短地回答道,接着再度迈出了步伐。

百介赶到他的前头,继续说道:"若是如此,那么心中抱持相同恶念者之说,或许就让人质疑了。方才的邪气凝聚处之说,对普通人而言不过是魑魅魍魉为恶之地,并非每个置身此处者均会萌生寻死之念。但对一心求死者来说,这种地方可就会成为特别的场所了。"

"在想死的家伙眼中,这种地方看起来较适合寻死吗?"

"应该是吧。一心求死的人倘若到了曾有人自戕或杀伐的地方,或许能立刻感受到那股邪气。"

原来如此,德次郎说道:"欲寻死者心中恒有死神?"

"应该不是如此吧。"

"唉,难解的道理我是没辙,但百介先生这番话倒是不难懂。只不过,若要如此解释,不就代表阿又他昔日也曾有心寻死?这说来还真让人难以置信,或许真是如此。"治平以低得几乎让人听不见的声音说道。

噢?德次郎问道:"你方才说什么?"

"我说或许真是如此。当时阿又满脑子净是坏念头,或许真的曾萌生过寻死之念。"

"又市也曾如此？"

一如德次郎，百介对此也感到难以理解。在他眼中，又市总是给人一种超然的感觉。不论碰上什么事均不为所动，似乎没有什么会让他害怕。总让人觉得他已然超乎生死，几已臻至仙人之境。至少在百介眼中，这诈术师是这么一个人物。但，治平却表示又市胆怯，甚至曾有过寻死的念头。这让百介感到一股莫名的不安。

"我和阿又是在武州的深山里认识的。当时刚金盆洗手，选择在那儿藏身。噢，也不是在躲避什么，而是对人世倍感倦怠，想死却又死不了，因此梦想过着遗世隐居的日子。就在那时候，阿又出现了。"治平望向百介继续说道，"现在回想起来，当时正好是小右卫门从江户销声匿迹那阵子。有一天，阿又那家伙就像个傻瓜似的，伫立在那栋荒废已久的空屋门前。"

百介完全无法想象意志消沉的又市会是什么模样。

"后来我才知道，那栋空屋似乎就是那家伙的老家。"

什么？他不是从石头里蹦出来的吗？德次郎惊叹道。就连百介也是同样想法。

"喂！老头，你该不是说阿又他还有娘在吧？"

娘是没有，老人冷冷地回答道。"那家伙既没爹也没娘，一家人在他还是个小毛头的时候就离散了。因此，那家伙前前后后也就只回过老家那么一次。从我脱离了打打杀杀的鬼日子，到当时已经干了五年的庄稼活，几乎已经成了半个庄稼汉，但一见到那家伙……"

治平的表情开始严峻起来。他大概准备说，这下自己的本性又开始蠢蠢欲动了吧。

百介竖耳倾听，但治平却没再把这段话茬说下去，只说："当时那家伙一脸黯然，看来是混得很不好。当时他只说了一句，大家都难逃一死。"

"大家都难逃一死？"

"对。"

当时他就是这么说的，治平重复了一遍。

"大家是指……"

"他的意思是，凡是和他有牵扯的人均难逃一死。虽然我没问死了哪些人，想必是那诈术师的诡计没能抢得先机，害死了一些原本不该死的人吧。那家伙如此执着于抢先对手一步，就是吃了那次亏使然吧。"

胆小如鼠，或许真是如此。百介不由得想起了又市的背影。

"当时阿又还真是让人担心呀。看那家伙一副随时要上吊的模样，还真是让我好一阵子放心不下。"

"治平大人可真是个善人呀。"德次郎乘机数落道。

"给我闭嘴，你这个耍算盘的。当时我那块地小得可怜，若是死了人岂不难收拾？你哪懂得这尸体埋起来有多麻烦，烂起来有多臭气冲天？"

瞧你这坏脾气的臭老头，竟然连个玩笑都开不得。德次郎开心地笑着说道。"哎，算啦。你这人呀，当时阿又若真的上吊，你理应会帮他一把才是吧。而你们俩也因此结缘，想必这种事再怎么逼，你都不敢说出来才是吧？一个只懂得助人上吊的狠心老头，竟然救了命不该绝却险些上吊的诈术师一命，听来还真是教人笑掉大牙！想必就连猫狗听了，都要笑破肚皮。"

少胡说，治平语带厌恶地说道。"这种害人之心我可是从来没有过。只是救了这恶棍一命，哪怕我心地再善良，死了都得下地狱。不，说不定阎罗王都要被我吓呆了呢。总之……"治平终于露出了笑容，"那家伙果真厉害。当时阿又原本销声匿迹了好一阵子，突然又出现在我栖身的小屋门前，着实把我吓个正着，还以为是哪个死人上门来找我偿命呢。"

"以为他是个亡魂吗？"

"是呀。原本以为他早死在某处了，看到我生得慈眉善目，就飘呀飘地找上门来。当时还纳闷自己怎么会这么倒霉。怪都得怪那家伙，一年到头都穿着那身白寿衣。只不过，他当时的模样还真是不大对劲。"

"怎么个不对劲法？"

"似乎参透了什么。"

"是悟了什么道？"

"一个大骗徒哪可能悟什么道！"

"骗徒悟不了道吗？"

"当然悟不了。当时那家伙已经和现在一样,一脸不讨喜的神情,贼头贼脑地站在我家门口。你猜猜当时阿又说了什么?"

"哪猜得到?"

"那臭小子竟然说有桩差事得找我帮个忙呢。"

"差事?"

"是呀。还说在山中耕田,未免太埋没我这首屈一指的捎客了。那家伙竟然连我的长相、出身都摸得一清二楚。"

难不成你的易容术被他识破了?德次郎说道。

喂,我的易容术哪可能出什么纰漏?治平怒声骂道。"论易容,我可是老经验了。就连昔日的强人帮同伙,几乎都没一个看见过我的真面目。被人识破这种事可是连一次都没发生过。而且,当时那身庄稼汉打扮并非伪装,我当时可是真心务农。未料竟然……"

"还是被他看穿了。唉,这家伙果然有一手呀。"德次郎一脸严肃地应和道。

"请问……"百介问道,"当时又市是否已经摆脱了寻死的心意,也就是死神的魔掌?"

应该是吧,治平再度停下脚步说道。"当时曾听到那家伙自言自语道,反正活也是孤零零的,死也是孤零零的,那么死活又有什么分别?"

"突然看开了?这岂不代表那家伙真是悟道了?"

德次郎话还没说完,突然传来震耳欲聋的蝉鸣。

"噢,这下天气可要变热了。若不在正午前进入江户界,咱们可要被烤焦了。"

治平加快了脚步。好久没上江户了呀,德次郎说道。

至于百介,则依旧在想象又市的过去。

二

在番町与德次郎道别后,百介随着治平前往曲町的念佛长屋——治平的老巢。

去那儿不是为了什么目的，不过是不想直接回京桥罢了。再加上，念佛长屋是又市的栖身之处。不过，百介至今仍不知又市定居于长屋的何处，当然也不曾见识又市在那儿生活的模样。再者，也不认为又市已经返家，因此并不期待能见到他。只不过是想在外头多溜达溜达罢了。

反正回去也不会有多舒坦。虽然店里的伙计并不会说任何百介的坏话，反而还对他的举止表示理解。但对百介来说，那儿绝不是个让人舒服的地方。因此百介邀治平一同去喝一杯。虽然酒量也没多好，他对饮酒并不排斥。

趁太阳还没下山，畅饮一杯如何？百介邀约道。

"还真是稀罕哪，"治平依旧一脸不悦地说道，"没想到先生竟然会邀我喝酒。"

"噢，就当是庆祝咱们平安归来吧。"

呵，治平眯起眼睛笑道："不过我得先返家一趟，可以等我回去过后再去喝吗？"

"这点我不介意，不过，是否有什么事得忙？"百介问道。

虽不至于像德次郎形容又市时所说的那样，但这伙人的确是出人意料的忙碌，有时甚至还得同时设好几个局。

治平将外套的两袖朝左右一扯说道："其实也没什么。只是不先把这身装扮换掉，心里总觉得不踏实。"

长屋内小店栉比鳞次，一片纷乱。习艺的小姑娘、当小厮的小伙子、欲前往澡堂的茶屋女①各色人等熙来攘往。虽仍是晚春时节，艳阳却将四下烘烤得宛如盛夏。

百介忆起了初次造访长屋时的光景。记得那同样是个大热天。当时，百介碰上了一场骤雨，仓皇跑进露天空地找到的避雨处，竟然正好就是治平居所的屋檐下。

从那时起，已经过了两年。百介认为自己在这两年里，似乎经历了不少改变。不，或许自己根本一点也没变。想着想着，他抬起头来仰望铺着薄木

---

①原指茶屋里接待客人的侍女，亦泛指陪酒女或妓女。

板的屋顶。

别再发呆了,小心掉进臭水沟里,治平说道。"长屋这种地方的水沟可是没盖板的,若是不小心掉了下去,这种艳阳天也会落得一身泥泞。噢——"

走到长屋入口时,治平突然止步。隔着老人低矮的身子往里头窥探,百介看到屋内站着一个半裸的肮脏男子,只记得曾在哪儿见过这家伙。

噢,原来你这老头还活着呀,男子面带一脸难以形容的表情望向治平说道。"瞧你那双短腿还在,看来真是还活着。若你现在才赶着去死,要不要我马上为你造一口棺材?"

"混账东西。"治平骂道,"泥助,你的脑袋是不是出问题了?要先进棺材的恐怕是你自己吧。少在这儿发愣了,还不快去为自己造棺材。"

"哼。还真是个没口德的臭老头呀。"名叫泥助的男子说道,表情也更为扭曲,接着缓缓拉开了门朝露天空地走去。

百介这才想起,这男子不就是治平的邻居吗。原本还纳闷他是干哪一行的,现在知道原来是靠造棺材为生。

"混账。"治平嘀嘀咕咕地痛骂着走到自家门前,却突然——没错,非常突然地停下了脚步。紧跟在后头的百介被他的举动吓得往后退了几步。老人机敏地伸出食指挡在嘴巴上,接着又张开手掌阻止百介前进。是在示意百介别动吧。百介连忙屏住了呼吸。

治平悄悄移向门前,接着以背部紧贴着门往里窥探。看来,屋内似乎有什么人。治平将右手探进怀里。他怀中藏着一把匕首。

"来者何人?"话音刚落,老人旋即以迅雷不及掩耳之势拉开了门,弓身跃入屋内。瞬间只听到刀挥空划过的声响,紧接的便是一阵静寂。

百介咽下一口口水,然后走到了门前。映入眼帘的是治平矮小的背影。屋内一片昏暗。一个闪闪发光的东西抵在治平肩上。那是武士刀的刀锋。

"治……"百介想喊治平,却喊不出声来。不知所措的他只能往前跨出一步。治平丝毫没有动弹。在治平前方有个单膝跪地与其对峙的武士,同样动也没动一下。治平的匕首抵在武士的腰际。武士手中的大刀的刀锋则停在治平的脖子旁,而且距离他的脖子仅有一层皮的距离。

"我输了。"治平迅速抽回了匕首。武士也默默不语地收回了刀。

"为何没砍下去?"

"因为你停手了。"

"你也算是砍到我了。"

"并没有。咱们算是打了个平手。"

"哼。就凭一支如此短小的家伙,哪打得过长刀?只怕还没来得及跨出一步,就会挨上一刀了。为何停手?"

"乃是因为……"

"右、右近先生?"百介喊道,"这、这不是右近大爷吗?"

"什么?"治平来回地望着百介和武士,接着便将吓得浑身僵硬的百介硬拉进了长屋,使劲拉上了门。"喂,这个叫右近的,可是那场船幽灵事件的……"

"是、是的。您真是右近大爷,没错吧?"

武士——东云右近缓缓点了点头。

东云右近,来者就是今年年初,曾与在土佐被卷入一场惊天动地大骚乱的百介和阿银一同行动,不,甚至可说是生死与共的浪人。百介、阿银与右近三人在即将被断罪之际,为又市一伙所救。对百介而言,那真是一场九死一生的稀有体验。不过——

百介耸了耸肩。

在那场千钧一发的救人戏码中,右近虽捡回了一条命,但对真相一无所知的他却被只身留在现场。百介也十分清楚,在弄清个中玄机前,又市一行人设的局看来是如此不可解,让人只能认为是妖魔鬼怪所为。因此在右近眼中,百介和阿银等于是和一群妖怪一同消失的,因此极有可能将他们俩与妖魔鬼怪等同视之。因此,或许右近至今仍认为百介亦非人世肉身。

"右、右近大爷,这……"

"山冈大人,看来您亦是血肉之躯呀。"右近说道。四下昏暗,看不到他脸上的表情,因此也听不出他是不是话中有话。右近将视线从百介身上移开,把刀收回了刀鞘里。接着,这浪人做了个深呼吸,将视线移向治平,向百介问道:"这位……可就是治平先生?"

没错,我就是治平,百介还没来得及回答,治平便径自回答道。"找我可有什么事?"

"终于找着您了。"右近理了理衣襟,端正了跪姿,并将武士刀朝前方一放,大概是为了表示自己并无敌意,接着便深深低头鞠了个躬,说:"一时无礼,还请多多包涵。"

治平呼地吐了一口气,一屁股坐在泥地上说道:"噢,还真被你吓出一身冷汗哪。没想到都活到这把年纪了,还会碰上这种吓得睾丸都缩进去的鬼事。不过,这位大爷的武艺果真是名不虚传。倒是……这是怎么一回事?你怎么会在我屋里?"

"噢……"右近低下头说道,"在下因某种缘由不请自来,擅自潜入此空屋寄住,还请多多包涵。"说完,右近的头垂得更低了。

百介终于了解,原来就是因为如此,隔壁的棺材师傅才会认为治平已经亡故,屋子也换了个新的住客。

哼,治平嗤鼻回道:"不必如此多礼,反正我并不是个值得武士行礼致歉的大人物。我想知道的是你所说的缘由。"

右近的表情顿时变得悲壮起来。

总之,酒宴是被迫取消了。百介以治平持桶汲来的水洗了洗脚,拖着一副依然疲惫的身躯走进了这小混混的家。只见右近竟然变得异常憔悴。百介这才发现,没立刻认出他来,并非因为屋内过于昏暗或出于疏忽,而是因为他的容貌完全变了个样。

百介和这名浪人曾共处了一段不算短的时日。右近的武艺十分高强。就连与打打杀杀完全无缘的百介,也一眼就看出他的确是身手不凡,同时还兼具敏锐的神经与清晰的思绪。但论及为人,右近虽是如此高人,却也不至于让人感到难以亲近。虽然嫉恶如仇,右近却不是个不擅融通的正义汉子。他很清楚世上并非一切都是道理讲得通的。不过,右近也并不因此而变得自甘堕落,毋宁说是正直吧。大概是因为如此,他总是给百介一种快活自在、平易近人的印象。

但如今，他却变得一脸凶相。月代邋遢，面颊消瘦，眼窝凹陷，皮肤也失去了生气，原有的和蔼亲切已悉数被抹杀，让潜藏在右近个性中的杀气赤裸裸地显露了出来。

"稍候片刻。"治平默默地端详着他那憔悴的模样半响，最后说了这么一句便出了门。百介不由得畏缩了起来，为找不到话题倍感尴尬。幸好治平不出多久就回来了，右手还提着一把酒壶。他出门也没多久，看来这酒并不是上店里打的，想必是向隔壁的棺材师傅还是什么人强讨来的吧。

"大爷，先喝两杯，把话匣子打开吧。"治平从柜子上取下几只缺了口的茶碗说道。

以劣酒润了润喉咙后，右近开始娓娓道出了自己先前的遭遇。在百介一行人脱身后，发生的一切都被判断为妖怪所为，因此原本被冠上莫须有罪名的右近得以一洗冤屈。毕竟一切都在藩主眼前发生，让人欲怀疑也无从。不过，就连藩主都被卷入这场大骚乱，更何况还死了几个人，因此虽是情非得已，唯一知情证人右近还是无法立刻获释。毕竟发生的是一桩前所未闻的怪事，想必调查记录制作起来必定是困难重重。右近在藩邸内被软禁了约一个月。虽然不必再受牢狱之苦，但到头来还是和被幽禁没什么两样。

请问是否遭到了什么折磨？百介问道。

"那儿对在下倒是不薄，"右近微笑着说道，"藩主山内公为人刚正不阿，重情重义。既已判定无罪，虽然在下如此来路不明，亦不会苛酷以待。"

只不过，无论对右近是如何礼遇，也不该迫使他配合旷日费时的调查，在唯唯诺诺中虚度时日。想到这里，百介不由得内疚了起来。右近本应尽快赶回家去。毕竟他在外奔波，并非为了游山玩水，而是奉某人密令，隐姓埋名地进行搜查。这个人物，据右近所言，是北林藩城代家老。

这又是个奇妙的巧合。百介心中不由得涌现出一股不祥的预感。土佐，北林，七人御前。难道纯属巧合？不，这绝非巧合。

右近所奉的密令，是找出北林藩领内接连犯下残酷斩人事件的凶手，其实也等同于调查七人御前的相关传闻。而且，当时认为最有嫌疑的，是北林藩先代藩主正室那位行踪不明的弟弟小松代志郎丸。而先代藩主正室，与众人传说中的御灯小右卫门同地出身,且原是已被许配给小右卫门的千代之女阿枫。一切偶然之间均有因缘相连,若稍加追本溯源,零零星星的琐事其实均出自同一源头。不论是右近还是百介,都不过是为这些关联所牵绊的丑角。

七人御前,那是死神。

任由命运摆布而下嫁北林的阿枫,于先代藩主殁后,与现任藩主发生激烈冲突,最终跃下天守阁自尽。其弟为报姐仇,残杀北林领民,并四处散播怪力乱神之骇人谣言。这是北林藩家老的推测。为人刚直、剑术高强、备受家老赏识的右近,方才奉命前去寻访志郎丸的行踪,以确认此推论的真伪。

城代家老曾保证若完满达成此一托付,必将延揽其入城仕官。因此对右近而言,此密令攸关一己宦途,无论如何都得对家老的嘱托有个交代。右近非得获得这份差事不可,理由是,当时,右近之妻已有孕在身。

就百介看来,右近在时下的武士中算得上是个罕见的爱妻夫君。虽然这或许不过是尚未成家的百介的偏见。犹记在旅途中,右近不仅常提起有孕在身的妻子,还曾数度言及对爱妻为自己背负的辛劳是何等的感激。此外,当话题触及孩子时,右近也会浮现愉悦的笑容。每当在旅途中见到孩童,也不忘投以关爱的眼神。至今百介仍能清晰地忆起他那和蔼的神情。当时百介由衷认识到,知道妻子怀了自己的孩子时,一个男人原来是如此开心,着实令人钦羡。

想来他肯定是归心似箭。在这种情况下还被幽禁了一个月,想必是个痛苦的煎熬。百介端详起右近的侧脸。只见他神情颇为晦暗。不知是不是屋内过于昏暗,还是垂到脸庞上的鬓毛造成的阴影使然。他的孩子,应该已经出世了吧。从他这副模样,一眼就看得出他尚未如愿仕官。究竟是出了什么事?百介心底的不祥预感变得益形强烈。

"为奸计所害、又为妖魔所惑,在下原本已有难逃一死的觉悟,但拜该超乎常理事件所赐,方得一雪奇冤。虽然如此,在下还是未能完成家老嘱托,也没鉴定志郎丸是生是死便径行折返。进入北林藩领内时,已是弥生[①]之初了。"

[①]阴历三月。

右近抬起头来,仿佛眺望远方般眯起双眼继续说道,"领内已经变得混乱异常。"

"混乱是指……"

"在下不禁纳闷,所谓人心荒废,指的可就是此等情况。"右近皱起了眉头,再度低下头去说道,"北林原本就不是富庶的藩。土地贫瘠,农民只能分耕微微可数的农田,勉强换个温饱,主要财源只得仰赖山林,但可伐资源亦已几近枯竭。现任藩主对领民似乎颇为严苛,更是民不聊生。状况之窘迫,在下原本亦已知悉。又加上……"

"拦路斩人?"

那并非拦路斩人,右近说道。

"为何不是拦路斩人,据说犯案手法极为残酷不是?"

"不,山冈先生。拦路斩人者逢人便杀,但这些案子的凶手却是先将人掳走。"

"将人掳走?"

"没错。将人掳走后,先是将人折磨至死,接下来再毁其遗骸,对死尸百般凌辱。这哪称得上拦路斩人?"

"将人杀害后,还要继续毁尸?"

"若调查文书所述无误,案情确实是如此。凶手毁尸后,再弃被害人惨不忍睹的遗骸于荒野。手法之残虐,简直有如鬼畜。"

右近按在膝盖上的双手颤抖不已,还牢牢地抓起裤子。

"而且,一如山冈先生之前所言,城下居民纷纷指其为妖魔诅咒,声称该地已为邪气所蔽。"

"妖魔诅咒?"

"没错。事到如今,在下也认为此传言有一半属实。不,"右近将手掌往前一遮说道,"在下的意思是,虽无法断定世间是否真有妖魔鬼怪,但一地若充满恶念,对该地居民应该也会产生某种影响。"

"恶念……"

"是的。每个路口均弥漫着血腥味,随时都可能发现邻人的手足,甚至脑袋被遗弃在自家门口。虽不知昔日的乱世是否也曾如此,但时值太平盛世,却还得被迫过起这种随时可能丧命的日子,人心岂有不被扭曲的道理?"

这下百介也哑口无言了。

"山冈先生。在下认为人只要心怀那么一点希望,无论日子过得如何窘迫,理应都有办法好好地活下去。百姓即使遭逢饥馑荒年,被迫过起有一餐没一餐的日子,还是能寄望明年可盼得温饱。不,若明年还是不成,也会希冀景况将在后年有所好转,并得以继续把田耕下去。是吧?"

应该是吧,百介有气无力地回答。成天漂泊浮萍般四处溜达的他没资格判断是否真是如此。

"遗憾的是,只消几桩惨祸,便能轻而易举地颠覆这种微不足道的期待。"

事态真这么严重?治平问道。"都让整座城变得如此纷扰了,难道这妖魔犯下的暴行真如此残酷?"

"的确是残酷之至。说实话,在下原本也没料到竟然会是如此凄惨。"右近露出了苦涩的神情说道,"当初奉家老之命出巡时,在下尚不知事态如此严重。但在返回领内亲眼看到调查记录后,可就惊讶得哑口无言了。有个年纪未满十五的姑娘,经过无数次凌辱后,被剥下了脸皮弃尸河畔。一个客栈老板娘遭斩首,尸身被抛到了行人熙来攘往的大街,首级则被放置在磨坊的石臼上。每一两个月就会有人遇害,这种情况已经持续几年了。"

"听起来的确严重,"治平说道,"已经持续了几年。右近大爷,这种事是从何时开始的?"

"从何时开始,在下也不清楚。不过至少已经持续了五年之久。"

"这些年来均未曾间断?"

"关于这点,其中有些似乎是假冒妖魔之名趁火打劫的愚蠢之徒所为。"

"噢——"

如此听来,情况的确仅能以人心荒废来形容。

"在下认为只要是人,对他人或多或少都曾心怀憎恶或仇恨。"

这是理所当然。就连极少与外人往来的百介,也曾对他人心生憎恶。不,甚至还曾萌生过微微的杀意。

"但话虽如此,"右近声音颤抖地继续说道,"若问每个人是否皆有抹杀仇人的权利,答案或许是否定的。不,绝对是否定的。"

右近突然激动了起来。"世上的确有太多难以义理道断之事,亦有不少无妄之灾,更有不少不白之冤、难耐伤悲。虽然如此……"宣泄完一时的激情,右近旋即又低下了头,"倘若为此便满心怨天尤人,终究算是心怀恶念,人的心智也易为邪念充斥。只是待此邪念一消,恶念也将随之飞逝。"

或许真是如此。人心毕竟善变。百介认为任何怨恨均不可能永远不灭。

"只不过……"右近继续说道,"倘若大家均在这种时时可能发生残酷暴行的环境下度日,那么要杀起人来,想必就会变得容易多了。也不知是法纪哪里松弛了,抑或是邪念已在人心深处稳稳扎根,不,经年在战栗惊恐中度日,所有百姓终将因心中恐惧濒临忍耐极限而发狂。"

"情况真有这么严重?"

右近微微摇头叹道:"的确严重。只为区区一人,不,或许并非仅有一人。这几名疯狂凶手已让整个城下人心错乱。大街上人影稀稀落落,孩童嬉戏声、女人谈笑声亦不复闻,大家纷纷怀疑起邻人,近日甚至已开始变得暴动频仍。"

"暴动?"

"即捣毁暴动,"右近说道,"虽然百姓们过惯了苦日子,但原本尚能对未来心怀些许渺小的希望,如今却……"

百介终于开始了解右近稍早那番话的意思了。只消几桩惨祸,便能轻而易举地颠覆这种微不足道的期待。想来也有道理。当大家都不知自己明日是否就要惨遭千刀万剐、曝尸荒野时,哪还有力气奉公守法地把日子过下去?

"失去期待的佃农纷纷抛下锄头、放弃农田,逃散者已不知凡几,其中有些甚至聚众结党,干起盗匪勾当。城下的商家接连遇袭,不仅仓库遭到洗劫,甚至还被放火烧毁。"

"抢都抢了,竟然还要放火……"

"没错。而且是逢店便抢,若仅攻击富商豪门尚且容易理解,但这下已是抢红了眼。这不是暴动是什么?"右近转头望向百介问道,"山冈先生可知道此类暴行为何会如此蔓延不衰?"

不知该如何回答,百介仅能回以忧郁的神情。

"放火抢劫、行凶杀人均属犯法,本是天经地义,但如今城下百姓已经连这道理都忘了。最为盗匪肆虐所苦的本为城下百姓,但现在不仅是为恶匪徒,就连受害者都已经忘了这类勾当乃触犯王法的暴行。"

意即大家已经麻痹了?

右近在空杯中斟满了酒,继续说道:"在下始终深信,不管世间如何混乱,终究还是有些不可违背的伦常。无论天下如何糜烂,只要人人行得正,世风终将获得匡正。但如今却是逆此道而行。人若弃伦常,世必乱如麻,欲正之也难矣。"接着又咬牙切齿地说道,"如今,领内已成了人间炼狱。"

因为恶念已四处蔓延?

随着暴行四下扩散,领内似乎成了一座魔域。心怀恶念者与这股邪气相呼应,引发了连锁死亡,有如死神盘踞此地不去。

真是骇人哪,百介心想,浑身不由得颤抖起来。

"光听这些就够吓人的了,"治平也感叹道,"若继续放任不管,只怕举国百姓都要起来造反了。"

没错,右近转头望向治平说道:"家老大人亦有此忧虑。倘若百姓真的起而造反,藩国必将遭到推翻。如今北林的财力物力已不足以抗拒百姓蜂起。即使勉强镇压下来,局面终将难以收拾,幕府也绝不可能放任不管。任谁都看得出,唯一的结果便是废藩。"

看来事态的严重程度,已远非百介在土佐时听到的所能比拟了。早在当时,右近便为这些暴行将对藩政产生不良影响担忧不已。但百介仍以为光凭几桩拦路斩人的犯行,尚不足以导致废藩。如今听来,这已是不无可能了。

"只不过……"右近有气无力地说道,一口饮尽茶碗中的浊酒,"百姓是不可能起身造反的。"

"为什么?"治平插嘴问道,"大爷所言我也不是不懂。唉,都已经到了这种地步,其实也没什么好说的了。不过,再怎么一筹莫展,人也不至于傻到一味将坏念头往自己肚里吞。若人人都嫌苦,迟早都要卖命一搏,如此一来,哪可能不出事?"治平语带愤恨地说道:"虽是普通百姓,也不是傻子呀,哪可能乖乖吃一辈子亏。"

这道理在下也明白,右近说道。"一如治平先生所言,普通百姓亦是有志气、有自尊、有智慧的。就这点而言,百姓和武士其实大同小异。俗话说狗急跳墙,任何人对不当的弹压都会有所反抗。只是,目前的情况还真是特殊。"

"怎么个特殊法?"

"如今再急也无墙可跳。"

噢?治平纳闷地应了一声。

"百姓背弃伦常,是因凶手尚未伏法。不仅如此,至今仍一再犯下暴行。仅在那狭小的领内,就已逞凶五年有余。虽以残酷手段杀害多名无辜百姓,却仍在城下逍遥法外。这情况岂不是极不寻常?"

"是不寻常,"治平回应道,"不管是父母还是儿女遇害,倘若不知是哪个人下的毒手,到头来也不知自己该恨的是谁。是吧?"

"没错,正是如此。"右近放下了酒杯,"这⋯⋯已然是个灾厄。亲人遇害,却连个可憎的凶手都无从恨起。纵使有满心愤懑,也找不到对象宣泄,仅能在畏惧中暗自啜泣。如此一来,人要不疯也难。"

语毕,右近无力地垂下了双肩。原本就阴郁的神情益形灰暗。

"同理,若危害社稷的是暴政、饥馑一类灾祸,尚可与领主或藩国为敌。只要有明确的反抗对象,百姓哪怕再渺小气弱,也能鼓起勇气负隅顽抗。如此一来,或许真有可能起义⋯⋯"

"逮不到真凶,根本等同于官府放任狂犬肆虐,百姓怎没怪罪捕吏无能?若要找人怪罪,武士们理应成为首当其冲的箭靶才是呀。"

"百姓们似乎不作如是想。"

"这岂不奇怪?"

"因为凶手并不是人。"

(七人御前。)

"不是人,难不成是鬼?"

的确是鬼,没错,右近回答道。"若非阳界人间,而是阴界妖魔所为,要想怪罪官府也是无从怪起。再者官府自己也已心生畏惧。武士和百姓其实没什么不同。如今官府不再有将凶手绳之以法的心力,百姓也失去了自保的力气。只知道疑心生暗鬼、彼此怀疑,根本无力团结一致,哪可能聚众起义?充其量仅能干出一些自暴自弃的暴行,而官府就连取缔这些暴行的力量都已不复存在。"

听来还真是纷乱不已。不,或许妖魔诅咒,指的就是这种情况吧,百介心想。

"因此,该地的确受了妖魔诅咒?"

"这在下也无从判断。"

"犹记右近大爷曾言,该地于北林氏统治前,亦曾发生过同样的事?"

他的确曾这么说过。

"是的。至于实际上发生了什么样的事,在下就不清楚了。领民称其为妖魔作怪,或许只是为了便于解释超乎寻常的情况罢了。"

"看来不称其为妖魔作怪,还真是令人熬不下去呀。"

治平转身背对右近,为灯笼点上了火。原本昏暗的屋内已是一片漆黑。烛光将老人的面颊染成一片橙红。

"但就连妖魔诅咒这种说法都搬出来了,情况可不就更难收拾?"

右近只是默不作声。

"喂,大爷,"治平朝他喊道,"倒是大爷自己出了什么事?"

"噢。"

右近转头避开闪烁的烛光。

"可是,出了什么伤心事?"

"伤心事……"右近仿佛自问自答地喃喃自语,接着继续说道,"是的,这件事的确是让人悲痛欲绝。"

"右近大爷——"

只见这浪人在黑暗中握拳捶膝。

"在下之妻、在下之妻也遇害了。"东云右近咬牙切齿地说道。

"夫、夫人她……但、但夫人不是已……"

"内人死于临盆在即之时。"

"怎么可能发生这种事？"

听到这个消息，百介顿时感到眼前一片黑暗。虽然人分明近在眼前，但仿佛视线已为心中黑暗所阻，几乎已经看不见右近的身影。

"在下返家当日，便看到了邻家姑娘的遗体。从残忍的犯案手法看来，那姑娘碰上的并非冒名暴徒，而是死于真凶，不，可能是肆虐妖魔之手。"

死神。这绝对是死神所为。

"据说那姑娘原本即将于数日后举行婚宴，平日也常帮助有孕在身的内人，因此这桩惨祸真是令内人悲痛欲绝。可见内人尚保有常人心智。"右近几近泣不成声，"但长屋中的居民可就全都变了样。不，或可能是因为出了这件事才变了样的。原本还准备举行婚宴，代表对人生或许还心怀些许期待。这下就连这仅存的一丝希望都惨遭抹灭。大家纷纷因畏惧妖魔灾厄而紧闭门户，没人敢出门为那姑娘上炷香，就连新郎官也没敢露脸。这……在下已是忍无可忍，只得恳求面见家老大爷，表明期望能继续进行搜索。"

"大爷打算亲手缉捕真凶？"

"没错。在下实在无法容忍此暴徒继续逞凶，而且，仍想遵守与家老大爷的约定。不，或许在下的本意终究不离建功仕官。未料……未料，此举反而酿成了悲剧。"右近双肩不住地颤抖。

虽然四下一片漆黑，百介也感觉到了他的颤抖。

"当在下悄悄在外搜索时，内人阿凉她，连同肚子里的孩子一并让人拐走了。"

"右近大爷。"

"就在失踪的三日后，有人发现内人的遗体裹着草席倒吊在桥桁下，肚子还被剖开。"

"噢——"

就连见惯风风雨雨的治平，这下也被吓得哑口无言。世上真有如此残酷的事情？百介咽下一口口水，只感觉一股苦味从肠胃直往上涌。

"肚子里的孩子，是个女婴。"右近泣声说道，"从内人大腹便便的模样

283

看来，原本还以为所怀的必定是个男婴。未料……"

治平一股脑儿将缺口的茶碗斟满酒，一把凑向右近说道："喝下去！"

右近默默接下茶碗，一饮而尽。"在下对藩国、妖魔，乃至是否真能仕官毫不在意，一切不过是为了即将来到人世的孩子，然而……"

"这我了解，"治平说道，"别再说下去了，再说下去也是徒然，心头还伤得更重。但这种遭遇任谁都是想忘也忘不了，注定要成为背负终生的沉重枷锁，即使杀了真凶，亦难平此深仇大恨。因此，大爷也只能接受现实。"

百介忆起治平其实也有过相同的境遇，昔日也曾经历丧妻丧女之痛。

"混账，竟然没酒了。"治平想为自己的酒杯斟酒时发现酒已喝光，只好舔了酒壶几口。

"倒是大爷为何来江户？"

"因在下遭人诬陷为真凶。"

百介一时怀疑自己是不是听错了。

"真、真凶？这岂不是太荒唐了？"

的确荒唐，右近说道。"但事实正是如此。在下已被当成杀害妻小等人的罪犯遭举国通缉，连一丝证明自己清白的机会都没有。"

"杀、杀害妻小？"

百介惊叹道。右近的身体开始抽搐。过了半晌，百介才发现他原来随自嘲的笑意而抖动。

"没错，在下被诬指为斩杀孕妻并倒挂其尸、行径暴虐令人发指的杀人凶手，若非疯子即为鬼畜。不，残虐程度甚至较鬼畜更甚。唉，"右近叹道，"这段时日曾不知几回萌生死意，但终究还是活了下来。在下绝非贪生怕死，而是深感既遭此境遇，如今更是不会缚手缚脚。"

"大爷想亲手杀敌？"

右近摇头回答："一如治平先生所言，纵使将凶手斩首，亦难抚平此杀妻之恨。唯一令在下痛心疾首的，是至今仍未能为爱妻治丧。因此……"

右近缓缓抬起头来。只见他的瞳孔中映照着灯笼的烛火。

"因此在下才隐身潜伏，并且……"

"并且碰上了阿银?"治平语气粗鲁地说道,将空了的酒壶随手一抛。酒壶在质地粗糙、干枯陈旧的榻榻米上一路滚动,到了接近客厅的地方才停了下来。

"那母夜叉这阵子都在忙什么?"

"这在下也不清楚。"右近望向酒壶说道,"只是……见到阿银小姐时,的确惊讶万分。在下原本以为阿银小姐并非阳界之人,一度甚至怀疑自己是否在不知不觉间徘徊到了幽冥阴界,抑或在无尽悲痛中产生了幻想错觉。"

右近转头望向百介,百介连忙将视线别开。

"在下向阿银小姐询问了土佐一事的原委。虽然当时深感难以置信,但看到山冈先生亦为血肉之躯,似乎可证实其所言不假。"

"这、这,我不过是……"

百介一时不知该如何解释,到头来只得垂下头去。毕竟再怎么解释也只会让人愈听愈迷糊。

"山冈先生无须自责,"右近手按百介的肩膀说道,"阿银小姐为在下打点了一张伪造的通行证明,并引领在下逃离北林藩。在分手之际,还保证会为在下查个水落石出,并嘱咐在下赴江户曲町,于念佛长屋治平先生居处等候。"

语毕,右近一把握起自己的刀。

三

百介返回江户三日后,神田锻冶町的租书铺老板平八前往造访京桥蜡烛店生驹屋内的小屋——百介的住所。

想不到他的反应如此之快,还真是远远超出百介的预期。一离开治平住处,百介便连忙赶赴平八的住处,委托他代为调查一些事。这个租书铺老板不仅通晓书画文物,还能出入某些常人难以进入的场所。因此人脉广泛,消息也十分灵通。再加上平八生性爱看热闹,同时还是个擅长以花言巧语套人话的马屁精。总之,他可真是个委托调查的好人才。

只见平八那张与实际年龄毫不相称的娃娃脸面带微笑,刚打完招呼,便从怀中掏出一包豆沙包凑向了百介。平八总是认为百介没什么酒量。

"这是我从两国买回来的。甜食我是吃不出好坏,不过,据说这豆沙包十分美味。"

"你去了两国一趟?"

没错,平八语带骄傲地说道:"查访到了不少事。该从哪儿说起呢?我就从头道来吧。倒是,那位武士怎么了?"

"你可是指右近大爷?也没怎么了,目前正寄住某处藏身。"

"可是藏身在那诈术师的同伙家中?"

平八对又市的真实身份已是了如指掌。

"真是的,竟然真有这么过分的事。妻小都遭人毒手了,还得蒙上不白之冤,哪可能受得了呀。又不是京桥的拟宝珠,真不知道这么做有何利益可图?"

"是呀,想必真的很难熬吧。要喝点茶吗?"百介取出豆沙包问道。

不必麻烦了,平八挥手说道。

"那位大爷为何会受到这种莫名的诬陷?"

"噢,关于这点我不清楚,据说右近大爷在寻凶的过程中,曾向遇害的邻家姑娘的未婚夫探听过一些消息。和右近大爷见过面之后不久,那个未婚夫,一个名叫与吉的油贩子,接着也遇害了。"

难道真是七人御前所为?平八问道。

不,是死神,百介回答。

"死神是什么?"平八两眼圆睁地惊声问道。

"噢,这不过是个比喻。杀害与吉的凶手或许只是趁火打劫的盗匪。据传这类暴徒时下正与日俱增。"

"这可奇怪了。还真是奇怪哪。"平八磨蹭着下颚说道,原本还宣称不爱吃甜食,这下却将一个豆沙包塞进了嘴里。

"奇怪?平八先生这句话是什么意思?难道认为与吉这个人有问题?"

"应该不是吧。"平八边鼓动着双颊咀嚼边说道,"哎呀,还真是甜哪。上回我到那儿去时,城下已是一片阴阳怪气的。唉,澡不热、饭不甜、女不美,那地方可说是什么都不对劲。整个地方没半点煦煦生气,不论上哪儿都只有腾腾杀气。或许是因为杀人凶手依然逍遥法外,吓得百姓个个心神不宁,令人感觉一点也不安稳。因此,或许真有些不法之徒乘机破门抢夺、拦路劫财,但先生难道不认为这一切未免也过于凑巧了些?"

"过于凑巧?"

"先生难道不好奇,那位武士大爷为何找上那个油贩子?"平八执拗地追问道。

"噢,据右近大爷所言,遇害的邻家姑娘名叫瑠衣,似乎还有个名叫佳奈的妹妹。佳奈声称自己曾看见过凶手。"

"可是那个油贩子?"

"非也。正确说来,其妹看到的并非杀人凶手,应该说是拐走姐姐的嫌犯。"

瑠衣与妹妹佳奈相依为命,两人平日以裁缝女红勉强糊口。瑠衣就是在加奈前往裁缝铺缴交刚缝好的小袖①时,被人掳走,前后时间不过两刻钟。加奈宣称从裁缝铺返家途中,曾看到姐姐被人带走。

"据说是看到自己姐姐的衣袖从轿子里露了出来。"

"衣袖?"

"是的,而且还表示露出来的模样颇为怪异,衣袖是垂下来的。加奈纳闷,若不是身子往前扑倒,人坐在轿里衣袖哪会那样垂下来。当时还纳闷姐姐是否倒在轿子里,并曾定睛观察。结果……"

"她怎能确定那是姐姐的衣袖?"

"据说加奈坚称那件衣服是自己母亲的遗物,绝对错不了。结果她发现在轿子前头带路的,是个身穿龟甲花纹裙裤、身份看来不低的武士。因此加奈后来曾紧抓着瑠衣的遗体,直哭喊是武士杀了姐姐。"

"但没人相信她?"

---

① 和服的一种,窄袖便服。贵族多当内衣,平民百姓则是日常穿着。

"没错，没有任何人愿意听信她这番说辞。即使对她的境遇心怀怜悯，但凶手为高阶武士这种说法未免过于敏感，因此也没什么人敢当真。"

长屋中的居民全都变了样，领内已成了人间炼狱。犹记右近曾如此说过。

"也不知那名叫与吉的油贩子……"平八顺手理了理坐垫。

"是的。那姑娘还声称，曾见过那武士和姐姐的未婚夫与吉碰面。"

噢，平八惊声说道："记得可真清楚呀。难道那武士生得特别古怪？"

"生得是什么模样，那姑娘应该是没瞧见。据说那武士当时以头巾覆面，唯一记得的是裙裤上的龟甲纹。女红者对少见的花纹眼睛特别尖，也不足为奇。"

有道理，平八拍膝说道："因此那位大爷就找上了那未婚夫？"

"似乎是如此。右近大爷从外地移居北林，没多久便出外寻人，后来一直都待在土佐。噢，即使没离开过北林，也找不到任何线索。换作是我，也会想到应先从与吉下手才是吧？"

"这我也同意。那么，那油贩子和大爷说了些什么？"

"平八先生还真是打破了砂锅问到底呀。"百介抓起了一个豆沙包回答，"与吉似乎真的记得那身穿龟甲纹裙裤的武士，但声称自己不过是曾在大街上见过他。"

"大街上？还真是奇怪哪。"

的确是有些奇怪，百介附和道。

"与吉宣称当时自己正与瑠衣同行。由于担心时局不宁，因此直接将她送回了长屋门外。与瑠衣告别后，旋即遇上了那武士，还被问到瑠衣叫什么名字。"

"为何突然问起瑠衣的名字？"

"噢，与其说是被问起名字，应该说那武士向与吉询问的是，他和方才那相貌秀丽的佳人是什么关系。与吉听了心生得意，便自豪地回答她是自己的未婚妻。"

这与吉还真是个轻薄草率的大老粗呀，百介心想。

还真是奇怪哪，平八第三次如此说道。

"说奇怪的确是怪了些,但这种事也并非不无可能吧?"

"说得也是。这世上倒是常发生一些几乎不可能发生的怪事。那么,那位大爷是否也和百介先生一样,买了他这说法的账便告辞了?"

"不,右近大爷质疑与吉的说辞未免过于粗枝大叶。他怀疑一个原本将和自己缘定终生的女人才遇害没几天,哪可能如此一副毫不在乎的。毕竟右近大爷是个……"

据说他是个爱妻心切的夫君,是吧,平八面带羞涩地说道。

"没错。因此他才会对与吉如此怀疑,向其质问,若是认为自己的未婚妻值得向在大街上偶遇的武士如此炫耀,这下遇害了,怎还能如此毫不在乎?哪可能既不去上香,又没半句悔恨之言?"

据说与吉如此回答:若人还活着尚且另当别论,但人都死了,再留恋还能有什么用?而且据说死状还凄惨得让人不忍卒睹。

"还真是个粗枝大叶的家伙呀。"

看来平八为他的态度颇感惊讶。

"不过,反应如此冷淡者似乎不仅与吉一人,如今在北林藩,这种态度似乎已蔚为风潮。只是右近大爷当时似乎尚未察觉事态已严峻到这个地步,仅感慨人们为何变得如此无情、如此不道德,为此抱怨不已。"

"噢。"

"不过与吉只把他的抱怨当耳边风,一再坚称自己有事要忙,若无其他事询问,就请尽早放了自己。"

"有什么事要忙?"

"他只说自己还得忙着挣钱。"

挣钱?平八歪着脑袋纳闷了起来。"实在看不出如今的北林还有什么钱可挣。"

"这他也没多作解释。只是看到右近大爷气得面红耳赤的,便称只要放了他,保证会分点好处。但这句话根本是火上加油。"

"想必右近听了更是怒不可遏?"

"没错,不过右近大爷自己也失了分寸,不仅对与吉厉声斥责,甚至还拳打脚踢。"

把我当什么了？以为我在乎你的臭钱吗？若是被你收买了，岂对得起瑠衣在天之灵？

挨了右近一番怒斥痛打，据说与吉如此回应：就别再装清高了，这世上谁不爱财？她人都死了也就算了，我可还活得好端端的呀。要想活下去，不多挣点钱怎么成？难道你们当武士的不吃饭都能活下去？

右近表示，自己当时为这番话激怒，不由得握住了刀柄。右近为了养活爱妻和即将出世的孩子，甘愿放下身段仕官糊口。对他而言，这番话想必让他感触良多。严峻的现实应已让右近认识到，即使贵为武士还是得养家活口。只凭尊严与意志是填不饱肚子的。既然肩负起了扶养妻小的重任，武士的大义名分也只能沦为绊手绊脚的枷锁。如今东云右近应已切身感受到，诚如与吉所言，没这点觉悟，日子哪过得下去。只是——

"右近大爷不仅当街怒斥与吉，还愤而对其拳打脚踢，许多路人都瞧见了。虽然右近大爷到头来还是将怒气往自己肚子里吞，放了与吉，但不幸的是，与吉不久后竟然就……"

"遭人杀害了，是吧，因此那位大爷也就这么被扣上了杀人的嫌疑。如此推论……百介先生，与吉这鬼鬼祟祟的家伙，看来似乎是在前去谈那桩挣钱生意时遇害的。"

看来的确不无可能，百介回答道。"但坊间可不作如是想。毕竟曾听说与吉原本要去做些什么的仅有右近大爷一人，坊间百姓唯一知道的，是右近大爷曾和与吉起过争执一事。接下来与吉就死了，不出多久右近大爷之妻又遇害。虽然这么说有点不近人情，但如此一来，右近大爷要想不让人怀疑都难。"

"百介先生，这结论未免也下得太草率了，"平八说道，"这种事若发生在江户，想必大家会如此推论。但北林的情况不同呀。"

"哪里不同？"

"那儿不是杀手盗匪横行经年吗？那么有什么人在何处遇害这种事，岂不是一点也不稀罕？一个人只因曾和自己起过争执的家伙、自己的妻子接连丧命，就被指称为嫌犯，如此推论，我可是难以接受，而且没经过调查就下令通缉，处理过程难道没有过度草率之嫌？"

如此说来，似乎也不无道理。既然该地凶杀惨案频仍，那么和与吉命案大同小异的事件理应为数不少。而右近之妻遭逢的惨祸，照理也应被视为右近迁居领内前发生的一连串事件的延续。

因此，仅有右近一人遭到通缉，看来个中的确是有蹊跷。

"该不会是遭人诬陷的吧？"

"遭人诬陷，会被什么人诬陷？"

"这就不清楚了，"平八说道，"总之为此凭空臆测，充其量仍不过是牵强附会。若仅能胡思乱想，还不如先将这问题搁着。倒是，关于北林那妖魔诅咒的传闻……"

"可是打听到了什么关于这传闻的消息吗？"

平八从身旁一个硕大的包袱中取出了一册记事簿。"呵呵呵，小弟也学起百介先生，开始用起记事簿来了。这可不是记录赊账的账簿呀。"平八兴高采烈地说道，"不过，边听人陈述边以簿子记述还真是难事一桩，不由让小弟由衷佩服百介先生的功力。"

"客套话就免了吧。难道平八先生果真探听到了那妖魔传闻的真相？"

妖魔诅咒，难道真有这种怪力乱神之事？死了不少人是事实。百介并不全盘否定神怪之说，但对此说法就是颇为质疑。

（妖魔诅咒真会闹出人命吗？）

右近向家老表明希望继续调查的意愿时，曾收下一份调查记录的誊本。还没来得及详阅，右近便遭到了通缉，这份誊本因此没派上什么用场，但百介还是把它借来仔细读了一遍。

右近表示不知这些凶案是从何时开始的。而根据记载，第一桩惨案发生在六年前。只不过，当时并未有人指其为妖魔诅咒。被掳走的悉数为年轻姑娘，均惨遭开膛剖腹挖出脏腑而后弃尸，手法至为阴惨，宛如生肝遭人活剥之状。调查记录上如此记述，不过并未记载遇害人数，因此难以看出与后来发生的事件——所谓妖魔诅咒所为的案子之间有无关联。此外，当时前藩主尚在人世，后经历人事交替，当年负责调查的人如今似乎已不在位。

真正被指为妖魔诅咒的事件，则是到了翌年才发生。当时藩主已更替成现任藩主。从五年前的夏季至翌年早春，共有七人惨遭杀害。

（七人。）

这人数就与后来的七人御前之说扯上了关系。但也不知是为何，接下来有一整年未曾发生任何惨案。直到大前年夏季，同样的事件方才再起，妖魔诅咒之说亦开始流传。至前年春季为止，同样有七人遇害。自此人心大乱，也有不少趁火打劫者开始乘机犯案。

"这妖魔诅咒之说——"平八开始卖起了关子。

百介朝他探出身子，逼他把话说下去。

稍安勿躁、稍安勿躁，平八说道。"源自一桩城主遭人杀害的骇人传说。这件事发生在许久许久以前。"

远古凶事。右近亦曾提及该地有一流传已久的骇人传说，或许就是这桩。

"北林这地方，"平八继续说道，"一如百介先生曾言，在北林家统治前曾为天领，即幕府领地。先生可知道如此穷乡僻壤，幕府为何要接手管辖？其中其实有个无可奈何的缘由。"

"怎么个无可奈何法？"

"原因是藩主家血脉突然断绝。由于无人可继承家业，家系和藩号就这么被废了。"

"这可是被划为天领前的事？"

没错没错，平八翻阅起记事簿说道："此事解释起来有些麻烦。据记载，被划为天领前，该地由三谷家统辖，后来断了香火的即为此家。不过，记录中倒是未曾明确说明三谷家绝后的理由，仅载有藩主猝死，以下略。"

"不过，即使藩主猝死，又无后人可继承，还是可祭出收养养子等对策应对不是？"

"对策的确不是没有。"

"纵使废了一个藩，也可将其领地分封予其他近邻的藩，哪有可能找不到什么好对策？除非其乃佐渡之类的产金之地，至少有些许利益可图，否则应该不至于会将之划为天领才是。"

"该地的确有盛产黄金的传说。"

"噢？"

据说还有座金山呢，平八嬉皮笑脸地说道。

"金山？此话当真？"

"这当然只是个传说。想必还是个无凭无据的流言。那种地方哪可能挖出什么金银。这则传说，想必正如百介先生稍早所言，不过是坊间对该地突然被划为天领所作的臆测罢了。那儿成为天领，其实另有原因。"

别再卖关子了行吗？百介说道。

"呵呵，我可没在隐瞒什么呀。其真正原因，其实就是那个妖魔诅咒的传言。我一开始不也提过？"

"就因为有妖、妖魔诅咒，幕府才无法将该地分封给其他藩国？"

平八点点头，又咽下一个豆沙包。

"还真想来杯茶呀。真是佩服百介先生，这么甜的东西还能吃得面不改色。"

分明是平八自己吃得更多。

"其实，"平八嘴里仍在咀嚼着豆沙包，口齿含糊地说道，"三谷藩遭到废藩，其实是为了一则骇人听闻的丑事。这件事就连官府也不敢对外张扬。"

"丑事？"

"没错。三谷藩的末代藩主，据说也是个养子。看来三谷家的确是代代皆无子嗣。至于这藩主是如何成为养子的，我倒是没查证得太仔细。总之，这位藩主殿下是个心神错乱的狂人。"

"可是患了什么心病？"

"据说是某淫祠邪教的信徒。"

"淫祠邪教，可是切支丹[①]？"

不是不是，平八挥手否定道。"此事未曾留下任何记载。江户的北林藩

[①] 江户时代对基督徒的称呼。

邸别院有个名叫权藏的奴仆,如今年事已高,走起路来步履蹒跚,这桩不可告人的往事就是从他口中打听来的。说来还真是残酷至极,据说那藩主嗜食活人生肝。"

没有这种信仰吧?百介质疑道。

"真的没有吗?我倒觉得有也不足为奇呀。"

"不,铁定没有。古今书卷记载了种种信仰,其中有些看似淫秽,也有些是残酷异常。不过,若只是坊间狂徒也就罢了,堂堂一国一城之君,岂有为此等邪教鬼迷心窍之理?"

毕竟只是个传说呀,平八说道。"先生向我抱怨也没用,毕竟传说就是这么说的。反正都是上百年前的事了,若没被据实记载也是真伪难辨。总之,根据这则传言,这位藩主殿下为该淫祠邪教所迷,后来变得心神错乱,残暴不仁,接二连三地于殿中斩杀家臣,最后被关进了土牢里。"

"哪有办法将殿下关进牢里?"

"不关也不行吧,否则只怕大家的小命都要不保。为了顾及体面,虽然大名也得顾及体面这种事说来是有点古怪,但一个藩国面对幕府或他藩时,还是得保住面子,因此只得将这藩主押进牢里藏起来。"

如此一说,可就真有几分道理了。

"不过,据说这位殿下后来逮到机会抢了卫兵的刀,逃出了土牢。但他并非捣毁牢槛逃出去的,据说那座土牢里其实有条密道。"

"密道?"

"想必那土牢是利用天然洞窟改建的吧。总之,问题就出在他逃出去之后。"

平八抬起屁股,调整了一下跪姿。

"那位殿下不知从哪儿逃出城下后,便开始接二连三地手刃领民,而且还是逢人就杀,像这样一刀一刀地……"平八挥舞着手刀说道。

"且慢。为何藩主要将领民……"

"还有什么理由?因为他早已丧心病狂了呀。不是早说过他心神错乱了吗?"

百介不禁开始想象那副光景。一个见百姓就杀的藩主殿下。还真是一幅让人不忍卒睹的景象。一个狂乱的城主接连行凶——

"那么,他最后怎么了?"

"被百姓杀了呀。"

"堂堂一个藩、藩主被百姓杀了?"

这结局听得百介哑口无言。这种事真有可能发生?

"接下来的就是这故事最引人入胜之处了,"平八挤眉弄眼地说道,"见到一个手提染血凶刀徘徊荒野的家伙,有谁会认出他是藩主大人呀?就连百姓也懂得保命求生,看到这种逞凶暴徒,当然会除之而后快。因此,也不知他们是拿了竹枪还是锄头,就这么将藩主活活打死了。这下——"

"大家才发现自己杀的是藩主?"

若事实真是如此,事情可就严重了。不论事发经纬如何,一个领主竟让自己的领民杀了,可会成为一桩轰动社稷的丑闻。这可就成了一件攸关藩国,或许该说是幕府,甚至武家威信的大问题了。

"此事当真?"

"是真是假我也不清楚。不过三谷家从此便绝后,领地也被没收了,并被划为天领。"

不论理由为何,一个堂堂大名被百姓所杀,毕竟是个前所未闻的凶案,因此遭废家撤藩、没收领地,也是理所当然的结果。不过——

"这和如今的妖魔诅咒有何关系?难道这妖魔是领主化身而成的?"

这租书铺老板睁大双眼回答:"是百姓呀,百姓化成的。"

"杀了这藩主殿下的百姓?"

"没错,不愧是撰写谜题的作家,先生果然是明察秋毫,"平八语带奉承地说道,"事先虽不知情,但这些百姓毕竟杀了藩主。哪管是心神错乱还是什么的,藩主终究是个堂堂大名。杀了这种人,岂有全身而退之理?百介先生也知道吧,大名对咱们这种市井小民而言,可是高不可攀的大人物。先生有没有碰上过大名出巡?就连抬个头看一眼,说不定都得被怒斥无礼放肆,落得当场人头落地哪。"

这话还真是一点也没错。

"不过换个立场来看,哪可能放任这种狂犬般的暴徒四处挥刀逞凶?就百姓的立场而言，杀了他不也是情势所迫？"

要这么说，其实也没错。

"因此官府也没审讯，更别提问清缘由。毕竟此事攸关武家威信，总不能说滋事的是个大名，就放了这些百姓吧。因此，与事百姓被当场断罪，悉数被斩首示众。当时摆在法场上示众的首级，正好是七个。"

"七个？"

"因为那藩主就是这七人联手杀死的。方才我也说过，百姓既无兵器又不谙武艺，只能聚众下手。但想当然尔，他们哪可能死得瞑目？因此，这七名百姓便化身成了妖魔。"

"这就是七人御前的由来？"

传闻听了整整一年。这下终于能稍稍掌握肆虐北林的七人御前的样貌了。的确，此传说发源地——西国的七人御前，不论是战死沙场的平家余党、掀起暴动遭处死刑的百姓，抑或践踏神灵圣地而遭天谴的樵夫，其前身均有某种古老传承可供依循。但肆虐北林者则缺乏此类由来，因此原貌着实让人难以捉摸。在通常的传说中，七人御前多半仅以灾祸或疾病诱人致死，而非以残杀等手段直截了当地取人性命。作祟妖魔竟能将人斩杀的说法，再怎么想都令人觉得不对劲。不过由方才的故事看来，牺牲者的死因似乎就没那么重要了。只要将之视为是妖魔导致人被残杀，而非妖魔直接杀害，就不再有任何不合理之处。心怀恶念者一旦置身魔域，该处之恶气将与之呼应，并诱其为恶。这种情况以妖魔诅咒称之，似乎也无任何不妥，甚至堪以死神作祟称之。不过——

"平八先生，若真是如此，代表世世代代于该地肆虐者，是当时遭处死的七名百姓冤魂？"

应该是吧，平八一脸若无其事地说道。"当然，这些冤魂或许也可能是遭藩主殿下手刃的百姓化成的。总之，该处还真是个不祥之地，想必的确曾发生过什么怪异之事。不过，此类凶事毕竟不宜外扬，或许正因如此，才暂时将该地划为天领。看来，幕府是亟欲掩饰这桩由大名惹出的纰漏吧。"

纰漏？如此说来，右近的确也曾提及，昔日统领该地的大名曾出了什么纰漏，并表示由于有此不祥的前例，如今方会出此妖魔扰乱社稷。

"不论原本如何卖力隐瞒，倘若如今因为闹鬼，导致真相随之暴露，一切岂不流于徒然？平八说道。

不，或许真相并非此妖魔揭露，而是该地的恶念凝聚不散，后世复以某种形式继承，并为心怀相同恶念者发现而使然。即使如此，再了不起的雄心壮志也终将枯竭。无论这几人死得有多么冤枉，微不足道的个人怨念，岂有办法在后世记忆中流传上百年？

"不过，平八先生，或许此事真曾发生，但至今也有上百年了。而且该藩如今已易名为北林，那些冤魂理应早就收手了不是？"

"的确理应如此。闹鬼哪可能闹上个百年？如此一来不仅该地无人有胆居住，妖怪自己也会被累坏的。"

"那么——"

"先生想问的，是如今为何又开始出事吧？"平八以食指指向百介的鼻尖说道，"个中当然有缘由。"

"什么样的缘由？"

"当然，这纯属个人推测。答案是三谷藩末代藩主，即那位精神错乱的殿下。据载，此人名叫……噢，有了有了，三谷弹正景幸，而现任北林藩主则名叫……"

"噢——"百介想起来了。右近曾提起这名字，记得是——

"北林弹正景亘。"

平八笑着说道："两人之名同为弹正。"

"两个藩主同名？"

"或许此二字并非名字，而是头衔？"

"事实上，弹正乃弹正台之略，从前的确有此一职，性质如同律令时代的大目付，想必位高权重者方能获得任命。不过，如今是否仍有此头衔，就不得而知了。即使仍有，想必也只是形同虚设的荣禄官位罢了。"

如此看来，这理应不是颁与乡下大名的头衔。

"总之，这是名字还是头衔都不打紧，只不过令人怀疑这是否就是此妖魔诅咒传言死灰复燃的原因罢了。至少我是如此推论。"

听来似乎有理,但是否真是如此?百介歪着脑袋纳闷了起来。

"这应只是巧合吧?"

"应该是吧。但对肆虐的冤魂而言,反正两者都是弹正,或许又勾起了旧恨,才会再度出来作怪。"

百介双手抱胸地问道:"对了,现今的藩主是个什么样的人?"

呵呵,平八翻阅记事簿回答道:"北林的弹正大人,是吗?此人是前任殿下之弟,当上藩主不过是五年前的事。不过其兄生来体弱多病。"

"据说前任藩主是病死的?"

"先生果然是无所不知。如此形容或许有些失敬,但这位弹正殿下实为妾室所生,直到继任前为止,长年蛰居于江户的大名藩邸。"

"嗯,我也曾听闻他是侧室所生。不过,据说前任藩主正室曾激烈反对这位弹正大人继位。"

前藩主正室,即曾与小右卫门有过婚约的千代与土佐小松代藩藩主所生之女阿枫。百介曾听闻出嫁北林的阿枫,在经历这段继位的纷扰后,从天守阁投身自尽。

"是吗?这我可就没听说了。现今的弹正大人是个什么样的藩主,我也不大清楚。虽然陈年往事会在平民百姓间口耳相传,但现任藩主殿下的坏话可没人敢说。只不过——"

其实平八根本安然处在室内,但他还是装模作样地环视了周遭一圈,接着又向前探出了身。百介见状,也随他倾身往前凑。

"倒是,我还听说了一件有趣的事。"

"有趣的事?"

"噢,其实也不知这件事该说是有趣还是什么的。总之,也没有什么证据,或许纯粹是出于巧合吧。"平八再度翻阅起记事簿来,"找到了。弹正大人继任藩主后,便将两个从蛰居江户藩邸时便随侍在侧的心腹立为侧近,一个是名叫楠传藏的近习,即藩主侧近。另一个名叫镝木十内,为徒士组①头之番头。

---

①江户时代,将军或大名出巡时,徒步行于行列前方、负责沿途警备的武士。

此二人从寄居藩邸时代起，便是与弹正大人形影不离的宠臣。因此……接下来的就是重头戏了。不知怎的，这位殿下并未雇用小厮，而是找来两个女人随侍在侧。噢，在我铺子里卖的洒落本或滑稽本中，藩主殿下大都被描写成好色之徒，要不就是性喜男色，因此妻妾成群也不足为奇。不过百介先生，听到接下来的细节可别过于惊讶。这两个女人竟然就叫桔梗和白菊。"

"噢。这两个名字可有什么问题？"

"白菊呢，先生难道没听过这名字？"

这名字哪有什么稀奇？百介回道。

"想不到先生竟然如此迟钝。"平八一改先前的奉承口吻说道，"先生难道忘了上回尾张那起案子？"

"尾张那起案子？"

"就是绝世恶女，朱雀阿菊呀。"

"噢！"

百介惊讶地喊出了声来。这不就是让那个尾张的富商迷了心窍的恶女别名？那个以白菊自称的女人，可是个将男人玩弄于股掌之间，摄其精诈其财，将人榨干后还将其烧成灰烬的蛇蝎毒妇。

"对了，记得又市曾提及白菊如今于北林领内栖身。不、不过，平八先生，你的意思可是，这恶女如今已成了一介大名侧室？"

平八颔首回答："虽无任何证据，但先生可记得金城屋的伙计在江户看到白菊后，是如何形容她的？"

这个百介可就记得很清楚了。"她看来不像是嫁入武家或商家为妻，也不像在哪儿干活或在花街卖身。不过，装扮并不贫贱？"

没错，平八捻指作响地说道。"如此打扮或许有点让人难以归类，但若说是大名侧室，岂不颇为相称？"

百介虽不知大名侧室都作何打扮，但想必看来必不贫贱，亦不似正房妻室。

"据说弹正大人对这侧室宠爱有加，从蛰居江户时期起便让她随侍在侧。因此那伙计在江户看到的，或许真是她。"

这的确不无可能。百介刚如此附和，平八又迫不及待地继续说道："上回那位诈术师不也曾提起，七八年前还有个和朱雀阿菊齐名的恶女，名叫白虎阿梗，性好勾引男人，啜其生血，并为其穿上引火衣裳焚烧致死。若我没记错，此二人在六年前突然销声匿迹。依我看来，阿梗与阿菊，即为桔梗与白菊无误。"平八自信满满地凑过脸来。

"两个恶女都成了大名的宠妾？不过，此二人虽深谙勾引男人之道，但也不至于勾搭上远方藩国的大名吧。"

"百介先生难道忘了吗？"平八语带揶揄地抬起下巴说道，"阿梗与阿菊四处犯案、恶名昭彰的时期，弹正大人仍于藩邸蛰居，人可是在江户呢。"

原来如此，人是在江户勾搭上的，弹正继位后再随其迁居北林。如此这两个恶女为何突然间销声匿迹，也就解释得通了。

"如此说来，弹正大人岂不是被她们俩诓骗了？"

应该是吧，平八一脸满足地说道。"同时被两个威震天下的恶女缠上，可是连命都难保呀。如今弹正大人已是病入膏肓，就是活生生的证据。"

"他真、真的病了？"

"而且看来还病得不轻。"

"你是怎么看出来的？"

"这还不简单？百介先生，如今正值参勤交代时期，弹正大人却尚未现身。江户藩邸从上到下正为此困惑不已呢。虽不知是什么情况，但似乎已收到了藩主得了急病的通知。难道不觉得其中似有蹊跷？"平八蹭着鼻头说道，"看来事情绝对没这么简单。"

"原来如此。"

一个个零星线索的不祥巧合，构成了极为不祥的揣测。但这些线索依然凌乱琐碎。

（似乎还缺了什么。）

百介不住思索着，突然想起了阿银。阿银究竟打算到北林做什么？小右卫门是否和此事有关？又市如今又在何方？

先生，先生，平八向百介喊道。"在发什么呆呀。对了，百介先生不是也想打听那傀儡师小右卫门的事?"

"是呀。"

平八去年造访北林时,曾与小右卫门会过一次面。有此因缘,百介便顺道委托他代为调查小右卫门那如谜的身世,顺便厘清一些与定居江户时的小右卫门有关的传闻。

平八又抓起一个豆沙包。到头来他吃得比百介还要多。

"我这趟上两国,可不是只为了买这豆沙包。虽然小右卫门的真实身份根本不是我这种干正经生意的打听得来的,但表面上的身份可就难不倒我了。毕竟傀儡师坂町小右卫门也算是一号小有名气的角色呢。"

"真有点名气?"

"可以这么说。此人昔日因雕制的傀儡头栩栩如生而备受好评。有人声称出自小右卫门之手的傀儡会在夜里开口说话,亦有人指证其会流泪,诸如此类传闻可谓不胜枚举。不过,真正让小右卫门名震一时的,还非九年前轰动社稷的生地狱傀儡刃伤莫属。这件事百介先生不也曾经提过?"

"是呀,因此你才会上两国?"

"没错。上回听先生提及,我才想起自己也曾参观过这场展示,毕竟当时实在是广受好评。傀儡也的确是栩栩如生,看得我有两三晚不敢深夜如厕。那场展示也因此遭到取缔,据传小右卫门就此从江户销声匿迹。"

"据说举办者被勒令生意规模减半,小右卫门则遭处铐手之刑。"

其养女阿银是这么说的。

"结果的确是如此。但理由是……"

"不是败坏风纪吗?"

"噢,话是如此,但我这回发现真相其实并不全然如此。那场展示并不只是乱了风纪,其实还真的惹来一场天下大乱。"

"天下大乱?"

"那些逼真的傀儡呈现的是时下流行的无残绘[①]般的残酷景象,是吧?"

[①]江户末期至明治初期,以歌舞伎等形式演出的残酷故事为主题印制的浮世绘。

"没错。"

那场展示的宗旨,乃是以傀儡重现歌舞伎读本等故事中的残酷场景。不过,内容并不似通常重现歌舞伎经典场面的展示那般温和,而是力求活灵活现地呈现出地狱般的残酷景象。其中的傀儡并未经过任何增添戏剧性的浮夸修饰,雕制重心全摆在逼真呈现令人不忍卒睹的血淋淋杀戮画面上头。

"也不知是兴奋还是受了什么感化,还真有傻瓜看了那场展示后真的杀了人。而且还不止杀了一两个,而是好几个人。"

当时倒是听过这种传言。当然,毕竟已是九年前的往事了,详情百介记不大清楚。只记得当年自己认为那不过是一则流言。虽然有这种说法,但并未引起太大的骚动。

"那不过是一些唯恐天下不乱的家伙散播的流言吧?"

"我原本也如此认为,"听百介这么一说,平八回道,"不过那是事实。"

"但是,平八先生……"

"我知道百介先生想反驳,那传言虽骇人,但根本没有引起任何骚动,是吧?瓦版上既没刊载,奉行所也没留下任何记录。不过,此事还真的发生过。当时遇害的……"

平八一脸严肃地探出身,语气阴森地说道:"也是七个人。"

四

平八离去后,百介算准了时辰,只身前往八丁堀。目的是造访北町奉行所同心田所真兵卫。

百介在途中打了些酒。通常他自己并不买酒,需要持土产拜访人时,买的大多也是糕饼甜点。只不过稍早的豆沙包吃怕了,这回实在不想再买甜食。

田所是曾与百介的哥哥军八郎一同习剑的好友。以一介役人而言,他仍胸怀时下难得一见的正义风骨,据说因而在奉行所中饱受排挤,至今仍只是个不起眼的小角色。町方同心虽然俸禄微薄,但有权出入大名府邸,又能向百姓抽点油水,故在低阶役人中尚属收入丰厚者,因此通常个个打扮奢华入时,而田所却总是毫不起眼。也不知是因为乏人打点还是生性邋遢,他的外套总是皱巴巴的,头发凌乱不堪,胡子也没剃干净,随时都是一副懒散的模样,一张马脸又生得异常修长。或许是上述种种缘故使然,虽已年过不惑,至今仍是个孑然一身的光棍。毕竟他拒绝收取任何台面下的贿赂,也不兼什么职,两袖清风实属必然,甚至连个小厮或代为打点伙食的女仆都雇不起,娶不到姑娘也是理所当然。

因此百介才认为,若要送上一条鱼当见面礼,从他那副理应不谙调理鱼的德行看来,想必反而只会造成他的困扰。因此经过一番考虑,最后才决定打些酒。

不过,百介对这正直到堪以傻子称之的役人,倒是颇有好感。大概是欣赏他那股不入世的傻劲使然吧。

田所的宅邸是八丁堀组房舍中最破旧的一栋,破旧得大老远便能一眼认出。隔着篱笆往里头窥探,百介看到田所正在缘廊旁一个水盆里洗涤衣物,看起来活像个贫民长屋的老媳妇,可见这男人还真是不修边幅到了极点。

百介喊了一声,田所随即抬起一张修长得吓人的马脸,两眼圆睁,眉毛还扭曲成八字形,高喊了一声回应。看来他并非生气亦非惊讶,不过是难掩欢喜之情。他立刻将百介请进了家中。看得出田所是如何欢迎这位访客的到来。

话虽如此,不出所料,到头来田所连一杯茶都没端出来。想必若非茶叶早已告罄,就是找不着。田所表示一时忘了放到哪儿,在屋内四处寻找,从餐橱到炉灶都翻遍了。看到他还准备往壁橱里找,百介只得连忙制止。若藏到那里头,即使找着了,想必茶叶也早发霉了。

两人终于在客厅坐定,白忙了两刻钟,田所才询问百介的来意。想必鲜少有来客造访他这座宅邸。

"其实,是有件事欲请教田所大爷。"

"别多礼别多礼。"百介如此彬彬有礼地一说,田所立刻伸了伸腿说道,"你也知道我这个人不喜欢装得一副严肃兮兮的。咱们又不是不相识,大爷两个字就请免了吧，听得我肩膀都酸了。"

"不过，此事问起来还真有点难以启齿……"

"是奉行所的事吗？"

"小弟想请教的，是发生在九年前的一桩案子。"

"九年前？"

"您当时已是定町回了吧？"

"是呀，九年前我三十一岁，已是定町回同心了。想问的是哪一桩案子？"

"是一件与两国那场逼真傀儡展示有关的案子。"

当时是否真有人遭杀害？这就是百介想知道的。

逼真傀儡？！田所突然失声大喊道。"且慢。噢，你指的可是那场残酷的展示？那件案子我倒是记得。记得当年……对了，那展示开始时，适逢北町值月勤。如此说来——"话及至此，田所那张修长的马脸顿时扭曲了。"哎呀！"

"大爷可还有印象？"

"有，的确有人遇害，而且还不仅只是遇害这么简单。"说完，田所突然脸色一沉。

见状，百介开始紧张了起来。

噢，我可不是在生你的气，田所连忙以古怪的语气解释道。"原本早已忘得一干二净，嗯，这下可又全都想起来了。对了，当时我还曾为此事考虑辞官呢。"

产生这种念头对他应是稀松平常。毕竟他对不公和奸计是如此深恶痛绝。

"究竟发生了什么事？"

"嗯。那是一场龌龊下流的展示，不过手艺还真是巧夺天工。我初次看到时，还以为陈列的是真的尸体，险些闹出大笑话。只怪那些傀儡做得实在是栩栩如生。虽然我无法想象有人看了那些东西竟然会变得心神错乱，真的犯下杀人勾当，但还真有那种十恶不赦的傻子哪。"

看来那传言竟然是真的。

"果然真发生过这种事？"

"是发生过。什么嘛，原来你想问的就是这件事呀。那何不……不对，我想起来了，记得当时上头曾严禁公开案情。"

田所伸出修长的下巴，忙碌地用手蹭个不停。

"嗯，看来那件事是被暗地里销案了。"

"想必是如此吧。别说是瓦版，据说就连奉行所也没留下任何记录。因此，我当时认为那传言不过是空穴来风。"

"看来虽下了噤口令，流言还是传了出去，果然是人嘴难堵、众口难防呀。不过刻意封锁此事，原本就有问题。"

"此事曾遭封锁？"

"应是如此吧。"

有人被杀了，即便有什么缘由，不是均应以某种形式公之于世？若还需要刻意粉饰，代表其中必有蹊跷。请问这种事常发生吗？百介询问道。

这位同心面带极其古怪的神情回答："噢，哪可能没有？役人个个生性迂腐，一旦牵扯上威信或声誉，开口闭口全都是体面、颜面等无聊透顶的名堂。"

"威信、声誉、体面、颜面？请问当时得顾及的是其中哪一项？难道其中有什么对奉行所不利的隐情？譬如没能查出真凶什么的。"

"非也。"这位同心左右摇晃着下巴回答，"真凶是何许人的确是知道，只是不许公布罢了。"

"不是没有公布，而是不许公布？"

"因为上头挡了下来。而且连人都没逮捕。不，是不能逮捕。嗯，一想到此事，就让人愤恨难平。"

"明知真凶是谁，为何不能逮捕？"

"这还不简单，"田所回答道，"因为凶手是个大名的公子。"

"大、大名的公子也会杀人？"

"没错。那家伙还真是畜生不如。凶手是个蛰居江户藩邸的乡下大名次子，和他的武士随从一干人。"田所啪地拍了下自己的额头，"混账东西，这下又让我想起来了。凶手若为武士，咱们町方①便无法出手逮捕。这本为既定法规，

---

① 江户时代，居住于城外的人以村方、山方、浦方自称，对应的城市人多以町方自称。

咱们也只能遵守。不过百介呀,眼见这么多无辜百姓惨遭杀害,却没能判凶手任何刑,只能任其逍遥法外,天下岂有这种道理?"

"没能判他刑?"

"是呀。奉行所也曾向目付请示,只是目付未加理会。这些大人总是将武士斩人看得稀松平常。其实根本不是这么回事。不论一个人是什么身份,只要杀伤任何人,一律将遭到逮捕。若被捕者为武士,则将被问家世,目付也将立即作出裁决。由于有家门蒙羞之虞,因此对普通武士而言,杀个人可是绝对划不来。别看那些戏里演的,其实百姓犯下的杀人凶案远较武士为多。但是⋯⋯"田所紧紧握起拳头,朝榻榻米狠狠揍了一记,"也不知是怎的,当时却只能放任他逍遥法外。在大家束手无策时,那些家伙竟也没收敛分毫,依然四处行凶,因此我便力谏目付,主张把规定搁在一旁,将其绳之以法。未采取行动,乃希冀由奉行所进行逮捕。只、只是⋯⋯"

俗话说口沫横飞,田所一兴奋起来,唾液还真是四处飞溅。

还是没法子办他?百介问道。

没法子没法子,田所高声回答。"完全拿他没法子。噢,可别用这种眼神看我呀,百介。好歹我也曾逮捕过那些家伙一次。"

"大爷逮、逮捕过他们?"

百介惊讶得差点没站起身来。今日来此造访,是因田所十数年来都任劳任怨地甘于当个小小同心,想必一定知道些什么。看来果真没看走眼。

逮过呀,田所拭拭嘴角说道。"即使无法将他定罪判刑,但当场撞见他在光天化日之下手刃百姓,身为同心岂可坐视不管?当时我只身力抗对手三人,经过一番勇敢缠斗,才将他们制伏。虽没将人五花大绑,还是将他们通通带回了番屋。未料那几个家伙⋯⋯"

哼,田所又开始动起气来。看来这回忆果真让他愤慨莫名。

"竟然没有丝毫悔意,个个一脸毫不在意地坚称不过是处决手下,哪里犯法了。"

"处决⋯⋯难道他们声称那是无礼斩?"

"是呀。啊,这哪可能是无礼斩?大致上而言,真正的无礼斩原本就极少发生。而且即使真申告为无礼斩,也得经过一番严格审问。因此无论是无礼还是非礼,武士胡乱拔刀斩人,终究得受罚。这十年来,货真价实的无礼斩我也只经手过一件。容我重申,如今是没有武士有权恣意杀人的。但结果怎么来着?当时还没来得及审讯,就有个与力脸色铁青地冲了进来,人就这么被释放了。"

"有与力介入此事?"

"想必是目付下了什么指示吧。那些家伙只懂得像狗一样摇尾巴。"

"不过,就幕府的立场而言,何须采此不义手段保护诸藩?"

百介认为幕府理应逮到什么把柄,便会积极动手废藩才是。因此,岂不是应将此纰漏对外公开方为上策?

"那其实是一场交易,"田所回答道,"目付和大目付都想逮住藩国的把柄。或许那个藩主次子干的勾当并不足导致废藩,若能借此卖个人情,对往后必有帮助,因此希冀能达成这类交易。不过,不管是旗本还是大名,干了坏事便是恶人,只要有任何逾越伦常之举均应受罚,岂有因犯人贵为大名,便得以饶恕的道理?这对惨遭杀身横祸者岂不是难有交代?"

田所语气激动,这男人就是这副德行。

"因此我受到严厉的申诫,被迫蛰居十日。原本以为那群混账会变得温顺些,谁想到看了那场傀儡展示竟兴致又起,开始四处杀人。"

"他们并没有收手?"

恶徒之凶残,还真是出人意料。

"当然没收手,那些混账简直是疯了,根本没学到半点教训。百介,你可曾看过那场伤风败俗的展示?"

看过。

"是嘛。那么,可记得其中有几幕场景?"

"几幕场景……"

"详细内容我没记清楚,但记得净是些以逼真的傀儡重现知名杀戮场面的残酷场景,每栋小屋内各陈列一幕,供访客逐一观览,总共为七幕。"

"七幕?"

"是呀，七幕。其中包括以镰刀劈斩、以矛戳刺等杀戮场面。那些家伙看了那些东西，竟然起了实际重现杀人手法的念头。"

"因、因此杀了七人？"

原来是这个缘故。

"窝囊的奉行所似乎也因此困扰不已，但就是无法堂而皇之地出手办案。到头来出于无奈，只能换个目标，严惩这场展示的举办者。"

原来如此。若没听到这番说明，还真猜不透举办者会遭到法办的理由。

"对下如此严厉，对上却这般宽容。"田所怒骂道，"除了伤风败俗之外，举办者并未有任何地方犯法。记得当时除了遭判入监，展示规模也被勒令减半，就连傀儡师都被捕入狱，双手加铐十日。后来又请求目付想方设法终止那场展示，还开出了一切均不公之于世的条件，整件事就这样掩饰了下来。"

案情没公开，原来是有这般缘由。

"只可惜终究晚了一步，还是让那些家伙杀足了七个人。"

百介不禁开始想象实际案情是如何残酷。

"那么，杀了七人后，那大名的儿子可就此收手？"

嗯，田所回答道："想起这件事还真是不舒服。嗯，一时是收手了。"

"一时？亦即，后来还是再度破了杀戒？"

没错，田所似乎极为丧气，垂下双肩，嘴角下垂地说道。"那些家伙收手，并不是反省了，也不是打通了上头关节，不过是已经杀足七人，算是玩得尽兴罢了。倘若哪天又找到其他乐子，老毛病铁定会再犯。"

"乐子？"

"是乐子呀。"田所两眼睁得斗大，直瞪着百介说道，"说着说着想起来了。那家伙被我逮进番屋时，他那双眼睛……"

"他的眼睛怎么了？"

"那眼神我至今仍忘不了。当时那家伙还一脸笑意呢，脸上虽沾着牺牲者的血，但笑得可开心了。他那眼神……漆黑空洞有如无底深渊，看起来完全不像个人，活像是个畜生，不，是厉鬼的眼神。"田所闭上眼睛继续说道，"那眼神仿佛想让人知道，这家伙完全不把他人性命放在眼里。不，甚至就连自己的性命也不放在眼里。实在令人毛骨悚然！"

这岂不是死神的眼神？

"是可以这么形容。事后那家伙依然四处为恶，但奉行所早已笃定采取三不政策，即不看、不听、不过问。过了一年，那几个家伙就开始聚众结党了。"

"聚众结党？"

"其实，也不过是多了两个女人。虽说是女人，那两人可也是不好惹的狠角色。那五人自称四神党，行径荒唐，无恶不作。"

"四神？"

"没错，他们叫四神。"

"可是代表四位神明？"

"包括那大名次子在内的三人再添上两女，分明是五人，我想不通为何叫四神。总之这四神党平日大摇大摆地四处为恶，欺诈勒索有如家常便饭，有时甚至包起娼馆行淫靡之乐，银两散尽便破门劫财，谁敢顶他们几句便拔刀斩之。"

"如此恶徒，竟然放任他们逍遥法外？"

"就是拿他们没辙呀。"田所的嘴角再度冒起泡来，"当时我心里有多愤恨，哪是你能想象的？"

还有胆自称什么四神，简直是欺人太甚，田所怒骂道。

百介连忙安抚道："大爷切勿动气。让大爷忆起这些不愉快的陈年往事，只怪小弟不对。其实，不过是日前在打听那傀儡师的真实身份时，听闻了这九年前的传闻，出于好奇才冒昧前来请教，对大爷毫无冒犯之意，请容小弟特此致歉。"

语毕，百介朝他磕了个头，额头几乎要贴到榻榻米上了。

"喂，百、百介，快起身哪。这哪有什么好道歉的？要怪还得怪我这老毛病。动气可不是针对你，反正我每天都这副德行，还请你别放在心上。"

百介抬起双眼，窥伺田所的神情。只见他已是一脸狼狈。即使生性再怎么嫉恶如仇，也不至于天天都得如此义愤填膺吧。

百介起身问道："对了，请问田所大爷，那四神党如今怎么样了？该不

309

会仍在到处肆虐吧?若是如此,百姓岂不是高枕难眠?"

那伙人在五六年前便告销声匿迹,田所回答道。

"五六年前?"

"没错。据说是因为那家伙被召回去继位了。不过,他带走了那两个侧近,两个女人是否也一起带走就不得而知了。不过,百介呀。"田所的心情似乎平静了下来,驼起背叹了口气说道,"后来,一些令人质疑是不是他们犯下的凶案依旧持续发生。你应该也记得前年和大前年那几桩小姑娘遇害的惨案吧?"

"噢,是记得……"

虽然记得,印象却已颇为模糊。百介原本就不爱听这类血腥残酷的事,即使听了也会设法忘记,因此这些惨案发生的准确时间已经记不得了。

"不过,详情可就不大清楚了。记得是有人掳走了几名年轻姑娘,既没勒索取财亦未强奸施暴,只是将其斩杀后碎尸万段,是吧?"

"没错,当时有七人遇害。"

"七人……"

又是七人。

"没错,又是七人,人数和九年前一模一样,因此我记得很清楚。其实,四年前也曾发生过类似的凶案。"

"噢,如此说来……不,该不会就是……"

"没错,这回遇害的同样是七人,不过由于其中还有男人和老人,并非全是年轻姑娘,因此奉行所内没有人认为两起事件之间可能有关联。但毕竟人数相同,就我看来,行凶手法亦颇为类似。"

"行凶手法也类似?"

嗯,田所用原本插在怀中的手托着下巴说道:"遇害者先是失踪,两三天后模样凄惨的尸体才被寻获。而且不仅是被杀而已,每具尸体的死状都是惨不忍睹。"

那些遗骸的模样有多么凄惨,百介多少也有听闻。每一起事件瓦版都曾有刊载,尤其是前年那几桩年轻姑娘的连环凶杀案曾引起轩然大波,记得瓦版上的记载还图文并茂。从百介得以知道这些记载看来,似乎可证明目付并未对前年和四年前的凶案施压。

"田所大爷认为,这些案子也是四神党犯下的?"

"我是如此推论,但这意见并未被接受。虽然这几桩案子还是没能逮到真凶,但到头来连我都怀疑自己是不是多心了。毕竟当时那些家伙早已销声匿迹,连任何相关的传闻都不曾再听见过。只是,还真是令人难以释怀呀。"

"对何事难以释怀?"

"毕竟,我不认为还有几个人能干出那种泯灭人性的勾当。不,该说是绝无其他人下得了这种毒手。"

"那么,大爷是否怀疑四神党或许已暗地里重返江户?"

"不,应该没这可能。正如连你也没听说过,这几年来的确没听说过任何与他们相关的传闻,看来如今人是不在江户,否则那些家伙哪可能不引起骚动?那伙人天不怕地不怕,也没人阻止得了他们。不过,即使不在江户定居,或许仍会偶尔造访。"

"偶尔造访,因此仍可能是四神党那伙人?"

且慢。

那并非拦路斩人,右近曾如此说过。凶手先将人掳走。将人掳走后,先是将牺牲者折磨至死,接下来再毁其遗骸。毁尸后,再弃被害人惨不忍睹的遗骸于荒野。

"难、难道……"百介不禁提高了声音。

怎么了?田所问道。

"不,这……"

将北林藩闹得人心惶惶的妖魔,会不会其实就是那四神党?而那大名的次子,会不会就是右近亟欲觅得的小松代志郎丸?

(不,应该没这个可能。)

首先,志郎丸并非次子。他从一出生就被卷入了继位纷争,最后和母亲一同销声匿迹,据说那已是近二十年前的事了。当然他遭到了废嫡,九年前理应无寄居江户藩邸的道理。再者,小松代藩也早已废撤,那是阿枫远嫁异藩后不久的事，因此废藩应是发生在五六年前。而这乡下大名次子是在五六年前返藩继位，当时小松代藩早已不复存在。

不过，他是否有可能隐姓埋名，化身为藩主的侧近武士？

（这似乎也不大对劲。）

这种臆测似乎有不合常理之嫌。百介认为实际上应不至于如此复杂才是。

"关于这四神党……"

"嗯。对了，百介，四神是什么意思？"

百介还没来得及把话问完，田所便抢先一步问道："你对这种事很熟悉吧？当时我还找不到人请教呢。"

"四神意指……"百介解释起来。

四神意指司掌东西南北四方的四种神兽。东为青龙，西为白虎，南为朱雀，北为玄武。为保中央，各镇一方。一如其名，四神有时以青、白、朱、玄四色表示，分别代表春秋夏冬，依五行之说则相当于木金火水，中央的土则以黄色为之。

田所满心佩服地说道："果然有学问。白虎又是什么？"

"白虎即为白色老虎，青龙则为青色的龙。"

"那么朱雀呢？"

"朱雀为红色雀鸟，即凤凰。玄武则以为蛇缠绕的乌龟示之。"

"玄武就是乌龟？"

"是的。通常以龙虎之争比喻双雄对峙，原本就被尊为神兽的龙虎，再加上被喻为四灵的麟、龟、凤、蛇，可能就是四神的由来。其中或许还掺杂些许天文学的影响，总之，此说原本源自唐土。"

"各镇一方，以保中央？"

"是的。唐土的天子陵墓等处的棺木旁，常于四方绘有此类纹饰，在吾国亦有类似案例。"

"原来如此。"田所再度磨蹭起下巴来，"这问题闷在心里这么多年，这下全弄懂了。原来四神代表的是那家伙身边的四只走狗呀。啊，这算哪门子四神？那家伙竟然当自己是天子。"

看来应是如此,没错。

"充其量不过是个穷藩,而且还是侧室生的次子,竟然有脸把自己比天子?真恨不得能赏他几个耳光。不过听你如此一说,这才想到其中一名侧近武士身上披的是绣有飞龙的华丽外套,另一个则穿着印有古怪龟甲纹饰的裙裤,原来那代表的就是玄武的龟呀。"

"龟甲纹饰?"

果真符合四神中的意象。

"没错。原来他们就是龙和龟呀,再加上另外两个白虎和朱雀,还真的成了四神呢,真是荒唐至极。对了,朱雀执掌的是火,是吧?原来如此,难怪那女人要叫朱雀。"

"其中有个女人叫朱雀?"

"是呀。那伙人里有个嗜火如痴的女人,屡有纵火嫌疑。这女人……对了,约在七年前吧,突然在日本桥一带现身,勾引了几个男人,而且极可能还一个接着一个地将他们活活烧死,但就是让人逮不着她的狐狸尾巴。还没来得及办她,就让她和那伙人搭上了,让官府欲出手也无从。"

"且、且慢,她该不会叫……"

"她叫朱雀阿菊。原来这些别号都是根据他们每一个的生性取的呀。"

错不了,铁定就是白菊。出身欢场的恶女白菊在吉原纵火后销声匿迹,应是九年前的事。又市表示后来见到她时,她已易名为朱雀阿菊。看来绝对错不了。亦即……

"田、田所大爷!"百介紧张地喊道。

田所漫不经心地开口问道:"怎么了,百介?瞧你紧张的,和平时还真是判若两人呀。怎么一听到朱雀阿菊这名字,就吓成了这副德行?难不成你也曾和那女人勾搭过?"

现在可没心情开这种玩笑。这可是一件大事呀。

"请、请教大爷,这四神党的成员都叫什么名字?"

"噢?那女人是朱雀阿菊。据说还另有一个恶女,每勾搭上新男人,就将老情人刎颈诛杀。由于肌肤白皙又嗜血如命,别名白虎阿梗。接着就是那大名次子的……"

"其、其他人叫什么名字？"

"待我想想……毕竟都是多年前的往事了。记得那两名侧近武士叫……"田所惊讶地回答道

百介连忙开始翻阅起挂在腰际的记事簿。

"此、此二人该不会叫镝、镝木十内和楠传藏吧？"

田所惊讶地回答道："没错。你怎会知道？"

"这、这乃是因为……"

竟然有这种事。未免也太巧了吧。不对，九年前，发生了那场傀儡展示引发的凶案。八年前，那伙人开始以四神党自称。五六年前，那些家伙从江户销声匿迹。五年前，北林藩的连环命案开始发生。四年前和两年前，江户发生了年轻姑娘遇害的连环凶案。去年则未曾发生。但在北林藩却……依此类推，惨祸每隔一年才会发生。这和参勤交代绝对有关联。如此说来……

"田、田所大爷，请问那伙人的首脑，即那大名的次子，也就是四神党的头领，叫什么名字？"

"他叫北林虎之进。"田所回答。

五

百介心中困惑不已。

如今，一切线索均指向藩主。不过话虽如此，一个藩主夜夜手刃无辜领民这种荒唐事，听来实在无法想象。如此看来，情况和百年前的传说岂不是如出一辙？没错，完全如出一辙。就连两人的名字都相同。这难道纯属巧合？若一味拘泥此巧合，一切的确只能归咎于冤魂作祟，如此一来，还真是令人无计可施。除了将该地视为死神肆虐、恶念凝聚的魔域，的确找不到其他道理可解释。哪可能真有妖魔诅咒？不过状况如此，这似乎已成了唯一说得通的解释。最为这妖魔诅咒所苦的，就是北林藩本身。若不尽快祭出对策，废藩只是迟早的问题。

不，或许根本无须等待废藩的裁决，领民们也将为恐惧压倒而人心大乱。如今，整个藩早已是人心惶惶，财政也濒临崩溃，即使没遭到废撤，国体亦早已不复存在。藩主岂可能为逞一时之快，坐视本藩在一己的荒唐行径中覆灭？绝无可能。怎么想都是矛盾。

百介完全无法理解。通常绝不可能有这种事。

反之，若弹正果真为真凶，几个疑点倒是不难厘清。

首先，前代藩主的正室阿枫——不，应称之为阿枫夫人——曾力抗弹正入城继位。倘若阿枫夫人曾获悉弹正的个性为人，想当然必将义无反顾地严加反对。不过，阿枫夫人对弹正的为人是否真有耳闻，尚且不得而知。

此外，右近的境遇也将得到解释。加奈的证词中提及的龟甲纹武士，极可能就是藩主侍从楠传藏。若果真如此，则代表右近距离揭露藩主的秘密只差临门一脚。因此，若推论藩主一行杀害与吉，并嫁祸于右近，只为除此心腹大患，想必右近如此唐突迅速地遭到通缉之谜也将迎刃而解。

平八一再认为其中有怪，想必是因为即使没能解开此谜，至少也嗅到了个中阴谋。再者，五年多来凶犯均未伏法，似乎就是最好的证据。若一切均为藩主所为，当然无从将其绳之以法。

只不过若是如此，家老的行径可就费人疑猜了。家老不仅委托右近调查小松代志郎丸的行踪，还在右近自愿继续调查时，提供相关调查记录以供参考。难道家老毫不知情？若知悉殿下大人就是真凶，理应不至于如此热心。或许这也是理所当然。若连家老都知情，整个藩岂不就成了共犯？绝无可能。这推论更是有悖常理。如此看来，四神党如今依然存在。虽主导者已继位为藩主，五名凶贼依然不改恶习，为逞一己私欲四处行凶。若是如此，已无追究其动机之必要。此等残酷行径，仅能以性癖解释。

据说别号朱雀阿菊的白菊嗜火如命，不论身处何等境遇，似乎就是无法抑制欲求，就这么在熊熊烈焰中编织出一段光怪陆离的人生。那么，北林弹正又是如何？是否生性对死亡有强烈癖好？或许，弹正是个靠恶念为生、希冀以杀戮与破坏点缀一己人生的凶贼。若是如此，弹正本身岂不就成了死神的化身？

百介感到困惑不已。是否该让右近和治平知道这些事？毕竟，不管昔日恶行如何，并无任何证据可证明如今发生在北林的凶案，实乃弹正一伙人所为。再者，阿银也在该地。即使和她并无关系，阿银理应也不会对此事视若无睹。不，听闻右近的报告后，即使想置身事外也已是无从。从她曾保护并助遭到通缉的右近逃脱一事看来，阿银对北林发生的不寻常异事似乎已开始采取某种行动了。毕竟，阿银曾向右近保证，要将此事查个水落石出。虽然无法掌握又市的动向，但他极可能已与阿银会合，再加上北林还有个小右卫门。若他们一行人已有所行动，根本轮不到百介出场。只是——

烦闷不已的百介准备启程前往念佛长屋时，租书铺老板平八再度来访。

就在他钻过布帘，走到大街上时，突然在岔路口看到那背着一个大行囊的租书铺老板朝自己走来。

平八朝百介高喊："请先生留步。幸好先生还在家。"

"噢，如你所见，我正好要出门。"

得耽误先生一点时间，平八说道。

"怎么了？"

"噢，我方才上了北林藩邸一趟。先生猜怎么着……"

想必是死命赶来的吧，只见平八一副喘不过气来的模样。

百介只得将平八请进店里。小屋内无法泡茶，百介只得到店内的客厅里，找个伙计送壶茶来。平八一气将茶饮尽，接着使劲叹了一口气。

"到底是怎么了？北林发生了什么事？"

"噢，据说今天一早，就有北林差来的使者到访。为此，整座藩邸从上到下已陷入了骚动。"

"为何陷入骚动？"

"据说有冤魂现身。"

"冤魂？"

这是怎么一回事？事态发展似乎已超乎百介的想象。

"是什、什么样的冤魂？百年前遭处刑而死的百姓的冤魂，抑或是近年遇害的领民冤魂？"

"都不是。"

平八再度将几乎早已饮尽的茶杯喝得干透。

"据说是御前夫人。"

"御前夫人？"

是的，平八说着摇了摇头。

"那是什么？"

"噢，这我并不清楚，不过，据说是个十分厉害的冤魂。"

"十分厉害的冤魂？"

"据说那御前夫人本身就是个凶神，看来的确是个冤魂。"

"噢，看来的确是如此。不过，那种东西为何突然现身？"

这着实令人百思不解。

"大家似乎并不觉得是突然现身。该怎么说呢，而是认为该来的终于来了，似乎大家对此早有心理准备。"

"那么，那究竟是谁的亡魂？冤魂不都是曾经在世的某人化身而成的吗？"

"我认为那可能是跃下天守阁自尽的前代藩主的正室化身而成的冤魂。"平八回答道。

"阿枫夫人的亡魂？"

"是的。"

"怎会知道那是阿枫夫人的亡魂？"

"这是从藩士的反应推察的。当时藩邸内一片闹哄哄的，有些话就被我听见了。在一旁听着大家七嘴八舌，归纳而出的大概就是这样的结论。"

"若是如此，也不至于是空穴来风。不过，称她作阿枫夫人的冤魂不就得了？为何还得称她为御前夫人？这和七人御前可有什么关系？"

"因其本为藩内眷族，因此称呼她作夫人。御前夫人似乎有御前公主之意，乃残暴不仁、死不瞑目的亡魂或恶灵等的统御者。"

统御七人御前的，御前公主——

"详情我并不清楚，毕竟这也是从那老不死的奴仆权藏老头那儿听来的。据说这御前夫人曾在家老大人的枕边显灵呢。"

"家老大人？不是出现在藩主大人的床头？"

"藩主没碰上。或许是想先打通目标外围的关节吧，总之就这阴森森地出现在家老樫村兵卫大人的宅邸中，并向他作了一番神谕。"

"神谕？神谕不都是得自神佛的吗？"百介问道。

"凶神也算是神吧。若用神谕形容有欠妥当，姑且称之为托梦吧。总之，据说那御前夫人当时宣告，近年来发生的灾祸悉数为自己所为。"

"这亡魂，即阿枫夫人，宣称自己就是那肆虐多年的妖魔？"

"噢，也不知这番话是否真是这么说的，毕竟只是托梦，但大意应是如此。据说还表示：吾等尚有遗恨未了，若欲消灾解厄，勿忘祭祀吾等冤魂。"

哪可能有这种事？听来这并不是个梦。

（是某人所为？）

没在藩主面前现身已经够奇怪了，选择向家老托梦，听来更是不干不脆。到头来，似乎仅代表这亡魂无法进入城内。对盗贼而言，要潜入城内的确是难过登天，但要摸进家老宅邸，可就不无可能了。

呵呵，看到百介一脸狐疑，平八笑着继续说道："家老大人原本似乎也以为这不过是场梦魇。他被这般境遇折腾得心力交瘁，如此认为似乎也不无道理。因此……"平八开始磨蹭起双掌来，"家老大人当时并未采取任何行动，而是选择保持沉默。这位家老可真不简单哪，都到了这种地步，还认为实不宜怪力乱神。但接下来，可就轮到城内了。"

"她也在城、城内现身了？"

如此说来，那可就不是普通的盗贼了。甚至听起来还真有可能是如假包换的妖怪？

"而且据说每晚均会现身。"

"没有一天不出现？"

"是呀，接连七个昼夜未曾间断。据说最早是卫兵瞧见的，模样和家老见到的是如出一辙，这下可就不得了了。通常大家或许会以为是有匪类潜入了城内吧？"

"这是理所当然。"

"因此便增设岗哨,严加警戒,但那东西仍会不知从哪儿冒出来。毕竟对手若是鬼魂,再怎么警戒也徒然。据说每当入夜后,那东西就在城内口出秽言,四处游荡,弄得上下俱是人心惶惶。"

"亦即,那亡魂是真的?"

"是呀,毕竟有不少人都见到了。城内的中庭通常是没人进得了,但却有人在深夜里见到一个容姿秀丽的公主伫立其中,喃喃说着自己是御前夫人什么的。"

平八将双手往下一垂,开始模仿歌舞伎里的亡魂。

"且慢。依你方才所言,那亡魂不仅能托梦,还会出现在众人面前开口说话?"

"据说的确会开口说话,而且声音还颇为骇人。不过,这全都是听来的。"

这——

"再者,据说第一个撞见她的家老大人为此惶恐不已,请来了和尚祈祷师四处作法除厄,但也是于事无补。毕竟对手并非普通妖怪,而是御前夫人,想必靠通常的法子无法收效。"

"但那妖魔不是要求供奉她?"

"她既非神亦非佛,而是凶神,因此要求的并非供养,而是祭祀。"

"噢。"

"不过有所混淆的并非仅是百介先生一人,而是每个人都弄混了。因此据说到了第七天晚上,御前夫人又来到了家老大人枕边表示:诸般法术均无法收效,欲息吾等之怒,应先于天守阁祭祀吾等,并火速另觅一适任者,以继北林家藩主之位。"

"这岂不是在勒令弹正让位?"

"没错,正是如此。她甚至还贴心言明,应继位之次代藩主乃蛰居江户藩邸的藩士之一。"

"竟然是来指定继任者的?"

一个亡魂哪可能做出这种要求?太奇怪了。

"话虽如此,但蛰居江户藩邸的武士可是为数甚众。要找出是哪一个可不简单。"平八带着仿佛在窥探百介神色的眼神说道,"不过,御前夫人不愧是妖怪,安排得可真是细心哪。"

"哪儿细心?"

"据说她曾明言,继位者身上有个标记。"

"标记……可是什么供人辨识的特征?"

"是什么样的标记我也不清楚。但连这点都算计到了,看来这妖怪还真是思虑缜密。因此城内才立刻差人快马赶来,藩邸为此陷入大混乱。此事经纬大致上就是这么回事,幸好当时我正在场。"

"由此看来,北林藩真准备接受那亡魂的提案?"

"接不接受可就是另一回事了。"

"这是什么意思?"

"不论城内是否准备接受这要求,还是先找出带有这标记的藩士,方为上策。"

这果真有理。倘若那亡魂的提案不过是场骗局,那带有印记者也就成了一名共犯。不过,倘若真是如此,这可就成了一场破天荒的大骗局。到了这种地步,通常有九成九的几率注定要失败。

"没错。因此,姑且不论是信还是不信,御前夫人还言明,若遵照吾等吩咐行事,劫难将立即平息;若是不从,必将降更多灾厄。此一诅咒将导致天守阁崩塌,北林的秘密也将暴露,藩国将遭废撤,藩主弹正景亘亦将性命不保。这算得上是一种威胁吧。"

毋庸置疑是威胁。

"不过,百介先生也不妨想想,如此一来,三谷弹正还是七人御前这些远古传言,这下不全都变得不起眼了?毕竟连真正的亡魂都出现了,情节也随之急转直下了。"

(是又市。)

霎时百介如此想道。难不成这又是又市设下的局?现身的是阿枫夫人的冤魂,这,会不会是阿银?阿银不是生得像极了阿枫吗?不过,这诈术师再怎么法力无边,应也不至于轻而易举潜入城内。他的确给人一种神出鬼没的印象,但此事的难度绝非潜入一般商家所能比拟。毕竟有城郭阻挡,除非是石川五右卫门①,任何人要想潜入城内,根本难过登天。

再者,百介也纳闷这个局是否真能收效。依照百介的推论,真凶应为藩主弹正。若此推论正确,那么请出阿枫夫人的亡魂又有什么意义?毕竟进一步造成藩士恐慌,也得不到什么效果。若弹正真为真凶,也绝不可能对亡魂心怀畏惧而就此收手。看来灾厄的隐忧尚存,惨祸也不可能就此止息。既然怎么做都是徒然,又市应不至于设这种没胜算的局才是。

或许,会不会有这种可能?又市并不知道弹正的真面目。这应该不至于吧。就连百介都查得到的线索,又市要想掌握绝对是易如反掌。难不成是百介的推测有误?或许这几率要高得多,毕竟真相和想象还真有可能大相径庭。又市的确是思虑周详,但倘若治平所言属实,同时也可能是胆小如鼠。百介认为他理应不会冒潜入城郭内这种毫无保障的风险才是。

总之,一切毕竟仅止于想象。

"弹正呢?"百介问道。

"噢,至于藩主弹正景亘大人是如何看待亡魂现身这件事,我不知道。"平八面带忧郁地说,"但令人惊讶的是,此人对这惊动全藩的大事却丝毫不以为意。"

"不以为意?意思是他完全不相信鬼神之说?"

"是不相信呀,更别提害怕了。真正担心受怕的,反而是以家老为首的众家臣。"

"果不其然。"

"噢?百介先生,难道你知道什么内幕?"平八质疑道。

不过是直觉罢了,百介连忙搪塞。

"先生的直觉果然准确。我原本以为,殿下大人肯定被这件事吓得屁滚尿流,事实却不然。其实呀,百介先生,这也是我在藩邸时听来的,弹正殿下压根就没相信过那妖魔诅咒的传闻。这消息惊人吧?"

---

①活跃于安土桃山时代的大盗。

从这语气听来，平八似乎认为相信这鬼神之说已是理所当然。习惯这种东西之所以可怕，就在于一件事只要反复听上几遍，即使原本并不同意，也会在不知不觉间被说服。就连百介自己，都不知不觉地在思考时将亡魂作祟当成了前提。只是，这根本不是什么亡魂。或许就是知道这点，弹正才会如此毫无畏惧吧。

真不知这到底是怎么一回事呢，平八皱起鼻头说道。"据说弹正大人对信仰、神佛一类弃之如敝屣，斥其为荒诞无稽，勒令停办法事供养等宗教行事，对鬼神之说如何不屑可见一斑。即使妖魔诅咒的传闻已是甚嚣尘上，他仍视之为无稽流言。"

"果不其然。"

倘若弹正的性格真如百介想象，这态度就是理所当然了。一个须借杀戮滋养为生的死神，哪可能拜神礼佛？再者，若一切惨案真是他下的手，不就更毫无理由相信这些妖魔之说？

"噢，这直觉可真准哪，"平八继续说道，"有人甚至认为，殿下大人对神佛毫无敬畏之心，或许就是招来此一妖魔的原因。"

就某个角度而言，这推论堪称卓见。

"既然性格如此，他哪可能将那亡魂的话放在眼里？见到家臣们个个惊慌失措，还厉声怒斥世上哪有鬼怪这种东西。"

"难道殿下认为，那场亡魂引起的骚动其实是有人在装神弄鬼？"

"应该是吧。毕竟那亡魂至今仍未曾在殿下大人的寝室露过脸，他还没见着，因此才认为是大家眼花了。"

"难道那亡魂进不了他的寝室？"

没这种事吧？平八圆脸上的圆眼睁得更圆了。"毕竟是鬼，哪可能有进不去的道理？那种东西想必就像长屋里的孑孓，应该是哪儿都钻得进去才是。若贴了什么有法力的符咒或许还另当别论，但是那位殿下大人比谁都不相信鬼神之说，那亡魂要想闯进他的寝室哪会有什么问题？"

看来平八已是打心底相信这场骚动是亡魂引起的。起初对这起传言似乎还是半信半疑，但到这时候已不再有半点怀疑了。

"不过，平八先生，为何那御前夫人从未在殿下大人面前现身？倘若她真是阿枫夫人的冤魂，头一个该见到的理应是弹正大人才是吧。光是吓唬领民，胁迫家臣，岂不是找错了对象？阿枫夫人不是在和弹正大人起了争执后，才从天守阁投身自尽的吗？"

这也有道理，平八说道。

"你说是不是？对了，弹正大人患病之说又是怎么一回事？"

"江户藩邸里似乎也认为，那不过是为应付幕府而编造的说辞。不参加参勤交代，似乎不过是因为财政上有困难，那可是需要花上许多银两的。"

走这么一趟的确是所费不赀。参勤交代原本就是为掏空诸藩的国库而设计的制度。带领为数众多的家臣仆从，自本国领地浩浩荡荡地前往江户，得耗费多少银两理应不难想见。

"患病这理由瞒得过幕府吗？只要稍事调查不就被拆穿了？"

"是呀。"

"毕竟是老规矩，不能轻易延期或中止。而且那御前夫人的亡魂听来似乎也有些蹊跷，为何让家臣们如此畏惧？阿枫夫人虽然境遇堪怜，但也是自己选择断了性命，而非为他人所杀。再加上家老大人对其弟志郎丸的戒心，总让人觉得似乎有些不寻常。"

"说得也是。"平八陷入了一阵沉思，"这么说的确不无道理。看来我是眼见江户藩邸从上到下全慌成那副德行，也没多加思索，就全盘信了这回事。"

"他们真慌张到这种程度？"

"是呀。权藏已经是个老头了，衰老得没什么力气发慌，其他人可就全乱成了一团，吓得我连里头有人订的货都忘了留下。"

"里头有人订的货？是什么东西？"

不就是书嘛，平八回答道。

"订的货就是书吗？"

"我就是为了送书才上那儿去的呀，毕竟我可是开租书铺的。噢，上回百介先生不是曾托我到那儿打听打听吗？当时就被告知，藩国那边有人想订书。"

"藩国那边有人如此大费周章地订书？"

这是怎么一回事？就北林藩的现状来看，理应不至于有人会有这种闲情逸致从江户订购绘草纸读本才是吧。

"其实，"平八解开包巾说道，"那人订的并不是书，而是锦绘。我之前不也说过嘛。有人就是爱看这种东西。"平八从行囊中取出几张锦绘，在百介面前排开。

"这些是……"

上头画的，竟然悉数是些血淋淋的残酷光景。

"这些连环锦绘是因净画些残酷至极的东西，而被逐出歌川派门下的笹川芳斋的新作，叫世相无残二十八撰相。既然被逐出门派，就没有一家规模较大的出版商胆敢为他印这些东西了。"平八说着，从里头挑出一张让百介瞧。

画中的男子浑身是血，在泥泞中挥舞着染血大刀格斗。

"你瞧，画的是团七九郎兵卫，出自歌舞伎《夏祭浪花鉴》，是其他绘师也钟爱的题材。"

果真是惊世骇俗。若考虑到北林的现况，这些画更是显得伤风败俗。不对——

"平八先生难道不觉得不大对劲吗？"

"哪儿不对劲？"

"这……你想想，藩国正因妖魔诅咒处于存亡之秋，频繁发生一如这些画中描绘的惨祸，怎可能还有人想看这种东西？"

"噢。"平八再度端详起眼前的锦绘，"这些画的确是伤风败俗，不过，这东西从五年前就开始刊行了。一年印七张，去年印了这七张后，总数二十八张便告完结。订购这些东西的武士是每一张都买了。起初是见到我在仆役寮舍摊开这些画闲聊时买下的，后来每逢类似货色出现，就会悉数购买。因参勤交代返回领地而不在江户时，也都会以这种方式订货。今年他们不是没赶上参勤交代嘛，因此，我只当他是要将货凑齐，也没怀疑过什么。"

"且、且慢，你方才说什么？"

"噢，他们今年没赶上参勤交代……"

"不是这个,这些残酷的画每年各印几张?"

"七张呀。"

百介将摊在榻榻米上的锦绘悉数汇集到了手边。四溢的鲜血,飞溅的鲜血。刀刃,伤口,首级,胳臂。

"平、平八先生,除了这些之外,你手边可还有其他画?若是有,可否让我瞧瞧?"

大概是被百介这突如其来的激动气势吓着了,平八像个小厮似的胆怯地回答:"这东西毕竟稀少,全部我是没有,不过还请先生稍候。之前我也说过,时下好此道者甚众,因此我随身倒是带了几张。噢,有了。就这个,就这个。"

放置于棋盘上的首级。颜面皮肤惨遭剥除的男子。浑身是血被人倒吊的孕妇。

"这、这幅画是……"

"此乃奥州安达之原黑冢①,是个母夜叉。先生应该也知道吧?"

在下之妻也遇害了。内人死于临盆在即之时,遗体被倒吊在桥桁下,肚子还被人剖了开来。

"平、平八先生。"

那伙人应是看了这些画,意图重现画中情境。

"那些惨案,实为模仿。"

绝对错不了,百介如此确信。

"模仿什么?"

"看来发生在北林藩的连环惨案并非妖魔诅咒所致。极可能是凶手看到这些残酷的绘画后,意图将画中情节付诸实践,这可谓是个骇人听闻的游戏。这游戏,还真是疯狂至极!"百介指着奥州安达之原那张画说道。

噢!平八仰天惊呼道。"这,怎么可能!"

"不,这真有可能。平八先生,据说北林如今的情况已严重到死者难以

---

① 自平安时代中期盛行的鬼怪传说。据传一老妇为医治自己抚育的公卿小姐,听信占卜师之言四处杀害孕妇,以取胎儿活肝,后误杀了分别多年的亲生女儿。死后化为厉鬼,伺机杀害过路旅人。

计数。去年你上那儿去时，情况如何？"

"情况，指的是……"

"平八先生造访北林时，理应未曾听闻百年前七人御前亦曾肆虐的传闻，不过如今却相传时下惨案乃七人御前所为。这理由会是什么？"

"这——"

"应是因为，前年有七人遇害，这回也同样死了七人。五年前的夏季至翌春有七人遭到杀害，隔了一整年，自三年前的夏季至翌春又同样死了七人。"

"七、七人。的确没错……"

"另一方面，前年夏季震惊全江户的姑娘连环遇害案，被害者也是七人。而四年前的凶杀惨案，同样也死了七人。"

"同、同样死了七人？"

七、七、七、七。还真是个不祥的巧合。每年各死七人。

"这些画大抵都是什么时候刊行的？"

"这……噢，大抵都在五月。"

"五月？五月，也就是春末夏前。"

"这、这可有什么玄机？"

"平八先生，这些残酷的绘画初次刊行，是在五年前的五月时分。北林的事件就是从那年夏季开始发生的。翌年在江户也发生了同样的事件。接着又回到了北林，前年又回到了江户……类似的凶案在遥远的两地之间交互发生。不，这些案件并非仅是类似，虽然案发地点不同，但其实都是接连的事件。同样是掳人、斩杀、虐尸、弃尸，残酷的手法也完全相同，而且每一回的遇害人数均为……"

"七、七人。"

"每一年均为七人，而且……"

"这些画同样是……"

"每年刊行七张。"

"如、如此说来……"平八吓得嘴巴合不拢，浑身也紧绷了起来，"我、我所卖的这些画不就成了……那么真、真凶不就是……"

"应该没错。从前年夏季开始购买这些画的北林藩武士,原本人在江户,是吧?"

"是、是的。"

"但已在去年陪同藩主回领地去了?"

"没、没错。"

"那武士叫什么名字?"

"是个近习,名叫楠传藏。"

楠传藏。

这下已是千真万确了。

"那武士五年前曾蛰居江户?"

"不,人是不在,不过楠大人当年曾上江户办点事。"

"这就没错了。楠自从弹正蛰居江户时就已是他的侧近,弹正继位藩主是在五年前,继位后首度的参勤交代则应在四年前的夏季。"

"参、参勤交代,参勤交代和此事有什么关系?"

"这表示身为藩主侧近的楠传藏,每隔一年就会往返江户与北林一次。平八先生,那个姓楠的武士是否总穿着一件龟甲纹的裙裤?"

"哎呀!"跪坐着的平八闻言大吃一惊。

"是这般穿着吧?"

"是的。难、难道楠大人就是……"

"没错。藩主侧近楠传藏,应该就是掳走了右近大爷邻家姑娘的武士。他本人也曾在九年前参观了两国的残酷傀儡展示,并模仿其中的手法接二连三手刃数人。"

"噢。"平八伸手按住额头,嘴巴张张合合了两三回。

"绝世恶女阿菊和阿梗,当时也是他的同伙。平八先生的推测其实是完全正确。恶女白菊的确是搭上了这个大名,不过关系并非勾引色诱,这几个人,其实是一丘之貉。"

"且、且慢。如此说来,凶手不就是……"

"凶手在九年前参观了那场残酷逼真的傀儡展示,并为了重现其中场景

327

杀了人。过了数年，那伙人又获得了这些残酷的绘画……"

再度做出了同样的暴行。

"那么凶手即为……"

"凶手即为北林藩藩主北林弹正景亘。"

平八一听，使劲吸了一大口气。只感觉脉搏跳得更快了，还冒出了一身冷汗。

"这……百、百介先生。"平八一脸欲哭无泪地收拾起摊在榻榻米上的残酷锦绘，"开、开玩笑也得有个限度。虽然我平日净说些俏皮话、刻薄话，但世上有些话可是万万说不得的。如、如此大胆指称大名为杀人真凶，万、万一，万一隔墙有耳可就不妙了。"平八说着，朝檐廊方向探了一眼。

纸门并没有拉上。

"虽然戏曲草纸将大名旗本描述得轰轰烈烈，但实际上阴险手段可多了。若咱们议论的只是百年前的传说或妖魔鬼怪的传闻也就罢了，但现在说的可不是什么往事或故事呀。百介先生，你方才指称一国一城之君是杀人凶手，若是有了什么闪失，说不定会换来身首异处的下场呢。"

的确是如此，不过——

"不过，这毕竟可能是事实。世上恶徒可谓林林总总，但如此残虐不仁者却是前所未闻。那伙人凶残至此，即使贵为一国之君，亦非天理所能容。看来藩主即为真凶无误……"

就在此时，突然有阵风刮进了客厅，将几张残酷的画吹得漫天飞舞。平八连忙用手压住，还是让其中一张飞到了庭园里。

"原来如此，没想到竟然有这种可能。"

一个粗犷的嗓音突如其来地自庭园传来。百介连忙转身，看见一个头戴筒状深斗笠的浪人伫立在敞开的后门外。

"右、右近先生。"

来者原来是东云右近。右近钻过后门，敏捷地踏着脚步走到檐廊旁，小心翼翼地拾起飘落在庭石上的锦绘——奥州安达之原。右近瞥了这幅画一眼，接着正视着平八鞠了个躬。

"在下乃遭通缉之身，无法自店门入内，故由此处不请自来，还请先生多多包涵。"

"右近先生无须多礼，先生这次是……"

"在下原本并无窃听之意，但还是听见了方才两位的对话，请容在下为此致歉。"语毕，右近再度鞠了个躬。

百介缓缓起身，走到檐廊边。

"右、右近先生，方才的对话，其实是……"

"山冈先生无须多作解释，在下也清楚那仅仅是个缺乏佐证的推测。不过……"

右近微微低下了头。戴在头上的筒状深斗笠完全遮蔽了他的脸孔。百介只能呆若木鸡地伫立在原地。

"不过这么一想，也就不难理解那群家伙何以如此狼狈惊慌了。既无调查亦无审问，就连如此位高权重之武士，亦为贱民一举手一投足而倍感惊慌失措，甚至狗急跳墙到需要嫁祸在下的地步。原来妖魔诅咒之说，不过是为包庇真凶而刻意流布的谣言。只是仅为包庇凶手，竟得如此大费周章，不难想见真凶身份绝对不低。"

"右近先生。"

他似乎正在啜泣。百介无法瞧见他隐藏在斗笠下的表情，仅能注视着他憔悴的身影。

"右近先生，您该不会打算……"

右近该不会打算报这个仇吧？可憎的杀妻仇人原本轮廓朦胧不清，这下可就愈来愈清楚了。原本无处可发泄的愤怒与哀愁，这下终于得以找到宣泄的方向。不过——

"倘若真找着了真凶，您将有什么打算？"

虽说是个小藩，但对手毕竟是大名。区区一介浪人要想挑战一国一城之君，哪可能有什么胜算？不过是白白断送自己的性命罢了。

山冈先生无须为在下操心，右近回答道。"纵使身陷如此窘境，在下毕竟不是傻子。一如治平先生所言，不论如何均难愈心中伤痛，纵能亲手杀敌，亦换不回爱妻性命,实难雪此深仇大恨。"

右近手持绘有惨遭倒吊的孕妇锦绘,在斗笠遮掩下不住啜泣。爱妻的死和无缘出生的孩子依然让他伤心欲绝。此种伤痛的确令人痛苦难耐。任谁都无法承受吧。

"因此,在下已下定决心不报此仇。只是……只是,心中悔恨毕竟难平。即使应是仅限于一时,但在下竟然被诬指为与自己有不共戴天之仇的杀妻凶手……"

"右近先生……"

右近转头望向百介,稍稍掀起斗笠说道:"其实,方才接获脚夫递信通报。"

"脚夫?是谁差来的?"

"是阿银小姐差来的。信中表示时机业已成熟,望在下亲赴北林一趟。"

(时机业已成熟。)

"意指阿银小姐已为您讨回了公道?"

"这就不清楚了。"

这句话是否与御前夫人引起的骚动有关?差使赶赴江户藩邸与此脚夫通报几乎同时发生,看来两者之间似乎不无关联。如此说来——

"因此,在下将动身前往北林。受山冈先生诸多照顾,特此前来辞行。在下乃遭通缉之身,或许,今世与先生将就此永别。"

"可否也让我同行?"百介问道。

六

一刻也缓不得。百介内心万分焦急。

藩主北林弹正即为真凶,这推测在百介心中已成不可动摇的结论。此事就连家老等家臣亦不知情。不,纵使有什么怀疑,想必也成了万万不可说出口的秘密,即使想采取什么行动也是一筹莫展。这么一个凶手,是绝对无法绳之以法的。

而这数目均为七的连环巧合，甚至招来了远古的厉鬼亡魂，为这骇人领主的暴行更添几分邪恶魔性，也将恶意悉数埋进了更深不可测的黑暗中。远古的亡魂、疯狂的藩主，两者相互纠结，形塑出一股无可言喻的邪恶意念。这深邃昏暗的死神恶意，同时也唤醒了世人的邪念。这场混乱正是因此而起。若是如此，情势果真让人束手无策。

这场冤魂现身的戏码，九成九是又市设下的局。不过，这是一场毫无胜算的局。北林的情势已是如此绝望，阿枫夫人的亡魂又挑在这个当头现身，除了徒增混乱，根本收不到什么效果，反而只会让恶意蔓延得更加根深蒂固。这群不畏神佛的大魔头，视尊贵生命如敝履，嗜死亡秽气如珍馐，对他们而言，冤魂厉鬼根本不足畏惧。

这正是百介最担心的。即使再怎么神通广大，又市毕竟非三头六臂，再加上这回的对手又是如此难以招惹。倘若，纵使只是稍稍露出马脚，又市和阿银恐怕都将小命不保。即便真能瞒天过海，几个无宿人每逢入夜便大刺刺地潜入城内，绝无可能全身而退。因此，百介绝不能有任何耽搁。

右近理应也是优哉不得。痛失挚爱的他心怀多少愤恨与伤悲，绝非百介所能衡量。而亲赴这个愤恨与伤悲凝聚不散之地能有什么帮助，百介亦是全然不解，但百介唯一能感觉到的，就是右近欲尽早赶赴该地的紧绷心情。从他的侧脸已看不见初识时的豪迈，但再会时的阴郁也已不复存在。百介猜想右近肯定是有了什么觉悟。一张隐藏在筒状深斗笠下的脸庞与其说是悲壮，还多了几分精悍。

北林位居丹后与若狭边境。启程前，百介已事先做好了尽可能缩短行程的安排。这一路若非乘马乘轿，真不知要花上几天工夫。为此，百介只得向店家——生驹屋借了有生以来的第一笔借贷。毕竟需要赶路的旅程，注定将是所费不赀。再者，也无法预料旅途中将会碰上什么事。对生来弱不禁风、身上连把刀都没有的百介而言，金银就成了赖以求生的仅有手段。

一路上两人默默不语，只管尽快赶路。通过关所时，百介差点没吓出一身冷汗。通缉令似乎没有分发到北林以外的诸藩，但右近毕竟是个身份姓名均为伪造的通缉犯，就连通行证件也不过是阿银帮忙伪造的赝品。幸好途中并未发生任何事前担心的情况,但毕竟凡事谨慎为要,两人只得尽可能避免过度招摇,同时还须确保行动迅速。因此,虽然百介习于旅行,整趟路走来仍是心情紧绷。

抵达北林藩国境附近时,百介与右近为掩人耳目,避开街道,潜行山中。

先前的路或许走来安然无恙,但一旦进入北林境内,右近可就是个不折不扣的通缉犯,因此说什么都不可采取正面突破。若在此遭到缉捕,岂不是万事休矣?入山后,便完全无处可供两人住宿休憩。先前已是不眠不休地赶了大老远的路,如今山中险峻的羊肠小道更是让百介摔了好几跤。

伸手使劲拉起被藤蔓绊倒在地的百介,右近抬头仰望西方天际。

"这趟路走来,还真叫人忆起土佐那段旅途呀。"右近说道。

那已是半年前的事了。土佐的山路要比这条路更为险峻,也让百介摔了更多跤,幸好每回都得右近相助。右近所言的确不无道理,但今昔两段旅程其实有个决定性的不同点。那就是右近如今的境遇。

"还真像是做了场噩梦呀。"

"右近先生。"

"噢,此言纯属戏言。"语毕,右近再度迈开了脚步,"吾等即将穿越国境,越过那座山便是北林领内。接下来的路将更为艰险。"

"噢?"

没有人会走那条路,右近说道。

"真这么艰险?"

"也不至于。一来是没人知道那条路,再者该路仅通往北林。走其他路上北林,要比走那条路轻松,也更迅速。再说前方还有块魔域。"

"魔域?"

"是的。那儿有座妖魔栖息的岩山。"右近指向前方说道。

眼前只见一座郁郁苍苍的深山。

"翻过那座山,便是一处奇岩异石林立的不毛之地。该地景观怪异,就连飞禽亦不可见。北林领民称之为折口岳,或简称为城山。"

折口即死亡之意。

"而城山意即……"

右近点头回答:"北林领地四面高山环绕,形成天然屏障。该城仅为一山城,规模虽小但易守难攻。城下则呈扇状向左右延展,包围该城。"

"此城并非位于城下正中央?"

"是的。此城坐落之山的山顶一带,又名折口岳。因此若自城下仰望,即可望见折口岳耸立于位在山腹的主城后方,呈环抱主城之势。"

听来还真是个不可思议的景观。百介实难根据这描述想象。

"这条路,是通往折口岳的路。"

"如此说来,可直达主城?"

"自折口岳向下直行,的确可抵达主城。不过,从这面尚可攀登,而主城的那一侧则为高耸断崖,既无法上攀,亦无法下爬。"

"那咱们……"

"吾等须于攀上山顶前,便沿山势迂回而下。行至约七合处可见一巨盘,自其侧绕行便可进入一条兽道。虽绕了一大段远路,但由于此兽道几乎不为人知,故可供吾等安然进入城下。"

此判断理应无误。这条路对领民而言应是毫无用途。若不知此兽道的存在,这条岔道便无任何意义可言。任何外来者均不可能选择一条通往主城内侧,尤其是通向断崖的路。

右近仰望天际说道:"太阳依然高照。此岔道虽险峻难行,但距离并不长。此刻开始赶路,应有望于今夜抵达城下。想必山冈先生也走累了吧,需不需要稍事歇息?"

"不打紧,我还能走。"

相较于进入城下后的麻烦,目前的确是还好。百介不禁犹豫起来。早点赶到当然最为理想,但此时还是该谨慎行事,而且他也真的累了。

"进入城下后,咱们该如何?"

"嘘。"

右近示意百介保持安静。他瞧见前方有个人影。那人影仿佛在寻找什么失物似的,在芒草覆盖的小路中央屈身前行。蜷着身子,但看得出其个头并不小。突然，那人影缓缓站了起来。个头果然惊人。在他脚下——

"人，那是人……"

有几个人倒在地上，看起来悉数为武士。那大个头在倒地不起的武士们怀中搜索。

"噢。"

大个头动作迟缓地转过脸来。原来是个和尚。只见他身穿一件破旧褴褛的黑色僧服，头上未戴斗笠，手中则持着一条锡杖。看来活像黄表纸中描绘的妖怪——大入道①。这大入道瞧见百介与右近，露出了一个微笑。

右近伸手握刀，将刀抽出了鞘。

"先生在此稍候。"

右近示意百介往后退，跨开双脚摆出了架势。

"施主手下留情哪。何必杀气腾腾的？"

"你是何许人？"

"何许人？难道看不出贫僧是个和尚吗？"

"一个和尚在此等地方出没，所为何事？再者，脚下的尸骸又作何解释？看来并非为彼等念佛超度。"

"施主可别再说笑。贫僧的确不是在为彼等念佛超度，不过是看看往生者身怀何物罢了。"

大胆狂徒，原来是个盗贼？右近拔刀大喊。

只见那大入道朝前伸出左掌，夸张地挥着说道："不是叫施主手下留情了吗？若是杀了和尚，可是要祸殃七代子孙的呀。"

"吾等虽不嗜无谓杀生，但如今若被人见着可就麻烦。你若真为僧侣，尚且可于一礼后放行，但若为盗贼则不可留情。好了，吾等还得赶路……"

右近向前跨出一步，却又突然停了下来。那大入道缓缓向前探出锡杖。

哈，右近低吼了一声。

"右、右近先生。"

---

①日本传说中体形高大魁梧的光头妖怪。

"来吧。"

右近唰的一下将刀尖朝下。

"别动刀。"大人道说着,同时收回了锡杖,"噢,武艺果然名不虚传,出手前便参透了老夫的身手。"

"你,知道在下的身份?"

"当然听说过。你叫东云右近,后头那位则是,则是山冈先生吧?"那和尚朝百介瞄了一眼,随即眯起双眼说道,"对了,据说你也是个好事之徒。老夫是无动寺玉泉坊,和你一样是个好事之徒。今回受诈术师之托,欲助两位一臂之力,特入此深山寻找两位踪影。"

"诈术师?难道,这位法师也是又市的……"

"吾等乃昔日同伙。"玉泉坊扭曲着一张孔武有力的脸笑道,"就别唤我作法师了。虽然一身打扮如此,但老夫骨子里其实是个酒肉和尚。倒是阿又那家伙,这回还真是蹚了趟了不得的浑水呀。老听他在抱怨人手不足,再者,这回的差事似乎还颇为棘手。"

"差事——"

又市果然已经有所行动了。

玉泉坊朝脚下的尸体瞄了一眼说道:"老夫不过是被告知将有领民循此岔道离开北林,届时不宜将之斩杀,仅须取其怀中物便可放行,再将物品交给阿又,因此老夫方才赴此地埋伏。那人的确来了,正当老夫纳闷该如何因应时……"这和尚朝尸体踢了一脚,"却看见这伙武士追了上来,一群人不分青红皂白便将领民悉数斩杀。老夫欲飞奔上前出手制止……"

这和尚又转头望向一旁的草丛。只见两名看似人夫的男子倒卧其中,皆已气绝身亡。

"这两人就这么被人从后头猛然一砍。那些家伙可真蛮横呀,弄得老夫连出手相助都来不及。这几个武士完全杀红了眼,杀了人之后还顺势想砍老夫,逼得老夫只得……"

"难道——"

百介再次端详起玉泉坊脚下的尸骸。只见几名武士依旧紧握着染血凶刀,身上却不见任何刀痕。这些人是被那支锡杖打死的？这和尚，还真是身手不凡。

"对付这些家伙，哪顾得及手下留情。倒是听了阿又吩咐，我就在那两个遇害的男子怀里搜了搜，里头却什么都没有，于是……"玉泉坊转头望向山岳那头，"老夫又走到前头悬崖那儿瞧了瞧，发现邻近国境处也有两人被砍杀。那两具尸骸怀中也是空的。因此才回过头来，在这几名武士身上找找。"

"又市想找的是什么？"

"大概就是……"玉泉坊从怀中掏出一纸书状，摊了开来说道，"这纸直诉状吧。"

"直、直诉状？"

百介转头望向右近。右近也转头回望百介。

"又、又市委托您从百姓身上夺回直诉状？"

"看来这些人并非百姓。不过两位也看到了，虽说不宜斩杀，但既然人都被杀了，老夫也没辙了。幸好阿又没吩咐过武士杀不得。"

这究竟是怎么一回事？

"老夫也猜不透那家伙打的是什么算盘。"玉泉坊说道，"那家伙以前就是这副德行，老是把老夫差遣来差遣去的。这回老夫已在这座山上待了十天。有十几年没和阿又联手了，一碰上他就惹得这身麻烦事。噢——"

玉泉坊直盯着右近说道："两位不是要进城下吗？这下刚好，替老夫把东西送过去吧。"玉泉坊递出了直诉状。

"送过去？请问又市先生在城下的哪一带？"

"这老夫也不知道。不过阿又那家伙神出鬼没的，两位去了自然就会撞见。如今城下一片乱哄哄的，老夫可不想踏足。而且也得埋了这几位往生者。不论这伙人生前是善是恶，人死即成佛呀。"

"好。"

右近接下了直诉状。

"右、右近先生，这不会有问题吧？"

"应不至于吧。那位又市先生不是阿银小姐的同党吗？若是如此，理应无须挂心。"

"此人，真的值得相信？"

尚无法保证他所说的都是真话。

"两位不相信老夫吗？"

"姑且信之吧。"右近将书状塞进怀中说道，"山冈先生，此人若为敌方奸细，岂非意味着那位又市先生看走了眼，又市先生和阿银小姐已双双落入敌方之手？此人不仅知道在下身份，就连山冈先生的名字都知道，若此人真属敌方，岂不代表他们两人已将一切全盘托出？事到如今，挥刀诛之亦毫无意义。吾等即便能顺利入城，也绝无胜算。"

说得一点也没错，玉泉坊说道。"施主果真聪明。倒是见到阿又时请代为转告，老夫还多应付了几个血气方刚的武士，届时酬劳可得多算点。"

接下来的路果真是险峻难行。几乎可说是无路可循。一如玉泉坊所言，近国境处果然有两名男子横尸荒野。虽说不出哪儿不对劲，但两人的模样的确都不像普通农民，看来还真得以人潮汇聚处常见的人夫来形容不可。

右近端详了两具遗体半响，拉起其中一具的手向百介说："山冈先生瞧瞧吧，此人的手看来未曾持过锄头。这究竟是……"

话及至此，右近便沉默了下来。百介原本以为只有农民懂得作直诉，如今竟然连人夫也开始直诉了，这究竟是怎么一回事？百介也开始紧张起来。

越过了国境，百介终于踏上了这块妖魔厉鬼为祸成灾的土地。

太阳逐渐西斜。百介来到了折口岳。黄昏将至的魔域看起来还真是异样的光景。原本一片苍郁的草木，至此变得十分稀疏，显得一片光秃秃的，有些地方甚至连岩层也裸露了出来。硕大的岩石四处耸立，裸露的岩层上布满了裂缝。

"根据阿银小姐所言，此地名叫夜泣岩屋。"

"夜泣？"

"虽不知是哪几座，据传入夜后，此地岩石便会号泣。"

"岩石会号泣，是否与远州夜泣石相似？"

"这在下也不知道。据说昔日曾有天狗在此出没。不过，此地原本就无人踏足,因此并不清楚这传说有何根据。"

百介试着侧耳倾听,也仅听得见鸟啼声。

"在下逃离北林时也曾行经此地,当时什么也没听见。不过,当时尚未入夜便是了。"

右近边说边攀上岩层。

虽非断崖绝壁,但攀爬起来还是不易找到地方踏足。高度落差大的岩山,爬起来特别危险。倘若不慎失足,不仅难逃皮肉之伤,更可能就此命丧黄泉。

"这儿是最后一段险路了,只要攀过这座岩山,接下来仅须顺山势而下便可。过了岩山可看见片片梯田,距离城下已是近在咫尺。"

身处高处多少感到不自在,百介不时往底下窥探。岩石上头覆盖着满满的青苔。

都长青苔了呢,百介说道,右近回答这就证明这条路无人通行。

"呀。"

怎么了?右近转过头来问道。

"噢,这儿最近似乎曾有人走过。瞧这儿有些青苔被刮落了,是人的足迹。"

"嗯——看来步履还相当匆忙,想必是稍早几个看似人夫的男子和追在后头的武士留下的。要上那条岔道,非得攀上折口岳,通过这夜泣岩屋不可。无人取此道而行,无非是为了避开这片不祥之地。"

走过这段路的,的确悉数魂归西天。

百介抬起头来。

"这——"

只见有座一眼无法望尽的巨大岩石硬生生挡在两人眼前。

"可真是大得吓人哪。"

"这座岩石后方便是主城。若自城下仰望,此岩即为坐落于天守阁正后方的巨岩,名叫楚伐罗塞岩。只要沿此巨岩横向绕行至后方,接下来便可安然下坡。一旦越过折口岳,剩余的路程便都是缓坡了。"

"楚伐罗塞岩?这名字还真是古怪。"

此名从何而来?难道是方言?

"在下也不清楚,这地名还是从阿银小姐那儿听来的。好了,山冈先生,太阳即将西下。一旦日落,此处将变得一片漆黑,可就真的不安全了。快赶路吧。"

右近只手撑着巨岩顺势前进,百介紧跟在他后头。真要像这样绕行这块巨岩半周?

"请小心,再不远就要到那断崖了。"

"好的。"

一攀过巨岩,脚下顿时成了一片绝壁,看得百介头晕目眩,只得抬头朝上仰望。

"倒是这巨岩还真是高大呀。说来汗颜,置身如此高处,实在让我⋯⋯"

"那,就是北林城了。"

右近伫立石上,伸手指向前方。在巨岩边缘,可以窥见天守阁的一角。那儿距离自己有多远,百介完全无法想象。只觉得远近感似乎产生了微妙的偏差。阿枫夫人就是从那天守阁投身自尽的。而且那上头还有死神栖息。百介朝夕阳余晖下的低矮城郭端详了半晌。

咻。咻、咻。这声音是⋯⋯还真是啜泣声。

"右近先生,果真有啜泣声呢。"

"听来真是如此。这声响是——"右近环视起周遭说道,"从洞穴中传来的吧。"

"洞穴?"

"岩层中不是有许多洞穴吗。其中几个或许穿透了整座山,遇上风从穴中吹过,便可能产生此种声响。"

的确有几个洞穴是完全透空的,但仍难以确认声音真的是从那几处传来的。只听得那声响在巨岩与岩山之间回荡,完全听不清来自哪几个洞穴。巨岩的黑影将百介完全吞噬。另一头,天际已被炙烈的夕阳染成火红。

离开了断崖,脚下仍是岩山,踏脚处依然难寻,走起来仍旧让人放心不得。虽说已是朝下的缓坡,但一失足还是注定得丧命,再加上双腿已疲累不堪,更须格外谨慎。百介战战兢兢地循着青苔上残留的足迹前行。生苔处毕竟路滑，唯有踏在青苔被刮除的足迹处较为安全。

"山冈先生，不该往那儿走，城下在这头。"

"噢，但足迹真是从这儿来的。"

"绝无可能，"右近说道，"一如大人所见，钻过该裂缝下山，是穿越此天险的唯一通道。倘若朝这头走，仅能前往折口岳顶峰，到头来不是碰上断崖，便是被楚伐罗塞岩阻拦。"

"可是这足迹……"

一路延伸至巨岩那头。

"山冈先生。"突然间，右近压低身子，躲进了岩石的阴影中。"山冈先生，快。"

百介只得弯下身，惊慌失措地朝右近身边移动。脚下的路变得更难行走了。

"怎、怎么了？"

"方才听见了人的声音。"

"人的声音？"

百介不由得倒抽了一口气。耳中依然只听得见岩石的啜泣声。

"那是……"

在楚伐罗塞岩前，竟然站着一个妖怪。

"是天、天狗？"

"不，不是。"

那是个女人。

一身奇异装扮的女人。与其说是优雅，不如以妖艳形容或许更为妥当。只见她一头乌黑长发扎成了马尾，身穿短裙裤与长袖单衣，外头似乎还罩着一件凤凰纹饰的小褂。①若她身上的裙裤再长那么一点，看起来还真像个远古女官。若在宫中也就罢了，这身打扮绝不适合在此处行动。

晚霞在天边绽放着深红的余晖。女人一脸陶醉地眺望着火红的天际。她

---

①单衣，薄和服。小褂，贵族女性穿着的宽袖服饰。

的轮廓在夕阳里显得十分朦胧。

"这、这人是打哪、哪儿出现的？"

先前完全没感觉到有人接近。仿佛突然冒出来似的。

"刚才没见到任何人，是吧？"

右近伸出食指凑向唇前。

此时，又有人循着百介他们走过的路赶了过来。来者是一名头戴阵笠、身穿无袖外罩的武士。百介连忙缩起脖子，蜷起身子。幸好那名武士并未察觉百介两人也在场，快步从两人藏身的岩石前通过，神色匆匆地朝楚伐罗塞岩的方向跑去。无袖外罩的背后绣有一片飞龙纹饰。

"番头大人，守备情势如何？"

只听见那女人娇媚的嗓音在这片魔域回荡。

"不太妙。在近国境处手刃了两人，但约有四人逃出了领外。首谋者落水后让我亲手斩杀了，其余三人则逃进了岔道。我已经派人追上去了。"

"让他们逃了？"

"方才也说过，已经派人去追了。"

"噢。"女人转过身来，背对着夕阳，"番头大人为何老是慢了一步？"

从说话的抑扬顿挫听来，这女人似乎是贵族出身。

"这可不成呀，番头大人。看来徒士组头这个位子对你而言，担子似乎太沉重了些。瞧你嘴上威风，实际上却落得这副惨相，岂不辜负了绣在你背上的那飞龙？"

"你这是在嘲讽我吗？"武士走到女人身旁，一脸不悦地说道，"手下悉数为窝囊的乡下武士，根本无从大展身手。不过，应不至于有什么大碍。"

"纵使没什么大碍，你认为藩主殿下会怎么说？"

"藩、藩主殿下岂会在意这等琐事？"

"住嘴！"女人突然语气强硬地怒斥道，并以手上的扇子抵住武士的咽喉。

"白、白菊，你想做什么？"

白菊？这女人就是白菊？原来她就是飞缘魔。那么这名武士，岂不就是青龙？

"梦话还是少说为妙。"白菊突然转变语气说道,"藩主殿下想必认为,即使百姓死藩国灭亦不足惜,唯此秘密万万不可外泄。你还认为让人逃了没什么大碍吗,十内?"

"不是说过已派人去追了吗?"

废话少说,白菊狠狠敲了那武士一记,怒斥道。"此处仅你知我知,这秘密万万不可外泄。引领手下至此原本就有错,难不成你忘了这秘密仅能由你一个人守护?"

"这——"

"再者,徒士组就连那姓东云的浪人都还没逮着呢。"

这下就连百介也感觉得出右近浑身紧绷。

"连这种事都差手下去办,所以才连人都逮不着吧?桔梗都已经亲自出马安排,让他蒙上斩杀那油贩的罪名,将缉拿他的路都给你铺妥了,你竟然还出了这等岔子。怪都得怪徒士组动作太慢,才会惹来这么多麻烦。只怪没能在逮到他的妻子前先将他逮捕,才会落得这等结果。"

"此事也已着手进行。"

"别再说这种蠢话。都过多久了,你以为还能拿那小姑娘当诱饵?那浪人也不是个傻子,想必早已逃出藩外了。"

(小姑娘?)

百介朝右近窥探了一眼。只见他依旧一脸紧绷,正屏气凝神地注视着那两个妖怪。

白菊背对着镝木。镝木也背对着白菊。

"那可是传藏闹出的岔子。只能怪他掳人时被人瞧见了,可不是我出的错。"

"是谁闹的岔子,有什么不同?"

"哼,瞧你怕成这副德行,该是我嘲笑你辱了朱雀阿菊的威名吧。白菊呀,区区老鼠一只,不,蝼蚁一只,何足畏惧?"

"那家伙可是有樫村在后头撑腰的,再加上武艺也不容小觑。"

呵呵呵,镝木笑着说道:"樫村?那窝囊的老头哪有什么能耐?瞧他傻到连亡魂出没的传闻都信以为真。那家伙大概是担心遭到废藩,近日为了抑制流言扩散,还捧着金银在城下四处封口,真要让人笑掉大牙,反倒帮了咱们不少忙。"

"当心别得意忘形了,"白菊说道,"那场阿枫亡魂的戏码,会不会是樫村安排的?"

"哼,即便真是如此又如何?他也不可能有什么作为。"

"樫村应该也知道,当初就是咱们俩将阿枫推下去的吧?"

推下去?原来她并非自尽。

镝木再度晃动着身子高声笑道:"知道又能如何?我说白菊呀,即使他连当初卧病在床的义政公其实死于咱们下的毒都知道了,那窝囊废也拿咱们没辙,依旧会是那副畏畏缩缩的模样。难不成你忘了他那副蠢相?"

义政公即前任藩主。原来前任藩主也非病死,而是死于谋杀!

镝木夸张地挺起胸脯,似乎在虚张声势。"管他是家老还是什么,若碍了咱们的事,这等家伙杀了也无妨,反正大家都会认为又是亡魂干的。至于那浪人,不管武艺再怎么高强,也不过是只区区蝼蚁。瞧他见到妻子遇害时哭成那副德行,说不定如今已经追着他老婆的脚步殉情了呢。"

"斩杀那身怀六甲的女人,可真是痛快极了。"镝木一脸开心地说道,"藩主殿下想必也看得很开心。还真得感谢那浪人呀,否则像那女人这么好的货色可是可遇不可求的。剖开她肚子时,藩主殿下那开心的神情,至今依然难忘。"

这番话根本已非人话。简直就是死神的对话。看来百介的推测果然正确。凶手就是——

"混、混账东西!"

"右、右近先生。"

右近低声咒骂道,手已握上了刀柄。

"右近先生,别冲动。"

"山冈先生,请收下这个。"右近将直诉状强塞给了百介说道,"请尽速逃离此地,并将它交给又市先生。这其中必有什么玄机。"

"右、右近先生，千万别冲动，若出去……"

"别再说了。在下已……好了，请快走吧。"

右近轻轻按了按百介的肩膀，紧接着跃上了岩石。霎时镝木一惊，立刻拔刀出鞘。

"来、来者何人？"

"在下就是那只妻子被你剖了腹的蝼蚁。"

"什么？你就是东云右近？"

"不过是只蝼蚁，没有名字。"

"真是令人不敢相信哪。看来你并非蝼蚁，而是只扑火的飞蛾。"镝木笑着说道，"白菊你瞧，不是说过没什么好担心的。"

白菊缓缓转过身来。果然是个美得让人屏息的美女。

右近朝下方纵身一跃，旋即又快步朝楚伐罗塞岩的方向移动。显而易见，这是为了确保百介的退路而采取的行动。只不过，百介竟丝毫没有动弹。看来是被吓坏了。

"放马过来吧，蝼蚁。"

镝木将刀朝头上高举。右近则举刀架向脸旁。

"看来你这家伙果真是身手不凡，可惜就是太沉不住气了。竟能找到此处，还真是值得钦佩。只不过，太重情可是会误事的。怎么了？眼里都是泪水，哪能看得清楚？"

赢不了。百介的直觉如此判断。

镝木一脸嘲讽的笑意。看来他对死亡毫无畏惧，一副对一切毫无留恋的模样。当然，右近如今也没什么东西好留恋，只是他心中有个大窟窿，窟窿里想必填满了伤悲。相比之下，仅追求一时之快的镝木心中想必是连这点情绪都没有。死神心中的窟窿里，注定仅有无限的黑暗。

右近保持身形不动。

"怎么了？来杀我呀，杀了我呀。我这把家伙虽不是什么名刀，但毕竟也剖开过你老婆的肚子，砍起来可锋利了。"

右近明显开始动摇了。映照着夕阳的刀尖正在微微颤抖。

天上是一片火红。

（白菊呢？）

白菊竟然消失无踪了。到底躲到哪儿去了？百介举目环视，人应该还没走远才是。背后是岩山，巨岩的另一头则是断崖。一如右近所言，此路不分前后都是仅此一条，不管怎么走，势必都得从百介藏身的岩石前头经过。不对，差点忘了岩石之间有裂缝。仔细瞧瞧，这才发现巨岩上原来有几个洞穴。虽位于百介视线的死角，难以一探究竟，但或许楚伐罗塞岩上就有几个可供人容身的裂缝，白菊可能正藏身其中。不，或许她原本就躲在里头，稍早就是从那儿现身的吧。

就在百介如此推敲时，右近跨出了步伐。喝，他快步跃上岩山，高声呐喊。镝木以手中邪剑拨开了他刺过来的刀尖。火花四散，刀剑相击的声响在魔域回荡。镝木奋力抽回刀，顺势朝下挥斩。右近快步退至白菊原本伫立处，敏捷地摆出了架势。看来论剑术，右近是比对手高强几分，只不过，此处毕竟是一方魔域，当然对妖魔更为有利。由于身处逆光处，右近成了一个漆黑的影子。

镝木单手持刀，刀尖指向右近脸前，挥了挥高举的左手揶揄道："觉悟吧，蝼蚁。像你这种蝼蚁是死是活，我哪可能在乎。只怪你不时冒出来碍事，弄得我像方才那样受白菊责备，这可真把我惹恼了。"

镝木高喊的同时出刀。右近闪过了这一击。

纳命来，还不快纳命来！镝木边喊边胡乱挥刀。疯狂的刀法，已无任何章法可言。

武艺高强的右近也仅有闪躲的份儿，而且脚下的岩山更让他难以踏足。在凶刃的威胁下，右近一路退到了楚伐罗塞岩前，直到背部贴上那块巨岩才停了脚步。镝木一声怒吼，宛如一只骨瘦如柴的饿犬朝他扑了上来。

一道闪光掠过。右近一把拨开了对手的刀。霎时，镝木的刀刃随着一声沉闷的金属撞击声断裂。

"哼。"

右近乘机摆好了架势。但就在他即将挥刀劈砍时，动作突然停顿了下来。

"住手。"

只听一个洪亮的嗓音喊道。

想不到后头还有个人。百介连忙弯下身定睛窥探。只见巨岩的阴影中,有个手持薙刀的男子走了出来。

"镝木,瞧你这狼狈相。"

不对,从嗓音方才听出来者是个女子。不过并非白菊。在即将落下的淡淡夕阳映照下,看得出来者是个身穿小厮男装的女子。

"这副窝囊德行,还真是叫人不忍卒睹呀。"

这女子——或许就是桔梗——如此喊道,同时朝右近挥出了薙刀。右近拨开这一刀跳向一旁。不过在他的背后,还有另一人。而且是个武士。右近单膝跪倒,停了下来。只见那武士抱着一个姑娘。

"给我乖乖的别动。瞧瞧她是谁吧。"

"加、加奈小姐。"

"呵呵,瞧你吓的。"

第二名男子——想必就是楠传藏——持刀抵着小姑娘的脖子哈哈大笑道:"怎么样,桔梗,你瞧,留这姑娘一条命,果然派上用场了吧。虽然藩主殿下直叫咱们杀了她。光是看到这浪人这副窝囊相,这个活口就算是没白留了。"

"他的德行真有这么可笑?"

"难道不可笑吗?十内呀,一般人哪摆得出这么愚蠢的神情?"

"混、混账东西!"

"哎呀,千万别轻举妄动,否则这小姑娘可要小命不保哟。听到了吗?"

楠以刀抵着那小姑娘的脸颊,她身子不断痉挛,看来已是相当衰弱。

"住手!混账东西,别用如此卑劣的行径。在下不逃也不躲,咱们堂堂正正地一决胜负!"

"堂堂正正?大家都听见了吗?这是哪个地方的话呀?你这家伙还真自以为是,竟敢要求我和你这种渣滓堂堂正正地一决胜负?"

"那、那姑娘是清白的,放、放了她。"

"是清白的就杀不得吗？"

这句话听得右近哑口无言。这群妖魔齐声笑了起来。死神的狂笑，顿时响彻这片黑夜即将降临的魔域。

"肃静！"

这是白菊的声音。

"恭迎藩主殿下大驾。"

藩主殿下？藩主殿下也来了？百介不禁怀疑自己是不是听错了。堂堂一位藩主，竟然既没乘轿也没骑马，而且连一个随从也不带，就来到这种地方？究竟是怎么到这儿来的？要来到这儿，不是得走过兽道攀上岩山？难不成，北林藩的藩主真是个妖魔？

天色迅速暗了下来。太阳已经下山了。死神终于降临折口岳这块魔域。咻、咻，只听到阵阵岩石的啜泣声。就在此时，死神从巨岩后头现身了。

"汝即为东云右近？余乃北林弹正景亘。"他以低沉得宛如地底传来的嗓音说道，"呵呵，原来生得这副寒酸模样。"

百介定睛凝视。但四下已是一片昏暗。白菊与桔梗随侍在藩主两旁。这妖魔看来的确是个气宇轩昂的大名。

"虽不知樫村对汝吩咐了什么，但见汝如此卖力执勤，的确值得褒奖。那么，至今可找到真凶了？"

胆敢装蒜，右近怒斥道。

放肆！镝木怒吼一声，朝右近踹了一脚。

待右近向前扑倒，弹正便手握鞭子猛烈地朝他脸上挥去。

"噢，未料汝这人竟如此饶舌。不过……"这死神以稀奇的眼光直盯着右近说道，"汝那妻可是个打着灯笼都找不着的货色。哼，这是什么眼神？余可是在褒奖汝呀。"

"混账东西！"镝木紧扭右近的胳臂将他压倒在地。右近的脸都贴到了岩石上，刀也被夺走了。

"疼吧？那么就老老实实回话。"弹正一脚踩上右近的脑袋说道，"汝虽是狗嘴里吐不出象牙，但余还是顺道多夸奖汝些吧。汝那妻一张脸蛋生得还真是标致,痛苦时的神情堪称赏心悦目。"

死神身子前倾,以益发低沉的嗓音说道:"孕妇的生命力可真是强韧,拖了大半天才绝命,教余等观赏得可乐了。只可惜腹中胎儿,竟与汝那妻同时断了气。"

听到死神这番话,百介脑海里顿时一片空白。世上竟然有……竟然有此等惨事。这怎么可能?

"呜——"

传来了右近的呻吟声。"呜哇哇哇哇哇!"呻吟旋即转为呐喊。为了什么?这是为了什么?右近高声喊道。

"为了什么?"弹正一脸愉悦地笑道,"汝果真是愚昧无知。行这等事哪需要什么理由。不就是求个高兴、求个痛快?不就是如此?瞧她血流如注,难耐疼痛高声哭喊,拜托吾等饶了她、救救她。最后便不再有丝毫动静,不论怎么劈、怎么砍。看得余等实在是太高兴,太痛快了。有什么事比这等光景更赏心悦目?难道还有吗?哪需要什么理由!"

弹正突然激动了起来,一脚将右近踢开。

呜哇!右近死命高喊。"你、你们全疯了!这简直就是厉鬼罗刹才干的勾当!此、此等邪魔歪道的行径,老天爷绝不可能放任不管!绝、绝对会将你们打入地狱!"

"喂,大家可听到这家伙说了什么?"

"在下听见他承认自己是个渣滓。"楠回答道。

镝木也说道:"在下听见他恳求小的什么都肯做,只求诸位放条生路。"

又传来几声沉闷的敲击声。右近仰面倒了下去,一动也不动。

"还真是无趣,原来汝也不过就这么点能耐。反正只是个下贱东西,哪可能有多少志气。"弹正凑向右近的脸庞说道,"余今晚就特别开恩,姑且听听汝的要求。汝想怎么死?是想被剥掉脸上的皮,还是被斩断双手双脚?不妨说来听听,好让余开恩成全。"

"忏……"

"什么?"

"忏悔吧,北林景亘。"

"汝说什么?"

"再怎么说,你毕竟是个代幕府统领一国一城的藩主,却犯下此等忤逆伦常、比妖魔畜生还不如的罪孽,简直是人神共愤。你、你还当自己是个武士,是个人,就该为一己愚昧赎罪自清。切……切腹吧。切腹吧。"右近使尽最后一丝气力说道。

弹正站起身来,傲气十足地笑道:"噢,切腹听来是有点意思。不过,身份如余者,何须听汝这种下贱东西发号施令?"

"这、这可非在下之命,而是上苍天命。"

"大胆狂徒,闭嘴!"

沉闷的敲击声再度响起,百介已看不清究竟发生了什么事。

"看来汝这下贱东西还是没参透。比妖魔畜生还不如?此言何解?汝这愚蠢的混账东西,余的确非人,但绝非不如人,乃超越人。余不仅超越世人,甚至也超越神佛。汝这等蠢材哪懂得个中道理?可知道因果报应这种牢骚话,不过是傻子为自己的愚昧开脱的说辞。世上哪可能有什么冤魂作祟?死人哪还能做什么?人只要死了,就不过是个东西,再怎么劈再怎么砍也不会有任何动静。倘若怀恨而死的人会化为鬼魂回来寻仇,那么第一个该找的不就是余?但如汝所见,余尚活得好好的。若要找余寻仇、取余性命,何不放马过来!"

右近的惨叫声再次响起。死神的嘶哑狂笑,响彻这片已为夜幕笼罩的魔域。岩石的啜泣声也随之传来,而百介则逐渐失去了意识。

七

百介清醒时,天已经亮了。四下当然不见任何人影。岩山上一片静寂。

直到过了许久,百介才终于意识到昨晚所见并非梦境,也忆起了自己被吓得进退两难的尴尬处境。果真像是做了一场噩梦。不,的确是一场梦魇。

百介并未遭到任何殴打，光是那死神的强烈恶念就吓得他丧失了神志。若这不叫梦魇，还有什么能叫梦魇？

但是，已见不着右近的踪影。在白天，眼前的巨岩依然是硕大无朋。楚伐罗塞岩。他还记得这名字，代表这果真不是一场梦。百介站起身来，他感觉腰、背和脑袋均疼痛难耐。他跌跌跄跄地攀上岩山，连走带爬地来到巨岩旁，攀上了巨岩前的岩层。被粗暴刮除的青苔上残留着杂乱的脚印，这是此处曾发生过一场惨斗的证据。

他走向楚伐罗塞岩，边伸手刺探边爬向绝壁边窥探，看见了一道裂缝。与其说是裂缝，或许称之为洞窟更为合适。里头一片漆黑深邃，宽广得挤进五六人也是绰绰有余。或许那群家伙原本就躲在里头。但为何要藏身此处？理应不是为了拦截百介和右近。

直到发现镝木的断剑，百介才认清了现状。不妙。着实不妙。不知右近情况如何？或许已经遇害了。那姑娘也是性命堪虞。不，若右近已死，那姑娘当然也不可能不被斩杀。即使他们俩目前还活着，两人的性命也有如风中残烛。毕竟他们俩遇上了死神，并且为死神吞噬。

百介茫然地在岩山上左右徘徊，只觉得自己简直要被逼疯了。眼见自己竟然束手无策，心中无尽的焦虑真要将他活活逼疯。百介伸手摸向胸口。直诉状。又市。得尽快交给又市才成。

"又市绝不会坐视不管。"

百介自言自语，接着从岩上跃下，从原本藏身的岩石前通过出了折口岳，穿越裂缝满布的岩山，离开了这不祥之地。下了岩山后，他又走过草木葱郁的兽道，穿越几片森林，终于走到看见梯田的地方时，阳光已经转弱。饥饿与疲劳已将他折腾得神志不清，让他数度错觉在树荫和岩影下窥见了妖怪的踪影。他看到了七人御前、船幽灵、飞缘魔，以及死神。这些妖魔鬼怪挥之不去的影子，就这么在他的脑海中、眼帘深处忽隐忽现。其实他看见的每一个影子，都不过是自己心中的恶念。

穿越村落进入城下市镇时，开始下起雨来。百介快步跑进房舍屋檐下避雨，喘了一口气后，这才发现镇上的光景的确怪异。不论是大街小巷，还是空地,都见不到半个人影,甚至连只狗都看不到。每个店家均垂下布帘,每户住宅均门窗紧闭。

雨依然下着。百介茫然地眺望着一道道雨丝。他这才想起在来城下的途中,的确没见到过半个人影,既没看见有人在田里耕作,也没见到有人牵着牛马行走。炭坊烟囱上不见一缕黑烟,百姓民宅也纷纷盖下了遮雨板。原来在路上没遇着人,并非因他仅挑岔道走的缘故。右近曾以人心荒废形容此地。如今看来,这个藩已经俨然亡国。

雨依然下着。

别说客栈,就连一家尚在营业的馆子也找不着。百介敲了敲几栋看似客栈的屋子的门,却不见有人应门。即使身怀巨款,只怕也派不上任何用场。若找不到地方稍事歇息,就连肚子也无法填饱。在这种情况下,想找着又市已经够难了,救出右近几乎更是不可能。不,倘若再这么下去,就连百介自己这条小命都可能不保。

镇上一片死寂。百介怀着再如此闲晃下去,性命仿佛也将随时辰流逝而递减的惨淡心境,在细雨潇潇的死寂街头徘徊。真的是一个人影也见不着。他仅能漫无目的地往前走,毫无意义地拐几个弯。在大街的正中央,抬头仰望降雨的天际。山峦、山城、楚伐罗塞岩,以及高耸的折口岳,看来均是一片漆黑。

一道电光掠过山顶,旋即传来一声雷鸣。

"终于来了……"

"噢?"

"妖魔现身的日子终于来了。"

是个人。一个披着一张草席的老人,正蹲在岔路口旁一栋房舍的屋檐下。

"这、这位老先生。"

"御前夫人终于现身了。"

"什么?"百介跑了过去,两手紧抓着老人的双肩问道,"老、老先生方才说什么?"

一声远雷响彻天际。

百介紧盯着老人的脸庞。只见他两眼茫然，一脸龌龊，一头散发也没梳成髻，整张脸上布满掺杂着白须的胡子。

老先生、老先生，百介摇了摇这看似乞丐的老人肩膀好几回。

"妖魔现身的日子指的是什么？"

"妖魔现身了，要结束了。"

"结束了，什么要结束了？"

"一切都要结束了。"老人张着不剩半颗牙齿的嘴直打着寒战。

"老先生，这妖魔是什么身份？"

"御前、御前夫人。"

"御前夫人……"

原来这传言不仅只在城中流传，就连此等卑贱者都知道这个名字。这代表着御前夫人不仅在城中，即使在城外也广为人们畏惧。

可怕呀、可怕呀，老人喃喃说着，整个人缩进了草席里。百介剥开草席追问道："老先生，这御前夫人究竟是何许人？这传言是从何时开始流传的？"

"城下发生的一切惨祸，均为御前夫人下的手。真是骇人哪。"

"且慢。为何就连领民都得遭此威胁？"

这御前夫人理应为阿枫夫人——前任藩主正室。岂可能迫害一己之领民？

哎呀，老人发出一声惨叫，雨滴顺着他龌龊的脸颊滑落下来。

"都、都得怪咱们不好。大伙儿从前都戏称她御前夫人，如今才会招来这等天谴。饶、饶了咱们吧，救救咱们的命呀。"

戏称她御前夫人？这句话是什么意思？

"那么七、七人御前，七人御前肆虐又是怎么一回事？"

"仅牺牲七人，岂足以平息其怒？同时还有百姓挟此风声趁火打劫。不论是町民还是农民，个个全都干过坏事，只知道乘机为恶，从未对其心怀畏惧，再加上城中的家伙也没祭祀过御前夫人，因此如今才叫御前夫人更为愤怒呀。"老人高喊道。

一阵远雷响起。

"放、放开我！不躲起来哪行？得赶紧找个地方藏身才成。"老人甩脱百介的手，抱起头来不住打着哆嗦。

"何以需要躲藏？"

"不躲起来势必难逃劫数。先前鸟居倒塌，昨日河里的鱼死亡殆尽，今天可就轮到咱们了。"

"鸟居倒塌？河里的鱼死亡殆尽？"

"是呀，就连土地神都不再保佑咱们了。因此所有百姓如今全都躲进了檀那寺或神社内，贴上护符祈祷乞饶。咱们也不想丧命呀。"

"大家全躲进了庙里或神社里？"

看来民居内果然真的没人。

"若是如此，老先生为何……"

"我身无分文，哪买得起护符？得赶紧、得赶紧找个地方……"

即便想躲回家中，他也是无家可归。

啪啪，传来阵阵涉水声，只见两名男子从水渠那头跑来。其中一人顶着凉席充伞，仅裹着一条兜裆布，另一人则是身披褴褛破布，看来应是乞丐。

"喂，阿丑，原来你在这儿呀。"

老人听了摇摇晃晃地站起身来。

"大家都到桥下去了。别担心，咱们已经安全了，安心吧。瞧瞧那位修行者给了咱们什么。"

看似乞丐的男子从怀中掏出一纸护符，在老人眼前摊了开来。

"这、这护符是……"

"这是保平安的陀罗尼符。那位修行者将护符分给了咱们，并说只要把这藏在怀中祈祷便可。来吧阿丑，这张是给你的。"

噢，老人高声感叹道，连忙夺下护符，虔敬地塞进怀里。谢谢老天爷、谢谢老天爷，他低头合掌，感谢上苍。

"那位修行者不收分文，还真是慈悲为怀呀。"

"还提醒咱们今儿是雨天。"

"雨、雨天会发生什么事？"

听到百介这么一问，身裹兜裆布的男子一脸诧异地转过头来问道："你是什么人？"

"我、我是个旅人。"

"旅人？看来你可是碰上灾难了。偏偏挑上这种日子到这儿来，可是你的不幸呀。阿寅，你说是不是？"

是呀，看似乞丐的男子边搀扶着老人起身，边应和道。"可怕的灾厄逢雨将从天而降。是吧，亥之？"

"是呀，除了注定将国破家亡，说不定还会发生更骇人的灾祸。不过，只要依照那位法师的指示，便能安然无恙了。"

"法师？可就是那位修行者？"

（修行者。）

"说来还真是吓人，那位修行者可是法力无边呀，预言的事全都被他说中了。阿寅，你说是不是？"

"没错。他曾预言城下将发生什么灾厄，全都一一应验了。"

（是又市吗？）

"若想保住性命，最好尽快找到他求个保佑吧。"

"快去吧。"

"那、那位修行者人在何处？"

"在桥下将护符派给我们后，又摇着铃四处找还没拿到护符的人去了。能获得他的保佑，真是三生有幸呀。"

"似乎是朝武家屋敷町那边去了，"半裸的男子说道，"今日想必就连武士们也纷纷贴上护符躲在家中。如今全城下还不信那位修行者的，大概仅剩藩主殿下一人了吧。"

（铁定是又市。）

上武家屋敷町去了，是吧？百介稍事确认，便告辞上路。事态的发展经常超乎百介的预料。总而言之，非得赶紧见到又市不可。

雨依旧下个不停。走过不见人影的大街，终于来到了武家屋敷町。倘若碰上太阳下山，可就万事休矣。毕竟身上没一盏灯笼，天色暗了将伸手不见五指。

武家屋敷町同样是一片静寂。不过,稍稍可以感觉到屋内似乎有人。看来那看似乞丐的男子说得没错,武士们似乎都藏身家中,力求回避这场劫难。

家家户户的门前和玄关都贴有那眼熟的护符。稍早没能仔细瞧瞧,如今百介才确认这些的确是又市常沿路派发的辟邪护符。看来又市已有所行动。看到这些护符贴满每一户人家的门窗,让人对又市的高明手腕还真是由衷佩服。说服学识匮乏的百姓或许容易,但就连武士们都被他……

不对,这回可是武士先被说服的。御前夫人亡魂现身的风声先是起于此地的武家屋敷,稍后又传进城内,最后才在领民之间散播开来。

百介四处搜寻又市的身影。

夜色缓缓降临。每一栋屋子上都贴满了辟邪的护符。有些贴了两三张,有些则贴了更多。从稍早那乞丐的话里不难听出,领民们对又市似乎极为信赖。

走到最大一栋宅邸前时,百介停下了脚步。这屋子没贴护符。就连一张也没贴。门牌上的姓氏写着"樫村"。樫村兵卫?这就是那家老的宅邸?

宅邸的大门敞开着。不仅外头没人守卫,就连个小厮的影子都见不着。百介像是被什么吸引似的,恍恍惚惚地走进大门。雨势愈来愈大。虽然百介早已浑身湿透,但仍觉得不想再被淋得更湿。他先是为了避雨走到了轩下,最后又不自觉地走到了玄关前。他发现屋内门户洞开。和其他宅邸正好相反,屋内所有门窗竟然全都开着。

这是怎么一回事?难道此人对妖魔毫无畏惧?不可能。昨天黄昏时分,才听到那几个死神嘲讽樫村是个被亡魂出没的传闻吓破了胆的窝囊废。平八亦曾提及,这位家老曾举行法会祈祷求神拜佛,听来对这妖魔理应是心怀恐惧。

百介呆立于玄关前。毕竟他从未造访过地位如此崇高的武家宅邸。樫村是本藩的城代家老,和上八丁堀的穷酸同心家做客完全是两回事。就连该如何打声招呼都不知道。

"请问——"

虽然试图朝屋内呼喊,但百介还是把话吞了回去。由此入屋毕竟有违礼节,像百介此等贱民,理应由后门入内才是。

是何许人?突然听见屋内有人应声。大概是察觉有人站在外头了吧。

昏暗的廊下浮现出一片白影。来者是个个头矮小的老武士,身穿水色无纹礼服,白衣白裙裤。看来穿的似乎是丧服。一张小脸看似和蔼,不过神情明显带着倦意。

"尔为何许人?"老武士有气无力地问道。

"大、大爷可是北、北林藩家老樫村大人?"

"在下正是樫村兵卫。"个头矮小的老人心平气和地回答道。

"请、请大人宽恕小的无礼!"百介尖声喊道,"小、小的来自江户,名曰山冈百介。"百介赶紧跪下,磕头致歉道,"如此冒犯,恳请大人多多包涵。"

"无礼这词是社稷尚须遵循礼仪度日时才说得通的。对礼仪早已沦丧殆尽的本地而言,可是一点意义也没有。请起吧。尔大老远自江户来到此穷乡僻壤,想必是有什么缘由,入内说清楚吧。"

想不到他的嗓音竟是如此沉稳。

"但一如大人所见,小的已是浑身湿透。"

"这何须在意?"

"恐有玷污贵府之虞。"

"这也无须在意。倒是如今屋内仅剩在下一人,也无法端出什么招待。"

"宅邸内,仅剩家老大人一人?"

"不论什么人,死时终将是孑然一身。"

死?

客厅周围挂满了白布幔。中央铺着一床五幅①宽的木棉被褥,文房四宝上头摆着一把用奉书纸②包裹的白鞘平口短刀,一旁则摆着一封致大目付的书状。

"家、家老大人……"

---

① 布匹宽度单位,1 幅约 37.8 厘米。
② 以桑科植物纤维制造的高级和纸。

"这等事原本应在庭园内办才是,只是不巧碰上天雨。这场雨看来还真是冷哪。"樫村望向庭园说道。

面向庭园的白布幔已被拆除,纸拉门也被拉开,昏暗的庭园活像一张开在门上的嘴。

"可笑吧?都这种时候了,还在讲究武士的矜持。随意找个位子坐吧。"

"家老大人。"

他究竟知道多少实情?倘若在一国家老面前轻佻地指证藩主为杀人狂魔,即使所言属实……不,正因所言属实,通常性命都将不保。

"小的曾与东云右近大爷同行。"百介在房内一角跪坐后说道。

"尔认识东云大人?他还真是个直率的汉子呀。"樫村语带怀念地感叹道,接着便在被褥上跪坐了下来,"堪怜的是,只因在下委托其进行一桩了无意义的搜索,导致其失去了一切。一切都……"

"如此说来,家老大人也相信右近大爷的清白?"

"一个人是否会杀害妻小遁逃,这在下还看得清楚。"

"那么——"

樫村有气无力地摇了摇头。

"右近大爷他,已被捕了。"

"东云大人回来了?"

"昨夜回来的。"

为何还要回来?樫村神情苦闷地问道。"可是被徒士组逮捕的?"

"是藩主殿下亲自出马逮捕的。"

"藩主殿下?"

樫村的脸色顿时变得一片苍白。

"家老大人。斗胆请教家老大人,知道多少实情?"

"什么事的实情?"

"这——"

"先生方才提到自己姓山冈?是否为大目付大人麾下的使者?"樫村问道。

"并不是。小的不过是江户京桥某蜡烛批发商之隐居少东,绝非高官使者。"

看来这解释是无法取信于这位家老的。江户蜡烛批发商的少东,竟然千里迢迢来到这远方藩国,想必再怎么解释也难以令人信服。至于在此地该做些什么,就连百介自己也不知道。

是吗,未料,樫村竟爽快地接受了这番解释。"本事经纬,先生知道多少?"

"一切不明,仅知道藩主大人他……"

嗯,樫村收回下巴,面向百介端正跪姿说道:"其他的事就千万不可提了。虽不知尔究竟知道多少,但奉劝尔就将至今为止的所见所闻悉数忘记吧。"

"这可不成,右近大爷都已经落入彼等手中了。"

"倘若是昨夜遭逮的,如今应已不在人世了吧。"樫村把头别向一旁说道。

"看、看来家老大人对藩主殿下的所作所为,果然也知情?"

"不。在下什么也不知道。"头已别得不能再开的樫村说道。

"昨夜曾听闻徒士组头镝木大人提及,前任藩主义政公之死,实乃……"

"别再说了。"

"可是小的……"

"这些在下都知道。不过山冈先生,这些事,悉数为妖魔诅咒所致。"樫村有气无力地坍下了身子。

"斗胆请教肆虐的是何方妖魔?可是御前夫人——阿枫夫人的亡魂?抑或杀害三谷弹正而遭极刑的七位百姓?"

樫村突然睁开了双眼。"山冈先生。"

"大人有何指教?"

"绝非在下搪塞,这妖魔诅咒的传闻可是千真万确的。于我藩肆虐的,的确就是阿枫夫人的亡魂。"

能否恳请大人对此稍作解释?百介请教道。"为何此地居民对阿枫夫人如此畏惧?阿枫夫人死因的确不寻常,但据传亦纯属自尽。小的实在参不透,上自家老大人,下至平民百姓,何以均对其如此惧怕?"

樫村低头沉思了半晌,突然开口说道:"前任藩主义政公……"

听得出他语带失落。

"自幼体弱多病,大夫多认为其难以长命。其父君义虎公为人胆大阳刚,故对身体孱弱的义政殿下多有嫌弃,并积极另觅子嗣。后来,与一身份低下的女子产下了现任藩主虎之进殿下。"

北林弹正景亘。也就是那死神。

话及至此,樫村停顿了半晌,接着才继续说道:"噢,真是对不住。义虎公对健康的虎之进殿下疼爱有加。对义政殿下冷淡异常,对虎之进殿下却是关爱备至。只是嫡子毕竟为义政殿下,再加上其母身份欠妥,因此虎之进殿下,不,景亘公仅能在见不得人的情况下,以私生子的身份被抚养成人。不过其于孩提时期,也是个聪颖过人的孩童。"

说到此处,樫村又停顿了下来,接着又说:"义虎公曾言,活不久的子嗣必是一无是处。不过义政公并未于早年夭折,而是成长为一光明磊落的青年,并于义虎公殁后继任为藩主。相比之下,景亘殿下只得长年不见天日地蛰居于藩邸之内。"

想必他就是在那段期间,尝到那死神的杀戮滋味吧。

"义政殿下天性温厚,待人诚恳,生前是个广受臣民爱戴的藩主。但由于体弱多病,多年无法觅得姻缘,直到九年前,方自小松代藩迎娶了阿枫公主。"

九年前?不就是弹正景亘——北林虎之进观赏过那场傀儡展示后,犯下连环凶案的那一年?而且,为这场展示雕制栩栩如生傀儡的,正是原本与阿枫公主之母订有婚约的小右卫门。命运的交错,就是如此让人剪不断理还乱。

"阿枫夫人年轻貌美、心地善良。嫁入北林家时,包括在下在内的全体家臣不知放下了多少心,个个期待两位殿下能早生贵子,继承家世。未料——"

"义政公却在当时一病不起?"

樫村点了点头,手按着眼角说道:"阿枫夫人入嫁后不出两年,义政公便病倒了。虽曾自远方找来大夫,亦曾积极求神拜佛,但不论用什么法子,病情就是无法好转。阿枫夫人为此悲恸不已,感叹两人结缡时日虽短,但既已有夫妻之缘,便应毕生侍奉夫君,因此对藩主殿下的看护可谓无微不至。

待病情恶化到无以复加时,阿枫夫人甚至开始亲身祈祷。"

"祈祷?这——"

这可就成了祸端了,樫村说道。

"何以成为祸端?"

"祈祷过后,义政殿下的病情果然略有起色。"

"那祈祷果真有效?"

"的确有效。"樫村缓缓环视着周遭垂挂的白布说道,"那可真是一种奇妙的祈祷。正室夫人殿下实为神灵附体,是个法力无边的巫女一类的传闻自此不胫而走。不仅是城中,就连城下都赞叹不已。"

百介曾于土佐见识过这种祈祷。仪式本身的确颇为怪异。这类祈祷不仅可辟邪愈病,祭祀先祖,有时甚至可施咒取人性命。据说这种仪式在当地颇为常见。阿枫的族人中,似乎也不乏此类称为大夫的法师。

似乎是如此,听了百介如此解释后,樫村说道。"这东云大人亦曾提及。但此类仪式并未流传到本地来,因此大家看了纷纷直呼不可思议。再加上藩主殿下的病情在祈祷后虽略见起色,但依然无法完全痊愈。因此经过一番研议……"

只得将虎之进从江户召了回来,连同那几个自称四神的恶徒。

"但阿枫夫人强烈反对景亘殿下继任藩主。至于是为了什么理由,可就不清楚了。"樫村的视线茫然地停驻在半空。

这理由其实是——

"藩主殿下蛰居藩邸时代的所作所为,不知家老大人可曾听闻?"

模仿那场傀儡展示犯下的七件残虐凶杀案。虽一度为田所逮捕,但虎之进马上被放了出来,之后就再也没能将他绳之以法,只能任由他为所欲为地四处肆虐。看来应是藩国施压,为其撑腰所致。

但樫村却摇着头回答:"殿下在江户做过哪些事,在下真的是一无所知。一度听闻殿下与町奉行所有过摩擦,但据说也不过是误会一场……"

"误会?"

难道藩国真的从未施压?

"没有人知道藩主当时做了什么事。向自江户返回领内的藩士质询，也看不出彼等有任何隐瞒，想必就连派驻江户藩邸者亦是毫不知情吧。但这也是情有可原。"

"为何是情有可原？"

樫村蹙眉回答道："派驻江户藩邸的藩士，对殿下皆多有畏惧，个个对其避之唯恐不及，故对殿下的真面目几乎是毫不知悉。景亘殿下其实——"

是个杀人凶手。

"樫村大人，藩主殿下当时……"

什么都别说，樫村制止了百介。"或许其行径真的有失检点。虽然原本分隔两地，未能听闻任何风声，但在下为此也倍感心痛。只不过，其为派驻江户的藩士畏惧，真正的理由实乃，景亘殿下似乎身怀某种慑人力量。"

"慑人力量？"

"只是由于藩主殿下从未提及，详情在下也不清楚。不过，当时就任藩主的义政公对这位弟弟似乎也是疼爱有加。山冈先生，虽不知藩主殿下曾于江户做过什么，但其未受任何制裁亦属事实，一切都自行悉数摆平，故此从未为家族或藩国添过任何麻烦。因此，实在找不出任何拒绝其继位的理由。"

这究竟是怎么一回事？向奉行所乃至目付、大目付施压者，究竟是何许人？

"如此说来——"

"阿枫夫人对藩主殿下继位心有不满的理由，在下亦无从得知。但见阿枫夫人人品高洁，想必其中自有道理。遗憾的是，推举景亘殿下继位的家臣推论此举必定是以占卜结果为依归。不过，此事原本就是欲反对也无从。不论推不推举景亘殿下，义政公毕竟膝下无子，除非是收个养子，否则除了召回景亘殿下继位之外，的确别无他法。未料就在这当头……"

"城下就发生了惨案？"

年轻姑娘被人开膛剖腹。

"没错。城下接连有年轻姑娘遭到惨杀。由于北林从未发生过这等事件，导致城下大为恐慌。这些惨案其实也是……"

这些惨案，百介认为其实也是虎之进——弹正景亘所为。几起事件均是在四神党移居北林之后不久发生的，类似的凶案原本都在江户发生。若推论同为四神党犯下的，理应无误。但樫村的回答却令人大感意外。

"有风声指称，这些姑娘遇害的惨案，实乃阿枫夫人所为。"

"什么？这未免太……"

为何会出现这风声？

"传言指称，阿枫夫人为助义政公延命，从城下掳来年轻姑娘，活剥其生肝，煎成药供义政公服用。简直就是子虚乌有的诽谤中伤。"

如此说来，调查记录上的确载有遇害者肝脏遭凶手拔除一事。但即便如此……

"此谣言实在过分，难道忘了阿枫夫人可是当时堂堂藩主正室？分明是毫无根据，竟有人散布此等荒诞无稽的恶意中伤。"

"想必是那怪异的祈祷被当成了根据。"

"噢——"

"谣传必是指称该祈祷源自某淫祠邪教，并诬称阿枫夫人祭拜的，乃远古三谷藩藩主信奉之邪神。"

的确曾有此传言，樫村无力地垂下双肩，语带颤抖地说道。"但众所皆知，事实绝非如此荒唐。遗憾的是，一些无谓巧合，助长了这谣言继续流布。"

"无谓巧合？"

"首先，遇害姑娘的人数，与本地传说中杀害城主的百姓人数相同。再者，据传阿枫夫人的故乡有名叫七人御前的杀人妖怪出没。这似乎是阿枫夫人嫁入本藩时，随行的小松代藩士提及的怪谈，原本与阿枫夫人毫无关系，但却让家臣领民起了无谓联想。"

原来是这么回事。传说是会随人产生变化的。记录虽不变，记忆却可变。仅栖息于记忆中的妖怪，有时也可能随怀此记忆者迁徙，在他处获得新生。

"原本这只是个玩笑。"樫村说道，"起初大家仅是把这当玩笑。虽然真有姑娘遇害，的确引起不小恐慌，但这么一个地处穷乡僻壤的小藩，若不找个解释来搪塞，大家岂能安心？正由于未能逮到真凶，才会有人捏造出一个恶人，好求个心安。"

都、都得怪咱们不好，从前都戏称她御前夫人，如今才会招来这等天谴。

"原来是……这么回事。"

"从前对其崇敬有加，敬称其为御前夫人殿下的领民们，这下悉数变了样，称其为嗜食生肝的厉鬼御前、统领七人御前的御前夫人等。当然，无人敢在其面前如此称呼，仅在街头巷尾流传。后来，义政公逝世了。"

这亦为四神党犯下的恶行。死神弹正景亘毒杀了卧病在床的亲哥哥。从那伙人的言谈听来，樫村理应也知道真相。

樫村眯起双眼继续说道："纵使已是如此，阿枫夫人对反对景亘殿下继任藩主，依然是一步也不愿退让。阿枫夫人的立场也因此每况愈下。"

意指她已无法全身而退？

"阿枫夫人在城内遭到孤立。在下也曾想方设法尽力劝说，毕竟已无他法可循，但阿枫夫人对此就是坚决不愿退让。"

看来她的确贤明，看透了那死神的本性。

"但面对幕府与其他诸藩，毕竟得顾及国体，因此不出多久，大家还是决定正式推举景亘殿下继任藩主。而依然坚决反对的阿枫夫人就这么被诬指为企图谋反……"樫村停顿了半晌，也不知是向什么鞠了个躬，接着才继续说道，"就此被打入了地牢幽禁。"

"地牢？城内有地牢？"

"本藩城曾有个骇人传说。山冈先生，城内确有据传曾幽禁过三谷藩藩主的土牢。阿枫夫人被禁锢其中，神志错乱后，方从天守阁投身自尽。"

"神志错乱？"

"是的，的确是神志错乱，犹记当时夫人的遗骸一丝不挂。"

"一丝不挂地自天守……"

"唉，还真是惨绝人寰。"樫村以皱纹满布的手掩面说道，"在下却什么忙也帮不上，哪配当什么城代家老？本藩现下濒临覆灭，都得怪在下无为无策。因此即使夫人真的化为冤魂肆虐，也是大家罪有应得。未能保护阿枫夫人的在下、同样未尽保护之责的众家臣乃至瞎起哄的领民们，全都心怀愧疚，才会如此惶恐。毕竟全藩上下原都是将夫人逼上绝路的凶手。"

"由于心怀愧疚,才会如此惶恐?"

"不过,家老大人……"

樫村缓缓放下掩面的手。"何事?"

"倘若阿枫夫人的死因并非自尽,将会如何?"

"岂、岂有这可能?大人可有什么根据?"

"昨夜曾听闻徒士组头大人与藩主妾室白菊提及,阿枫夫人实乃死于该伙人之手。"

"镝木、白菊两人?"

"之后藩主殿下亦曾表示,倘若怀恨而死的人会化为鬼魂回来寻仇,那么第一个该找的不就是他?"

"如、如此说来,阿枫夫人难道也是……这、这怎么可能?"樫村双手拄在被褥上,语带呜咽地问道,"景亘殿下他……还说了些什么?"

"藩主殿下还表示,因果报应这种牢骚话,不过是傻子为自己的愚昧开脱的说辞,世上哪可能有什么冤魂作祟。并嘲讽死人哪还能做什么,若要取其性命,尽管放马过来。"

"这实在是太不敬了。太过分了,实在太过分了。"樫村不住摇头,喃喃自语地感叹道,"冤魂复仇这种事,是真可能发生的。"

"阿枫夫人果真现身了?"

"御前夫人的亡魂首度现身,据说就是在这位家老的寝室,就是出现在这栋宅邸内。"

樫村领首回答:"在下不仅亲眼看见了阿枫夫人,也亲耳听见了阿枫夫人的声音。不过在下坚称真有冤魂现身一事,绝非基于此亲身体验。"

"那么,是因何故?"

"城内家臣、城下领民,个个对此事均深感内疚。凡心怀愧疚者,想必皆可能看见此类幻象。若仅有一两人瞧见,则或许纯属虚幻。但若所有人皆得见其形闻其声,并因此对其畏惧不已,必可证明其绝非幻象,到头来也真可能发生超乎世人所能理解的灾厄。这就是报应。先生说是不是?"

"不过就小的所见,藩主殿下似乎未怀一丝愧疚。如此看来,不就如其所言,世上并无冤魂作祟一事?"

"这——"

"樫村大人。"百介终于下定决心说道,"恕小的无礼直言。藩内所有臣民,或许果真为背负将阿枫夫人逼上绝路的罪孽,个个深感愧疚。不过——"

不过——

"最应为此事心怀愧疚的,岂不是藩主弹正景亘大人?最为阿枫夫人痛恨的,理应为藩主大人与其侧近。倘若亡魂现身一事属实,阿枫夫人岂不是找错了报复对象?岂有领民、藩士及樫村大人得成为藩主大人的替死鬼,代其受罪之理?"

"此言或许不无道理。但倘若藩主有难,其家臣领民本来就有共同承担劫难,以为救主的义务。"

"这不过是武家精神,不应强迫平民百姓共同承受。再者——"

再者——

"假使夺了义政公性命的是现任藩主与其侧近,不,甚至诛杀年轻姑娘并嫁祸阿枫夫人,进而杀害夫人亦为现任藩主所为,情况可就有所不同了。诸位忠臣理应效忠者,应为前藩主义政大人,难道从未怀疑弹正景亘大人即为觊觎藩主宝座,进而谋害明君的奸贼?"

"绝非如此!"樫村低头高声喊道,"藩主殿下,景亘大人,从未觊觎藩主宝座。"

"但他毕竟将义政公……"

"此、此类作为之动机,绝非肇因于对藩主宝座有所觊觎。山冈先生,一切、一切均是在下的错。"

樫村当场伏下了身子。他似乎忘了武士应有的矜持。

(这是怎么一回事?)

樫村长叹一声解释道:"藩主大人曾向在下表明,其对前任藩主厌恶至极。"

"厌恶至极?"

"是的。义政公为人温厚聪颖,即使阳寿将尽,依然心平气和,力图匡正饱受财务窘况所迫的藩政,这实在令景亘公难以忍受。"

"这是何故?如此听来,前任藩主岂不是位英明贤君?"

"没错。说来义政公的确是位明君。不过,景亘公于日后曾言,濒死之人,岂有不号哭之理。"

"什么?"

"景亘公表示,即便贵为大名或将军,濒死前必然要为死亡的恐怖高声号哭,凡为人者均应如此。但义政公天生体弱多病,成长岁月中随时与死亡比邻,对此想必是早有觉悟。只是,景亘公对此就是无法理解。"

"因此方会下毒?"

"对阿枫夫人亦如是。夫人对义政公可谓鞠躬尽瘁,绝不仅是表面工夫。在义政公殁后,其心意似乎仍是丝毫不改。这让藩主殿下⋯⋯"

难道这也让他看不顺眼?

"因此,藩主殿下的作为,绝非出于对藩主宝座的觊觎。"

"但这也没有因此就取人性命的道理吧?光是看、看不顺眼就杀人,岂不是说不过去?"

"话是如此,不过——"

"再者,樫村大人,藩主殿下对亡魂毫无畏惧,是否可能因坊间传为妖魔犯下的惨案,实为藩主殿下所为?或许残杀领民之真凶正是⋯⋯"

"荒、荒唐,不可放肆——"樫村双肩不住颤抖着,接着又喃喃自语道,"方才不也说过,这一切均是在下樫村兵卫的错?"

"家老大人哪儿错了?"

"是错了。"樫村平身回答,"凡本藩遭逢之灾厄,藩主殿下犯下之暴行,在下樫村兵卫均难辞其咎。藩主殿下夜夜残杀无辜确为事实,但将之归类为妖魔诅咒所致亦绝不为过。不,若说这些惨祸本身即为妖魔诅咒,亦不为过。"

"樫村大人,忠臣事君亦应有个限度。大人无须承揽分毫罪责。"

"山冈先生有所不知。藩主殿下变成这般模样,的确全都是在下的错。"樫村终于恢复了武士应有的尊严,端正跪姿面向百介说道,"如此下去,本藩终将覆灭。人心荒废，治安败坏，藩政早已是破绽百出。相信先生亦曾听闻，已有非人所能理解的灾厄发生。"

那几个乞丐的确曾提起鸟居坍塌、川鱼尽死等事情。

"没错。本藩有一流贯领地中央的阎浮提川，先日河中鱼只竟悉数……死亡。先前亦有落雷击中北林家菩提寺，导致北林家代代先人墓地遭破坏殆尽。"

"墓地遭破坏殆尽？"

"再者，镇守领内的金屋子神社，亦发生鸟居坍塌之事。一切灾厄，均为阿枫夫人显灵所致。领民们悉数为之震慑，纷纷开始求神拜佛，并臆测必将有更为骇人之灾厄来袭。不过依在下之拙见，这实为阿枫夫人赋予大家的最后机会。"

"最后机会？"

"御前夫人——阿枫夫人显灵后，原本恣意为恶的领民由于对阿枫夫人心生畏惧，竟也个个变得恭笃虔敬。原本漠然的不安先是转为明确的恐惧，再化为敬畏，到头来竟也令神佛重返领民心中。百姓一心求神明加持佛祖慈悲，原本笼罩城下的暴戾之气终于得以消散，暴动与劫掠亦悉数止息。"

"噢。"原来这才是真正目的。又市采取的第一步行动，目的原来是抑制领民的暴行与城下的混乱。

诚如樫村所言，敬畏之念的确有收束民心之效。不过这光凭恐怖，可是无法办到的。令人不寒而栗的恐惧，毕竟不等同出于崇敬之心的平服。七人御前终究是他国妖物，上溯百年的古老怨念不过为陈年往事，凭这类看不见的东西，绝收不到任何效果。不管有多凶暴多骇人，若不见妖魔形体，只会徒增人心混乱与不安。欲使众人自心怀畏惧转为虔敬自诚，必须清楚地描绘出恐惧的对象，并明确地展现其慑人威力。为此，又市赋予了这妖魔名字与轮廓。让无人不知、无人不惧的阿枫公主亡魂——御前夫人在此时显灵，正是为了达成此一目的。

"阿枫夫人所为，并非仅止于报复。"樫村说道，"夫人实乃忧虑本藩现状才特地显灵，为众人指点迷津。"

"指点迷津?"

犹记平八曾提及该亡魂指名继位藩主一事。

"没错,此言果真不假。在下先前亦曾找出阿枫夫人英灵所指名的继任者,并办妥继任所需的一切手续。"

"噢?"

难不成江户藩邸内真有此人?

"可有什么标记?"

"的确有。据说奉派前去求证的使者亲眼瞧见,该名藩士背后果真有灵光照射,并有阿弥陀如来于众藩士眼前显灵,伸手指向该名继任者一事。多人见证此事,看来果真有神佛加持。"

"此、此事可当真?"

"完全属实。看来果真是天降祥瑞。因此吾等立刻达成协议,敬邀此人正式成为北林家养子,并赶紧以藩主景亘患病为由,向幕府禀报将由此人继任藩主一事。当然,此人实为区区一介藩士毕竟无法据实以报,故表面上仍须伪称此人为义政公私生子。"

"不过,对藩主殿下该如何交代?"

"此事,藩主殿下当然尚不知情。向幕府禀报纯粹出于在下一己的独断。不,除了山冈先生之外,此事仅有少数重臣知情。"

"若是如此……"

若是如此,藩主殿下哪可能同意?一个以超越神佛者自居的人,绝无可能向阿弥陀如来的意向低头。

殿下当然不可能同意,桦村回答道。

"桦村大人,您难不成正意图切腹,以明对此事负责之志?"

"正有此意。"

"万、万万不可,恕小的直言……"

家老大人这想法未免太过天真。切腹自裁绝不可能让那死神乖乖低头,只会掀起又一波腥风血雨。

"大人即使切腹明志,藩主殿下也绝无可能接受此安排,甚至可能殃及其他家臣……"

"山冈先生。"樫村深深叹了口气说道,"只要在下一死,藩主殿下——景亘大人,也应能就此收手。方才已数度提及,一切过错,在下均难辞其咎,真正让藩主殿下怀恨在心者,仅有在下樫村兵卫一人。无论如今危害本藩的灾厄,均肇因于在下昔日的所作所为。因此,阿枫夫人方才选择于在下眼前显灵。"樫村挺直背脊继续说道:"山冈先生于在下下定决心切腹明志的当头出现,看来冥冥中确有因缘。不知山冈先生是否愿意听听在下这老糊涂的一番傻话?"

"大人请直说无妨。"语毕,百介也端正了跪姿。

"这已是陈年往事了。在下曾于年幼的景亘大人眼前,手刃其母。"

"什么?!"

"此乃奉当时藩主义虎公本人之命。"

"前任藩主为何下达此令?家老大人方才不是曾提及,义虎公对景亘大人疼爱备至?"

"这事即肇因于此。义虎公对嫡子义政大人百般疏远,仅将景亘大人,不,虎之进大人当成唯一子嗣疼惜。理所当然,城内亦因此衍生出诸多冲突。当时前任藩主正室犹健在,因此虎之进大人之母亦曾遭残酷迫害,众人皆指其不顾身份卑贱,竟怀了藩主殿下的骨肉,并质疑其图谋侵占北林家之权位。"

为何家族、武士必得拘泥于此类执着?百介报紧双唇心想道。

"然而,其母绝无任何不良居心。正因无此邪念,于是被迫遁逃。"

"遁逃?"

"想必是认为自己母子俩已成北林家祸种。"樫村眉头深锁,闭上了双眼继续说道,"某夜,虎之进大人之母带着虎之进大人自城内逃离,意图亡命他国。义虎公得知此事,自是怒不可遏,因此召来在下如此交代……"

将两人逮回来,若胆敢反抗,则可径直斩杀其母,但务必确保余儿平安归来。

"欲逃离本藩,仅有一条路可行。区区一介弱女子手携稚子,欲穿越险峻岔路必是至为艰难。近天明时分,这对母子终究在折口岳山腰的夜泣岩屋一带被在下追上了。不知山冈先生是否曾听闻该处？"

此处百介当然知道。就是昨晚事发之地。

"当时天色将明，但岩石竟发出咻咻声响，听来的确宛如阵阵啜泣。在下眼见虎之进大人正于岩阴下休憩，其母则随侍其侧温柔看顾。在下一现身，虎之进大人即清醒过来，欢天喜地地直呼兵卫、兵卫。"

"樫村大人——"

一滴泪水，自樫村紧闭的双眼淌下。

"犹记藩主大人——虎之进大人，当时笑得是那么天真无邪，张开一双小手对在下表示，今将偕母远行，兵卫也一起来吧。其母则紧抱着欲走向在下的藩主殿下不住哀求，放了我们母子俩吧。若您还是个人，就放了我们吧。"接着樫村咬牙切齿地低声说道，"在下便……"

"遵照主君之命……手刃了女子。"

"樫村大人——"

只见一道泪水自樫村的脸颊滑落。

"樫村大人背负的辛酸……"

实在超乎常人所能想象。尤其是百介这等人，更是无从理解。毕竟百介非武家之人。对武士而言，恪遵主君下达的命令，当然是天经地义、理所当然。只不过，这道理只会让百介感到不可思议。

但樫村却摇头说道："当时在下想必是被死神附身了。在以武士之身尽一己之义务前，竟然忘了身为一个人应有的人性。"语毕，这年迈的忠臣捶了几记膝盖。

不禁令人想起右近也曾这么做过。

"当时，藩主大人浑身沾满其母溅出的鲜血。或许是在下心生怯懦，该女并未立即断气，在下只好持续挥了几回刀，最后才铁着心肠，硬是掰开藩主殿下紧抓其母的手，一把将哭号着母亲大人、母亲大人的藩主殿下抢了过来，接着头也不回地走下了岔路。为何朝母亲大人挥刀？为何杀了母亲大人？不论藩主殿下如何哭问，在下仍是默不作答。事后，义虎公仅表示在下做了件该做的事，在下也为完满达成任务大获表扬。"

在自己眼前手刃自己母亲的凶手，被下令斩杀母亲的父亲大加表扬。

"事后，"樫村继续说道，"藩主大人的眼里，就开始有了那无以名状的眼神。"

他那眼神，漆黑空洞有如无底深渊，看来完全不像人的眼神。田所曾如此说过。

"打那日起，在下便立誓今后将舍身护卫虎之进大人——藩主殿下。但对藩主大人而言，在下毕竟是个杀母仇人。因此倘若藩主殿下行径是如何邪门乖张，在下终究难辞其咎。毕竟在下的所作所为曾令藩主大人伤心欲绝。"

"但樫村大人——"

"山冈先生，在下的所作所为如此泯灭人性，如今也该遭到报应了。实不相瞒，那死于……死于在下刀下的女子……"

此时传来一声远雷。

"曾为在下之妻。"

雨势骤然转强，百介的听觉也为猛烈的雨声吞噬。只见雨滴飞沫从敞开的檐廊溅入房内。

"因此，山冈先生，藩主殿下的乖张行径，实为对在下这杀母仇人的复仇。在下愈是不知所措，藩主大人就愈是欣喜。自从在下手刃其母那时起，藩主殿下便不断强迫在下舍弃为人应有的伦常，遵循武士应行之道。即便主君是个杀人凶手，亦应尽责护主；无论其行径如何残酷，亦不得有任何异议。仅能恪尽职守，默默尽一介臣下应尽的义务。错不在他人，一切均应由在下独自承担。倘若在下于当日清晨不曾忘却人应有的伦常，情势便不至于恶化至此。"

话及至此，樫村语不成声地号啕大哭起来。"因此，值此骇人灾厄将降临城下之夜，在下必得切腹明志。如此一来，阿枫夫人、义政大人，还有景亘大人便可……"

樫村将手伸向放置于四方小几上面的小刀。

丁零。

夹杂在雨声中。

丁零。

"是铃声。"

雨势霎时放缓。

灾厄将至。灾厄将至。

只见一片漆黑的庭园中,浮现出一个白色人影。

"来、来者何人?"

樫村跪坐起身子问道。

"灾厄将至,此乃亡魂所言。"

"什、什么?"

又市。身穿白麻布衣,头缠白木棉的修行者头巾,胸前还挂着一只偈箱。来者正是手持摇铃的御行又市。

"御行奉为——"

丁零。

"这、这位不就是上回那位修行者……"

樫村望向百介。百介却沉默不语。不知又市将如何收拾这局面?

樫村转头望向庭园问道:"请问法师为何而来?发、发生了什么事吗?"

"小的并非修行者,不过是城下百姓如此称呼罢了。实不相瞒,小的不过是个浪迹诸藩、撒符念咒为生的乞儿。"

"不、不过据说修行者大人的神谕均一一应验。"

"一切均应归功于此偈箱中护符的法力。倒是家老大人这身装束,看来似乎是丧服?"

"确、确是丧服,没错。"

"难道大人意图只身揽下一切罪孽秽气?"

樫村并未回答。

"奉劝大人切勿行此无谓之举。"

"什么?"

"此举,注定将告徒然。小的正是担忧忠肝义胆、德高望重的家老大人,是否要做出什么不智之举,出于一片关心,特此前来劝说。"

"不智之举?"

"没错。倘若家老大人就此切腹辞世,将无助于解消往生者任何遗恨。"

"但、但修行者大人……"

丁零。

"含冤而死者,并非仅阿枫夫人一位。"

噢,樫村闻言,当场跌坐在地。

"小的清楚瞧见了盘踞本地不去的众多亡魂。古时为百姓所弑之城主、该城主手刃之百姓、为此因缘殒死之众人、死于非命之前代藩主大人及惨遭残杀之多位领民,个个均仍心怀愤恨。大人难道没听见……"又市仰望天际说道,"御前夫人的诅咒声和众死者的号哭声?"

"阿、阿枫夫人,义政大人……"

樫村站起身来,步履蹒跚地走到檐廊边坐了下来。

"哎呀,那些个个生得一脸凶神恶煞的亡魂,正群聚城上盘旋不去。这副光景可真是骇人哪。"

"群、群聚城上?"

"现下城内可有何人在?"

"城内已是空无一人,关于这点,修行者大人理应比任何人更清楚。灾厄将于雨夜降临,尤其将数城内最为危险,不就是出自修行者大人之口?上自武士下至女仆小厮,均恐遭此劫难波及,纷纷返回各自屋中藏身回避。不……"

噢,樫村突然失声大喊:"藩、藩主殿下尚在城内!"

"小的曾言,今宵阴阳之气纷乱交错,势必将有妖物现身,无可回避之灾厄亦将降临该城。看来,藩主殿下将有生命危险。"

"不过,藩主殿下坚称世上绝无妖魔。"

"这可是大错特错。"

"什么……"

"大人过去的所作所为,的确曾打乱了藩主殿下的人生。不过,藩主殿下如今之恶行,绝非大人所须负责。"

"难道不是在下的错？"

"童年心伤的确可能改变一个人的性情。不过要选择什么样的路，尚可由当事人自行决定。世上不乏伤痛中领悟慈悲心者，亦有一帆风顺却步上邪魔歪道者。故此，一个人若因酷好死亡而涂炭生灵，除了为死神所惑，绝无其他道理可解释。"

"死神？"

"凡为人必有伤痛，人生在世必是充满辛酸，故每个人均曾为死神蛊惑。心中涌现恶念时，任何人都可能化身为死神。只不过，若仅是如此，尚不至于发生什么事。"

"要如何才会出事？"

"欲使恶念凝聚，须具备唤醒、孕育恶念之条件，本藩领内有远古恶气残存之魔域，一切条件可谓均已具备。因此，藩主殿下之疯狂行径的确为妖魔诅咒所致。"

"妖、妖魔诅咒？"

"这回，藩主殿下将承担最多随此灾厄而来的劫难。毕竟其长期受妖魔蛊惑而恣意为恶，如此下去，藩主殿下的性命也将于今夜告终。"

"这、这可不成。在下曾立誓保护藩主殿下，即使其权位终将不保，至少也、至少也得保全藩主殿下性命，为、为此，在下即使丢了性命亦不足惜！"樫村高声大喊，从檐廊爬下，来到庭园中。

"修行者大人，难道已无任何拯救藩主殿下的良策？"

丁零。

又市再度仰天回答道："或许已经太迟了。"

"迟了些也无妨，若有什么法子，都请修行者大人倾囊相授。只要尚有一丝希望，在下樫村兵卫即使赴汤蹈火，亦在所不辞。"

"藩主殿下如今身处何处？"

"应在寝室，不。"樫村那张沾满泥泞的脸望向百介问道，"东云右近已为藩主殿下一行所擒，是吗？"

百介点了点头。

"那么,如今应在土牢里。"

土牢,难不成是三谷弹正与阿枫公主曾遭幽禁之处?

又市自偈箱中掏出一纸护身符说道:"此乃经驱百魔、焚秽气之陀罗尼咒法加持的护符,大人宜将此符张贴于藩主殿下置身处的房门外。"

"将、将此符张贴于门外?"

"所有出入口均需以此符封之,以组成结界守护。家老大人可听清楚了?所有出入口均需张贴此符。"

"土、土牢出入口仅有一处,乃一道位于城内中庭一隅的密门。"

"那么,便应以此符将该门妥善封印之。早晨之前万万不可开启。在听见第一声鸡鸣前,万万不可让藩主殿下踏出门外一步。"

"在下知道了。"樫村将护符塞入怀中说道。

"不过,家老大人。"

"什、什么事?"

"今宵的妖魔可是来势汹汹。"

"这、这在下已有觉悟。"

"倘若有任何其他出入口未妥善封印,此法亦将功亏一篑。"又市语调沉静地说道。

樫村深深吸了口气,使劲点了点头表示了解。接着这位年迈的武士将大小双刀朝泥泞满布的白衣上一插,奔向仍降着雨的黑夜里。

轰隆隆,远方传来一阵雷声。

"又市。"

"从这身模样看来,先生似乎也受了不少折腾。"又市说道,"让先生为此事受牵连了,不过这绝非小的本意。"

"这,我不过是……"

"听闻玉泉坊通报后,小的对先生亦是担忧不已。"

"你将如何收拾这局面?"

这回的差事的确棘手,又市回答道。"付出如此辛劳,倘若仅惩罚了恶徒,绝称不上划算。再加上领民人心惶惶,下起手来实难拿捏。若不慎招致此藩遭撤废，亦有导致藩士颠沛流离之虞。故为了这回的差事，小的实在是煞费苦心。"

又市的神情变得严峻起来。"再过不久，最后的灾厄便将降临城下，一切亦将就此告终。"

"何谓最后的灾厄？"

先生很快便能见到了，又市说完，抬头仰望主城。只见折口岳已经化为一片较夜色更为黝黑的黑影。

又市不发一语，百介想问也无从。又市默默递过一个以竹叶包裹的饭团，百介收下后，狼吞虎咽地吃了起来。

约有整整两刻钟。百介就在樫村宅邸内静候事情发生。其间又市伫立在街上，也不知在等待什么。除了偶尔传来阵阵雷鸣，四下完全不见任何变化。百介脑中一片空白，毕竟即使想思索些什么亦是无从。就在这种情况下，又过了两刻钟。终于，丁零，只听见一声铃响。

百介连忙奔出门外。

"怎么了？"

"灾厄降临了。"

"灾厄？"

丁零、丁零、丁零，又市激烈地摇起了摇铃。

"现身吧，现身吧，个个都现身吧。"

丁零、丁零、丁零。

"瞧吧，瞧吧。"

丁零、丁零。

宅邸的门开了，几个武士步出屋外。

"修、修行者大人。"

"各位请瞧。御前夫人即将显灵。各位已无须隐遁屋内，请至屋外祈祷。"

是，众人应道，接着便有数名如传令兵般四处奔走，挨家挨户敲门。家家户户的门都开了，武士们纷纷依照又市的吩咐，一个接着一个步入雨中，不出多久，便挤满了整条大街。看来，又市于事前便已向大家交代过自己的安排。

"各位宜出声祈祷,以央请御前夫人息怒。现下,御前夫人就在那头。"又市指向那片硕大的黑影——主城上空,"也应立刻通报藏身寺庙神社内的领民百姓,须乘此刻齐声祈祷。唯有城下万众一心,方能化解此灾厄。"

遵命,人群中四处有人响应,亦见数名武士朝各方奔驰而去。降雨的大街上已充斥着武士们的阵阵念佛声。

"齐心祈祷吧,不愿祈祷者恐将性命不保。不畏鬼、不敬神亦不尊佛者,唯有被打入地狱一途。"

丁零。

(难道大家真的看得见?)

百介只看见一片黑暗,但或许这些武士还真的见到了笼罩天际的御前夫人亡魂。就在此时,在武士引领下百姓也纷纷赶到,整个武家屋敷町已为齐声念佛的人潮淹没。

(真是骇人哪。)

百介凝视着又市的侧脸。此事想必耗费又市不少时间张罗。这回他一步步掌握人心,将整个藩玩弄于股掌间。想来他这能耐还真是骇人,凭着这张嘴,要想煽动众人群起抗暴、覆灭藩国,亦是大有可能。

丁零。又市再度摇起了铃。就在此时,一道闪光划过天际。紧接着,传来一声惊天动地的爆炸声。

"天、天守阁竟然……"人群中有人喊道。念佛声霎时止息,众人不约而同地抬头仰望。

"主城天守阁失火了。"

在硕大无朋的楚伐罗塞岩前,主城正燃起熊熊烈焰。难道是为落雷所击?似乎也只能如此解释。又市再神通广大,也不可能操弄落雷。如此说来,难道这真是个偶然天灾?即使并非偶然,理应也不可能是人为。

人群中响起阵阵惊呼,但又市依然不为所动地说道:"这妖魔果然是威力惊人哪。"

藩、藩主殿下,武士们异口同声地喊道。

"藩主殿下尚在城内，殿下他……"

"藩主殿下曾言，世上绝无鬼神。"

"唯有藩、藩主殿下从未采信妖魔诅咒之说。"

"难、难道这就是不敬畏神佛的报应？"

武士们的动摇开始在人群中扩散开来，藩主殿下、灾厄果真降临藩主殿下身上，许多人如此说道。

肃静！又市向大家喊道。"藩主殿下绝非不敬神佛，而是个无惧妖魔的堂堂武士。若藩主殿下真仍滞留城内，正表示其为舍身救民，不惜只身担下本应降临全城的灾厄。"

"祈祷吧，"又市说道，"倘若祈祷得不够……"

又见一道闪光掠过。这下，百介目睹了一个超乎想象的光景。楚伐罗塞岩竟然被炸得四散迸裂。看来原因绝非落雷，应是爆破所致。这光景果真只能以天谴解释。

原本遮蔽天际的巨大黑影随着低沉的声响缓缓倾塌，旋即传来一声仿佛地面也随之撼动的巨响。事实上，这场地震应是不假，毕竟坍落的是一块硕大无朋的巨岩。

原本充斥四下的念佛声戛然止息。只见半毁的山城笼罩着熊熊烈焰。

"御行奉为——"

听到又市这句话，百介这才回过神来。

"各位无须担忧，御前夫人已经息怒。"

一股骚动在人群中扩散开来。

"看来英勇的藩主殿下与那块巨岩已揽下降临本地的一切灾厄。原本笼罩全城的乌云亦将散去。"

好！人群中响起一阵欢呼。

"既然已无须担忧，还请各位尽快赶往主城灭火。此城乃贵藩要地，万万不可任其毁弃，否则岂能恭迎继任藩主入驻。毕竟主城乃全藩众人资产，即便对百姓领民亦应如是。"

又一阵欢呼在人群中响起。去救主城、去救咱们的主城，只听见众人的说话声此起彼落。大家点亮了火炬，不分武士百姓，甚至就连乞丐都随着人潮，齐步朝主城走去。百介则只能一脸茫然地眺望着这奇妙的光景。

"咱们也动身吧。"又市笑着说道。

八

一行人抵达主城时，东方天际已射下一道朝阳。此时，雨似乎也停了。天降灾厄的一夜就这么过去了。

主城的大火虽已为众人扑灭，却已化为一片倾颓的断垣残壁。天守阁惨遭焚烧殆尽，现场只见几缕袅袅黑烟，原本的形迹已不复见。倒塌的楚伐罗塞岩几乎填满了主城与折口岳之间的断崖，原本巨岩矗立的地方也开了个巨大的窟窿。看来主城近山的那边似乎毁损得极为严重。

不分武士百姓，这惨状令众人哑口无言，过了半晌，才在带头的几名武士指示下鱼贯步入城内。

崩落的毕竟是块巨石，当时的震动想必十分惊人，震得城内亦是一片狼藉。光是清理落尘，就已是件够辛苦的差事了。看来，找来这么多人是对的。不过，这群人还真是乌合之众。在起初的一刻钟里，众人一片混乱，后来才终于有了点统率分工的架势。果然是船到桥头自然直，有人开始指挥，也有人开始清理。人群终于开始利落地清理起这片断垣残壁。

稍事观察大伙儿的工作情况后，又市才迈开脚步，穿过来来往往的人群步入城内。百介也默默跟在后面进了城。身为百姓的百介从没进过城，因此心里颇为紧张。城内虽是一片狼藉，实际损害看来似乎并不严重，虽不知里面什么状况，但走道、墙壁和天花板都安然无恙。

家老大人，家老大人，突然听见有人如此喊道。

樫村。这才想起事发当时樫村应该也在城内。百介转头望向又市，只见又市点了点头，接着便以宛如对城内方位了如指掌的架势，领着百介朝喊声来处走去。

两人穿越走道出了城,并步下一段石阶,来到一处看似中庭的地方。只见数名武士正聚集在一栋看似仓库的屋舍前。

"修行者大人,"武士们一认出来者是又市,便向他说道,"修行者大人,家、家老大人他……"

又市快步朝他们跑去。只见一名武士正抱起满身泥泞的樫村。

"家老大人。"

"修、修行者大人,发生了什么事吗?"

"楚伐罗塞岩崩落,天守阁亦于祝融中坍塌。"

"天守阁坍塌了?"仍被抱在武士怀中的樫村仰望天际叹道。

"劫难业已告终,还请大人宽心。降临贵藩的灾厄,已于昨夜悉数消退。"

"是、是吗……"樫村两眼圆睁,一脸惊讶。

"倒是家老大人,藩主殿下人在……"

"藩、藩主殿下就在里头。"樫村指着下方回答道。

在武士的搀扶下,樫村蹒跚地站了起来。只见其脚下铺石地面上,贴满了沾满泥巴的陀罗尼符。

"家老大人,此处是……"

"藩主殿下怎会在里头?"

看来这群武士对土牢的存在亦是一无所知。

"此处仅有极少数人知情。"

樫村再度趴到了地上,将纸符逐一撕下,并于铺石地上四处摸索,最后使劲按下了其中一块。咔,只见铺石应声沉了下去。樫村将手伸进凹陷的窟窿内,握住某个东西使劲一拉。噢,武士们随即发出一阵惊叹。随着宛如石臼转动般的低沉声响,几块铺石升了起来,一个恰可容一人进入的洞口在众人面前出现。

"此处是个土牢。由于结构牢固,几乎坚不可摧。值此惊人之天变地动,反而就属此处最为安全。"

"藩主殿下果真藏身其中?"

"没错。"

大人曾亲眼确认过？又市问道。

"当然确认过。虽未亲眼看见藩主殿下，但在下开启此门朝里头呼喊时，曾听见有人响应，从嗓音听来，也的确是藩主殿下。在下依修行者大人吩咐，堵此入口并封以纸符，之后于此处坐镇至今。此牢出入口仅此一处，在下确定藩主殿下绝对还在里头。"

"藩、藩主殿下可曾说了些什么？"

"藩主殿下为何会在这种地方？"

藩主殿下、藩主殿下。樫村并未回答这群家臣提出的问题，只是一径将头探进洞内连声呼喊。只听见阵阵回音。没传来任何应答。樫村抬起头来，沾满泥巴的脸上满是惶恐。

"修行者大人……"

"昨夜灾厄来势凶猛。一如小的所言，藩主殿下确已承担了最多随此灾厄而来的劫难。难不成……"

藩主殿下，樫村短促地喊了一声，随即钻进了洞穴。家老大人，武士们异口同声呼喊道，个个紧跟在樫村后头。又市朝百介瞄了一眼。百介随即恍然大悟，也随众人踏入洞内。

虽然洞内颇为冰凉，但弥漫着一股腐臭，令人难以呼吸。一行人沿着狭窄的石阶走了约有十尺，来到一个稍稍宽敞些的石室。先前至少还有点光亮，从这儿起就成了一片漆黑，不见任何灯火。

谁能点个火，武士们喊道。又市这才带着两支蜡烛步下了石阶。石室内有架通往下方的木梯。看来，此处其实是个利用天然洞窟修建而成的地底密室。再往下走个十尺，一行人来到了一个宽敞的空间。

"这——"

只见岩石裂缝上，嵌有几支粗大的牢槛。牢槛后头似乎有个人。樫村解开牢栓打开门，快步跑进牢槛，将此人抱了起来。武士们旋即以烛光照亮他的脸。竟是东云右近。

"右、右近大爷。"

百介也踏进了牢槛，发现右近身旁还躺着一个姑娘，想必就是加奈吧。

醒醒呀,武士们喊了几声,右近旋即恢复了神志。

"右近大爷。"

"噢,是山冈先生。樫、樫村大人也来了?"

"东云大人、东云大人。藩、藩主殿下上哪儿去了?原本不也在此处吗?"

"藩主殿下他……不对。"右近不住地摇着头回答道,"噢,事实上……"

"事实上?究竟发生了什么事?"

"有位打扮高贵的女子突然现身。"

"女子?"

家老大人!武士们惊呼道。

"难道果真是……"

"不,绝无这可能。出入口全让在下以纸符封印了,岂可能发生这种事?"

"藩主殿下一见到该女子的容貌,旋即发出一阵惨叫。"

"惨叫?"

死神也能被吓出惨叫?

"紧接着……"右近指向石室后方说道,"便狂乱挥刀,钻进了后方那道裂缝里。"

"后方有裂缝?"

"难道就是传说中那密道的入口?"百介说道,"家老大人,看来此处即为传说中曾囚禁三谷弹正的土牢。倘若如此,那么传说中曾让三谷弹正脱逃的密道,似乎也真的存在哎。"

"密道?意指此处尚有另一个出入口?这下可糟了。"

樫村惊讶地睁大双眼,转头望向又市。又市只是默默不语地摇摇头。

"修、修行者大人——"

"遗憾之至。若有其他入口未加封印,必无法组成结界。"

待一名武士为其松绑后,右近便坐起身朝樫村说道:"看来,后方似乎有条与此石室衔接的坑道。"

"什么?坑、坑道?"

"在下原本以为家老大人亦知情,看来并非如此。"

"在下什么也不知道。"樫村接连摇了好几回头,"哎,这土牢在囚禁阿枫夫人前,一直都被封着。原本虽然知道有这么个地方,但值此太平盛世,如本藩这等偏僻山国,哪用得上什么土牢。因此在下原先从未进入过此处,就连所在位置也不知道。"

"阿枫夫人也曾被囚禁此处?"

右近一脸辛酸地环视牢内,想必曾在此吃过不少苦头。

"阿枫夫人虽遭诬指意图谋反,但毕竟还是前任藩主正室,原本应被软禁于北林家菩提寺,藩主殿下却称传言阿枫夫人心志错乱,恐有逃亡之虞,故宜囚于牢内。不过藩主殿下亦表示,毕竟不宜将夫人与平民百姓一同囚禁,必得找个适合之处,故觅得此土牢。开启此牢者,即为藩主殿下。"樫村说道。

"原来如此,"右近道,"此城利用天然地形建造而成。面向城下一侧有道石墙,墙后便是岩山。想必是筑城时发现此洞窟,因此才改建为地底土牢。再者,折口岳约七合高处,即楚伐罗塞岩下方亦掘了不少坑道,或许就是在偶然间挖到了此处,衔接出一条密道。"

"是如何衔接成的?"

"或许是挖坑道时接上的,也可能起初便有坑道与此处相通。"

"挖坑道,此处难道是座矿山?"

看来似乎曾是座矿山,右近回答。

"这、怎么可能?"樫村惊讶地几乎要站了起来,"矿山?这种地方怎么可能有矿山?亦不可能有什么坑道。本藩从未采过任何矿。再者,此处位处主城中心,岂可能自城内进入任何矿坑?倘若真有矿坑,开采的又是什么?"

"家老大人,楚伐罗这词……"又市说道,"实乃黄金之意。"

"黄、黄金?"

"是的。因此楚伐罗塞岩,意即塞住金矿入口之岩。"

"修、修行者大人,这等玩笑万万开不得。本藩岂可能挖得出什么黄金?即使翻遍藩史,亦无可能找着任何类似记载。"

"的确找不着。因此事乃至高机密。据说折口岳曾为三谷藩秘密金山。"

秘密金山?!樫村失声大喊,几乎被吓得浑身发软。

"又、又市，此事可当真？这种事连我都没……"

不对。百介的确曾听说过，该地的确有盛产黄金之传说。他这才想起，平八亦曾提起过这件事。

虽是个道听途说的传闻，又市说着，将蜡烛凑向岩石上的裂缝。只见裂缝内的确有微弱金光射出。又市将烛火上下移动了几回。

"百年前三谷藩遭撤废后，幕府将此地划为天领，正因传说此地盛产黄金之故。但据说经过几番搜寻，到头来还是未能发现金矿。"

"找不着是理所当然，"右近说道，"通常，这种地方绝无可能是矿山。挖矿这等事，需要庞大的人力物力，需要在坑道中架梁汲水，搬入物资器材，工程应是十分浩大。"

当然是如此。采矿绝非易事。

"不过依在下所见，折口岳内似乎有着多如密网、四通八达的坑道。"

听来这座山里头似乎像个蚂蚁窝。

"想必先人就是利用这些坑道采矿的吧。如此不仅可省下许多力气，也无须担心水淹，更不用专人架梁汲水，只要带把锄头便可开采。"

"因此才没被幕府发现？"

应是如此，右近回答道。"不过，折口岳中开有多处通往坑道的洞穴，故金矿被发现恐怕只是迟早问题。想必应是为此，三谷藩方将所有洞穴悉数填封，仅留下最难发现的、位于楚伐罗塞岩下方洞窟一处出入口。"

"原来是那儿……"

那洞窟。原来，这就是楚伐罗塞岩的名称由来。

"风仅能打该处吹过，因此才会发出声响。"

原来，这就是夜泣岩屋的由来。

"如此说来，当时……"

原来白菊与镝木就是经由该坑道自土牢到达那块魔域的。一看到右近现身，白菊立刻折返，盼咐楠与桔梗将囚禁于牢内的加奈架出来，接着又请出弹正，一同回到那片不祥之地。

"意即该处距离城内，其实是出乎意料的近？"

"的确没多远。若是直接攀爬而上，距离就和此处至天守阁差不了多少。"

"那么，藩主殿下就是循此坑道……"

"应是如此。"右近站起身来回答，"只见其宛如为冤魂追赶般仓皇逃了出去。应该就是从楚伐罗塞岩下方，逃到夜泣岩屋去了吧。"

"逃到那儿去了？"

对樫村而言，该处也是个魔域。那儿正是樫村兵卫手刃爱妻的地方。而对北林弹正而言，那儿也是自己的生母惨遭杀害的地方。

要不就是从哪条岔道进坑道去了吧，右近说道。看来他果真是个临危不乱的汉子。藩主殿下！樫村失声喊道，甩开众武士试图拦阻的手奔出了牢槛，一脚踏入了穴内的裂缝中。又市按住他的肩膀说道："家老大人。"

"别、别阻止在下。在下还得……"

"夜泣岩屋业已不复存在。"

"噢——"

"楚伐罗塞岩，乃至该坑道，业已悉数崩毁。"

"哇——"

樫村短促地高喊一声，紧接着甩开了又市的手，一把握住插在腰间的小刀。看来他是决意要切腹。

"藩主殿下！"

"大人请冷静。"

"但，事到如今……"

"劫数业已告终，家老大人。"

"岂、岂有如此告终之理！"

"一切均已告终。"又市以严峻的口吻说道。

只听见又市的声音在土牢内的岩壁之间回荡，接连传回阵阵回音。

"已有多人死于非命。但正因如此，从此不该再有人丧命。家老大人，藩主殿下……不，北林弹正大人并未对任何人心怀怨恨。"

"不，绝无可能。"

"一切问题均源自樫村大人内心。藩主殿下种种恶行，绝非出自对樫村大人心怀怨恨，或许，亦不是对樫村大人的报复。"

樫村不再抵抗，转过身来面向又市问道："此言何解？"

"樫村大人，藩主殿下似乎确有超乎常人之处。故此一切行径，均出自其凭一己意志做出的裁量。不过，"又市凝视着樫村的双眼继续说道，"樫村大人不过是个常人。"

"常人？"

"因此樫村大人是死是活，对弹正大人来说均无关痛痒。"

"真、真是如此？"

"对超乎常人的弹正大人而言，身为常人的樫村大人根本无足轻重，但仍有为数众多的臣民需要大人的照料指导。容小的在此向樫村大人，不，向北林藩的城代家老大人谏言，倘若家老大人于此时此地心怀寻死恶念，好不容易消退的劫难必将再度来犯。下一回的凶神，可就是弹正大人化身而成的了。"

"藩主殿下化、化为凶神？"

"若家老大人就此殒命，便等同于死于凶神诅咒。"

唉，樫村叹了口气，放下了佩刀。

"万万不可让弹正大人沦为凶神，只是虽然该让弹正大人——北林虎之进大人静静安息，不过，家老大人可千万不能倒下，接下来还有太多事务等着大人料理。在新城主继任前，城代家老不就该尽守护主城之责？难不成大人想告诉小的，将不会有任何人继任藩主？"又市斩钉截铁地问道。

"继任藩主……"

樫村宛如欲追逐亮光般摇摇晃晃地离开那道裂缝，朝光源——出口的方向走去。右近和加奈则在众武士的搀扶下跟着走了出去。

"各位出去吧。此处沾满血腥，充斥着一股不祥邪气。"语毕，又市拾起一张落在脚旁的纸。这张纸原来是沾满鲜血和泥巴的，世相无残二十八撰相中的奥州安达之原黑冢。

原来百介一行人所在之处，就是暴行的发生地。右近的伤痛、加奈的恐惧、樫村的悔恨及死神们的恶念，悉数在此处聚积，充斥着一股邪气也是理所当然。百介心想，倘若此刻自己心怀恶念，想必将立刻与弥漫此处的邪气相呼应。

当天，是个天气好得让人难以置信的大晴天。

全藩领民均倾巢而出，同心协力清理瓦砾与砂石。想必事发当时城内若有人在，必定会是一场大惨祸。换作是平时，城内绝无可能空无一人，因此武士们对又市这位修行者不仅满怀感激，也对他佩服得五体投地。最后，在主城后侧崩塌的落石下，发现了几具尸体。

第一具被发现的，是事发当时似乎在天守阁里的白菊，全身被烧成了焦黑。这嗜火如命的女人到头来竟然也在烈焰中结束了一生。与她一起藏身天守阁的桔梗，尸身则是几乎断裂成碎片。楠传藏的尸体则是在掩埋主城面山处的大量砂石中被发现的，额头不知被什么剖成了两半。同样在土石中找到的镝木十内，背部也是被砍了好几刀。

看来此二人应是死于北林弹正的刀下吧，百介心想。依状况判断，楠与镝木应是在楚伐罗塞岩倒塌前，便已在坑道下方遇害。看来弹正的确是神志错乱，才杀了这两名争先恐后逃离土牢的手下。若右近所言属实，现身地牢内的应该就是阿枫公主。原本完全不相信诅咒之说的弹正一行人，看见阿枫公主真的出现在眼前时，想必陷入了混乱。但出口已被樫村封住，唯一能供这伙人逃离此处的，仅剩下自那道裂缝通往夜泣岩屋的坑道。

这伙极尽残虐之能事的死神，倘若真有冤魂寻仇这等事，必将成群结队地朝他们攻击。若果真如此，还真是骇人哪。或许，不知恐惧为何物者，其实并非天生无畏，不过是从没尝过害怕的滋味罢了。此等人不知如何对抗恐怖，碰上令人畏惧的事物时，说不定要比胆小如鼠者还要脆弱。看来，弹正在手刃镝木与楠之后，应曾试图爬到坑道上方。若是如此，北林弹正大概是随楚伐罗塞岩一同坍落，如今已被封印在巨岩底下了吧。

北林弹正的遗体，到最后都没被找着。不知他在死前的最后一瞬间，心中曾涌现什么样的念头。可有任何悔恨，即使只是一丝丝？是伤悲、痛苦、厌恶、恐惧，还是欢欣、愉悦、热爱、钟情？可是怀着任何刻骨铭心的感情死去的？抑或，当时他的心中仅有恐惧？对御前夫人——阿枫公主的恐惧。

阿枫。对了，这阿枫该不会是……

先生，听到有人朝自己喊，百介回过头去。只见又市身旁站着一个一身百姓装扮的姑娘。

"先生是专程赶来的吗？还真是讲义气呀。"

"阿、阿银小姐？"

又市露出了一个微笑。

"如此说来，那御前夫人难不成是……"

"这种话可说不得，百介先生。"又市将食指凑向嘴前说道，"阿银这张脸，在小的这回所布的局里头可是最后的王牌。只要知道那密道的位置，便能自由自在地进出主城。"

"原来如此。不过，阿银小姐原本是在何处藏身的？发生那桩大惨祸的时候……"

"阿银一直在此处。"又市说道，"直到那伙人进入土牢为止，阿银一直都藏身在那土牢深处的裂缝中。倘若稍往坑道上方移动，即便是阿银这女魔头，也将难逃此劫。"

"如此说来，方才……"

又市在樫村欲钻入裂缝时出手拦阻，原来是因为这缘故。而又市让武士们先行离开，自己留在最后，就是为了让阿银出来。

差点儿没吓出一身冷汗呢，阿银说道。"毕竟右近大爷也在里头，万一让他认出我这张脸该如何是好？幸好那里头十分昏暗，我现身时，从右近大爷那侧看不大清楚。若是让他唤了声阿银小姐，可就万事休矣了。"

语毕，一身农妇打扮的阿银拍了拍双颊。

"不过又市，右近大爷与那名叫加奈的姑娘虽逃过此劫，但两人为何没立刻遇害？就小弟所见，两人即使被捕后旋即遇害，亦不足奇。"

"原因正是先生怀中那东西。"

百介连忙将手探入怀中。

"直、直诉状，糟糕。"

竟然完全忘了。

"这究竟是……"

"此直诉状，乃出自弹正雇来开采的人夫之笔。"

"雇人夫来开采？难道弹正他……"

"没错，一直在开采。弹正从很早以前便知道金矿在哪儿。"

"从很早以前？难道一当上藩主便发现了？"

比那还早，又市说道。

"比那还早……"

"楚伐罗塞岩的那处洞窟便是四神党的资金来源。这伙人得以恣意妄为，全都拜这黄金所赐。"

什么！百介失声惊呼，但连忙又堵住了嘴。"但、但这伙人不都在江户？"

"这种事仅需要差人夫前来开采便可，即使本人身处异地也办得到。该处被喻为不祥之地，常人避之唯恐不及。这伙人仅须每年循岔道秘密返回领地一两次，将挖出来的黄金运回便成。不过，毕竟不能明目张胆地开采，因此仅雇用五六名人夫挖掘。但光是如此，便能采到足够的黄金。"

先生瞧瞧，又市指着崩落的巨岩碎片说道。只见里头的岩层已暴露了出来。

"这折口岳本身便是个大金块。虽无法与佐渡或甲府匹敌，但若由一人独占，可就算是充沛的财源了。就是这黄金的威力让虎之进那家伙一步步走火入魔。"

难道樫村口中那慑人力量，指的就是这黄金？

"如此说来，意外发现三谷藩被划为天领时期未能寻获的秘密金山，反而让北林虎之进步上了歧途？"

一点也没错，阿银接着回道。"这纯属我个人臆测。若欲找寻金矿的入口，绝不可能有人想到该上那地方找。想必是重返故乡后，虎之进第一件想做的事，便是去生母丧命的夜泣岩屋瞧瞧。虽是难以置信，但不管是厉鬼还是死神，毕竟他也曾为人子呀。否则哪可能找得到这入口？那家伙想必是想去该处凭吊先母。原本只想睹物思人，却不经意碰上了不该看见的东西，走下坑道后不仅找着了黄金，甚至就连那地底土牢都被他发现了。这下——"

可就仅能任凭恶念摆布了。

原来如此。弹正为何知道就连桦村都不清楚的地底土牢,这下终于有了解释。自返回领地继位前,这伙恶棍就已经在那片魔域胡作非为了。

是呀,又市解下了头巾说道。"如此说来,最万恶不赦的大恶棍似乎就是告知虎之进此地藏金的家伙了。这家伙为虎之进撑腰,收取黄金作为报酬,并利用这笔财富,毫发无伤地在官场中扶摇直上。"

"难、难道此人……"

就是掩饰弹正一伙人的杀戮与暴行的幕后黑手,即虎之进的慑人力量?

"那家伙究竟是……"

"此事还是别打听比较保险,"又市说道,"毕竟此人如今已位居幕阁中枢。"

"那家伙为幕府权要?"

"此人即赐予北林景亘与传说中的三谷藩主相同的弹正头衔之高官,亦是死神弹正的幕后靠山。"

"竟、竟然有如此高官为其撑腰?但如此位高权重者,岂不是毋须利用弹正一伙人,亦可自行下令开采黄金,只要找着入口不就成了?"

哪还需要如此掩人耳目?

"情况并非如此,"又市回答道,"先生,谎言愈大愈不易被拆穿,但秘密可是愈小愈不易被揭露。该保密的事,参与者是愈少愈好。而且,即便是幕府要职,亦无法擅自开采他藩矿山。"

这倒是有理。

"再者,若此事为北林藩知悉,金矿便将为本藩所有,如此一来,此人必将无利可图。即便找个理由废了北林藩,情况也好不到哪儿去。一旦再度被划为天领,挖出来的金子可就成了幕府的资产。想必这是此人所不乐见的吧。"

"那家伙还真是贪得无厌哪,"阿银说道,"简直是利欲熏心。弹正这家伙毕竟不是个傻子。依我推论,他虽向那靠山通报发现了金矿,却从没让对方知道入口在哪儿。就双方势力高低来看,如此安排也无可厚非。反正只要按时将金子乖乖奉上,自己便可恣意胡作非为。"

姑且不论当上藩主后情势如何,继位前的弹正根本是毫无权势。那幕后黑手对他而言,是个虽纵容自己胡作非为,同时却也握有自己把柄的心腹大患。因此若没能掌握什么筹码,迟早要被那靠山收拾掉。

"当上了藩主,弹正仍不扩大采矿规模,仅由四名侧近与人夫一点一点地开采,这个就是证据。"

此处仅你知我知,这秘密万万不可外泄,白菊的确曾如此说过。

"那家伙毫不在乎治下的藩国将会如何,即便遭到废藩,只要这金矿仍在手,便无须担忧。噢,虽然藩主的身份或许是个不错的掩饰,但一如家老大人所言,看来弹正对当个藩主的确是毫无兴趣,仅想活得快活罢了。"

"那,这东西究竟是……"百介伸手探入怀中问道,"那么,那些遇害的人夫又是什么身份?"

是我为他们带的路呢,阿银回答道。"全都是从江户找来的无宿人。虽然事前从未被告知详情,但坐拥秘密金山这等事,就连无宿人也知道是违法之举,便前来找我商量,表示打算逃出去直诉。因此,还真希望他们能活着逃出去。"阿银一脸遗憾地别过头去说道,"镝木那家伙竟然派出徒士组的手下守在那儿。我都是在入夜后才从那儿潜入,因此从来没发现。"

百介掏出了直诉状。已经是皱得不成原形了。又市自百介手中取下直诉状,立刻将之揉成了一团。

"即便能顺利上达天听,这些人想必也终将没命。毕竟那幕后黑手就等在上头。只是对弹正一伙来说,这直诉状可就是攸关存亡的命脉了。不过他们担心的,并非此事被人揭露后有遭废藩的危险,而是不愿让那幕后黑手知悉详情。

"因此这伙人才四处寻找这纸直诉状,只是一直没找着。那些武士和人夫的尸体,也全都被玉泉坊埋了。因此这些家伙才推测东西会不会是在右近大爷手中,也担心是否还有其他同党,为此焦虑不已。而这位立了大功的同党,便是——"

又市拍了拍百介的肩膀,接着又继续说道:"但不管怎么说,小的原本以为右近大爷会早点抵达,未料竟会被那伙人擒住。情况发展至此,也让小的多少操了点心。"

没能早点抵达,是因有百介同行使然。

"不不,没这等事。"又市说道,"小的还应好好感谢先生才是。"

阿银呀,又市如此一喊,阿银也附和道:"是呀。不过,还真为先生担了点心呢。"

你还有闲情为人担心?又市揶揄道。

这倒是,阿银说道。"倘若那几个家伙是货真价实的妖怪,我这小命可就要不保了。不过那藩主殿下,还真是被我吓破了胆。"

阿银望着主城说道:"镝木和楠能吓唬人的也不过是那两张嘴,一见到我这张脸,还不是立刻吓得脸色铁青?但他们倘若真的不怕,别说是我,右近大爷和那位姑娘也都要小命不保。瞧你这回的局,设得有多险?"阿银不屑地瞄了又市一眼,接着却又问道:"不过,我和她生得真有这么相像?"

"想必是很相像。"又市仅如此回答。

"又市,这回这规模庞大的局究竟是……"

百介实在是怎么都想不透。

咱们走吧,又市向百介催促道。"这回的局,先生,是御灯小右卫门起的头。"

"小右卫门先生起的头?"

"先生也知道吧,小右卫门与阿枫公主之生母原有婚约,但爱妻竟被主君夺走。由于无法容忍将一己之妻奉为夫人服侍,故挥刀斩杀助主君横刀夺爱的家老,旋即脱藩隐遁。"

这的确曾有听闻。

"事后,小右卫门开始过起自暴自弃、四处为恶的日子,最后便成了江户无人不知的大魔头。只不过……"又市偷瞄了阿银一眼。"那家伙对与自己曾有姻缘的千代夫人似乎仍无法忘情,因此便从街头捡回这丫头抚养。还真是纯情呀。阿银,你说是不是?"

"我哪知道?"阿银说道,"这与我何干?"

"呵呵,都已是个糟老头了,仍难以忘怀年轻时期的挚爱。为此,小右卫门也不忘留意故乡土佐的大小事情。在千代夫人从土佐销声匿迹后,想必仍在背地里为其费心费力。后来,千代夫人之女阿枫公主入嫁此藩,对他而言不啻是喜事一桩。未料此地藩主体弱多病,再加上——"

"又有弹正从中作梗?"

没错,又市说道。"阿枫公主入嫁的先任藩主殿下之弟,竟然就是弹正虎之进这家伙。此人恣意奸杀掳掠,在江户可说是个臭名昭彰的大恶棍。知悉此事后,小右卫门自是焦虑不已,只得为此迁居北林。"

"可是为了保护阿枫公主?"

"可还有其他任何理由?"又市回答道,"虽其本人一再坚称志不在此,但这家伙可是个不见结果心不死的老顽固。"

御灯小右卫门,百介尚不知此人生的是什么模样。

"遗憾的是,其疑虑终究还是应验了。阿枫公主入嫁后不出两年,便与藩主殿下天人永隔,紧接着虎之进改名弹正景亘,率四神党重返此地。接下来的事,先生全都知道了。"又市继续说道,"小右卫门似乎曾试图救出遭到囚禁的阿枫公主,但即使再艺高胆大,毕竟仅是个不法之徒,欲潜入城内也是毫无办法。因此,小右卫门便使出浑身解数,找着了那条坑道,楚伐罗塞岩下的岔道。未料……"

"阿枫夫人并非自天守阁投身自尽。"阿银语带失落地说道。

"是被那伙人抛下去的吧。"

"是的。夫人被架上夜泣岩屋,剥去全身衣物,惨遭弹正还是镝木尽情亵弄后,再活生生地被那伙人抛下了断崖。"

"阿枫夫人也是在该处遇害的?"

原来弹正是在自己的生母遇害之处杀害了阿枫夫人。

"先生不妨想想,阿枫公主原本被囚于土牢内,即使有办法自牢中脱身,又怎能爬上天守阁?"

此言的确不假。

"小右卫门亲眼目睹此一惨祸。"

"是亲眼瞧见的?"

"不,应是在公主被抛下断崖时碰巧撞见的,欲救人也已无力回天。从那时起,小右卫门便虎视眈眈地观察起弹正的一举一动。不过对手毕竟是堂堂藩主,欲与之抗衡谈何容易。就在这当头……"

城下已为诅咒之说闹得人心惶惶。

"小右卫门这家伙可真不老实,向小的求助一声不就得了,在小的主动找上他之前,竟然丝毫不动声色。这种局一个人哪设得成?即便劳驾阿银出马,又有小的四处奔走,布置起来仍须如此旷日费时。"

又市停下脚步,指向远方的山丘说道:"那,就是小右卫门。"

"噢?"

百介定睛一瞧,看见山头上站着一个一身消防装束的老人,虽看不清他的长相,但看得出一身气度颇为威武。终于见着他了。

小右卫门高举右手,不出一眨眼工夫便消失无踪。

"那家伙就是从那山头击发的。"又市说道。

"击发?"

"没错。那玩意小的也是首度见识,果真是威力惊人,小的可是连碰也不敢碰。"

"威力惊人,难道那并非落雷?"

"雷哪可能落得如此凑巧?倘若得仰赖这等巧合,性命再多只怕也不够用。倘若天守阁没碰巧在那当头起火,巨岩没在那当头崩落,小的这御行修炼多时的法力可就要化为乌有了。"

"如此说来,是小右卫门击毁天守阁、打碎巨岩的……不,这种事岂有可能?"

"没错,先生,还真是可能。那正是土佐川久保一族密传的绝技。"

(那就是飞火枪?)

"原、原来如此。不过……"

果真是威力惊人。虽曾听闻此技可轻而易举将整座山夷为平地。

"那么,菩提寺的墓地与神社鸟居等,也都是……"

"悉数为小右卫门以火药击毁的。河鱼暴毙亦为空川流所致。虽然还真是对不住河中枉死的鱼儿哪。小右卫门此一绝技,和阿银这张脸,就是这回助小的决胜负的两张王牌。"又市笑着说道。

原来一切均是造假?

"虽然小的连碰也不敢碰,但除了那玩意,这回的局可就无法成事。"又市说道,"倘若手中没两张王牌,这回的局可就设不成了。欲在既不招致废藩,亦不让任何领民丧命的前提下消弭此一诅咒,果真是难事一桩哪。"

但一切目标均已圆满达成。百介惊讶地望着这御行的侧脸。又市则是望向阿银,一脸愉悦地笑了起来。

"话说回来,阿银这回可真是立了大功。一下是公主、一下是冤魂,最后又化身成百姓姑娘,想必就连治平也要自叹不如吧。不过阿银呀,有道是人要衣装,佛要金装,从没见过任何装扮比这身肮脏的打扮更适合你呢。干脆就穿一段时日如何?"

"你这臭御行可别得寸进尺呀,"阿银鼓着腮帮子说道,"难道不知我最怕的就是肮脏土气的东西?还老把我关在洞窟里,姑娘我早就受够啦!"

就别再闹别扭了吧,又市说道。"总而言之,你扮的御前夫人真的立了大功。果真是张厉害的王牌呀。"

百介也认为阿银这回的确厉害。

"总之,倘若捉摸不清对手样貌,人心惶恐绝难平复。若没让大家知道诅咒从何而来,任谁都会畏惧不已。不过,一旦见着了对方的模样,不论是要泄恨、致歉还是凭吊,可就都有个方向了。"

"阿枫夫人是否将为臣民们供奉?"

想必领民们应会供奉她吧。若能如此,原本的凶神便能化身为守护神。若能如此,想必也能多少化解御灯小右卫门的遗憾吧。若能如此,含冤而死的阿枫夫人多少也能瞑目吧。

"不过,这御前夫人的威力果真慑人呀。藩主禅让、家督继承的手续能够顺利完成,全都得拜她之赐。"

"真能顺利完成?"

"这……即便没了坑道,依然采得出黄金。不过,往后可就将由全藩堂堂正正地开采了。如此一来,那幕后黑手也就无法从中图利,幕府对此藩的态度势必也将有所转变。家老大人已告知小的,一切均已顺利成事。"又市说道。

"那么,关于那位继任藩主……"

樫村坚称曾有阿弥陀如来显灵一事。

"噢,那不过是小的委托德次郎使的障眼法罢了。"

原来那不过是幻术。算盘名手德次郎是个擅长表演集体幻视的高手。

"不过,被指名的藩士又是什么人?"

"噢,不就是个适任的人才吗?"

又市卖了个关子,但百介仍欲打破砂锅问到底。

"好吧。此人实为更名后成为北林藩士的小松代志郎丸——阿枫夫人之弟。"

"什、什么?!"这回百介喊得可大声了,"是如、如何找着他的?"

"小右卫门一直都知道此人身居何处。千代夫人殁后,志郎丸便为京都某御家人①纳为养子。听闻阿枫夫人自尽的传闻,警觉其中似有隐情,便掩饰其出身,投身北林藩仕官,伺机调查其姐死因真相。不凑巧的是,志郎丸被安排在江户藩邸值勤,而且还是无法参与参勤交代的常勤,故一直苦无机会调查真相。"

"这回的事不过是个造假的局,志郎丸大人可知情?"

"当然不知情。但就连亲生姐姐都现身显灵推举了,应能逼得他至少也得卖个情面吧。"

"原来你连这也没盘算清楚,"阿银愤愤不平地说道,"倘使他拒绝继任该如何是好?到时候这个藩不就只能遭废撤了?"

"若是如此,就只能到时候再说了。"又市回答道,"反正,再另想个法子不就成了?"

---

① 江户时代将军直属、俸禄一万石以下的家臣。

未免也太有欠周详了吧,阿银叹道。

"不过,短短数个月便能让藩士与领民团结一致,各位的手段果然高明。"

不不,这种奉承话就省省吧,阿银斥责道。"先生,这仅有现下灵光,不出三个月,一切可就要恢复原状了。总而言之,诅咒劫数终将为人淡忘。届时,本地终将恢复成一个寻常的藩国。"

"真会如此?"

"这岂不是理所当然?"

又市转过身去,眺望着半毁的山城说道:"对了,昔日曾统治此地的三谷家亦源自平家。"

"噢?"

"而且,被三谷家纳为养子的弹正景幸,亦为土佐士族出身。若据此推论,我说先生哪,三谷弹正与阿枫夫人信奉的,说不定是同样的神衹。"

"如此说来,三谷弹正并非淫祠邪教信徒?"

"应是如此吧,心志错乱一说亦是虚实难辨。总之,世上总有些事是超乎常人所能理解的。"

又市说了这么句丝毫不像是出自他口中的话。

"唉,这桩差事规模如此浩大,虽然小的如此卖力奔波,却仅赚着了一点点护符钱。可真是损失惨重哪。"

"还在胡诌些什么?整个城下都买了你的符,早让你填满了荷包不是?"

"分给你那份儿可不会增加。"又市笑着说道,"毕竟,还得解决盘踞千代田城中的那只大老鼠。此事也该做个了断了。"

丁零。又市又摇了手上的铃一声。

老人火

木曾深山中

有名曰老人火之妖物

施水灭之则火势更形猛烈

覆以兽皮则火与老人将悉数烟灭

一

　　距当年那灾厄之夜后正好过了六年。夏季，山冈百介再度造访北林藩。
　　不同于六年前，这回他优哉游哉地花了两个月的时日，享受了一趟悠闲的旅程。
　　虽说是悠闲，但旅行本身就是件危险的事。如今不再听闻有人遭山犬野狼袭击，但拦路打劫、讨买路财、伪装旅客顺手牵羊的土匪依然不绝于途，再加上日子愈来愈不好过，时局绝称不上安稳。有消息灵通者宣称世间将有剧变，且改变的规模势必涵括全国。虽不能将治安败坏归咎于这传言，但坊间百姓纷纷议论时局将产生何种变化，感觉时光也流逝得更快速了。原本就生性慵懒、不擅交际，如今欲追上时局变化，更是令百介深感力不从心。
　　虽然如此，如今毕竟不同于六年前，无须担心后有追兵，亦无命丧凶贼刀下之虞，更没有必须得隐匿身份的旅伴同行。再加上这回旅费充沛，故得以骑马乘轿，亦可上差强人意的客栈投宿。这回的旅程，百介终于得以在大街上安然前行。
　　不过，这趟旅程对百介而言，也并非一路都走得心旷神怡。心中其实是百感交集。在过去的六年里，百介经历了极大的变化。
　　约两年前，百介的戏作终于得以付梓。有赖大坂出版商十文字屋仁藏的斡旋，竟也颇为畅销。但其内容毕竟是世间人情，别说是百介念兹在兹的百物语，甚至就连怪谈都称不上，因此也没让百介感到多少兴奋。但若要说是毫无成就感，其实倒也不尽然。虽然没有书写上的愉悦，毕竟有几分伴随银两而来的欢欣。

此戏作为他带来的收入之高,绝非昔日撰写谜题时的酬劳所能比拟。对长年心不甘情不愿地当个吃软饭的隐居少东的百介而言,这的确是个新鲜的欢喜。再者,他的成就也令店内众人欢欣不已。生驹屋的大掌柜夫妇认为这下终于对过世的东家有了交代,不仅在佛坛前虔诚膜拜,甚至夸张地举办了一场宴席庆功,宴席上还摆满了未去头尾的鲷鱼。不过是一本阅毕即抛的闲书,竟然让大伙如此小题大做,着实令百介难为情。

此事也让百介那身任八王子千人同心的哥哥山冈军八郎欢欣不已。听闻百介自谦这不过是本无用闲书,竟回信力陈闲书亦不可轻忽,宜以此为垫脚石跻身文人之林,好让山冈家千古流芳。

百介对家姓、名声本无矜持,对此戏作内容与文笔亦是多所顾虑,深恐此书或许可能牵累山冈一家,绝无可能名传后世。为此,百介在本书付梓之际,还刻意用了个笔名。不过,眼见唯一的亲人如此欣喜,的确也让百介备感欣慰。原本习于隐居避世、终日游手好闲的百介,终于意识到非得好好干点活、赚几个子儿不可了。

一本书卖得好,生意自然接二连三地上门。不过出版商们委托他写的,净是些空洞无趣的世话物,没一个是百介想写的东西。反之,每当百介询问能否写些奇闻怪谈时,都悉数遭到对方婉拒。因此虽然不愿迎合俗世所好,百介也仅能依照出版商的要求,辛辛苦苦地撰写了几篇戏作。虽不至于心不甘情不愿,但毕竟不是自己想写的东西,写起来也算是苦差一桩,但百介还是耐着性子写下去。长年对汗流浃背、辛勤工作者心怀愧疚的百介,总认为工作愈辛苦,便代表自己愈有出息。虽然有的叫座、有的不然,但评价倒都还算差强人意,让他终于无须再仰赖店内众人照料,也能填饱肚子。以前从没人劝他成家,最近也开始执拗地逼他讨个老婆。虽然为顾及体面,或许真有个家室较为稳当,百介对此依然踌躇不已。毕竟不论怎么看,撰写戏作都不像个稳当的差事,倘若讨了个老婆进门后,哪天突然不再有生意上门,百介岂不成了个不负责任的丈夫?

此外,百介也有几分犹豫。至于是为了什么犹豫,百介也不清楚。不,或许是自己也不想弄清楚吧。这可说是一种逃避。不过在旅途中，百介作了一番思索，也得到了答案。这应是个关乎觉悟的问题。自己该以何种心态活下去的觉悟。这是他迟迟下不了的觉悟。

与又市一伙人相识，数度与那伙人同进退，已有一只脚踏进了黑暗世界的百介，在那段时日里不时徘徊于明暗之间。过了几年暧昧不清的日子，迟迟无法决定自己是该弃暗投明，还是弃明投暗，仅能浑浑噩噩地跟在这群混混后头，窥探那头的世界一眼，再回到生驹屋的布帘后于哥哥官位的保护下，在这头舒舒服服地过着日子。身处昼夜之间、宛如黄昏或拂晓般的朦胧之地，这在某种意义上甚至堪称卑鄙懦弱的处世态度，对生性窝囊的百介而言，魅力可谓不小。

不过，那伙人的踪影如今已不复见。诈术师又市自百介眼前消失，至今已过了两年。宛如原先就在等待百介事业有成，待他的戏作一付梓，又市就毫无预警地从百介的生活中销声匿迹。至于巡回山猫阿银、算盘名手德次郎、御灯小右卫门，那些原本围绕着又市生息的同伙们，也悉数消失无踪。

两年前的确曾发生了一件大事。据传，当时在黑暗世界里曾起了一场惊天动地的大冲突，就连百介也知道江户和京都之间曾发生过一场规模庞大的殊死斗。不难想见其中必有位高权重的黑手在幕后撑腰，而且个个都是令这群不法之徒难以招架的大人物。百介曾耳闻事触治平为此丢了性命，就连丧事也没办，虽然多少让人感到真伪难辨，但根据一位与又市一伙人交情匪浅的阴阳师的证言，那面目可憎的老头的确已在当时命丧黄泉。此外，京都那伙不法之徒的头领十文字狸——为百介与江户的出版商斡旋的十文字屋仁藏，也是没来得及见到百介的戏作付梓便告亡故。就连治平这种老滑头、十文字狸这等豪杰都落得壮志未酬身先死，那场冲突想必十分激烈。

不过，百介听说，最后的赢家还是又市。至于又市是和什么人、以何种手段、为了什么事抗争，到头来还是没能打听清楚。就连治平都赔上了性命，或许结果仅称得上险胜。但在那等人的世界里，能活下来的便是赢家。既然又市和阿银都保住了性命，赢家还是非他们莫属。

只不过赢是赢了，那伙人竟就此销声匿迹。头一两个月，百介还没放在心上。到了第三个月,百介开始抱怨起又市的无情了。他原本以为又市想必又在干些什么见不得人的勾当,抱怨为何不干脆邀自己也凑一脚。即便凑个热闹帮不了什么忙,至少让自己增长点见识。他也曾上曲町的念佛长屋,却发现长屋早已退租。向棺材匠泥助打听,始终也没能问出个所以然。半年过去后,百介终于开始担心了。

他怀疑又市是否对已是小有名气的自己开始有了戒心。毕竟又市平日不宜抛头露面,深知自己终生都得隐姓埋名,如今见到百介终得崭露头角,或许也不想对百介有所连累吧。倘若真是如此,那么,就忘了这交情吧。原来就是这么回事。实际上,百介在庸庸碌碌中度日,不时也会忘了又市和其他属于另一世界的人。

一年、两年过去了,他都没再听见又市的铃声。其间百介可说是拼了老命摇笔杆子,写起东西来根本没余力想其他事,但不时仍会在刹那间忆及。这种时候,百介便感到分外寂寞。这寂寞,并非出自见不着又市,而是不想被他们遗忘。或许这寂寞,其实就来自被人遗忘的失落。倘若一个人在明处过日子,不仅瞧不见暗处的景况,也没必要窥探。过去那一切仿佛不过是场梦,近日他甚至有种一切都没发生过的错觉。只不过,这段过去既非梦,还真的曾发生过。

百介的确曾行遍诸藩,助那伙不法之徒布置过一些装神弄鬼的局。但在表面上的生活中,百介总是强迫自己当这些事都没发生过。的确,若想正正经经地过日子,或许此类经验完全派不上用场,反而只会造成阻碍。因此还是忘了比较好。事实上,百介还真忘了不少事。每当想起这些原本已为自己遗忘的过去,一股无以名状的失落感就会在百介心中涌现。由于心中已有觉悟,这些生息于夜晚的家伙,就绝无可能在堂堂白昼露脸。欲于白昼中生息,也需要有同样的觉悟吧。百介就是少了这觉悟。总希望能永远在黄昏时分徘徊。百介终究是个模棱两可的小鬼头。不想成亲,或许就是这个性使然。

这回出外云游,暂时远离日常生活,百介再次体会到自己原来有多窝囊。今回虽得以在大街上悠游,百介仍不禁怀念起凶险的暗巷。虽未闻一声铃响,百介仍心怀一丝期待。

二

约两个月前的四月中旬,北林藩江户藩邸遣使造访了位于京桥的生驹屋。

当时伫立店外的,是一名身穿礼服的武士。见到这位毕恭毕敬的访客,生驹屋从上到下都大为紧张,将其请入客厅上座,诚惶诚恐地请示来意为何。未料这位访客却表示,自己乃为面见大名鼎鼎的戏作家菅丘李山先生而来。这回答让大掌柜等人再度大吃一惊。

菅丘李山正是百介的笔名。

"菅"、"丘"为"介"、"冈"的同音字,"李"原意为与"百"谐音的酸桃,再加上一个"山"字,即可解出此名源自山冈百介。身为百姓的百介本无姓氏,故山冈百介同样是个笔名,但就是不想用于此途。

使者是个年轻武士,名叫近藤玄蕃。此人生得眉清目秀,相貌堂堂。这武士的实际年龄或许不若外表年轻,但五官仍不失稚气。

看来此人应较自己年轻两三岁吧,百介心想。

"在下今日实为面见菅丘先生而来,冒昧叨扰,还请先生包涵。"

近藤双肩紧绷地低头致意,百介亦输人不输阵地回以一个额头几乎要贴到榻榻米上的礼,开口道:"大爷太抬举了。在下不过是区区一介闲书作家,平日靠撰写戏言糊口,绝不配让武士如此多礼。"

"先生客气了,"近藤说道,"在下曾听闻菅丘先生于六年前我藩遭大灾厄袭击之际,千里迢迢自江户赶赴我藩,拯救了城代家老樫村兵卫性命。先生对我藩恩同再造,对在下而言亦是恩人。"

"在下不过是碰巧身处该地罢了。"

这倒是真的。

先生客气了,近藤说道。"据闻在那场灾厄中,前任藩主北林景亘大人只身揽下一切凶神恶念,牺牲一己解救了藩主与领民。"

对外的确是这么解释的。不，说是对外，也仅限于北林藩。在遥远的江户坊间，则传说由于藩主亵渎鬼神，故为妖魔鬼怪施咒所杀。但两种说法均将此事视为一场除了天灾外别无他法可解释、导致前藩主殒命的异变，唯一差异仅在于一方将导致主城坍塌的大灾害归咎于前任藩主无德，另一方则将仅有少数死伤归功于前藩主的人德。

直到那起纷扰完全落幕，百介才了解又市的本意。

虽然发生了如此惊天动地的大骚乱，又有相关流言四处流传，甚至还发生了主城半毁、藩主猝死等惨祸，幕府对北林藩竟没有做出任何惩处。对由景亘养子北林义景、北林藩士久保小弥太——真实身份为上上任藩主正室阿枫夫人之弟小松代志郎丸——继任藩主一事，也未曾有任何刁难。

不论其死因是否真为妖魔诅咒，幕府也当前任藩主的确是意外身亡。毕竟灾害已严重到山崩地裂的程度，怎么看也不可能是人为。此外，也不知该说是幸运还是设想周到，继任藩主的义景公被纳为养子一事，也在事前便已向上通报，手续上找不出任何问题。再者，虽然有源自饥馑与治安恶化的财政窘况，后来又发生了这场大灾害，这些危机却都因发现金矿而奇迹般获得了解决。既然此藩的经营危机已不复存在，幕府也无法找碴，已找不到借口继续干涉其内政。北林藩得以浴火重生。这一切百介从头到尾只在一旁作壁上观。

"在下不过是为了稍稍见识那骇人妖魔，而滞留贵藩罢了。"

见到百介如此执拗地谦示一己的无能，近藤彬彬有礼地应对了好一阵子后，只能屈服，羞怯地表示，若先生如此坚持，在下也无话可说。

这让百介觉得自己仿佛受了责备，只得改变话题，尽可能有礼地请教近藤此番造访的理由。但近藤似乎不过是奉命前来，问不出所以然来。

"不知菅丘先生可知道那位修行者如今何在？"近藤问道。

"修行者？"

"就是那位浪迹天涯，事先察觉我藩将降灾厄，以法力无边的护符自死神手中拯救藩士领民的修行者。"

他指的不是别人，正是又市。

"大爷有事找那位法师？"

"是的。六年前在下已于领地内仕官，事发当晚亦依该修行者指示避忌，方能毫发无伤地度过劫难存命至今。自那场灾厄结束后，那位修行者旋即如云雾般消失无踪。虽曾出动所有领民四处搜寻，仍是一无所获。"

这，倘若如今要找，也同样找不着。又市的行踪，百介也想知道。

"或许东云右近大人知道该上何处寻人，只是大人离开我藩后亦告行踪不明。"

"就连右近大爷，不，东云大人也……"

右近在六年前辞去职务，离开了北林。据说在那场惨祸后，右近仍滞留北林，协助城代家老樫村重建该藩。还曾听说由于其当时贡献卓著、武艺高强、忠肝义胆，北林曾开出超乎行情的优渥条件延揽，但右近拒绝接受北林藩的俸禄。樫村亦曾强力挽留，却仍无法让右近回心转意。樫村认为自己理应为右近遭逢的惨祸负责，因此欲竭尽所能略事补偿。而对右近而言，要在爱妻丧命的土地上落脚，内心必是有所抗拒。

"东云大人后来上哪儿去了？"

"仅知大人曾到过丹后，后来便音信杳然了。"近藤回答道，"事到如今，除了请教萱丘先生，已别无他法。"

且慢，百介打断了他的话说道。"十分遗憾，这在下也不清楚。那位法师……"

真的如云雾般消失无踪了。

是吗？近藤颓丧地垂下了头。想不到这回答竟让他如此气馁。

"若无任何不便，可否烦劳告知大爷您欲寻访那位法师的理由，看看在下是否能帮得上什么忙？"

"嗯——"近藤一瞬间面露迟疑。

"实不相瞒，城代家老樫村大人他……"

"樫村大人怎么了？"

"目前因罹患某种不明疾病而卧床。由于事发突然，对樫村大人一直信赖有加的藩主义景公因此至为痛心。"

"樫村大人他……"

百介忆起了樫村。不过这位老武士矮小的个头一在他脑海里浮现,百介便赶紧打散这叫人怀念的身影。因为百介仅见过樫村身穿丧服的模样。还真是不吉利呀。

"此事还请先生万万不可张扬。"近藤悄声说道。

可有什么隐情?百介探出身问道,近藤则端正跪姿回答:"在下认为义景公的确是个明君。"

这种事有什么好隐瞒的?

"虽然年龄和在下不相上下,噢,拿主君与一己相比实在不敬。不不,藩主大人那光明正大、对辖下臣民一视同仁的仁德,令在下着实佩服之至。领民不分贵贱,对藩主殿下亦是虔敬仰慕。不出六年便彻底掌握民心,实非常人所能为。"

现任藩主义景公原本也是个藩士。若追溯到更早以前,还曾是可能继任某藩藩主的嫡子,却随生母一同被逐出藩国,生母殁后又为御家人收养,可说是度过了一段奇妙的前半生,想必也曾吃过不少苦。因此如今对臣民如此体恤,似乎也不难理解。

"只不过……"近藤再度压低了嗓门说道,"在他藩与幕府眼中,我藩主君不过是个刚入行的小毛头。"

不可张扬的原来是这件事。

"总之,外界对此有诸多闲言闲语。"近藤说道,"即使没这些议论,我藩毕竟是个小藩。如今虽有些许金矿可开采,对财政的确略有帮助,但之前毕竟还是个百姓得靠啃食山林充饥的穷藩,如今也得致力重建主城、扩大金矿开采。仍有堆积如山的问题尚待解决,而且每件均须耗费庞大的人力财力。由于经验匮乏,光是采矿一事,便令我藩伤透脑筋,故直到前年,方得以开始延揽工匠,正式采掘。不论能采到多少金矿,财政依旧难有改善。不同于六年前,如今全藩臣民对将来均抱持期待,故能安心度日,不似往昔任凭国土荒废,但境况绝称不上富裕。只不过,外界对我藩仍是多有误解。"

"难不成外界将贵藩视为暴发户?"

正是如此，近藤颔首回答。"外人正是如此看待我藩，并屡因此故百般刁难。"

"百般刁难？"

"是的。不过既然发现金矿，这也是情非得已。"

"为何是情非得已？"

"金山银山基本上仍属国有，不过是由藩国代为经营。原本我藩理应被征收领地、划为天领。但如此一来，矿务又得由幕府承担。看来对幕府而言，这亦将是个麻烦。开始采矿后，我藩方意识到经营矿山原来是如此困难。佐渡与伊豆似乎也是如此，若最终没能采出足够的黄金，将令幕府与现地居民大为困扰。再者，北林究竟藏有多少黄金，目前虽未见分晓，但幕府多少应已有概数。只是，眼见诸藩黄金采掘量逐年递减，幕府毕竟也得紧抓这笔财源。因此，告知我藩若欲存续，须满足幕府开出的高额贡金等条件。"

原来如此，看来北林藩的重建工程也并非一帆风顺。

"不仅如此，幕府还屡次以苛刻要求刁难我藩。虽不至于废藩，但幕府的判断想必是，尽可能开出不对自身造成负担的条件，逼迫我藩开采金矿。在相关的诸多交涉中，年轻的义景公常遭轻视。每当这种时候，樫村大人都会挺身护主。宁以一己之身充当众矢之的，只身挡下一切攻诘，只欲为我藩鞠躬尽瘁。在义景公甫继任藩主的前四年里，大人着实吃了不少苦头。"

看来樫村不惜粉身碎骨，只为保护所有需要自己的人。果真是条刚正严谨的汉子。

"为何仅有前四年？"

"前任老中大人于两年前亡故。也不知究竟是否与此事有关，抑或纯属偶然，从那时起，幕府对我藩的冷淡待遇大有改善，令我藩终于得以安然休养生息。"

（两年前。）

正好是又市销声匿迹的时候。或许近藤的臆测还真是正确的。还得解决盘踞千代田城中的那只大老鼠。又市在六年前曾如此说过。倘若那老鼠指的就是前任老中，或许又市耗费了四年岁月，才解决了那只老鼠。在那场激斗背后，似乎有个压榨弱者、贪权图利的大人物身影。这光景，由于无缘亲眼见识，百介也仅能想象。最终，百介就这么被遗弃在这一头的世界里。

"我藩即将步上常轨，"近藤说道，"宛如大船即将出航。未料肩负舵手之责的樫村大人却……"

"大人的情况如此严重？"

"日益严重，而且病因尚且不明……"

"病因不明？大夫可曾说过什么？"

"据闻大夫也看不出个所以然来。樫村大人的确是年事已高，或许已不敌劳心劳力之苦。只不过……"

"只不过什么？"

"大人常为噩梦缠身。而且，睡梦中还曾高呼前任藩主大人之名。"

"高呼景亘公之名？"

是的，近藤回答道，旋即低下了头继续解释："虽然本人从未明确说起，但据说前任藩主大人曾屡次现身大人床前。"

"现身大人床前？"

北林弹正景亘，一个令百介为之战栗的死神。当然，近藤并不知道实情。

"无人相信前任藩主大人竟会在樫村大人身边纠缠不去。毕竟前任藩主景亘公为人刚毅，一如先生所知，乃是只身揽下导致山崩城毁之庞大恶念而殒命的伟人，其英灵岂会迫害忠臣致不治之症的道理？"

"的确是没有可能。"百介附和道。

近藤慷慨激昂地同意道："当然是绝无可能。毕竟如今景亘公已是广为采矿人夫供奉的守护神明。"

"为人夫供奉？受供奉的不是阿枫夫人吗？"

"大家遵照之前的神启，计划于尚在重建的天守阁中设一座神社，以供养阿枫夫人之灵，目前仍暂时被合祭于金屋子神社。前任藩主大人之灵虽在菩提寺行法事超度后供奉于寺内，但因遗骸深埋巨岩之下无法敛葬，故仅能于巨岩坐落处——折口岳山腰、可一眼览尽主城处，择一祥地立碑祭之。"

祥地？那儿原本不是块不祥之地吗？在那遮蔽视野的巨岩崩落后，百介完全无法想象该处如今是幅什么样的景象。

"领民与吾等藩士,均相信如今北林有阿枫夫人与前任藩主大人两英灵一同镇守,绝无可能再起任何诅咒。因此,在下着实无法理解……"

"因此需要找到那位法师?"

"是的。必须请其判断樫村大人的病因,否则倘若景亘公亡魂诅咒这无稽传闻再起,真不知还要牵扯出什么样的流言蜚语。"

不。此事对樫村而言的确是个诅咒。只不过近藤并不知道详情。不,知道的大概仅有百介一人吧。

前任藩主北林弹正景亘,乃樫村之妻与上上上代藩主所生之子。当年,樫村之妻为当时的藩主染指,甚至还有了身孕,因此被藩主纳为侧室。由于产下的是名男婴,樫村之妻预测会引起一场继位之争,便带着稚子逃出城内,却遭到藩主差人斩杀,行刑者正是樫村本人。忠臣樫村兵卫奉主君之命,于如今立碑祭祀景亘公之处,在藩主之子景亘公眼前手刃身为其母、亦为自己爱妻的女人。还真是一件悲壮的往事。尽力成全一己之妻与主君的奸情,甚至还奉命取其性命。这男人内心究竟经历了什么样的折磨?百介不仅无法体会,甚至该说是没胆量体会。光是想象亲手斩杀爱妻需要经历何等折磨,就足以令人发狂了。

当时在下想必是被死神附了身,樫村曾这么说过。身为一介武士,倘若主君有命,便应绝对服从。不过这仅为武士之道,并非人之伦常。樫村曾向百介如此哭诉。同时他还认为一切灾厄,均因一己所为而起。一切恶念,亦是因一己舍弃伦常、斩杀爱妻的罪孽而来。只是他这想法,不是在灾厄来袭那晚,就被封印在那罪孽深重的地下牢中了吗?不,经过一夕狂乱,大伙儿步出地下牢时,一切罪孽不就被净化了吗?百介如此以为。

据说从那时起,樫村便完全变了个人似的,这个身材矮小的老人变得精力充沛,为了藩国、新任藩主殿下及上下领民四处奔走。从近藤稍早的叙述中,亦不难想象樫村那勤奋工作的模样。只是,不知是恶念尚存,还是又有悔恨涌现。难不成还真是亡魂诅咒?前来向樫村寻仇的,其实正是樫村自己。

"在下知道了。"

听到百介这声回答，近藤这才回过神来。

"在下将尽力为贵藩寻找这位法师。即使找不着……"

也将亲赴北林一趟，虽想这么说，但百介还是把最后一句话吞了回去。如今绝无可能找着又市，再怎么找，都注定白费力气。不过，既然又市已销声匿迹，如今唯一能理解樫村想法的就仅剩百介一人了。自己能做的，大概也只有听樫村发发牢骚，但即使如此，总也是聊胜于无吧。总之，此事毕竟不宜随便答应。百介只得暧昧地把话草草收尾，将近藤送了回去。

接下来，山冈百介便又一次踏上了旅程。

三

如今的北林藩已是面目一新。

虽然并没有盖了什么新屋或开了什么新路，不过是庄稼汉挥汗耕作，工匠卖力挥凿，店家吆喝拉客，孩童玩闹嬉戏，四处听得到笑声哭声，但或许是因为六年前的景况实在过于异常，较之往昔，此地俨然已恢复寻常村镇应有的风貌。

届时，本地终将恢复成一个寻常的藩国，又市曾这么说过。

在客栈中放下行囊喘口气后，百介开始思索接下来该做些什么。

在旅途中也曾稍稍留意过，但沿途似乎没听见任何关于北林藩的流言。客栈的伙计也表示，近日未曾发生大事，看来樫村尚未过世。毕竟城下距主城近在咫尺，家老若有更迭，不分贵贱应都有耳闻。向女侍稍事探听，百介发现新任城主果然颇有人望。或许与前任藩主实在太差也不无关联，但如今也不见百姓对前任城主有任何抱怨。当然，这也是因为没有人知道前任城主的真面目，因此除了有人认为其对臣民颇为严苛外，听不到任何恶评。

即使不计较其嗜杀戮、流血如命这难以饶恕的癖好，前任藩主也绝称不上明君。就百介的调查结果来看，不论是苛征税赋、滥用公款乃至与幕府或他藩的关系，各方面的政绩均是一塌糊涂，其所作所为与其说是为了治国，不如说是为了灭国更恰当。光这些烂账就足以广招民怨，但或许是那段时期的灾变实在过于阴惨，淡化了百姓对恶政的愤懑。如今，大家似乎都将他当成一位只身挡下巨岩、拯救全城百姓的明君。虽曾从近藤口中听闻此事，这正面评价还是多少让百介感到意外。又市设的局，竟然让这疯狂的暴君化身为一位刚毅的明君。

拉开拉门，便望见折口岳与尚未修复的山城。只见顶端的梁柱已经架妥，想必天守阁的重建工程也已经开始了。失去巨岩后，如今的折口岳变得特别尖锐，看起来是如此弱不禁风。定睛一瞧，还可在主城后方望见几块碎裂的巨岩碎片。虽说仅为碎片，却片片都是硕大无朋。

该上主城瞧瞧吗？还是该造访樫村的宅邸？究竟该拜访哪些人？事前，百介未曾知会北林自己即将前来。虽说江户藩邸曾遭使邀约，应不至于吃闭门羹，但仔细想想，也不是每位藩士都见过百介，更遑论记得他长相的，大概仅有樫村一人。没先考虑清楚，便花了两个月时日上这儿来，与其说是优哉，不如说是愚蠢。

就在他快想破脑袋的当头，女侍端茶进来，态度出奇的有礼。大概是几乎没见过来自江户的访客，她对百介颇为好奇。

"近日来的净是些无赖呢。"

百介还未开口，女侍便主动说道。百介问都是些什么样的人，女侍便回答："不就那些四处漂泊的。"

"是无宿人吗？"

"是呀。客官您瞧，全都是上那城山干活。"女侍指向折口岳说道，"这些人来自四面八方，全是听到传言来挖金子的。大概以为至少能当个人夫混口饭吃，但咱们这儿可不比佐渡，他们找错地方啦。原本领内的无赖就已经够多了，还得从这些家伙中雇起。如今大家都说挖金子要比干庄稼活有赚头，甚至有人放着田不耕，打定主意上那儿当人夫呢。"

真有这么多人梦想一攫千金？

可多着呢，女侍回答。"哪个人不想图个轻松？此地土地贫瘠，大家想必都认为同样是在泥土里搅和，挥凿子总比挥锄头更轻松吧，更何况还有薪饷可领。不过这些家伙想得也太容易了,世上哪有什么轻松差事?成天窝在洞穴里可是很辛苦的,做人还是安分守己的好。要填饱肚子,不流点儿汗哪成?"女侍呵呵笑着向百介说道,"糟的是,这种人可多着呢。"

"不过……详情我是不大清楚,但据说托这金山的福,让税赋什么的都轻松多了吗?"

"或许的确轻松了些,不过和我们反正毫无关系。人若是被管得太紧可要抱怨;而管得太松,只怕又要怠惰。打那场凶神诅咒之后……客官可听说过这件事?"

听说过,百介回答。

"那场骚乱平息时,大伙儿对上苍的确都是心怀感激。但过了一年,心中的感激也就消退殆尽,接下来大伙儿就个个开始懈怠了。再者,那诅咒虽是平息了,但骇人的传言依然残存,正经人都被吓得不敢上这儿来,因此来的净是些无宿人,全是从佐渡来的赌徒什么的。即使挖得出再多金子,这种家伙也是雇不得呀。此类不法之徒与日俱增,四处引发冲突,可造成了咱们不少困扰。"

原来情况果真不似事先想象的那么美好。百介朝山城望去。

客官是靠什么吃饭的?女侍问道。

"噢,觉得我看来像做什么的?"

"客官看来不像生意人,还真是让人猜不透呢。"

我其实是个作家,百介回答。

哎呀,女侍说道:"都写些什么?"

"这……净是些通俗故事。"百介备感失落地回答道,"我浪迹诸藩,只为搜集各地奇闻怪谈。不是有种故事叫百物语?期望哪天能印出一本这种东西。"

这梦想想必一辈子都无法达成吧。百介对此几乎颇为确信。而且,如今百介也不再浪迹诸藩,终日窝在房里。

不过毕竟才刚入行,要实现这心愿,目前还是困难重重,百介说道。

"怪谈?噢,原来是为此上这儿来的?咱们这地方骇人听闻的事可多着呢。"

"是吗?"

百介闻言,随即将手伸向腰际。不过,已摸不着记事簿了。历年记载下诸藩怪谈的几册记事簿如今已被尘封于生驹屋的那小屋的顶棚中。真不知自己究竟成了什么。

女侍也就就此打住凶神诅咒的故事,又为百介倒了一杯茶。

"不过,这阵子都没再听说了。"

"没再听说……那么,是否也没听说过诸如前任藩主亡魂现身一类的事?"

客官,说这种话可是要遭天谴的,女侍一脸惊讶地回答道。"景亘大人可是遭那巨岩压顶,以一人之力拯救了咱们北林的呀。如此明君,岂有化为厉鬼害人之理?"

看来其亡魂骚扰卧病在床的樫村的传闻,至今尚未渗透到坊间。

据说景亘大人化身为天狗啦。正当百介心里纳闷不已时,女侍突然说了这么一句让人出乎意料的话。

"天狗?"

"是呀。客官也看得见吧?如今主城上头虽是什么都没有,但原本可是有座比城还大的岩石。看到落在下头的碎岩没有?那些原本可是一块呢,客官您说大是不大?"

的确是硕大无朋。

"那座巨岩上头,昔日曾是天狗出没的场所。"

"噢——可就是夜泣岩屋?"

客官也听说过?女侍开心地说道。"据说那曾是个骇人的地方呢。据说在从前,很久很久以前,来诸藩的天狗曾在那儿聚会呢。例如爱宕的太郎坊、鞍马的僧正坊什么的。"

"或者是英彦山的丰前坊?"

"没错,就是这类的全都在这儿聚首,还饮酒作乐什么的。这种时候,就会亮起阵阵蓝色火光。那地方如此吓人,平时根本没人敢上去,但那时山中却出现点点蓝火……"

水银在暗处会发出蓝白色的火光。女侍所见着的,想必就是炼金时使用的水银吧。看来，折口岳似乎是某种山岳宗教信徒的修行地。出羽、户隐、鞍马、大峰、英彦山，百介也曾造访过几个山岳宗教信徒定为圣地的灵场，个个都是地势险峻的岩山，如今回想，那些地方的景观和此处的确颇为相似。而那些山岳宗教信徒——潜居山中的山民，和矿山也颇有渊源。许多漂泊山中的山民也从事铁等金属的提炼工作，因此常被城镇百姓视为威胁，基于这种畏惧心理，屡屡视其为天狗。近代画中的许多天狗均身着山伏[①]装束，就是这个缘故。由此可见，天狗、修炼和矿山三者，是如何的紧密相系。或许早在三谷藩统治此地之前的远古时期，山民便已在折口岳采矿。百介朝如今的折口岳望去，开始想象远古时期的折口岳会是什么样的光景。

"那蓝色火光……"女侍继续说道，"至今仍会燃起呢。"

"仍会出现吗？"

"这几日又看见火光啦。"

"火光？就在那地方吗？"百介指向折口岳问道。

没错，女侍颔首回答。"不过并不是蓝色的，而是有红有白，烧起来又细又长。我曾看见过，说不定客官今晚也见得着。"

"此话当真？"

若是真的，这可就了不起了。百介曾踏遍诸藩，但真正目击到怪火的次数其实是寥寥可数，而且悉数为误视。

当真见得着呀，女侍说道。"看来那并不像是坏东西，看了与其令人感到害怕，不如说是觉得神奇。再加上景亘大人的慰灵碑就立在那儿，我们才这么说。前任藩主殿下是个不畏凶神诅咒，就连对神佛都毫无畏惧的豪杰，因此得以获邀加入，跻身众天狗之林。"

"天狗……"

的确，天狗常被当成阻挠佛道修行的妖魔，有时也以天狗形容桀骜不驯之人，因此对知悉前任藩主真面目的百介而言，这倒是个不难理解的比喻。时至今日，百介仍能清晰忆起北林弹正景亘现身那片魔域时的模样。当时的

[①]游走于山野间的修行者。

他还真是令人不寒而栗。这辈子还未曾感到如此毛骨悚然过。不过,这女侍对真相应是一无所知才是,因此才会作出如此推论。"那是否就是天狗御灯?"

似乎就是这么叫的,女侍冷冷地回答。"和狐火并不相同,是吧?"

"是不相同。据传信州与远州境内亦有天狗出没,相传其状似火球,在山中四处飞蹿,有时也会遁入河中捕捉河鱼。"

"火球也会捕鱼?"

"是的。因此比起仅能燃烧的狐火,应该要更威猛些。"

说得也是,女侍应和道,接着便笑了起来。总之,今夜就请客官自己瞧瞧了,她又补上了这么一句。

百介啜饮了一口茶,道了一声谢。

对了,女侍突然又以尖锐的嗓音说道。

"什么事?"

"客官方才不是提到家老大人怎么了?"

"噢,因我昔日曾受过大人诸多关照。请问樫村大人怎么了?"

"是吗?据说大人似乎是病了。出入其府邸的园丁是我的亲戚,此事是不久前从他那儿听来的。据说大人近半年来均卧病在床,病情似乎颇为严重。噢,此事还请客官千万别张扬。"

"需要保密吗?"

"是呀。咱们北林可是靠家老大人,方能保有今天的局面。藩主殿下虽是个好人,毕竟还是年轻了点儿。倘若家老大人有个什么三长两短,只怕城下又得开始乱了。因此,还请客官万万别说出去。"女侍说完,便合上了拉门。

天狗御灯。现身樫村床前的弹正。

得去瞧瞧才成。百介心想,旋即起了身。

四

樫村宅邸一片静寂。

犹记六年前初次造访时，百介虽淋得像只落汤鸡，竟还大摇大摆地从玄关入内，如今却是大门深锁。这回毕竟不比当年，百介只得绕到屋后，敲了敲木制的后门。立刻有小厮前来应门。百介彬彬有礼地说明自己是来自江户的山冈，期望面见樫村大人，请代为转达。那小厮先是一脸惊讶，接着便仓皇退回屋内。接着一名年轻武士现身了。这武士名叫木岛善次郎。

"这位先生可就是山冈先生？"

"在下名叫山冈百介，乃江户京桥蜡烛批发商隐居少东，平日靠撰写戏作营生，笔名菅丘李山。日前贵藩江户藩邸曾遣使通报在下……"

"此事在下亦有耳闻，"木岛说道，"只是……可否证明先生真是山冈先生？若纯属在下多疑，还请先生多包涵。"

如此怀疑也是理所当然。不过，百介并未携带任何身份证明。只能出示通行证明，木岛审慎检查了一遍。

"江户藩邸的同侪曾通报山冈先生将前来造访，不过已是一个多月前的事了，再者，对实际情况亦是有欠明了。"

"噢——"

只能怪自己太优哉了。想必近藤曾再度造访生驹屋，确认百介出发后向领地禀报。但从前出门时，百介都只是略微提及，从未明确告知家人自己将前往何方。

山冈大人请进，木岛说道。

庭园中，六年前挂满的白布幔已不复见，如今被整理得一片洁净，想必此处就是客栈里那位女侍的亲戚整理的吧。

"不知江户的同侪曾说过些什么，"木岛悄声说道，"樫村大人他被亡魂附身了。"

"附身？被什么样的东西附身？"

"前任藩主大人的亡魂。"

"景亘公的亡魂？"

木岛停下脚步转过身，以食指堵上了嘴，接着又迅速地悄声说道："其实是心神错乱吧。"

"樫村大人他，心神错乱？"

是的，木岛一脸遗憾地说道："想必是那诅咒遗留的报应吧。"

"报应？"

"山冈先生想必也知道吧，"木岛说道，"或许诅咒这东西并非出于死者的怨恨，而是来自生者的妄想。如今在下不禁纳闷，六年前那场骚乱如此凄惨，是否该归咎生者本身？或许制造动乱、违背伦常、招致凶神诅咒的不是他人，根本就是吾等藩士与领民。若仅有一人制造骚乱，尚且可以心神错乱称之，但倘若四下皆然，可就不能以心神错乱解释了。故此，樫村大人应是心神错乱。"

"怎知是前任藩主附身？"

"因大人常突然惊呼'虎之进大人、虎之进大人'或'城要塌了、城要塌了'。虎之进大人乃前任藩主弹正景亘公乳名。"

这在下知道，百介回答。

"大人还不时昏厥倒地，在梦呓中直呼景亘公大名，清醒后又变得异常狂暴，还不住扬言自尽。"

"自尽？"

"是的，直呼自己欲切腹自尽。"

原来，他仍在后悔。樫村对昔日犯下的过错，仍抱持强烈悔意。

"不过，大人也并非一直神志不清，从没说过任何不辨是非、不讲道理的话。不仅能与人正常对话，脑子似乎也很清楚。山冈先生也知其为人温厚、思虑甚深，此个性至今未改。但虽如此，还是声称自己见到了亡魂。"木岛继续说道，"家老职务毕竟非吾等藩士所能相比，尤其是樫村大人，总有堆积如山的案件待审理。虽有次席家老等居要职者分担处理，还是不及本人审理更踏实。故此，起初只得央请樫村大人抱病登城，职务审理上虽无任何不妥……"

"那亡魂之说，还是成了问题？"

"樫村大人不时声称自己见着了已故的景亘公。当然，这应是纯属幻觉，旁人不仅没见着、没听见，亦无人感觉周遭有什么异状。不过，亦有人不作如是想。听到大人声称亡魂就坐在某处时……"

的确如木岛所言，这种时候真会有人认为自己也见着了。

"吾等仅想得出三种对策。"

"哪三种对策？"

"首先，就是求神拜佛。原本吾等以为只要来请高僧法师加持祈祷或办神事法会，便能一扫家老大人心中晦气。只是，这法子应是用不得。"

木岛转身背对百介，走到了庭园内的紫阳花前。

"何以用不得？"

"如此一来，岂不等同承认诅咒之说为实？"

"噢——"

"此类法事若仅能隐秘举行，想必不会有任何效果，却又不能对外表明我藩仍受凶神诅咒之扰。故若退一步求其次，仅能说服家老大人，一切纯属大人一己之错觉。"木岛说道，"不过，再如何使劲说服大人一切纯属错觉，亦未见任何效果。不过这道理，家老大人自己也明白。"

"大人自己也明白？"

"大人毕竟知书达理，这道理当然明白。遗憾的是，大人并不愿接受如此劝说，否则心病必然早已痊愈。因此，吾等仅能选择最后一个法子。经过一番商议，吾等决定让家老大人退居幕后，并央请藩主殿下亲令其蛰居府宅疗养，对外则封锁此消息，派驻在下负责照料，并予以监视。樫村大人无亲无故，生活琐事均由在下负责打点。表面上是如此，真正的职责其实是进行监视。大人他其实等同于受监禁。"

"第三个法子就是将其监禁？"

"除此之外，已是别无他法。若任家老大人这种情况持续下去，迟早会走漏风声。如今，我藩亟欲改善与幕府间的关系，故无论如何，均得避免往年那般的骚乱再度发生。虽应慎防臣民骚乱再起，"木岛一脸悔恨地说道，"但事实上仍有流言传出。众藩士曾于城内目睹家老大人昏厥，毕竟众口难防，有人口出不祥，表示其乃前藩主亡魂作祟，令藩主殿下至为痛心。如今，吾等终于得以团结于义景公麾下，齐心再造北林。因此不管对樫村大人如何失敬，亦不可让此事乱了吾等的阵脚。"

木岛揪下一片紫阳花叶说道："在下对樫村大人景仰有加，自幼便以其为榜样,恪尽职守至今。再者,樫村大人对我藩贡献实难计量,亦是不争之事实。只不过……"木岛使劲握紧手中的叶子,"只不过,如今……大人已成为我藩负担,不再有任何价值。"

"这——"

未免太残酷了。

木岛将捏得粉碎的叶子撒在庭园中,转过头来面向百介说道:"此言是何其冷酷,在下也十分清楚。不过,时代已然改变,如此维持旧态体制,已是来日无多。想必吾等武士仅凭腰间双刀便能叱咤天下的日子,也剩不了多久。故吾等亦亟须为自己找寻出路。幸好藩主殿下年纪尚轻,愿与吾等藩士议论将来,因此前途尚称光明。只是,家老大人的作为,却有阻挠我藩发展之虞。"木岛正视着百介说道,"如今,大人不时宣称受亡魂诅咒,更动辄以自尽相逼,令吾等备感困扰。倘若我藩家老意不明地切腹自尽,只怕又让坊间认为凶神诅咒又起。故此……"

如今唯有将家老大人监禁一途。

"吾等亟欲找到那位修行者,欲请其治愈樫村大人的心病当然是一大要因,然本意实非如此。实际上,吾等欲央请那位修行者做的,乃是为吾等掌握民心。"

"掌握民心?"

"是的。该法师不出数月,便掌握了城下众人,上自武士、家臣,下至百姓、非人之心,于转瞬间消弭了一场骚乱。若无该法师相助,那场天崩地裂的巨变不过是场劫难,想必只会令诅咒传言益发泛滥。若是如此,如今我藩应已不复存在。"

这话的确没错。同样一件事,也可能导致完全相反的结果。

"因此……"

这就是力图复兴的北林藩做出的抉择。众人选择的并非拯救樫村,而是挽救一己之藩国。此事唯有又市才能办到,百介的确帮不上忙。而百介也为此备感羞愧,不知自己为什么上这儿来。樫村的苦恼,唯有百介一人了解,倘若自己能与樫村恳谈,或许其心病将不药而愈。这是百介原本的盘算,如此看来不过是高估了自己。事实上,百介根本什么也办不到。

(看来自己心里根本没有足够的觉悟。)

"噢,这可不成。木岛结束了先前的话题说道。"在下只顾在庭园中长谈,竟忘了招呼千里迢迢自江户赶来的贵客入座。如此失礼,恳请多多包涵。山冈先生忧心我藩家老安泰远道而来,请容在下由衷致上谢意。"语毕,木岛深深鞠了个躬。

"这就带山冈先生面见家老大人。"平身后,木岛继续说道,"家老大人正在小屋中休憩。虽有家臣建议将其囚于座敷牢①中,但已为藩主殿下拒绝,坚称岂有将我藩恩人囚于牢狱之理。藩主殿下每隔十日,便秘密前来探视家老大人,其宅心仁厚可见一斑。"

百介朝木岛所指的方向望去,果真有栋小屋坐落于庭园一隅。拉开拉门,便看到樫村跪坐于被褥之上。面容明显苍老了许多。犹记六年前,这位年迈的武士也曾是一副心神俱疲的憔悴模样。不过他如今的模样却比当年更为衰老。这位原本个头就矮小的老人,此时看来更是瘦弱不堪,双肩无力地下垂,一头白发益形斑白。

"樫、樫村大人。"

"噢,是山冈先生吗?真是久违了。"

樫村鞠了个躬,看来像是有气无力地垂下了头。"退下吧,"接着他向伫立于百介背后的木岛吩咐道,"无须担心,退下吧。"

木岛鞠躬退下,并合上了拉门。

"樫村大人——"

百介一时说不出话来,仅能将额头紧贴在榻榻米上行礼。

"山冈先生请平身。据传先生已以戏作享誉盛名,实属可贺。"

"大、大人过奖了。在下绝称不上享誉盛名,不过是拙作得以付梓成书罢了。"

"仅是如此,成就也已堪称傲人。先生尚且年轻,往后想必大有可为。"

"家老大人。"

---

① 古时设于日式建筑中,用于软禁精神错乱者等的和式牢房。

百介抬起了头来。只见樫村虽然衰老，神情仍十分祥和。

"山冈先生前来造访，实令老夫感激之至。数年前承蒙先生相助，托先生、那位修行者及东云大人的福，我藩方能自绝境起死回生，老夫也方能颐养天年。"

"这……大爷太抬举了。"

"不不，事实正是如此。老夫坚信若无诸位鼎力相助，老夫必无法恪尽职守至今。毕竟欲振兴本藩，仍有诸多障碍有待排解，也让老夫这老糊涂多少还能起点作用。"

大人的辛劳，在下亦有耳闻，百介说道。

"较之义景公承受的劳苦，老夫的辛劳根本算不了什么。藩主殿下为人正直、年轻有为，有幸得其继任我藩主君，让老夫与有荣焉。"

"不过，贵藩今后仍须仰赖家老大人继续辅佐藩政。"

"不不，老夫已不再有任何用处。我藩未来之经营，最好能由方才那位木岛等年轻人承担。只不过，老夫似乎就是不懂得安然引退。"

"引退？"

"是的。"

樫村缓缓伸出双手掩面。只见他的指头满布皱纹，肤色暗沉，指关节也颇为肿胀。

"人活得太久，好事坏事都会经历不少。过往的一切不分好坏，悉数累积在自己的脑海中。其中，若仅能忆及好事，则属幸运；假使仅忆及坏事，便有如置身地狱。唯有自己，方能在好坏两方的回忆中作选择。"樫村凝视着自己的指头继续说道，"遗忘并不代表消失。不过是将事情加以隐藏，图个眼不见为净罢了。若真能从此不再忆及倒也还好，但潜藏于记忆深处的坏事就是会不时浮现脑海。山冈先生，这也是无可奈何。"

老夫曾以这双手斩杀爱妻。樫村以沉静的口吻说道。"老夫没能保护爱妻，却亲手将其诛杀。"

"但当时乃因……"

要找什么理由解释都成，这位年迈的武士说道。"任何解释都不过是搪塞。对老夫而言，唯有这双手上沾染的血腥方为真实。老夫甚至连虎之进大人也没能护及。"

"噢,这道理老夫也清楚,樫村伸手制止百介。"虎之进大人他……本已是在劫难逃。不,或许世上没有人罪该一死,但接连犯下如此残虐暴行者,终究得以死偿命。或许一如该修行者所言,虎之进大人之恶行必得由己身负责,其一切行径均出自其一己之裁量。在下亦同意虎之进大人最后遭逢的,不过是应得之报应。只不过,到头来,这终究是老夫的问题。"

"家老大人的问题,此言何解?"

"虎之进大人至今仍不时鲜明地出现在老夫眼前。"

百介闻言,吓得缩起了身子。

"你无须惊慌。虎之进大人已不存于人世,仅出现在老夫心中。不过是一己之悔恨与留恋化为有形苛责老夫,逼迫老夫检讨自己曾做了什么、还能做些什么。"

"但樫村大人毕生功勋彪炳……"

"即使一辈子活得唯唯诺诺,活到如此岁数,想必确曾为藩国、领民略尽绵薄。不过老夫所指并非此等功绩,而是若问老夫曾为自己积了什么仁德,但其实是半点也没有。"这位年迈的武士说道,"身为一介武士,老夫舍弃一己之仁德,抛弃人伦手刃一己之妻,事后方才发现已铸下大错,故在万般后悔中选择人之伦常。无奈老夫立誓竭力守护的虎之进大人却逾越伦常并惨遭报应以死偿命。为此,老夫被迫再度舍弃仁德,抛开守护虎之进大人之职志重返武士之道,为我藩及领民恪尽职守。老夫曾两度舍弃仁德,故如今所见之幻影,实为老夫一己之亡魂。"

原来家老大人也明白这道理。木岛所言果然不假。

百介无话可说,仅能哑口无言地呆望着年迈武士脸上一道道深邃的皱纹。

五

百介一筹莫展地回到了客栈。发现客栈中闹哄哄的。向女侍打听缘由,原来是天狗火又出现了。据说还有个挖金矿的人夫,上起火处看热闹去了。

想必客官也知道,女侍嬉皮笑脸地说道。"那些家伙多是粗人,都是从各地来的无宿人。"

似乎是如此,百介这么一附和,女侍便回答道:"正是如此呀。管他是天狗还是达摩,区区一介妖怪,竟胆敢猖狂生火。老子这下就去灭了那火,看它还敢不敢放肆。只听那家伙如此说完,便朝那头去了。现下可是深夜子时,这种时候换作是我,可是连客栈大门也不敢出呀。客官说是不是?"

那又如何?百介问道。让他坐在门框上是无妨,但女侍却压根忘了奉上脸盆和手巾。若没把双脚洗干净,百介可无法进门。

"据说那家伙也是打佐渡回来的呢。"依旧将脸盆捧在手上的女侍说道,"结果,那东西还真的出现了。"

"是天狗吗?"

"应该就是天狗吧。就这么坐在祭祀前任藩主大人的石碑旁。"

"那难道不是前任藩主的亡魂?"

怎会是呢,女侍朝百介肩头拍了一记。"据说,是个老当益壮的老头。"

"老头?"

是否真有这种东西?客栈掌柜突然现身问道。"据说客官是个曾为搜集奇闻怪谈游历藩国的戏作家,想必对这等事自是十分熟悉。在此冒昧请教,这生火的老人究竟是何方妖物?"

"不都说是天狗了吗?"女侍说道,"绝不是普通的老头吧。你想想看,三更半夜的,有哪个老头胆敢到那山上去?而且掌柜不也听说了,那个打佐渡来的乡巴佬吉兵卫,不是打了桶水提上山去,要将水朝烧个不停的火上浇吗?"

"还真是条汉子呀。"百介惊讶地问道,"那么,请问后来如何了?"

"客官猜怎么着?那火竟然浇不熄。通常火不是浇了水就会熄的吗?"

"是不是水太少了?"

浇了满满一桶水,火哪可能不熄?女侍又敲了百介一记说道。

不可对客官无礼,掌柜说道。

"这火就是怎么浇也浇不熄？"

"据说反而烧得更旺呢，"掌柜回答道，"这火不仅烧得更旺，据说甚至还像条蛇似的，直朝他烧去呢。"

"像条蛇？"

这怎么可能？百介曾于昔日见识过同样的光景。那是在——

掌柜继续说道："据说就连那位大胆豪杰，见状也是落荒而逃。"

此妖名叫老人火，百介回答道。

"老人火？"

"出没于木曾深山，是一种看似生火老人的妖怪。相传可能为山气燃烧或珍禽吐息，但多被指为天狗所为。"

果然是天狗，女侍说道。

"此物虽为妖火，但据传并不至加害于人。倘若于山中撞见，仅需将草履置于头顶从旁逃离便可。但若不慎惊扰此妖，则不论上哪儿都会一路紧随而来。"

真是吓人哪，一旁一老妇说道。

"总之，这老人火并不会做出什么害人之举，用水的确无法浇熄，若欲灭之，唯一的法子就是以畜类毛皮，即兽皮覆盖其上，便能扑灭。此火熄灭的同时，那老人幻象亦将转瞬间烟消云散。"

哎呀，女侍吓得高声喊道："即使不加害于人，也够吓人的了。"

是呀，百介把脚抹净，漫不经心地回答。老人火的传说绝非凭空杜撰，是百介昔日从木曾听来的。但虽非杜撰，百介并不认为这怪火就是老人火。

这怪火，会不会是御灯小右卫门点起的？小右卫门在北林结束当年那桩差事后，返回江户，与又市一伙共同行动了几回。百介也曾见识过几回他的身手。小右卫门原为土佐山民，深谙驾驭特殊火药之术，从击毁折口岳巨岩，到如操蛇般自在操弄火舌，种种绝技总能让人看得瞠目咋舌。

（难道真是小右卫门所为？）

百介心中不禁燃起一丝雀跃。小右卫门也随同又市一伙人，一同自百介眼前销声匿迹。如今小右卫门又有所行动，看来那伙人似乎又开始干起了什么勾当。

倘若一切又是那伙人设下的局,当然是保持沉默方为上策。不,若让大家相信真有妖怪出没反而更好,这就是百介昔日扮演的角色。因此,百介便急中生智地陈述了那源自木曾的传说。不知又市他,是否也来了?百介感到一股莫名的兴奋。或许是在面见樫村后,发现自己无能为力而备感失望,如今只好借由这番想象强迫自己振作。如今他已是心神不宁,坐立难安,就连晚饭也尝不出什么味道了。

迅速用完餐,百介旋即步出了客栈。倘若小右卫门真的回来了,或许已经回到老巢。直到六年前为止,小右卫门一度曾在北林领内结庐蛰居,并靠雕制傀儡糊口。百介虽没有造访过那座茅庐,却从经营租书铺的平八口中听说过大致的方位,略知那茅庐坐落在什么地方。那座茅庐,似乎就位于百介于夜泣岩屋见到死神,稍稍瞥见人间炼狱后,九死一生中走过的那条兽道途中。

穿过大街,越过了桥。经过林立的商家民宅,再走过稀稀落落的农舍,不出两刻钟,便来到了一片荒野。穿越一片灌木丛后,终于在山脚下的竹林中看到一座荒废的小茅庐。感觉屋中似乎无人。百介举起灯笼,端详起这座茅草屋顶的漆黑茅庐。走过去朝屋内窥探。门当然也没掩上。将灯笼探进屋内一照,里头的景象刹那间令百介为之震慑。

只见大量傀儡头戳在成束的干草上,个个面无表情、皲裂腐朽。屋内还设有一座怪异的祭坛,模样与百介曾于土佐深山中见过的完全相同,上头还留有一些干枯的供品残骸。屋顶上还悬着一条条绳子,绳上到处悬挂着破烂的碎纸,想必原本是驱邪幡吧。地板上则散落着些许凿子、刷子等雕制傀儡所用的道具。四处飞散的尘埃让眼前变得一片朦胧。六年的光阴让屋内堆满了尘埃。看来并没有人回来。此处依然是一座废墟。

百介突然感到一阵丧气,朝后方退了几步。不过原本就知道或许是这种结果,百介心中,可说是失落与安心掺杂。亟欲再度见到那伙人的同时,百介内心深处似乎也对重逢有所抗拒。不,或许仅是出于恐惧吧。

就在百介原本紧绷的神经松懈下来的当头,突然有个东西抵向他的咽喉。

还没来得及弄清究竟发生了什么事,百介便被一股强劲的力量拖倒在地。灯笼也被抛向一旁,飞溅出点点火花。脖子被人勒得无法呼吸,直到听见从竹林深处的黑暗中传来低沉嗓音,百介才发现自己的脖子正被一条绳子紧紧勒着。

"想在这竹林中扮傀儡吗?"

来者将绳子一扯,拉得百介坐了起来。

"小、小右卫门先生,在、在下是百介呀。"百介放声大喊。

"这位江户的知名戏作家,来到此地做什么?"

"这……小右卫门先生……"

此时只听到咻的一声,原本被硬拉起身的百介,又猛力被摔向地面。百介伸手捂住松绑后的脖子问道:"是小右卫门先生吗?"

只见一名男子从黑暗中现身。四下已无灯火,看起来不过是团黑影。

"还在锲而不舍地调查什么?你和我们已经毫无关系了。"

"的、的确……的确已经毫无关系。不过在下仍想冒昧请教,小右卫门先生如今想做什么?难道六年前仍有遗恨未了?"

"你想问什么?"

"小右卫门先生是否还有什么牵挂?"

"这可由不得你打听,小伙子。"

黑影向前跨出了一步。明月清晰地映照出了他的相貌。满脸的浓密胡须,细小而眼神锐利的双眼,身穿麻布外衣,斜挂便携坐垫,外披袈裟,脖子上挂着最多角念珠,若再戴上一条头巾,俨然就是一副山伏的模样。

"即使说了你也不懂。"

"小右卫门先生,在下的确是个下不了觉悟的窝囊废。不过……"

即使如此,这与老子何干?小右卫门说道。"先生可别搞错了,你是大名鼎鼎的戏作家,老子才是个货真价实的窝囊废。我这糟老头既是无宿人,又是大魔头,今后千万别再与老子有任何牵扯,也别再到这种地方来了。还不快回去?"小右卫门以拒人于千里之外的眼神凝视着百介。

看来是什么道理也说不通了。百介心想一如桦村,小右卫门也曾亲身经历过人间炼狱。小右卫门也曾为奸贼迫害，导致未婚妻为主君所夺。不过，小右卫门选择了一条与樫村截然不同的路。他斩杀了陷害自己的家老，毅然决然地舍弃武士之道脱藩，从此下野隐遁，在黑暗世界中沉潜。而命运这东西也的确离奇。小右卫门的未婚妻的女儿阿枫夫人，就死在樫村之妻的儿子弹正景亘的手里。再者，如今樫村立誓守护的北林藩主义景公小松代志郎丸，即为阿枫夫人之弟。

"小右卫门先生——"

小右卫门默默无语地凝视着百介。

"在下了解了。今后将不再过问诸位的事。不过，请容在下请教最后一个问题。小右卫门先生此番返回北林，究竟是为了什么事？"

小右卫门转身背对百介，脸上的表情整个融入了背后的黑暗中。

"老子是回来做个了断的。"

"做个了断，可是要找什么人一决胜负？"

"并非如此。先生想必是无法了解。噢，不，该说是不该了解。"这年迈的大魔头以悲壮的口吻说道，"老子将干的事不仅徒劳消极，而且注定是个错误。但虽是错误，此事还是非做不可。只不过，人当真得活得积极？当真只能干有益的事？当真只能干对的事？"

"这——"

百介还没来得及回答，小右卫门又再度转身背对百介说道："先生，这世上总有些无可奈何的时候。"

"无可奈何？"

"没错，总有些无可奈何。活到这把年纪，老子也清楚自己已时日无多，因此非趁这回做个了断不可。说来滑稽，老子毕生醉生梦死，活得如此窝囊，竟然到了这个关头，才觉得自己活得真有那么点儿意义。"

"活得有意义？"

没错，小右卫门说道。"人生在世本是悲哀，欲抛开回忆，不免有所眷恋，任凭回忆蓄积，又令人备感沉重。但无论是弃是留，过往的一切均已无法挽回。人生走到这当头，却又想挽回些注定无法挽回的东西。不，或许、或许仅是希望自己能有这么个念头罢了。虽然阿又嘲讽老子幼稚青涩,但这种难以言喻的想法依然不时在老子心头涌现。因此一切注定将是徒然。老子想干的正是一件徒然的事,并非为了造福人世,亦非为了什么大义名分,更不是为了累积财富,不过是冲着一个毫无意义的蠢念头。因此——"

话及至此,小右卫门闭上了嘴巴,唯有双眼仍紧盯着百介不放。

永别了,他只补上这么一句。

百介束手无策,仅能目送着这大魔头的背影消逝于漆黑的夜色中。

六

翌夜,百介接获樫村去向不明的通报。

当时百介正在为返回江户打点行囊。面见了樫村,又见到了小右卫门,百介终于下定了决心。既然一切均已无法回头,自己也帮不上任何忙了。今后唯有继续听人差遣撰写戏作,竭尽所能地谦恭度日。

目送小右卫门离去后,百介返回客栈,隔窗眺望折口岳。当他望见山上燃起的天狗御灯——老人火时,一切就都想通了。小右卫门选择了黑暗的那一头,不,他仅能活在那一头,反之,自己则活在这一头。这意味着……

百介对自己该身处何处终于有了自觉,也下了决心在自己该置身的地方好好活下去。过了一晚,百介的心境变得神清气爽。百介花了一整天游遍北林领内,接着又优哉游哉地泡了温泉,准备翌日一早便踏上归途。既然下了决心,他迫不及待地想回到自己江户的小窝。

木岛就在这时突然造访,神情一片慌张。根据木岛所言,百介离去后,樫村的心情突然大为好转。据说他打开了原本紧闭的拉门,神情也变得豁然开朗。晚饭时还罕见地表示要饮点酒,令木岛至为惊讶。据说樫村一直晚酌到深夜,其间木岛一直在主屋内监视着小屋的动静。子时过后两刻钟,小屋方才熄灯。

"原本以为大人晚酌直至深夜,翌朝会醒得迟些,故在下也较平日晚点起身。小厮与女仆一早便开始干活,却无人发现情况有异。"

"如此说来,樫村大人是在今早失踪的?"

"这在下也不清楚。"木岛脸色铁青地紧抿着嘴唇,"在下送早饭过去时,感觉不到大人已经起身,仅将饭菜置于门前便告退,并未确认屋内状况,万万料想不到大人或许已不在屋内。直到午时过后仍不见大人起身,就前去探视。大人没应门,这才发现小屋内已空无一人。在下须为此事负责。"

虽然这么说,他或许认为倘若是百介的造访打破了樫村原有的生活均衡,或许能将责任推卸到百介身上。木岛问道:"昨日,家老大人可有任何异状?"

"这——"百介完全不知该如何回答。

"是否曾略显颓丧消沉?"

"倒是没有。大人的神态与木岛大爷形容的没有两样。"

"在下形容的……"

"大人坦承自己明白一己所见纯属幻觉。"

"是吗……"

除此之外,百介完全答不上一句话。闻言,木岛沉思了半响,旋即致谢告退。大批小厮在客栈门外等候,想必接下来将于城内挨家挨户地展开搜索吧。

究竟上哪儿去了?继续整理行囊的百介纳闷道。这也是无可奈何,樫村曾这么说过。总有些无可奈何的时候,小右卫门也曾这么说过。

小右卫门。天狗御灯。老人火。百介望向拉门外的折口岳。除了较昏暗的天际和更为漆黑的山影,几乎什么也瞧不见。今夜的火尚未燃起。究竟是为了什么?这也是无可奈何?总有些无可奈何的时候?

原来如此。终于明白了。原来是这个意思。

百介仓皇抛下整理妥当的行囊,飞也似的跑下阶梯,也没借个灯笼便匆匆出了客栈。樫村大人他,就在夜泣岩屋上。原来樫村是应了小右卫门的呼唤。那片火就是为了吸引樫村而起的。昨夜拉开拉门晚酌的樫村,必定瞧见了那片火。

天守阁坍塌后,从城下的任何一处都望得见位于折口岳山腹的夜泣岩屋。

北林弹正景亘,乳名虎之进。看到在自己眼前现身的前任藩主受供奉的地方燃起怪火,樫村绝不可能毫无反应。看来这就是小右卫门打的算盘,而樫村也果真依照他的计划有所行动。想必小右卫门一切都清楚。对樫村的一切,要比任何人都清楚。小右卫门与樫村,可谓一阴一阳,互为表里。因此,对于樫村的苦恼与哀愁,小右卫门必定是感同身受。百介对此完全无法了解。不,该说是根本不该了解。

百介快步奔驰,越过了桥,穿过了大街。看来小右卫门在过去数年间,一直观察着北林藩的一切。有了未能保护未婚妻之女阿枫公主的遗恨,如今其弟志郎丸继任藩主,为避免重蹈覆辙,那家伙对此地的监视想必更加严密。因此,他也留意到自己还有个互为表里的分身。

樫村曾形容自己是个不懂得该安然引退的糟老头,亦曾言自己已不再有任何用处。可见樫村认为自己错过了让人生闭幕的适当时机。或许正是因此才导致其心神错乱。小右卫门也表示,自己得做个了断。此言指的不是与任何人一决胜负,而是单纯地指自己得结束某件事。此事不仅徒劳消极,而且注定是个错误。亦即——

百介飞也似的奔驰着,越过了荒野,穿过了竹林,沿兽道跑向山上。朝着与当年完全相反的方向,奔向那块魔域。

不行。这绝对不行。管他什么表里,管他什么昼夜。这种了断方式,绝对不行。

四下什么也看不见,甚至连天地上下都难辨。入夜后的山中暗得吓人,如今仅能朝着漆黑山影那缺了一块的另一头跑去。也不知撞到还是绊到了什么,百介重重摔了一跤。受惊的夜鸟振翅飞起,夜兽亦应声窜动。

天际下,只见一座遮蔽繁星的漆黑岩山。仿佛有股看不见的力量将百介拉了起来,继续朝漆黑的岩山疾驰。此时,百介脚底的触感有了变化,当他奋力撑起扑倒在地的身子时,双手感觉到坚硬岩石的感触。完全感觉不到丝毫疼痛。依旧是伸手不见五指,百介开始凭感觉攀爬起眼前这座看不见的岩山。

此时,云散了。一道月光自天际射下。宛如一座舞台的景象顿时映入眼帘。此处正是失去了楚伐罗塞岩的夜泣岩屋。也瞧见了两个人影。

"樫村大人——"

刚这么一喊，百介脚底便踏了个空，滑落三尺后，一只脚嵌入了岩缝中。正欲挣脱，突然感到一阵剧痛。看来扭伤脚踝了。

几块碎石哗啦哗啦地掉落山下。"轰——"突然间，舞台上方被染成了一片火红。老人火在此时燃起。火光映照出两张苍老的脸。樫村兵卫身上穿的就是当年那套丧服。而与其拔刀对峙的，正是一身山伏打扮的小右卫门。

残酷至极。残酷至极。生如地狱。死亦如地狱。

"轰——"一道道细长火舌应声朝樫村蹿去。樫村果敢拔刀，逐一挥散。但每挥一刀，就蹿出更多火舌。

"混账！"

"死心吧，这小右卫门火可是挥不熄的。"

喝，年迈武士高举大刀怒喝一声。

咻，火舌顿时熄了。

"竟然是你？"

"这也是无可奈何。"

小右卫门双臂大张，宛如欲迎接什么似的。

"懂了，受死吧。"

樫村换手持刀，短促呐喊了一声后，笔直朝小右卫门冲去。

"呜——"顿时传来一声呻吟。

樫村的大刀刺穿了小右卫门的胸膛。

此时，小右卫门脸上是什么表情，樫村脸上又是什么表情，从百介身处的地方完全看不清。

两个人影迅速错开。在接下来的一瞬间，小右卫门的刀也从樫村身上划过。咚。两位老人均在夜泣岩屋上应声倒地。

"哇啊！"百介放声呐喊，抽出嵌入岩缝内的脚爬向这座舞台。双手紧抓着岩山。脚上的剧痛使百介整个人为之一清醒。这、这哪算什么了断？

"小右卫门先生！樫村大人！"

舞台上，只见仰躺的樫村和俯卧的小右卫门两具面目全非的尸体。

"为何非得……"

百介正欲朝两人伸手，突然间——

"碰不得。"

一个嗓音响起。这嗓音听来是在舞台内侧，一座巨石塔旁。

"此乃天狗是也，万万碰不得。不过是两位逝去的天狗。"

这嗓音是——

一个熟悉的身影，霎时在百介脑海中浮现。那身穿白麻布衣、胸前挂着一只偈箱的修行者。

"又、又市。"

是又市吧？百介高声喊道，无奈刚才受伤的那只脚就是不听使唤，才往前跨了一步便重重跌倒在地。

"抱歉，先生认错人了。"

"噢？"

现身于石塔旁的，是个头戴垂挂黑布的黑斗笠，身穿黑单衣、黑裙裤的男子。

"小的与先生素昧平生，乃这两位天狗同族，名叫八咫乌。"语毕，他快步走到小右卫门身旁，跪下身子说道，"这只天狗可真是傻。生也是孤单一人，死也是孤单一人，是生是死本无任何不同。倘若不死无法闭幕，到死时再把幕拉上不就得了。即便找个对手同归于尽，共赴黄泉，也无法把幕给拉上。还真是固执呀。"

轰。突然间，小右卫门身上燃起一道火柱。

"为、为何这么做？"

"不过是依其生前所托行事罢了。倒是这位先生你的脚似乎受了点伤，最好尽速离开此地。此事将被视为城代家老樫村兵卫于此魔域与天狗一决胜负，为天狗御灯所焚。"

"这……但是……"

八咫乌摇了摇头。

百介正欲趋前，突然有只冰冷纤瘦的手一把握住了百介的手腕。

"请止步。"

"你是——"

这瘦小的身影默默点了点头。此人同样穿着一身覆面黑衣。

"这就为先生绑扎木头。再不快离开，小心被烧着！"

黑影朝百介脚踝贴上一块碎木，娴熟地以布缠上。

"能走吗？"

"噢——"

百介使劲站了起来。看到百介已能独力起身，这黑影便走到八咫乌身旁。在两人背后，小右卫门已为熊熊烈焰吞噬。

"还请先生珍重，吾等在此与先生永别。"

八咫乌与黑影，不，毋宁说是两只天狗毕恭毕敬地相偕向百介鞠了个躬，接着他们又向烈焰中的小右卫门与樫村瞥了一眼，旋即迈步朝折口岳山顶走去。熊熊火光将两人的黑衣映照得极为鲜明。

轰，又蹿起一道巨大的火柱，里头大概埋藏了火药。夜空被染成一片火红。"阿银小姐——"任凭百介怎么呼喊，声音也为烈焰燃烧声掩盖。

大火中传出阵阵爆裂声，百介高喊："又市——"

两个黑影霎时止步。

"不管你如今是什么身份，最后、最后能否请你姑且为这两位逝去的傻天狗，略事、略事诵经超度？"百介说道。不知何故，双眼已是泪如雨下。

八咫乌头也没回，仅停下脚步说了一句：

"御行奉为——"

这是山冈百介最后一次听见又市的声音。不过步下折口岳时，百介曾数度错觉自己听到了铃声。

回到江户后，百介终生不再远游。至于理由为何，据说百介从未告知任何人。

图书在版编目(CIP)数据

续巷说百物语 /〔日〕京极夏彦著；刘名扬译．
－海口：南海出版公司，2014.5
ISBN 978-7-5442-7063-2

Ⅰ．①续… Ⅱ．①京…②刘… Ⅲ．①长篇小说－日本－现代 Ⅳ．① I313.45

中国版本图书馆 CIP 数据核字 (2014) 第 038068 号

著作权合同登记号　图字：30-2012-078

ZOKU KOSETSU HYAKU-MONOGATARI
by KYOGOKU Natsuhiko
Copyright © 2000 KYOGOKU Natsuhiko
All rights reserved.
Originally published in Japan by KADOKAWA CORPORATION, Tokyo.
Chinese (in simplified character only) translation rights arranged with OSAWA OFFICE, Japan through THE SAKAI AGENCY and BARDON-CHINESE MEDIA AGENCY.

续巷说百物语
〔日〕京极夏彦 著
刘名扬 译

出　　版	南海出版公司　(0898)66568511	
	海口市海秀中路 51 号星华大厦五楼　邮编 570206	
发　　行	新经典发行有限公司	
	电话 (010)68423599　邮箱 editor@readinglife.com	
经　　销	新华书店	
责任编辑	张　苓　杜益萍	
装帧设计	韩　笑	
内文制作	王春雪	
印　　刷	北京天宇万达印刷有限公司	
开　　本	880 毫米 × 1230 毫米　1/32	
印　　张	13.75	
字　　数	401 千	
版　　次	2014 年 5 月第 1 版	
印　　次	2017 年 5 月第 10 次印刷	
书　　号	ISBN 978-7-5442-7063-2	
定　　价	39.50 元	

版权所有，侵权必究
如有印装质量问题，请发邮件至 zhiliang@readinglife.com